MONA VARA

Süße Verführung

EROTISCHER ROMAN

Plaisir d'Amour Verlag

Mona Vara

Süße Verführung

Erotischer Roman

www.plaisirdamourbooks.com
info@plaisirdamourbooks.com
Plaisir d'Amour Verlag
Postfach 11 68
D-64684 Lautertal
Coverfoto: © Sabine Schönberger (www.sabine-schoenberger.de)
Coverlayout: Christoph Spittler
ISBN: 978-3-938281-43-7

Vorwort

Armer Edward Harrington.

Zu dem Zeitpunkt, als diese Geschichte begann, hatte er noch keine Ahnung, was auf ihn zukam.

Die Frage ist nur: Hätte er etwas anders gemacht? Ja, hätte er es überhaupt verhindern wollen? Wäre er an Sophie McIntoshs Hintern vorbeigeritten?

Oder hätte er trotzdem zugegriffen?

1. KAPITEL

„Aber das war doch wirklich nicht vorauszusehen", versuchte Sophie ihren Vater zu beruhigen, der vor ihr hin und her rannte und ihr bei jeder Kehrtwendung einen vernichtenden Blick zuwarf. Sie war von einem der Hausmädchen ins Arbeitszimmer zitiert worden, und nun hockte sie schuldbewusst vor dem mit Aufstellungen, Notizen und Rechnungsbüchern überfüllten Schreibtisch, während ihr Vater bereits mindestens das zwanzigste Mal mit langen, wütenden Schritten den großen Raum durchmaß. Ihre Mutter saß mit der ihr eigenen Gelassenheit in einem Lehnstuhl und sah aufmerksam von einem zum anderen.

Robert McIntosh blieb so unvermittelt stehen, dass sich der Teppich zusammenschob. „Nicht vorauszusehen? Nicht vorauszusehen?! Seit wann hättest du denn überhaupt jemals etwas vorausgesehen?! Halt den Mund!", fuhr er Sophie an, bevor sie etwas antworten konnte. „Wahrhaftig, noch nie habe ich so sehr den Wunsch verspürt, dir eine Ohrfeige zu geben! Und das will etwas heißen! Was heißt eine Ohrfeige", tobte er unvermindert weiter, obwohl er in dieser Lautstärke schon seit gut einer halben Stunde mit seiner Tochter kommunizierte, „eine Tracht Prügel! Mit dem Stock! Und dann fünf Wochen lang in dein Zimmer gesperrt! Bei Wasser und Brot!"

Sophie verzog gekränkt den Mund. „Woher hätten wir denn wissen sollen, dass so etwas passiert?"

„Ruhe!", donnerte ihr Vater sie an. „Mach noch einmal den Mund auf und du wirst deinen Vater von einer anderen Seite kennenlernen! Und wenn sich dieses missratene Bürschchen nicht durch einen Beinbruch vor Strafe gedrückt hätte, würde ich ihn ebenso verprügeln wie dich! Ins Kloster sollte ich dich stecken, wenn mich die armen, unschuldigen und reinen Frauen dort nicht erbarmen würden! Mir reicht es mit dir! Mir reicht es völlig! Es ist Schluss mit dem Unfug! Ein für alle Mal! Du bist schlimmer als alle meine anderen Kinder zusammen!" Robert McIntosh warf in einer dramatischen Geste die Arme zum Himmel empor. „Dem Herrn sei Dank, dass ich nur eine von deiner Sorte habe! Nicht auszudenken, wenn deine Schwester so wäre wie du!"

„Das ist deine Schuld", erklang die kühle Stimme seiner Frau, die sich nun zum ersten Mal einmischte. „Du hast sie wie einen Jungen erzogen. Und dabei – weil sie ja ein Mädchen ist – auch noch zusätzlich verzogen. Kein Wunder, dass sie jetzt noch wilder ist als die anderen zusammen."

„Meine Schuld?! *Du* bist ihre Mutter! *Du* hättest dich darum kümmern sollen, dass deine Tochter eine angemessene Erziehung erhält!"

„Ach, und wer hat sie denn immer auf die Jagd mitgenommen? Und wer hat ihr Reiten und Jagen beigebracht, und wer hat sich über ihre Streiche amüsiert? Und wer …"

„Schluss jetzt! Darum geht es nicht", unterbrach ihr Mann sie rüde. „Es geht um Sophies Zukunft. Und dir", wandte er sich wieder an seine Tochter, „habe ich letztes Mal schon gesagt, dass weitere Unsitten Konsequenzen haben werden. Und jetzt ist das Maß voll! Deine Mutter und ich haben uns entschieden. Du wirst heiraten."

„Heiraten?" Sophie sprang auf. „Nur weil dieses blöde alte Bergwerk eingestürzt ist?"

„Nicht weil das Bergwerk eingestürzt ist", brüllte ihr Vater sie an, „sondern weil du und Patrick fast darin begraben worden wärt!" Er schlug sich mit der Hand auf die Stirn. „Gold suchen! In einem aufgelassenen Kohlenbergwerk!"

„Aber das hatten wir doch in unserer Chronik gelesen! Schon vor zweihundert Jahren hat dort jemand nach Gold gesucht!“

„Und schon damals keines gefunden!!“ Die Stimme ihres Vaters brachte die Fensterscheiben zum Klirren. „Aber damit hat es jetzt ein Ende! Soll sich dein zukünftiger Mann mit dir ärgern – ich bin dazu nicht mehr bereit!“

„Ach, und wen soll ich denn heiraten?“ Das düstere Glimmen in Sophies Augen sagte jedem, der sie kannte, dass hier noch mit größtem Widerstand zu rechnen war. Und Robert McIntosh kannte seine Tochter durch und durch. Er hatte einundzwanzig Jahre Zeit gehabt, jede ihrer Seiten kennenzulernen. Und er wusste ebenfalls nur zu gut, dass sie sein Temperament geerbt hatte.

„McGregor“, sagte er kurz.

„Patrick?“ Sophie riss die Augen auf. Patrick McGregor war ihr Jugendfreund. Er war ein Jahr jünger als sie, und die beiden hatten sich seit jeher hervorragend ergänzt, was Abenteuerlust, Draufgängertum und einen gewissen Hang, sich in Schwierigkeiten zu bringen, betraf. Sie mochte Patrick, liebte ihn sogar wie einen Bruder und saß seit dem Unfall treu neben seinem Bett, um ihm gut zuzureden und dem ungeduldigen Burschen die Zeit zu verkürzen, bis er wieder aufstehen und herumlaufen durfte. Aber ihn heiraten?

„Patrick? Den beinbrüchigen Tunichtgut?! Ha! Das fehlte noch!“ Robert McIntosh holte tief Luft und sagte in moderaterem Ton: „Nein, Phaelas, seinen Bruder.“

Sophie rang nicht weniger um Fassung als ihr Vater, wenn auch aus anderen Gründen. „Phaelas ?! Das ist ja der älteste der Sippe! Und Witwer! Der hat doch zwei fast erwachsene Kinder und ist zwanzig Jahre älter und ein absolut humorloser, langweiliger …“

„Ein ruhiger, verlässlicher Mann, der dir mit der entsprechenden Strenge begegnen wird!“

„Niemals!“ Das Glimmen in Sophies Augen hatte sich gefährlich verstärkt.

„Na schön.“ Vater McIntosh atmete tief durch. „Na schön. Wie du willst. Du hast die Wahl. Entweder du heiratest, oder du gehst für ein Jahr zur Cousine deiner Mutter nach England.“

„Nach England?!“

„Dort, bei den Sassenachs, kannst du Benehmen und Anstand lernen. Und wenn nicht, haben die wenigstens den Ärger und nicht wir!“

„Das ist nicht dein Ernst!“ Sophie wirbelte herum und fixierte ihre Mutter mit einem flammenden Blick. „Mutter! Sag doch was! Das kann doch nicht euer Ernst sein? Ihr wollt mich entweder fortschicken oder verheiraten? An einen Mann, mit dem ich kreuzunglücklich werde?“

Lady Annabelle McIntoshs Gesicht blieb kühl. „Du hast deinen Vater gehört, Sophie. Und komme nicht ausgerechnet mir damit, dass du England nicht magst. Du kränkst mich damit. Immerhin wurde ich dort geboren und bin dort aufgewachsen. Außerdem kann es nicht schaden, wenn einmal jemand von uns nach Großmutters Haus sieht. Wie du vielleicht vergessen hast, bist du schließlich die Erbin.“

„Aber …“

„Also?“, ließ sich ihr Vater wieder vernehmen. „Ich warte! Phaelas McGregor oder Sasse … äh England.“

„Ich will Bedenkzeit!“, fauchte Sophie. „Wie kannst du von mir erwarten, dass ich eine derart schwerwiegende Entscheidung auf der Stelle treffe!“

„Keine Bedenkzeit." Robert McIntosh hatte sich in der Mitte des Zimmers aufgebaut, die Daumen in seine Jackentaschen eingehängt, und blickte seine Tochter gefühlsroh an.

Sophie atmete tief ein. „Na schön! Dann gehe ich eben nach England! Und vielleicht heirate ich ja dort! Und komme nie wieder zurück! Das würde euch recht geschehen!" Damit war sie aus der Tür, die laut hinter ihr zuschlug.

„Ich hätte nicht gedacht, dass es so einfach ist", sagte Lady McIntosh, nachdem die stürmischen Schritte ihrer Tochter verklungen waren. „Was hättest du gemacht, wenn sie sich für McGregor entschieden hätte?"

Ihr Mann lächelte sie erschöpft an, während er sich den Schweiß von der Stirn wischte. „Ich weiß nicht. Aber es wäre unrecht gewesen, den zweihundertjährigen Frieden zwischen dem McGregor Clan und unserem durch eine solche Heirat zu gefährden."

Außerdem – auch wenn er es seiner Frau gegenüber nicht aussprach – war ihm noch kein Mann begegnet, der gut genug für seinen Liebling war. Schon gar nicht der ebenso rechtschaffene wie öde Phaelas McGregor. Es war keine völlig leere Drohung gewesen. Phaelas hatte tatsächlich um Sophies Hand angehalten und schien es als sicher anzunehmen, dass sie ihm auch gewährt wurde. Aber allein schon der Gedanke, Sophie könnte an einen solchen Langweiler gefesselt sein, der ihren lebhaften – wenn auch manchmal schwierigen – Charakter nicht verstand, drehte ihrem Vater das Herz im Leib um.

Er sah so niedergeschlagen aus, dass seine Gattin aufstand, beide Hände um sein Gesicht legte, und sich auf die Zehenspitzen stellte, um ihm einen tröstenden Kuss zu geben.

„Es schadet ihr wirklich nichts, mein Liebster. Und es wird ihr eine sehr gute Lehre sein. Und …", sie küsste ihn abermals, „… es sind ja nur einige Monate."

„Ein Jahr", erwiderte Robert McIntosh gequält. Wie leer die alte Burg ohne seine Tochter werden würde!

Lady Annabelle lachte. „Ich bin sicher, sie wird noch mit dir verhandeln. Und ich würde jede Wette eingehen, dass sich das Jahr auf ein halbes reduziert."

Und so kam es, dass Miss Sophie McIntosh, Zweitgeborene und älteste Tochter von Lord und Lady McIntosh für ein Jahr – bei „guter Führung" sechs Monate – nach England reiste, um dort das Leben eines bislang arglosen Mannes noch gründlicher ins Wanken zu bringen als das alte Kohlenbergwerk.

2. Kapitel

Zur selben Zeit, in der Sophie McIntosh in Begleitung ihres jüngeren Bruders Malcolm schlafend in der bequemen Reisekutsche ihrer Eltern saß, schlenderte Lady Melinda Mayfield im Schutz ihrer Maskierung durch die hell beleuchteten Räumlichkeiten eines Hauses, das gut eine halbe Fahrtstunde außerhalb von Eastbourne lag.

Sie sah sich anerkennend, amüsiert und zugleich ein wenig erregt um. Eines musste man Jonathan lassen: Er verstand es, Feste zu feiern. Nicht, dass Melinda sonst etwas an Captain Jonathan Hendricks auszusetzen gehabt hätte: Er war abenteuerlustig, gut aussehend und ein hervorragender Liebhaber.

Ihr Bruder Edward Harrington, der von diesem Verhältnis wusste, und es bei jedem Treffen deutlich missbilligte, wäre zweifellos über ihre Anwesenheit entsetzt gewesen. Aber wie konnte ein Mann, der nicht nur genügend Vermögen besaß, um davon unabhängig zu leben, der nicht verheiratet war, sich ungezwungen überall bewegen konnte, schon begreifen, was sie bei Jonathan suchte, während sich ihr Mann, Admiral Mayfield, mit seiner Flotte auf der anderen Seite des Erdballs befand! Sollte sie allein daheimsitzen? Klatschsüchtige Frauen zum Tee einladen? Auf langweilige Soirees gehen? Nein, da waren die Optionen, die ihr ein Verhältnis mit Jonathan Hendricks boten, schon wesentlich attraktiver!

Melinda konzentrierte sich wieder auf die Szenerie vor ihr und bewunderte nicht zum ersten Mal Jonathans ausgeprägten Sinn für Inszenierungen. Die Räume waren dem Thema des Abends entsprechend ausgestattet und nicht nur Melinda, sondern auch die anderen waren à la antique gekleidet. Die Männer in der Toga, die Frauen in kleidsamen Stoffen, die nur auf einer Seite über der Schulter mit einer Spange zusammengehalten wurden, während die andere Schulter nackt war. Dazu trugen sie so wie Melinda Masken, um nicht erkannt zu werden. Sie selbst hatte heute eine einfache Stoffmaske gewählt, die sich angenehm an das Gesicht schmiegte, die Augen freiließ und Nase und Mundpartie mit einem glitzernden Schleier verbarg.

Es war wieder einmal überfüllt. Aus der ganzen Umgebung pflegten die Leute hierher zu reisen, um an Jonathans Festen teilzunehmen. Es waren – neben jenen französischen Adeligen, die vor der Revolution geflüchtet waren und sich auch nach dem Krieg häuslich niedergelassen hatten – sogar viele neue Leute vom Kontinent da. Jetzt, wo *Kaiser* Napoleon auf seiner Insel festsaß, war das Reisen wieder leichter möglich, und Jonathan hatte auch in anderen Ländern viele Freunde. Daher traf man hier ein buntes Gemisch aus allen Nationen und Schichten.

Nach dem Ende des Krieges war ihr Mann, Admiral William Mayfield, nur zurückgekehrt, um fast sofort wieder als Flottenadmiral nach Ostindien aufzubrechen, um dort die East India Company gegen Piraten zu unterstützen und die großen Handelskonvois zu begleiten.

Melinda war traurig, wütend und gekränkt gewesen. Aber dann hatte ihr Edward Jonathan Hendricks vorgestellt: Marinekapitän und ein guter Freund ihres jüngeren Bruders James, der während des Krieges unter seltsamen Umständen ums Leben gekommen war. Jonathan, dessen Schiff nach dem Krieg verkauft, und er selbst auf halben Sold gesetzt worden war, hatte begonnen, Melinda den Hof zu machen, und sie war wie verzaubert von Jonathans erotischem Flair, seinem Charme und seinem guten Aussehen gewesen. Und sie war es auch noch heute, nach fast einem Jahr.

Kaum jemand wusste, welche Rolle er während des Krieges gegen das kaiserliche Frankreich gespielt hatte, und woher er sein offenbar nicht unbeträchtliches Vermögen bezog, mit dem er diese Art von Festlichkeiten finanzierte. Als sie ihren Bruder ganz zu Beginn ihrer Beziehung zu Jonathan einmal nach dessen Einkünften gefragt hatte, war die Antwort „Piraterie" gewesen. Edward hatte dabei gegrinst, aber Melinda war sich damals nicht sicher gewesen, ob es wirklich nur ein Scherz war. Heute kannte sie die Antwort. Sie lachte leise.

Jonathan Hendricks war kein Mann zum Heiraten, aber er war ein Liebhaber für aufregende Stunden, in denen sie vergaß, dass sie aus der besten Londoner Gesellschaft stammte, dass ihr Mann sie für viele Monate, oft Jahre, allein daheim warten ließ, und sogar, dass sie eine anständige Frau war, die bis vor Kurzem nicht einmal davon geträumt hatte, ihren Gatten zu betrügen.

Mit dem Auftauchen von Jonathan war alles anders geworden. Sie mochte Männer wie ihn. Ihr Bruder Edward war früher so gewesen. Aber das war vor seiner geheimnisvollen Reise nach Frankreich, als er aufgebrochen war, um James zu finden, der als verschollen galt. Edward war verändert von dort zurückgekommen, sie hatte jedoch niemals erfahren können, was wirklich geschehen war. Nur, dass auch Jonathan damit zu tun hatte.

Melinda verhielt ihren Schritt, als sie Jonathan auf der anderen Seite des Raumes erblickte. Dort stand er in der Maske eines Fauns. Er sah zu ihr herüber, und sie verharrte, um ihn zu betrachten. Sie genoss jeden Millimeter, den ihr Blick hinaufwanderte – von den muskulösen, in hautfarbenen Hosen steckenden Beinen aufwärts. Der enganliegende Stoff gab keinen Grund für Rätselraten, was Jonathans männliche Ausstattung betraf, und vermittelte bis zum Bauch hinauf den Eindruck von Nacktheit. Seine Brust war bis auf ein Schaffell, das er lässig über seine rechte Schulter geworfen hatte, unbekleidet. Bei einem anderen Mann hätte dies lächerlich gewirkt, aber Jonathan sah in jeder Art von Kleidung umwerfend aus. Melinda ließ sich Zeit ihn anzusehen, und er vergönnte sie ihr, rührte sich nicht von der Stelle, sondern stellte sich noch so, dass sie ihn gut sehen konnte. Vor allem die deutliche Ausbuchtung, die bei ihm keines Hilfsmittels bedurfte, um die Fantasie einer Frau anzuregen.

Zwei Mädchen kamen auf Jonathan zu, beide unter durchsichtigen Schleiergewändern nackt. Es waren als Grazien verkleidete Prostituierte, die Jonathan – um die Stimmung etwas zu lockern und den männlichen Gästen entsprechend willige Damen zu bieten – eingeladen hatte. Melinda kannte beide. Sie nahmen meistens an Jonathans Festen teil und lebten wohl nicht schlecht davon.

Etwas wie leise Eifersucht keimte in Melinda, als die beiden Frauen sich an Jonathan schmiegten, aber dann bemerkte sie, dass er immer noch zu ihr herübersah, und war beruhigt. Mochten sie ihn nur für sie bereit machen und seine Lust bis zur Weißglut schüren. Wenn ihre Zeit gekommen war, mussten sie ohnehin den Platz für sie räumen, und in der Zwischenzeit war es erregend, ihnen zuzusehen. Sie wurde gewahr, dass sie mit Jonathan und den beiden Frauen allein im Raum war. Sein Diener hatte die Gäste zu einem Spiel in ein anderes Zimmer gebeten und hinter ihnen die Türen geschlossen. Melindas Atem ging schneller. Was hatte Jonathan vor? Es wäre nicht das erste Mal, dass er sehr fantasievolle Ideen hatte. Mit ihm war es niemals wie das Zusammensein mit ihrem Mann, der zu ihr ins Zimmer kam, sie küsste, streichelte, ein wenig erregte, sich selbst ebenfalls, und dann einige Minuten später schwer atmend in ihr lag, bis sich sein Samen in sie ergoss, und er zufrieden neben ihr einschlief.

Kein Wunder, dass sie bisher noch keine Kinder hatten. Und ebenso wenig verwunderlich, dass sie Jonathans Verführung nicht lange standgehalten hatte. Sie hatte sich schon oft gefragt, ob die Anziehungskraft, die er auf sie ausübte, über seine erotischen Künste und das Versprechen auf ein Abenteuer hinausging. Ob sie etwa begann, sich in ihn zu verlieben. Im Moment war sie sogar davon überzeugt.

Sie sah, wie sich die größere der beiden Grazien an Jonathan schmiegte. Eine bezaubernd schöne Frau mit üppigen Formen. Sie war eine Zeit lang sogar in festen Händen gewesen, bis ihr Liebhaber eine ehrbare Heirat eingegangen war und sie großzügig abgefunden hatte. Sie hatte die Abfindung klug angelegt, und nun besserte sie ihr ohnehin schon gutes Einkommen mit Jonathans „Geschenken" etwas auf.

Jonathan sah immer noch herüber. Es schien ihm zu gefallen, dass sie dort, im Halbdunkel, verharrte und ihm zusah. Er tat nichts, um die beiden Frauen aufzufordern, stand nur einfach da und ließ sich streicheln, verführen, erregen. Jetzt zog die kleinere der beiden Frauen den Fellumhang weg. Melinda versank in der Betrachtung von Jonathans Schultern, der kräftigen Brust, den Muskeln, die unter der Haut spielten. Sie wusste, wie weich seine Haut war, wie kräftig sich sein Körper anfühlte, wenn er sie an sich presste, auf ihr lag. Wie hart sein Glied war, wenn er in sie stieß.

Melinda schloss fest die Finger um ihren Fächer, als sie sah, wie die blonde Frau sich vor Jonathan niederkniete. Ihr Gesicht war genau vor seiner Männlichkeit, ihre Hände glitten langsam und sinnlich von seinen Waden aufwärts über die Knie, die Schenkel, bis sie an seinen Hüften lagen.

Melinda schrie vor Überraschung leise auf, als der Kopf der Frau plötzlich vorzuckte, um verspielt mit den Lippen nach Jonathans Geschlecht zu fassen. Wie konnte er nur? Hier! Vor ihr! Sie atmete schneller.

Jonathan spreizte willig die Beine, bis er breitbeinig vor der Frau stand, die nun durch den dünnen Stoff hindurch sein Glied liebkoste, daran knabberte. Die Schwellung wurde mit jedem Lecken, jeder Zärtlichkeit deutlicher. Als sie jedoch den Stoff entfernen wollte, schüttelte er den Kopf.

Die andere war nicht untätig. Sie hatte sich hinter Jonathan gestellt, ihren Körper an ihn geschmiegt, während ihre Arme ihn umfassten, sie seine nackte Brust streichelte, mit den Brustwarzen spielte. Melinda stand nahe genug, um zu sehen, wie sie unter den emsigen Fingern hart wurden und sich aufstellten. Sie wusste, wie sie sich anfühlten, schließlich hatte sie schon selbst oft darüber gestreichelt, sie geküsst, zwischen ihren Fingern gerieben.

Melinda gab ihren Beobachtungsposten auf und näherte sich der Gruppe. Die Frauen wichen nicht ganz zurück, machten ihr jedoch Platz. Melinda beachtete sie nicht, während sie heranschritt, bis sie knapp vor Jonathan stand. Er gehörte ihr. Von oben bis unten. Das wusste er, deshalb hatten die anderen ihn nur streicheln, ihn für sie bereit machen dürfen. Sie strich über seine Brust wie ein Künstler über eine Statue, ertastete die Muskeln, ließ ihre Fingerspitzen durch das weiche Haar auf seiner Brust gleiten. Dann beugte sie den Kopf, hob ihren Schleier an und fasste sachte mit den Zähnen nach seinen Brustwarzen.

Jonathans leises Stöhnen war Musik in ihren Ohren. Aber die beiden Frauen störten. Es war reizvoll gewesen, ihnen zuzusehen, aber nun wollte Melinda mit ihrem Geliebten allein sein.

Sie musste den Kopf ein wenig in den Nacken legen, wenn sie ihn ansehen wollte. Auch das hatte ihr an Jonathan gefallen: dass er größer war als sie. Ihr Mann war eine Spur kleiner. Das hatte sie nicht gestört, störte sie auch jetzt noch nicht, aber es war schön, den Kopf an die Brust eines Mannes betten zu können, das Gesicht an seinem Hals und seiner Schulter zu verbergen. Sie lächelte, öffnete dabei bewusst ihre Lippen, befeuchtete sie mit der Zungenspitze. „Schick sie weg."

Jonathan sah auf die beiden Frauen. Dann schüttelte er leicht den Kopf. „Nein, sie gehören beide dir. Den ganzen langen Abend und die Nacht, wenn du willst."

Melina sah ihn überrascht an. „Mir?"

Jonathan musterte sie eingehend. „Hast du mich nicht vor einigen Tagen gefragt, wie sich die Brüste anderer Frauen anfühlen? Wie ihre Erregung ist? Wie …", er beugte sich vor und flüsterte an ihrem Ohr, „… feucht sie werden? Wie ihre Scham aussieht? Wie sie riechen, wenn sie ihren Höhepunkt haben?“

Melinda atmete schneller, ein leiser Schwindel überkam sie. Das hatte sie ihn tatsächlich gefragt. Sie war etwas betrunken gewesen an diesem Tag, als sie in seinen Armen lag, sonst hätte sie diese Fragen nicht gestellt. Aber sie hatte plötzlich wissen wollen, wie die anderen Frauen in seinen Armen waren. Es war eine Frage, die sie sich allerdings schon früher gestellt hatte. In der Gesellschaftsklasse, in der sie aufgewachsen war, war man niemals nackt. Viele badeten sogar im Unterhemd, wuschen sich darunter, selbst wenn sie alleine waren. Es gab auch andere – nicht nur käufliche Frauen wie diese beiden hier – sondern solche, die sich zu einem freieren Leben entschlossen hatten. Darunter auch Witwen, die genügend geerbt hatten, um trotz ihrer Eskapaden nicht von der Gesellschaft gemieden zu werden. Für eine Frau wie sie war es jedoch unmöglich, solche Wünsche zu haben, geschweige denn, sie auszusprechen. Vor Jonathan hatte sie es getan. Und er hatte diese beiden Frauen geladen und ihr für den heutigen Abend geschenkt.

„Nun“, Jonathans Lippen spielten an ihrem Ohr, und der Hauch seines Atems ließ Melinda erzittern, „was gedenkst du mit ihnen zu tun?“

Als Melinda nicht antwortete, sondern nur auf die beiden Frauen starrte, die begonnen hatten, sich gegenseitig zu streicheln, lachte er leise. „Meggie, Süße. Sei doch etwas hilfreich.“ Die größere, üppige der beiden wandte sich Melinda zu. Diese wollte zurückzucken. Sie war zwar erregt, aber es schien ihr nicht angemessen, hier mitzutun.

„Du darfst“, flüsterte Jonathan. „Nicht wahr, Meggie?“

Die Prostituierte lächelte Melinda an. „Ich mag es, Madam. Oft lieber als von Männern, die glauben, mit unsereins brutal sein zu dürfen.“ Sie streifte sich den hauchdünnen Schleier ab und stand nackt vor Melinda, die sich an Jonathan lehnte und die Frau fasziniert ansah. Diese griff nach Melindas Hand und führte sie an ihre Brust. Melinda wehrte sich, aber dann, als sie die Weichheit der anderen spürte, gab sie nach. Sie fühlte sich nicht viel anders an als ihre eigenen Brüste, die ungefähr gleich groß waren. Ebenso weich und nachgiebig, federnd unter dem Druck der Finger. Meggies Brustspitzen waren dunkler als ihre, die Höfe um die Warzen größer, selbst als sie sich durch die Berührung zusammenzogen. Sonst war kaum ein Unterschied. Melinda wusste nicht, was sie erwartet hatte, aber sie fühlte sich enttäuscht.

„Zeig ihr mehr, Meggie.“

„Aber gerne. So viel sie sehen will.“ Meggie lächelte. Sie hatte schöne, volle Lippen und ebenmäßig gewachsene, gesunde Zähne. Melinda sah ihr nach, wie sie die andere Frau heranzog, ihr ebenfalls das hauchdünne Gewand abstreifte und sie zu streicheln begann. Hinter den beiden Frauen stand ein Ruhebett, und sie drückte die andere darauf. Zuerst fuhr sie über ihre Brüste, ihren Bauch, dann beugte sie den Kopf und ließ ihre Lippen hinunterwandern. Jonathan kam mit Melinda im Arm näher. Er ergriff den Fuß der Liegenden und zog ihn sachte zur Seite, gab deren Weiblichkeit ihren Blicken preis.

Meggies Hand glitt vom Bauch tiefer, streichelte über das weiche Vlies, und dann fuhr sie mit einem Finger tiefer in die Spalte, öffnete sie für Melindas Blicke. Melinda stand eng an Jonathan geschmiegt, halb verlegen und verschämt, halb neugierig. Sie blickte auf die Scham der Frau, die sich darbot wie eine vom Tau feuchte Blüte, deren Blätter entfaltet wurden. Die dicken äußeren Schamlippen waren nur zart behaart, die inneren Lippen waren dunkler, mündeten oben in der von Haut geschützten Klitoris.

Melindas Wangen brannten, als Meggie einen Finger tiefer in die Feuchte hineingleiten ließ. Dann, mit einem Blick auf Melinda, einen zweiten Finger. Es machte ein schmatzendes Geräusch, als die Finger sich einige Male hinein und hinaus bewegten. Die Frau wand sich in langsamen, lasziven Bewegungen, ihre Augen waren geschlossen. Sie hatte ihre Hände über ihre Brüste gelegt, streichelte sich, zwirbelte die Spitzen. Melinda starrte im Schutz ihrer Maske auf die Scham der Frau. Ihr Atem ging schnell und heftig.

Meggie rutschte von der Liege, sodass sie zwischen den geöffneten Beinen ihrer Freundin zu knien kam. Melinda sah, wie sie ihren Kopf langsam senkte, dabei das Gesicht der anderen nicht aus den Augen ließ, und dann schnellte ihre rosige Zunge hervor und traf die empfindlichste Stelle. Die Frau bäumte sich auf, stöhnte.

Melinda bewegte sich unruhig in Jonathans Armen. Es stieg heiß in ihr auf. Sie fühlte die Erregung wachsen, spürte ihr eigenes Zittern, ihre eigene Feuchtigkeit zwischen ihren Beinen und das Pochen. Jonathan schien ähnlich zu fühlen, denn seine Hand glitt an ihrer Hüfte abwärts und streichelte sie.

Meggies Lippen schlossen sich um die Klitoris, sie saugte, dann glitt ihre Zunge tiefer, schob die geröteten inneren Lippen fort, bewegte sich im Kreis. Melinda war erstaunt, wie beweglich Meggies Zunge war. Sie selbst hätte es nicht fertiggebracht, sie so weit herauszustrecken und dann noch so schnell damit zuzustoßen, sie so rasch im Kreis zu bewegen. Jonathan war dazu aber bestens in der Lage. Mindestens ebenso gut wie diese Frau. Vielleicht noch besser. Melinda erzitterte. Es genügte ihr nicht mehr zuzusehen, sie wollte selbst dort liegen.

Jonathans Lippen streichelten ihre Wange, ihre Schläfe. „Berühre sie."

„Nein." Melinda wandte das Gesicht ab und verbarg es an Jonathans Brust. Sie spürte die Vibration seines Brustkorbs, als er leise lachte. Bei jeder seiner Bewegungen rieb sich sein erigiertes Glied an ihrem Körper.

„Sollen sie dich berühren? Dich streicheln? Lecken?"

Melinda legte den Kopf in den Nacken und sah Jonathan an. „Nein. Du sollst es tun."

Jonathans eben noch so amüsiertes Lächeln veränderte sich. Es wurde sinnlich, und ein Hauch von Gefahr lag darin. „Dann lege dich auf das Bett."

„Sie sollen zuerst gehen."

„Sie werden bleiben und dich halten."

„Nein!" Es hatte ihr gefallen, sie erhitzt, aber nun wollte sie allein sein. Sie hatte ihre Neugier ein wenig befriedigt, wollte jedoch keine Zeuginnen haben, wenn sie sich ihrer Leidenschaft mit Jonathan hingab und sich völlig gehen und von ihm in Besitz nehmen ließ.

Jonathans Züge wurden hart. Er mochte es, bei ihren lustvollen Spielen Macht über sie auszuüben, aber dieses Mal gab Melinda nicht nach. Als sie sich von ihm losmachte und einen Schritt zurücktrat, nickte er den beiden zu.

„Vergnügt euch in einem der Gästezimmer, meine Süßen. Wir wollen jetzt allein sein." Er sah den beiden mit einem Ausdruck des Bedauerns nach, aber als er sich Melinda wieder zuwandte, wusste sie, dass die beiden im nächsten Moment vergessen sein würden. Und dann war sie auch schon in seinen Armen. Er hob sie hoch, trug sie zu dem Sofa und legte sie darauf.

Jonathan schob ihr einfach den Rock hoch, presste einen heißen Kuss auf ihren Bauch und spreizte ihre Knie. Als seine Lippen hart und unerbittlich auf ihre feuchte Nacktheit trafen, bäumte Melinda sich auf. Er behandelte sie nicht so zart wie Meggie ihre Freundin. Seine Lippen waren fordernd, die Zunge schob sich tief in sie, bewegte sich heftig, seine Hände hielten ihre Schenkel auseinander, als Melinda zu flüchten versuchte, um sich vor seinen leidenschaftlichen Liebkosungen in Sicherheit zu bringen. Es war lustvoll, aber in seinem Ungestüm schon schmerzhaft. Sie stöhnte, begann zu wimmern, als er nicht nachließ. Ihre inneren Wände bewegten sich, ihr Unterleib verkrampfte sich, ihr Leib bäumte sich auf, aber Jonathan ließ nicht von ihr ab. Sie schrie auf, als der Höhepunkt sie erfasste, sie zu zerreißen drohte. Und sie schrie abermals auf, als Jonathan ihr danach keine Ruhe gönnte, sondern weitermachte. Der Raum um sie herum verschwamm in den Farben eines Regenbogens, als sie sich nicht lange darauf noch einmal wand. Und mitten in den zweiten Orgasmus hinein warf Jonathan sich auf sie und vergrub sich aufstöhnend zwischen ihren Schenkeln.

3. Kapitel

Als die Reisekutsche ihrer Eltern vor dem Haus von Lady Elisabeth hielt, hatte Sophie schon längst ihre Fortbewegungsart gewechselt und war mit Rosalind – ihrer lebhaften dunkelbraunen Stute – ein Stück vorangeritten. Zuerst erschienen ihr die Städte, durch die sie kamen, erschreckend lebhaft und überfüllt, aber als sie Eastbourne endlich erreichten, war sie wie Rosalind, die bisher ebenso wenig die Schottischen Highlands verlassen hatte wie ihre Herrin, an die vielen Kutschen, die Menschen, Pferde, Hunde und Karren gewöhnt.

Rosalind war das einzige Zugeständnis ihres Vaters an Sophies Verbannung gewesen. Robert McIntosh, der selbst Pferde über alles liebte, hatte dafür gesorgt, dass Sophie nicht aller Vergnügungen beraubt wurde. Seine Tochter sollte hier ja nicht verkümmern, sondern nur die strenge englische Luft schnuppern und erkennen, wie gut es ihr daheim ging. Er hatte ursprünglich ein Jahr angesetzt, sich dann aber – falls sie sich gut aufführte und nicht die geringste Klage bis zu ihm drang! – relativ nachgiebig auf sechs Monate hinunterhandeln lassen. „Denn um eine Dame aus ihr zu machen“, hatte er seufzend gemeint, „würden selbst sechs Jahre nicht reichen.“

Ihre kleine Schwester hatte sie beneidet, die Brüder hatten sie ausgelacht, und ihre Mutter war gekränkt gewesen, weil Sophie die Vorstellung entsetzte, monatelang in jener Stadt zu verweilen, in der Annabelle Stourton bis zu dem Tag, an dem sie mit Robert McIntosh ihre gute Erziehung und Sittsamkeit vergaß, gelebt hatte. Ihre Mutter sah Eastbourne mit den Augen ihrer Kindheit, ihrer Jugend und verklärte in ihrer Erinnerung jenen Ort, an dem sie ihren späteren Gatten kennengelernt hatte. Sophie dagegen hatte Schottland niemals verlassen und auch nie das geringste Bedürfnis dazu verspürt.

Außerdem hatten sie die Bemerkungen ihrer Mutter über Tante Elisabeth misstrauisch gemacht. Sie hatte ihr eingeschärft, nur ja zurückhaltend zu sein, sich gut zu benehmen und nichts zu tun, was die Tante gegen sie aufbringen konnte. Denn Lady Elisabeth sei, so hatte Annabelle betont, von strengsten moralischen Vorstellungen durchdrungen und hielte sehr viel auf angemessenes Benehmen. Ihr Bruder Malcolm, der Sophie begleiten sollte, hatte bei diesen Worten herausgeprustet, war aber dafür von seiner Mutter gehörig getadelt worden.

Sophie dagegen war jedes Lachen schon längst vergangen. Sie hatte keine Ahnung, was eine moralisch hochstehende Dame als angemessen empfand, aber als sie fünfzehn Minuten nach ihrer Ankunft in der Silverdale Road von Lady Elisabeth in deren Salon zitiert wurde, begann sie zu ahnen, dass ihr Vater die Strafe mit Bedacht ausgewählt hatte.

Sie hatte schon an den Blicken der Leute, die ihnen begegneten, und noch viel mehr an den weit aufgerissenen Augen des Stallburschen, der ihr Rosalind abnahm, gesehen, dass man hier die Schicklichkeit der Bequemlichkeit vorzog. Zum Glück hatte das heimlich kichernde Dienstmädchen sie gleich auf ihr Zimmer gebracht und Sophie so Gelegenheit gegeben, sich schnell umzukleiden, und ihrer Tante statt mit ihrem geliebten weiten Reitrock in einem Kleid entgegenzutreten.

Sie hatte drei Kleider mit – mehr besaß sie nicht – und dann eben diesen Rock, den sie oftmals in Schottland trug, wenn sie ausritt. Fast alle in ihrem Dorf und der Umgebung trugen diese Art von Röcken. Sie ließen sich bequem hochbinden und störten weder bei der Arbeit im Stall, noch auf dem Feld. Er war so weit, dass sie den Saum von hinten zwischen den Beinen durchziehen, in den Bund stecken, und dann im Herrensitz auf dem Pferd sitzen konnte. Die Beine waren dabei immer noch züchtig bis knapp unter die Knie verdeckt und alles, was sich darunter befand, wurde durch die Stiefel verborgen. Hier, auf englischem Boden, wohlgemerkt. Denn daheim ritt sie gelegentlich ohne Stiefel, mit bloßen Füßen und überhaupt sehr oft in Hosen aus.

Und dann stand sie Lady Elisabeth das erste Mal gegenüber. Sie sah eine schlanke, fast dünne Frau in einem sehr eleganten Kleid. Das ergraute Haar war in so geordnete Locken gelegt, dass man den Eindruck hatte, keinem Härchen sei auch nur erlaubt, eine andere Richtung einzunehmen als die ordnende Hand ihm zugedacht hatte. Die Augen blickten kühl, die Nase war gerade und ein wenig spitz zulaufend, der Mund wäre hübsch gewesen, hätten die Lippen sich nicht streng zusammengepresst.

Sophie fröstelte, kaum dass sie das Zimmer betreten hatte. Aber dann fasste sie sich ein Herz und wollte mit einem Lächeln auf die Frau zugehen. Ihre Tante jedoch blieb stocksteif auf der kleinen Bank sitzen, sah Sophie kalt entgegen und hob dann auch noch eine auf einem Stiel befestigte Brille vor die Augen, um Sophie zu betrachten. Sophie blieb unsicher stehen.

„So. Du bist also Annabelles Tochter.“

Ihre Mutter hatte ihr eingeschärft, dass von wohlerzogenen jungen Damen erwartet wurde, vor älteren Frauen zu knicksen. Sie sank ein wenig ein, bevor sie antwortete. „Ja, Madam.“ Sie merkte selbst, wie dünn ihre Stimme klang, und musste zugeben, dass sie eingeschüchtert war. Sie konnte mit dem Zorn ihres Vaters, mit den Sticheleien ihrer Brüder umgehen, aber diese Art von Behandlung war ihr fremd. Ihre Familie war weniger zurückhaltend. Man umarmte sich, küsste einander auf die Wange und begrüßte sogar Fremde noch wesentlich herzlicher, als diese Frau die Tochter einer Cousine willkommen hieß.

Wieder ging der kalte Blick über sie. „Was immer man über deine Mutter sagen konnte, sie wusste sich zu kleiden. Unfassbar, dass sie mir ihre Tochter derart schlecht angezogen ins Haus schickt.“

Sophie wurde rot. Sie hatte, als sie durch die Städte gekommen waren, und sie die anderen Leute beobachtet hatte, schon geahnt, dass ihre Kleidung nicht ganz dem Standard der wohlhabenden Engländerinnen entsprach, aber als sonderlich schlecht angezogen hatte sie sich nicht empfunden. Das war ihr bestes Kleid! Und es war erst zwei oder drei Jahre alt!

„Ich hoffe, deine Eltern haben dir genügend Geld mitgegeben, um deine Garderobe wenigstens um einige grundlegende Stücke aufzubessern. So kannst du hier jedenfalls nicht aus dem Haus gehen. Die halbe Stadt würde sich über dich mokieren."

Sophie machte den Mund auf, aber in diesem Moment wurde die Tür aufgerissen und ihr um zwei Jahre jüngerer Bruder Malcolm stand darin. Sophie sah mit Genugtuung, wie sein bereites Grinsen beim Anblick von Tante Elisabeth schwand, und er von dem kalten durchbohrenden Blick, den diese Stielbrille noch intensivierte, ebenfalls eingeschüchtert wurde. Dann ging es ihr also nicht allein so. Das war beruhigend.

„Und wer ist das?" Lady Elisabeths Stimme war wie von Frost durchzogen.

„Das ist mein Bruder, Madam", erklärte Sophie hastig, als Malcolm Lady Elisabeth lediglich stumm anstarrte und nicht mehr als eine hölzerne Verbeugung zustande brachte.

„Dein Bruder ist ebenfalls gekommen?" Die hauchdünnen Augenbrauen zogen sich zusammen. „Davon stand nichts in dem Schreiben deines Vaters, mit dem er mir – sehr kurzfristig, wie ich sagen muss – deine Ankunft mitteilte. Ich bin auch nicht darauf vorbereitet, eurer halben Familie hier Kost und Quartier zu gewähren."

„Das müssen Sie auch nicht", sagte Sophie, die es nicht über sich brachte, ihre Tante zu duzen. „Vater hat Anweisung gegeben, dass Geld für mich auf der Bank in Eastbourne hinterlegt wird. Das reicht gewiss, um Ihre Auslagen für mich und Malcolm abzudecken. Und", fügte sie mit einem Anflug von Trotz hinzu, „wir essen ohnehin nicht sehr viel."

Die Stielbrille wandte sich ihr bedrohlich zu. „Lass dir gleich von Anfang an gesagt sein, Sophie, dass dies ein Ton ist, den du vielleicht deinesgleichen gegenüber anschlagen kannst, aber nicht bei mir." Der scharfe Blick glitt unheilvoll über sie. „Schweigsamkeit, Sittsamkeit, Zurückhaltung. Das sind die Tugenden einer jungen Dame. Und die wirst du bei mir lernen. Es ist unüblich, dass ein Mädchen in deinem Alter noch nicht in die Gesellschaft eingeführt worden ist, und man merkt dir leider das höchst ungeschliffene Benehmen an, aber wir werden das Beste daraus machen müssen."

Da Lady Elisabeth offenbar eine Antwort erwartete, nickte Sophie. „Ja, Mylady."

Ihr Bruder schnaufte bei der Anrede amüsiert, und Sophie warf ihm einen bissigen Blick zu, der zum Glück von der Tante unbeachtet blieb.

„Ich bin sehr standesbewusst und strikt in den Anschauungen, was das Benehmen einer jungen Dame betrifft", fuhr sie in dozierendem Ton fort. „Am besten wird es sein, du nimmst dir ein Beispiel an deiner Cousine Augusta. Sie wird dir ein gutes Vorbild abgeben. Du wirst bei mir nicht viele Leute treffen, aber jene, die zu meinem Freundeskreis gehören, zählen zur gehobenen Eastbourner Gesellschaft. Ich werde nicht dulden, von dir vor ihnen blamiert zu werden." Eine weitere Musterung, die Sophie einerseits wünschen ließ, sich in Luft aufzulösen, und andererseits den heißen Drang in ihr weckte, die Frau vor ihr gründlich zu schockieren und dann nach Hause zu reisen. „Wie ich dem Brief deines Vaters entnehme, hast du dir daheim etwas zu Schulden kommen lassen?"

„Ja, Madam." Sophies Ton klang trotz der Ermahnung aufsässig.

Der kalte Blick fraß sich förmlich in Sophie hinein. „Er hat nicht geschrieben, worum genau es ging, aber es scheint ein junger Mann dabei im Spiel gewesen zu sein."

„Ja, Madam." Sophie fragte sich, was ihr Vater geschrieben hatte, aber offenbar waren es nur Andeutungen gewesen. Der gute Patrick. Den hätte diese Hexe dort drüben nicht eingeschüchtert. Sophie wünschte ihn heiß an ihre Seite. Er hätte zu ihr gehalten, hätte ihr Mut zugesprochen und hätte nicht wie Malcolm nur dagestanden und stumm geglotzt.

Tante Elisabeth nickte ihr hoheitsvoll zu. „Du kannst dich jetzt zurückziehen. Über alles Weitere sprechen wir später." Sie senkte ihre komische Stielbrille und wandte sich ab, zum Zeichen, dass das Gespräch beendet war.

Sophie stand noch einen Atemzug lang unschlüssig herum. Sie wusste nicht, ob nicht doch ein nettes Wort angebracht war. Vielleicht sollte sie jetzt die Grüße übermitteln, die ihr von ihren Eltern für Lady Elisabeth mit auf den Weg gegeben worden waren. Aber dann drehte sie sich um und ging zur Tür.

Malcolm folgte ihr auf dem Fuß, wandte sich jedoch noch einmal nach der unfreundlichen Frau um. „Ich bleib nicht lange, Madam. Keine Sorge. Reise garantiert bald wieder ab. Ziemlich wahrscheinlich schon morgen." Damit drängte er Sophie aus der Tür, nahm sie bei der Hand und zog sie die Treppe hinauf.

Sophie war ein kleines, aber heimeliges Gästezimmer neben denen von Tante Elisabeth und Augusta zugewiesen worden, in das Malcolm sie jetzt zerrte. Er schloss hinter ihnen beiden ab, als hätte er Angst, Lady Elisabeth könnte sie verfolgen, verdrehte die Augen und schnitt eine Grimasse, die Sophie trotz des soeben durchlebten Schreckens zum Kichern brachte. „Bei allen Göttern und dem Heiligen Geist! So eine Schreckschraube habe ich noch nie getroffen."

„Du hättest ruhig auch etwas sagen können", hielt Sophie ihrem Bruder vor.

„Und die alte Schachtel gegen dich aufbringen?", erwiderte Malcolm ungerührt. „Vergiss nicht, Sophie, du musst die Leute aushalten. Sechs Monate lang. Und ich würde dir wirklich nicht raten, Unsinn zu machen, sonst verlängert Vater deinen Aufenthalt." Er schüttelte mitleidig den Kopf. „Puh. Wenn er das tut, sitzt du aber ganz schön in der Tinte."

Sophie fand, dass sie jetzt schon bis zum Hals darin saß. „Du reist doch nicht wirklich schon morgen ab?!" Ihre Augen waren groß und ängstlich.

Malcolm schnaubte. „Du glaubst doch nicht wirklich, dass ich auch nur eine Minute länger bleibe als nötig?"

„Ich wünschte, du würdest ganz hier bleiben. Oder wenigstens noch eine Woche." Sophies Stimme klang belegt. Kein Wunder, denn ihre Kehle war wie zugeschnürt, und Tränen brannten in ihren Augen.

Ihr Bruder trat einen Schritt zurück. „Fang jetzt bloß nicht an zu flennen, Sophie. Du weißt, das vertrage ich gar nicht."

Sophies Mund zuckte. „Aber … ich glaube, ich fürchte mich vor dieser Frau. So hat mich noch nie jemand behandelt. So kalt und so gemein. Als wäre ich … ein Nichts …"

Malcolm richtete sich auf und fasste Sophie fest an den Oberarmen. „Sophie, du bist kein Nichts! Du bist eine McIntosh. Vergiss das nie! Noch kein McIntosh hat vor den Sassenachs gekniffen. Alle unsere Vorväter sind tapfer im Kampf gestorben!"

„Du kneifst doch auch", erwiderte Sophie aufmüpfig. „Und sei nicht so dumm, Malcolm, wenn alle unsere Vorväter im Kampf gestorben wären, gäbe es uns vielleicht gar nicht. Außerdem weiß ich, dass Vaters Vater einundachtzig wurde und unser Urgroßvater weit über siebzig." Sie seufzte. „Ich wollte, du könntest bei mir bleiben, dann hätte ich keine Angst."

„Das würde ich vielleicht sogar tun", meinte ihr Bruder, die heroische Pose aufgebend, „aber du weißt doch, was Vater befohlen hat: ich muss sofort heimkommen. Auch Jackson hat die entsprechende Order, die Kutsche zurückzubringen. Und wenn ich nicht dabei bin, wenn er heimkehrt …" Malcolm sprach es nicht aus, aber Sophie wusste, dass es Momente gab, in denen man den strikten Anweisungen ihres Vaters gehorchen sollte. Zumindest seine Söhne. Sophie hatte es immer wieder geschafft, sich rauszuwinden – jedenfalls bis zu ihrer Verbannung.

„Und ich könnte gar nicht hierbleiben", fuhr ihr Bruder fort. „Vater hat mir gerade genug Geld für die Reise mitgegeben. Und er hat seinen Notar angewiesen, nur für deine Kosten aufzukommen. Du kriegst ja auch kein Bares auf die Hand, sondern musst alle Rechnungen an diesen Mr. Bains schicken, der sie dann begleicht." Die Kanzlei Bains & Bains war Robert McIntosh von seinem Notar als zuverlässig und seriös empfohlen worden. Sophie erhielt zwar in jedem Monat ein wenig Taschengeld von ihnen ausbezahlt, und es war ihr, als sie von daheim abgefahren war, auch viel vorgekommen. Aber auf dem Weg hierher hatte sie begriffen, dass die Summe gerade nur für ganz kleine Ausgaben reichte. Zu wenig jedenfalls, um Malcolm ebenfalls davon finanziell zu unterstützen.

Malcolm tätschelte Sophies Arme. „Hab übrigens schon den Vetter kennengelernt, als er vorhin aus dem Haus geschlichen kam, damit seine Mutter ihn nicht sieht." Malcolm grinste. „Der scheint recht in Ordnung zu sein. Gar nicht von der spießigen Sorte und so, sondern ganz nett."

„Das wäre schön", sagte Sophie mit ein wenig Hoffnung. Im Grunde hatte sie sich mit ihren Brüdern und den Jungen der Pächter, ganz abgesehen von Patrick natürlich, immer besser verstanden als mit den Mädchen. Ihre Schwester war fünf Jahre jünger, die Töchter der Nachbarn und Pächter entweder ebenfalls jünger oder viel älter – wie Patricks Schwestern – oder zu schüchtern, um sich mit der Tochter des Burgherrn anzufreunden. Ein unternehmungslustiger Vetter, der nicht an ihr herumnörgelte, sondern sie und Rosalind auf ihre Ausritte begleitete, käme da gerade recht. Die Cousine war – so wie Tante Elisabeth sie ihr geschildert hatte – wohl eher kein Trost.

„Sophie", ihr Bruder klopfte ihr teilnahmsvoll auf den Arm, „du schaffst das. Du stehst diese sechs Monate durch, und dann kommst du heim. Ich werde dich abholen, das verspreche ich dir."

„Einhundertdreiundachtzig Tage", seufzte Sophie. Sie hatte auf der Reise hierher genügend Zeit gehabt, Berechnungen anzustellen. Und – wie ihr Vater sie hatte wissen lassen – war die Zeit, die sie für die Reise benötigte, nicht in die sechs Strafmonate inkludiert. Sophie hatte also keinen Grund gehabt, die Anfahrt auf mehrere Monate hinauszuzögern.

„Und morgen sind es nur noch einhundertzweiundachtzig", tröstete sie ihr Bruder. „Du wirst sehen, wie schnell die Zeit vergeht."

4. Kapitel

Sophie hielt außerhalb des lädierten Zauns und betrachtete neugierig den wuchernden kleinen Park und das zweistöckige Haus mit den schief in den Angeln hängenden Fensterläden und dem abgelösten Verputz.

Das also war Marian Manor, Großmutters altes Haus, das Sophie nach dem Tode ihrer Großmutter als älteste Enkelin geerbt hatte. Ihre Großmutter, Mrs. Stourton, hatte ihre Tochter an die Schotten verloren, das Testament jedoch offenbar in der Hoffnung abgefasst, dass sich doch noch eine aus dem Geschlecht derer von Stourton-McIntosh fand, die hierher zog. Sophie hatte zwar nicht die geringste Absicht, aber sie war neugierig auf das Haus gewesen, und sie war jetzt, da sie es sah, stolz darauf.

Ihre Großmutter hatte ihre Familie vor etwa zehn Jahren einmal in Schottland besucht, als Sophie elf gewesen war, und war einige Wochen geblieben. Eine sehr liebenswerte Frau. Dann war sie wieder heimgekehrt, aber bald zu ihrer ebenfalls verwitweten Schwester nach London gezogen. Und vor zwei Jahren war sie zur Trauer ihrer schottischen Familie an der Grippe gestorben. Sophies Mutter war daraufhin nach London gereist und hatte dort von dem Testament erfahren.

Und jetzt war Sophie also hier. Es war nicht leicht gewesen. Sie hatte sich – wie so oft, wenn sie etwas unternehmen wollte, das ihre Tante für nicht standesgemäß ansah – wegschleichen müssen. Sie hatte in den ersten Tagen ihren Vetter Henry, der angeblich die Schlüssel von Marian Manor besaß, gebeten, sie zu begleiten, aber der hatte so vehement davon abgeraten das Haus zu besichtigen, dass Sophie nach außen hin nachgegeben und einen Alleinbesuch geplant hatte. Sie schüttelte jetzt noch den Kopf, wenn sie daran dachte, dass Henry sogar behauptet hatte, es würde hier spuken. Ein markanter Fehler – jeder daheim in Schottland hätte gewusst, dass dies der letzte Anstoß war, um Sophie auf jeden Fall hierher zu locken.

Sophie unterzog ihr Haus abermals einer Betrachtung. Es war bezaubernd. Und viel größer als sie gedacht hatte. Der Park war nun wildromantisch überwuchert, bedurfte jedoch nur eines entschlossenen Gärtners, um wieder einen angemessenen Rahmen für dieses hübsche Anwesen abzugeben. Das Haus selbst war möglicherweise gar nicht so baufällig, wie Henry behauptet hatte. Das Dach wirkte von hier aus ganz ordentlich und unter dem abgeschlagenen Verputz sah man, dass zumindest das Erdgeschoß aus festen Steinquadern bestand. Also gutes Material, mit dem man etwas anfangen konnte. Ein frischer Verputz, die Fensterläden repariert, gestrichen, die gesprungenen Scheiben neu eingesetzt, und schon war Marian Manor ein wahres Schmuckkästchen. Den rankenden Efeu konnte man zum Teil lassen, der machte sich sehr hübsch.

Zum ersten Mal seit ihrer Verbannung empfand Sophie so etwas wie Interesse und Freude. Es war schade, dass sie nicht hierher ziehen konnte, sondern bei Tante Elisabeth und ihrer Cousine ausharren musste. Zehn Tage näherer Bekanntschaft mit den beiden hatten gereicht, um Sophie selbst das Zusammenleben mit einem Hausgeist schmackhafter zu machen als einen weiteren Tag in der Silverdale Road.

Tante Elisabeth erlaubte ihr kaum, auch nur einen Schritt unbeobachtet außer Haus zu gehen. Sophie wusste nicht, was Vater ihrer Tante über die Gründe, die sie hierher verbannt hatten, mitgeteilt hatte, aber selbst wenn Lady Elisabeth nichts von dem eingestürzten Bergwerk wusste, so empfand sie selbst nach so vielen Jahren noch tiefe Genugtuung dabei, Sophie den Skandal vorzuhalten, den ihre Mutter damals ausgelöst hatte. Denn dass diese Schande noch lange nicht vorbei und vergessen war, hatte sie nicht nur von der widerwärtigen Base und Tante Elisabeth, sondern auch noch von Tante Elisabeths lästigsten Freundinnen erfahren, die sich lebhaft erinnerten und dem Benehmen und Treiben der Tochter der ‚verruchten Annabelle‘ größte Aufmerksamkeit schenkten.

Sophie fand dies mit jedem Tag ärgerlicher. Es war schließlich nicht ihre Schuld, dass Robert McIntosh ihre Mutter vor fünfundzwanzig Jahren in Eastbourne gesehen, geküsst, verführt und bald darauf nach Gretna Green entführt hatte. Der Skandal hatte damals nicht nur Eastbourne, sondern die ganze Umgebung im Umkreis von hundert Meilen erfreut und schien immer noch nicht in Vergessenheit geraten zu sein.

Dabei hatte Sophie nicht das geringste Interesse daran, sich ausgerechnet hier Hals über Kopf zu verlieben und sich unziemlich verführen zu lassen. Sie wollte nur die Zeit absitzen und dann heimkehren. Zu den wunderbaren Highlands, dem hellblauen Sonnenhimmel, den violetten Gewitterwolken, den grünen Wiesen, den Schafen, Vaters alter Burg. Und zu Patrick. Ihr Freund fehlte ihr. Sie war sich bei der Abreise gar nicht bewusst gewesen, wie sehr sie ihn vermissen würde. Sie hatte ihn zwar gebeten, ihr Briefe zu schreiben, aber mit demselben Ergebnis hätte sie auch eine von Vaters Ritterrüstungen, die in der Halle herumstanden, darum ersuchen können.

„Im Grunde darf ich mich nicht beklagen", sagte sie zu Rosalind, die ruhig stehen geblieben war, während ihre Herrin das Haus in Augenschein genommen hatte. „Es hätte im Fall einer Ehe mit Phaelas weit schlimmer kommen können." Schließlich musste sie Tante und Cousine nur einige Monate und nicht ein ganzes Leben lang ertragen.

Ihre dunkelbraune Stute tänzelte und schnaubte, als ihre Herrin sich herabbeugte, um das quietschende Gartentor zu öffnen. Sophie tätschelte ihr den Hals. „Was ist, spürst du schon die Gespenster?"

Sie trieb Rosalind in den kleinen Park hinein. Hinter dem Tor hielt sie an. Henry hatte, als er bemerkte, dass Sophie sich nicht vor Gespenstern zu ängstigen schien, eindringlich vor der Baufälligkeit des Hauses gewarnt. Fürchtete er tatsächlich, das Haus könnte über ihr einstürzen? War dies vielleicht der Grund, weshalb der Schlüssel im ganzen Haushalt nicht auffindbar gewesen war? Nun, dachte sie mit einem schiefen Grinsen, sie hatte schon Erfahrungen mit einem zusammenstürzenden halben Berg gesammelt, da konnte ihr so ein Häuschen keine Furcht einjagen.

Erstaunt bemerkte sie, dass der Weg zum Haus weitaus öfter benutzt wurde, als sie dies bei einem leer stehenden Gebäude angenommen hätte. Henry hatte ihr zwar gesagt, dass er und der Verwalter seiner Mutter öfter einmal herkamen, um nach dem Rechten zu sehen, aber hier fanden sich tiefe Wagenspuren. Der vom letzten Regen noch feuchte Boden wies unzählige Hufabdrücke auf, und links und rechts vom Weg war das hohe Gras niedergetrampelt, als wären hier viele Menschen durchgestapft.

Henrys Gespenster schienen sich wohl recht heimisch zu fühlen.

Sophie lenkte Rosalind um das Haus herum, bis sie wieder vorne angelangt waren. Ein neuer Zaun und ein Schloss am Tor wären nicht schlecht. Viel konnte im Park nicht mehr zerstört werden, aber wenn man das Haus renovieren ließ, dann sollten auch keine fremden Gespenster mehr eindringen können. Sophie war allerdings der Überzeugung, dass es sich bei diesen Besuchern eher um übermütige Geister handelte. Tante Elisabeth hatte erst am Vorabend von einigen jungen Leuten aus London erzählt, die viel Unfug in der Stadt angestellt hatten.

„Ich bin sicher, so viel wird gar nicht zu reparieren sein", erzählte sie Rosalind, die aufmerksam die Ohren spitzte. Sie redete oft mit Rosalind. Wenn sie alleine ausritten, wenn sie sie im Stall besuchte, sie striegelte, und noch viel mehr, seit sie beide in Eastbourne angekommen waren, und Sophie sich unter all den Engländern vereinsamt fühlte.

„Ich glaube ja nicht, dass jemals einer von uns hier wohnen will", sprach Sophie weiter, „aber wenn Mutter wüsste, wie das Haus aussieht, in dem sie gelebt und wo sie Vater kennengelernt hat, dann wäre sie bestimmt sehr traurig." Rosalind schnaubte, und Sophie ließ ihren Blick nachdenklich über die Fensterreihen schweifen. Jedenfalls könnte ein genauerer Blick nichts schaden. Vielleicht kam sie doch ins Haus – auch ohne Schlüssel.

Sie schwang kurz entschlossen das in Hosen steckende Bein über Rosalinds Hals, ließ sich aus dem Sattel rutschen und band die Zügel um einen morschen Pfahl – weit genug vom Haus entfernt, falls doch Dachziegel herabfallen sollten. Sie presste sekundenlang das Gesicht auf den warmen, kräftigen Pferdehals und ging dann mit energischen Schritten auf das Haus zu. Rosalind zerrte am Zügel und wollte ihr nachlaufen.

„Bleib dort. Ich komme ja gleich. Ich schaue nur, ob es noch andere Eingänge gibt, oder ob eine Hintertür offensteht, ein Fenster vielleicht nicht verschlossen ist, oder eine Kellertreppe, durch die man ins Haus kann. Du weißt ja, Vater sagt immer, einen entschlossenen Schotten hält nichts auf!"

Sie stieg die wenigen Stufen zur Haustür hinauf, rüttelte daran. Fest verschlossen. Sie sprang leichtfüßig wieder hinunter und nahm den Weg links an der Hausmauer entlang zur Westseite des Gebäudes. Die Fenster im Erdgeschoss waren alle von innen verriegelt. Hier konnte man nicht ins Haus gelangen. Sophie ging weiter, bog um die Ecke und schritt abermals an der Hausmauer entlang. Sie hatte immer wieder versucht, durch die Kellerfenster zu spähen, aber es war drinnen so dunkel, dass kaum etwas zu erkennen war. Zudem waren die Scheiben halb blind vor Schmutz.

Das Haus war tatsächlich recht groß. Sie stellte sich auf die Zehenspitzen und versuchte einen Blick durch die Fenster ins Innere zu werfen, sah aber bestenfalls einen Teil der Deckenmalereien. Ihre Mutter hatte ihr von einer Bibliothek erzählt, einem Speisezimmer und einem Salon. Oben waren die Räume für die Familie und ganz oben die Zimmer für die Dienstboten. Rechts vom Eingang sollte sich der Ballsaal befinden, in dem ihre Mutter Robert McIntosh kennengelernt hatte.

Sophie ging neugierig weiter, bis sie den Hintereingang erreicht hatte. Er lag ein wenig tiefer als die Fenster des Erdgeschosses; vermutlich führte er in den Keller, und von dort gelangte man durch eine Treppe hinauf in die anderen Räume. Tante Elisabeths Haus war ähnlich angelegt. Sie rüttelte am Türknauf. Nichts.

Endlich hatte sie wieder die Vorderseite des Hauses erreicht und trat zu Rosalind, die ihr zur Begrüßung ins Gesicht schnaubte. „Alles versperrt", klagte Sophie enttäuscht. Vielleicht war es doch klüger, den Schlüssel zu suchen und dann wieder herzukommen. Sie wandte sich nochmals um, suchte ein letztes Mal die Fassade mit den Augen ab, und da entdeckte sie plötzlich links neben dem Eingang ein Kellerfenster, das einen Spalt offen stand. Das war ihr ja völlig entgangen!

Gut, dass ihr Bruder ein Paar seiner Hosen hier gelassen hatte. Nicht ganz freiwillig – sie hatte sie ihm kurz vor seiner Abreise aus seiner Reisetasche gestohlen, gleich nachdem Tante Elisabeth ihr den schönen weiten schottischen Reitrock weggenommen hatte. Alle ihre anderen Kleider waren zu eng geschnitten, die Stoffe zu weich, und eigneten sich nicht dazu, im Sattel zu sitzen. Sie wären entweder gerissen, oder hätten Sophies Beine bis zur Hüfte hinauf freigegeben.

Dazu kam noch die derbe Jacke, die sie selbst heimlich von daheim mitgeschmuggelt hatte, dann Stiefel, ein Hemd – ebenfalls von Malcolm entwendet – und schon sah sie mit dem unter einer Kappe versteckten Haar aus wie ein Bursche.

Ihre Verkleidung war zwar nur oberflächlich, einem prüfenden Blick hätte der Junge nicht standgehalten, aber das machte nichts. Es ging ihr ja nicht darum, als Mann verkleidet durch die Gegend zu streunen, sondern bequem im Sattel zu sitzen. Und jetzt kamen die Hosen besonders hilfreich zur Geltung, auch wenn sie beim Bücken über dem verlängerten Rücken spannten. Aber in einem Rock hätte sie sich niemals durch ein Kellerfenster zwängen können.

„Wirklich schade, dass Malcolm nicht mehr hier ist“, sagte sie zu Rosalind. Er hätte es, im Gegensatz zu Henry, nicht abgelehnt, mit ihr in diesem Haus zu stöbern. Und noch mehr bedauerte sie, dass Patrick nicht bei ihr sein konnte. Wie hervorragend hätte sie jetzt einen Gleichgesinnten brauchen können, und wie viel Spaß hätten sie miteinander gehabt! Vetter Henry dagegen war ein Langweiler und – auch wenn Sophie dieses Wort nie ausgesprochen hätte, zumindest nicht in seiner Hörweite und der seiner Mutter – mit ziemlicher Wahrscheinlichkeit sogar ein Hosenscheißer, der sich nicht mal die Fingernägel schmutzig machen wollte. Auch diesbezüglich hätten Patrick und sie übereingestimmt.

Sie griff nach dem Sack, den sie am Sattel befestigt hatte. Hier drinnen hatte sie Zunder und einige Kerzen. Gut, dass sie vorgesorgt hatte!

Wieder beim Kellerfenster angekommen, legte sie die Kerzen neben sich, beugte sich hinab, stieß das Fenster weit auf und lugte hinein. Ein paar Spinnweben, viel Staub. Das Bergwerk war auch nicht heimeliger gewesen, und sie hatte sich trotzdem hineingewagt. Hier würde sie zwar ganz bestimmt kein Gold finden, aber vielleicht Familienschätze wie alte Kleider, Möbel, Briefe, Bücher. Sophie fieberte richtig vor Aufregung und Unternehmungslust.

Sie hockte sich auf alle viere und steckte den Kopf weiter durch das Fenster hinein. Es war zwar düster, aber zum Glück hell genug, dass sie sehen konnte, wohin sie klettern musste. Gleich unter ihr war bequemerweise ein Schrank. Von dem Schrank war es nur ein großer Schritt zu einem Tisch und dann stand ihrer Expedition nichts mehr im Weg. Sie legte die Kerzen vorsorglich auf den etwa einen halben Meter unter dem Fensterbrett befindlichen Schrank und überlegte. Sollte sie mit dem Kopf voran hineinklettern? Oder zuerst mit den Beinen?

Edward Harrington hatte dieses Mal ohne besondere Absicht den Weg genommen, der an dem alten Marian Manor vorüberführte, und er wollte schon vorbeireiten, als er das Schnauben eines Pferdes hörte. Er lenkte seinen Hengst um eine Baumgruppe auf das Haus zu und bemerkte tatsächlich eine braune Stute, die etwas vom Haus entfernt an einem Pfahl angebunden war. Und einen Moment später wurde sein Interesse auch schon wie magisch von einem runden Hintern in obszön engen Hosen angezogen, die so geschnitten waren, dass sich die Backen und sogar die Kerbe dazwischen deutlich abzeichneten.

Der Besitzer sowohl des Hinterns als auch der Hosen kniete vor einem offenen Kellerfenster und spähte angeregt hinein. Die Jacke war etwas hochgerutscht, und als der Junge den Kopf hin und her bewegte und den Hals streckte, um besser sehen zu können, gingen seine Hüften auf äußerst provokante Art und Weise mit.

Edward bewegte sich unbehaglich im Sattel, als er sich bewusst wurde, was er da tat: Er gaffte genießerisch den Hintern eines Jungen an. Er sah verlegen weg, blickte aber gleich wieder hin. Was zum Teufel hatte der Knabe beim Kellerfenster verloren? Ausgerechnet bei diesem Haus?

Er stieg ab, band seinen Hengst außerhalb des Zauns an und betrat den Garten. Die zartgliedrige Stute sah ihm entgegen, schnaubte leise, aber Edward strich ihr im Vorübergehen über die Nüstern und den Hals. Sie schüttelte die Mähne, verhielt sich jedoch ruhig, und Edward blieb mit in die Hüften gestemmten Händen hinter dem Kerlchen stehen, dessen Hintern bei näherer Betrachtung noch mehr an Umfang und Reiz gewann. Edward schüttelte über sich selbst den Kopf, als in ihm der irritierende

Drang entstand, seine Hände auf diesen ihm entgegengestreckten Körperteil zu legen und darüberzustreicheln.

Jetzt erklang ein unterdrückter Fluch in einer unbekannten Sprache und mit heller Stimme ausgestoßen. Noch ein zweiter, dem Tonfall nach zu urteilen, noch herzhafterer. Edward überlegte noch, wo er ähnliche Flüche schon gehört hatte, als der Junge ein wenig zurückrutschte. Sein Kopf, der bisher im Kellerfenster gesteckt hatte, kam zum Vorschein. Er trug eine Kappe, die, als er sich zurückzog, am Fensterrahmen hängenblieb und neben ihm zu Boden fiel. Langes, hellbraunes Haar quoll darunter hervor, floss über die Schultern und den Rücken. Ein abermaliger Fluch, dann stopften zwei ungeduldige Hände das dichte Haar wieder unter die Kappe und zogen diese so fest über den Kopf, dass sie bis über die Ohren reichte.

Edward hatte zuerst überrascht und dann mit Erleichterung zugesehen. Nun wusste er, was an dem Hintern nicht stimmte. Er gehörte einem Mädchen! Er grinste. Diese Pracht in engen Hosen war also weiblichen Ursprungs. Höchst beruhigend, dass sein Geschmack nicht durch die vollen Formen irregeleitet worden war. Vermutlich war sie irgendeine Farmertochter aus der Umgebung. Vielleicht auch eines der Liebchen der Kerle, die sich hier – meistens nachts – herumtrieben.

Es konnte ihm gleichgültig sein, was dieses Kindchen hier machte, aber diese Kehrseite war einfach zu verlockend, um sich umzudrehen, auf das Pferd zu steigen und wegzureiten. Edward hob schon die Hand, um sie genussvoll klatschend auf eine dieser Backen zu platzieren, als er mit froher Vorahnung bemerkte, dass sich dieser reizende Hintern rückwärts in seine Richtung bewegte. Er hob einen Fuß leicht an. Nur noch ein knapper Schritt. Noch eine Handbreit … und dann stieß der Hintern an seiner Stiefelspitze an. Genau mit der Hosennaht.

Der darauffolgende Schrei hätte Tote zum Leben erwecken können. Er erschreckte die braune Stute, die zur Seite tänzelte, und ließ sogar Edward zusammenzucken. Aber der Anblick, wie die Kleine wie von der Tarantel gestochen wieder nach vorne schoss, sich dabei drehte, hintenüberpurzelte, auf diesem süßen Hintern noch panisch einige Schritte wegrutschte, und wie sich dabei ihre Jacke öffnete, war nicht schlecht. Edwards Blick blieb einige Herzschläge lang an zwei runden, sich erfreulich deutlich abzeichnenden Formen ruhen, bis er dem Mädchen wieder ins Gesicht sah. Er beschloss das Spiel noch ein wenig auszudehnen.

„Hallo, Bengelchen“, meinte er gut gelaunt. „Worauf hast du es abgesehen? Marmelade oder Schinken?“ Er für seinen Teil tendierte in diesem Moment sinnigerweise eher zu Schinken.

Sie rang nach Atem, ihr Busen wogte unter dem dünnen Herrenhemd, und die schönen Augen waren weit aufgerissen.

Er beugte sich zu ihr und hielt ihr die Hand hin. „So haben mein Bruder und ich uns immer als Kinder angeschlichen, wenn wir ausspionieren wollten, ob die Luft auf dem Weg zur Vorratskammer rein war.“

Sie sah ohne sich zu rühren auf seine Hand. Er nickte ihr aufmunternd zu. „Ich helfe dir beim Aufstehen.“

Sie machte eine abwehrende Bewegung, aber Edward griff einfach nach ihrem Arm, hielt sie fest, obwohl sie sich losreißen wollte, und zog sie hoch. Als sie dann stand, fiel es ihm schwer, sie wieder loszulassen. Seine Hand glitt abwärts, bis er nur noch ihre Finger hielt. Er betrachtete sie. Erdig waren sie jetzt, die Fingernägel schmutzig wie bei einem Jungen. Aber schmal und schlank; sehr weich die Haut, als er spielerisch und zärtlich zugleich mit seinem Daumen darüberstreichelte.

„Einer von uns hat immer aufgepasst, und der andere ist in die Vorratskammer gestürmt und hat mitgehen lassen, was unter die Jacke passte“, sprach er weiter. „Lass mal sehen, was du versteckt hast. Er hob die Jacke an und betrachtete wohlgefällig den Anblick darunter.

Sie entriss ihm energisch ihre Hand, sprang einen Schritt zurück und zog sich die Jacke vor dem Körper zusammen. „Was …“, fing sie an. Sie war zwar immer noch erschrocken, aber in den funkelnden Augen erkannte Edward den aufkeimenden Ärger.

So leicht kam sie ihm nicht davon.

„Du bist sicher schmutzig geworden, Kleiner.“ Er nahm sie an den Schultern und drehte sie, ehe sie vor Überraschung noch auf die Idee kam sich zur Wehr zu setzen, herum, bis sie ihm den Rücken zuwandte. Kein Gentleman wäre auf die Idee gekommen, einer Dame dabei behilflich zu sein, Erdkrümel von ihrer Kehrseite zu putzen, aber zum einen war dieser falsche Bengel bestimmt keine Dame, und zum anderen schrie diese außergewöhnliche Gelegenheit geradezu danach, sich diesen Leckerbissen nicht entgehen zu lassen.

Sie hielt vor Verblüffung einen Moment lang still, als Edwards Hand genießerisch Bekanntschaft mit ihrem Hinterteil machte, dann sprang sie einen Satz nach vorn, fuhr herum und funkelte ihn, ihren Hintern mit beiden Händen bedeckend, böse an. „Was fällt Ihnen ein!?“

Er hob unschuldig die Hände. „Ich wollte dir nur helfen, wieder sauber zu werden, Bengelchen.“

Fest und rund. Genauso hatte er es sich gedacht, und genauso liebte er es auch. Perfekt. Lud dazu ein, den störenden Stoff zu entfernen und dieses Hinterteil mit Händen und Mund in Besitz zu nehmen. Er war selbst überrascht über die Heftigkeit, mit der ihn das Verlangen danach packte und ihm die Hitze vor allem in seine intimsten Körperteile trieb.

Aber warum sich beherrschen? Ein Mädchen, das in solcher Kleidung herumlief, war bestimmt kein Kind von Traurigkeit. Er versuchte ihr Alter zu schätzen. Zwanzig? Vielleicht ein Jahr jünger oder älter.

Sie hatte sich in der Zwischenzeit von dem Schrecken erholt. „Wer sind Sie denn überhaupt?! Was fällt Ihnen ein, mir hier aufzulauern und mich … mich abzutätscheln!!! Ich bin kein Junge!“

Edward tat überrascht. „Ach nein? Lass mich nachschauen.“

„Nein!“ Sie wollte zu ihrem Pferd, aber er fing sie ein und drehte sie herum, sodass sie wieder mit dem Rücken zu ihm stand.

„Nicht so schnell. So haben wir nicht gewettet. Zuerst wirst du mir sagen, was du hier zu suchen hast.“

Sie war überraschend kräftig, aber Edward wusste, wie man mit derben Kerlen umging, ganz zu schweigen von einem schlanken Mädchen, das ihm gerade bis zur Nase reichte. Er war immer mehr und mehr davon überzeugt, dass sie zu Jonathan Hendricks Bande gehörte.

„Das geht Sie einen … einen … nichts an! Und nun lassen Sie mich sofort los!“ Jetzt klang etwas Panik mit.

„Ich tue dir nichts“, beschwichtigte er sie. Ein hysterisches Frauenzimmer, das Zeter und Mordio schrie war nicht das, was ihm vorschwebte. Er wollte ja nicht viel von ihr. Nur diesen runden Hintern etwas spüren, noch einmal darüberstreicheln und dann als Draufgabe diese vollen Lippen küssen.

Er fasste nach ihren Handgelenken, bog sie nach vorn und fesselte sie zugleich mit seinem Arm, während er sie mit dem Rücken eng an seine Brust presste. Das Mädchen fühlte sich wirklich gut an. Weich und rund an den richtigen Stellen. Seine freie Hand tastete sich aufwärts, umfasste eine dieser Brüste, massierte sie. Sie trug nur ein leichtes Mieder unter dem Herrenhemd, und er konnte die Rundung und die Erhebung in der Mitte fast so leicht ertasten, als wäre sie nackt gewesen. „Tatsächlich … ein Mädchen."

„Sofort loslassen! Verschwinden Sie!" Sie zappelte wie verrückt, versuchte zu treten.

Er zog sie noch etwas enger, neigte den Kopf, ließ sie seinen Atem an ihrer Wange und ihrem Hals und seine wachsende Erregung an ihrem Hinterteil spüren. „Heraus mit der Sprache, was hast du hier verloren? Wolltest du einbrechen?" Der runde Hintern presste sich an seinen Unterleib. Das war nicht schlecht. Zu schade, dass es nicht seine Art war, einfach über solche Mädchen herzufallen. Die Vorstellung, ihr zu befehlen, sich mit den Händen an der Mauer abzustützen, und ihr dann langsam diese Hose hinunterzuziehen, hatte etwas für sich. „Nun, redest du oder soll ich erst …"

Ihre Antwort bestand aus einem wilden Fauchen. „Was geht Sie das an?! Und hören Sie gefälligst auf, mich zu duzen! Sie … Sie Widerling. Sie abscheulicher …"

„Bin ich denn wirklich so abscheulich …?"

Sie erstarrte, als er sich noch enger an sie drängte, sich an ihr rieb. Und dann wurde sie plötzlich in seinen Armen schlaff. Ihr Kopf fiel nach vorn, und ihre Knie gaben nach.

Edward fasste sie erschrocken fester, als sie in sich zusammensank. Ohnmächtig! Das hatte er nicht erwartet! Er ließ ihre Handgelenke los, wollte sie herumdrehen, sie unter den Knien fassen, um sie hochzuheben und zu einem sauberen Rasenstück zu tragen, als sie, kaum dass sie frei war, mit einem Mal wieder lebendig wurde. Im nächsten Moment wirbelte sie herum, er fühlte eine kleine Faust in seinem Magen, eine andere an seinem Kinn, und dann wurde er so kräftig zurückgestoßen, dass er taumelte.

Halb benommen – mehr vor Überraschung als von den Schlägen – sah er ihr nach, als sie zu ihrem Pferd stürmte, die Zügel löste und aufsprang. Sie wendete ihr Pferd, starrte ihn drohend an und zischte: „Lauf mir nie wieder über den Weg, du dreckiger Sassenach!"

Als er in ihre funkelnden Augen sah, dachte er schon, sie würde versuchen ihn niederzureiten, aber da ließ sie ihre Stute eine elegante Kehrtwendung auf der Hinterhand machen und galoppierte durch das offene Tor und den Waldweg entlang.

Edward sah zu seinem Hengst, der unruhig den Kopf zurückwarf und sich loszureißen versuchte. Sekundenlang überlegte er, ob er ihr nachreiten sollte, aber dann zog er nur seinen Reitanzug zurecht, rieb sich sein Kinn und trat zu dem Fenster, durch das sie geschaut hatte. Er zog es wieder zu, ging zu seinem Pferd und stieg ebenfalls auf. Dann ritt er langsam davon.

Sassenach. Edward lachte leise. Er hatte tatsächlich eine Schottin beim Einbrechen erwischt. Und sie hatte ihn reingelegt, ihm sogar Faustschläge verpasst. So ein kleines Luder. Edward grinste, als er abermals nach seinem Kinn tastete. Das Mädchen gefiel ihm, und er hatte nicht vor, es auf diesem einen Treffen beruhen zu lassen. Jetzt musste er sich nur noch umhören, wo sich zurzeit eine Schottin in Eastbourne aufhielt. Die Kleine war kein Bauernmädchen, das war ihm jetzt klar. Dazu war das Pferd zu kostbar und ihre Aussprache trotz aller … nun … Deutlichkeit und mitsamt dem kleinen Akzent zu gewählt.

Edward begann leise zu pfeifen, als er langsam den Weg entlangritt, auf dem sie davongestürmt war. Das konnte eine interessante Bekanntschaft werden.

5. Kapitel

An die gesamte Familie war eine Einladung zum Ball ergangen, den Mrs. Deckfield zu Ehren ihrer Mutter, Mrs. Summers, gab. Die Deckfields waren zwar nicht adelig, aber sehr wohlhabend und distinguiert, und sowohl Lady Elisabeth als auch Augusta empfanden die Einladung als eine besondere Auszeichnung.

Augusta war schon Tage vor dem Ball mehr als üblich aufgeregt, da ein gewisser Lord Edward Harrington zu den geladenen Gästen zählte. Eine Tatsache, die deshalb so interessant war, weil Lord Edward an erster Stelle auf der Liste möglicher Heiratskandidaten für Augusta stand. Für Augusta noch ein Grund mehr, der Festlichkeit mit Vorfreude entgegenzusehen, denn - wie sie Sophie gegenüber mehrmals betonte - machte dieser Lord Augusta bereits seit längerem den Hof, und es war nur noch eine Frage der Zeit, bis er um ein Gespräch bei Lady Elisabeth ansuchte, um formell um die Hand ihrer Tochter zu bitten.

Sophie, die sich wiederum wunderte, weshalb dieser begehrenswerte Lord Edward niemals im Hause ihrer Tante oder in Augustas Nähe auftauchte und auch zu keiner der langweiligen Whistgesellschaften geladen wurde, mit denen Lady Elisabeth ihre Bekannten quälte, wurde von Augusta belehrt, dass dies eben dem guten Ton entspreche. Und außerdem, wurde ihr erklärt, müsse man ihn ein wenig zappeln lassen. Ihm in der Öffentlichkeit scheinbar die kalte Schulter zeigen, ihn in Unsicherheit belassen, ob seine heiße Zuneigung jemals erwidert würde. So lange, bis er dann dankbar und mit Tränen in den Augen zu ihren Füßen sinken und heiß ihre Hand küssen würde, unfassbar glücklich, sie endlich die Seine nennen zu dürfen.

Sophie fand das mehr als dumm, auch wenn sie sich hütete, dies Augusta gegenüber laut werden zu lassen. Aber offenbar ging es hier um Spielregeln, die Sophie nicht begriff, weil sie so völlig verschieden von denen in Schottland waren. Dort fanden sich die Leute zusammen, verliebten sich, heirateten. Fertig. Gezierte Spiele hatten darin keinen Platz. Aber so waren sie eben die Engländer. Am besten, Sophie versuchte erst gar nicht, sie zu verstehen. Es zahlte sich ohnehin nicht aus. Nur noch fünf Monate und sie durfte heim, in eine Welt und eine Umgebung, in der man sagte, was man dachte.

Sie hatte inzwischen schon ein wenig begriffen, weshalb ihre Cousine so schlecht auf sie zu sprechen war, obwohl sie ihr niemals etwas getan hatte. Tante Elisabeth und Augusta schienen es als oberstes Ziel zu betrachten, Augusta baldigst in den Stand der Ehe eintreten zu sehen. Und da störte natürlich eine unverheiratete Cousine, die noch dazu um etliche Jahre jünger war.

Sophie hatte ohnehin nicht die geringste Absicht, Augusta bei irgendeinem dieser möglichen Heiratskandidaten, und schon gar nicht bei diesem Lord Edward, auszustechen. Dagegen dachte sie in den letzten Tagen immer wieder an diesen Menschen, der bei ihrem Haus über sie hergefallen war. Er war mehr als unverschämt gewesen, und sie bereute es gelegentlich, ihn nicht doch mit dem Pferd attackiert zu haben. Verdient hätte er es. Ob er aus Eastbourne stammte? Wohl kaum. Zweifellos gehörte er zu dieser Bande von Tunichtguten, die – wie Henry sagte – mit dem

Prinzregenten aus London gekommen waren und nun in Brighton wohnten und die ganze Gegend unsicher machten. Ja, genauso hatte er sich benommen. Wie einer dieser verkommenen Wüstlinge, von denen man so viel hörte.

Auch am Abend des Balls, als sie vor dem Spiegel stand und noch ein wenig an ihrem neuen Kleid herumzupfte, dachte sie wieder an ihn. Er hatte sie zwar zuerst für einen Jungen gehalten, aber der eindringliche Blick, mit dem er sie angesehen hatte, ging ihr nicht aus dem Sinn. Auch nicht dieses sinnlich-spöttische Lächeln, das ihr jetzt noch Schauer über den Rücken jagte. Ob er sie in diesem Kleid anders behandeln, sie vielleicht sogar bewundern würde? Auf jeden Fall würde er ihr in diesem Traum aus Tüll und Seide mit wesentlich mehr Respekt begegnen als in den Hosen. Sie sah darin tatsächlich wie eine Dame aus, und wenn sie sich auch so benahm, kam niemand auf die Idee, sie auch nur herablassend zu betrachten, geschweige denn so unverschämt zu behandeln.

Die Schneiderin hatte Sophie zu einem leicht geschnürten Korsett geraten, wie es jetzt auch wieder in Paris in Mode kam, und ihre ohnehin schon schmale Taille noch betonte. Das Oberteil war fast völlig schulterfrei, lediglich kleine Puffärmelchen bauschten sich anmutig an den Oberarmen, und ihre Unterarme waren bis zu den Ellbogen von geknöpften Seidenhandschuhen bedeckt. Das Mieder schmiegte sich an Sophies Körper; es war ein wenig ausgeschnitten, aber nicht so tief, dass es Sophie in Verlegenheit versetzt hätte, sondern nur gerade die vom Korsett hochgedrückten vollen Hügel andeutete.

Am besten gefiel Sophie der Rock aus mit bunten Blümchen besticktem Tüll, der bei jeder Bewegung raschelte und die hellblauen Seidenunterröcke durchblitzen ließ. Er reichte bis zu den Knöcheln, sodass die in zierlichen Schuhen steckenden Füße frei blieben. Unten am Saum befand sich eine Spitzenborte in derselben Farbe der Blümchen, und die Ärmel waren ebenfalls mit Spitze abgeschlossen.

Tante Elisabeths Zofe hatte sie frisiert und ihr Haar hochgesteckt. Und nun sah Sophie bewundernd auf die reichen und doch geordneten Löckchen, die ihr nur links und rechts ein wenig in die Stirn und die Schläfen fielen und sonst mit unsichtbaren Klammern und einem Band aus Seidenblüten, die denen auf dem Rock ähnlich waren, gehalten wurden.

Sophie fand, dass sie umwerfend aussah – und sich selbst kein bisschen ähnlich. Es war das erste Fest, bei dem Sophie sich angemessen gekleidet fühlte. An diesem Abend würde sie nicht in der Ecke stehen und nur von älteren Herren aufgefordert werden, die Mitleid mit dem Mauerblümchen hatten. Und so würde Augusta dieses Mal auch keine Gelegenheit haben, sie vor allen Anwesenden zu blamieren.

Sie war soeben dabei, ihr neues Kleid glatt zu streifen und sich zum hundertsten Mal vor dem Spiegel zu drehen, als sich die Tür öffnete, und Augusta darin stand. Sophie sah, wie sich deren Augen weiteten und dann schmäler wurden, als sie um Sophie herumging und sie betrachtete.

„Das Kleid steht dir ja recht gut“, bemerkte ihre Cousine, „auch wenn die Farbe äußerst ungünstig ist. Man hätte dir von Blau abraten sollen. Creme wäre eher passend gewesen.“

Sophie schwieg, fühlte aber, wie ihre Freude über das Kleid schwand, obwohl sie wusste, dass reine Bosheit aus Augusta sprach. Ihr hatte das Blau gefallen, und auch die Schneiderin hatte ihr zugeraten, weil es ihre Augen unterstrich.

Augusta zuckte, als sie keine Reaktion erhielt, nur die rundlichen Schultern und rauschte aus dem Zimmer. „Wir fahren in zehn Minuten. Sieh zu, dass du pünktlich bist."

Sophie war pünktlich. Dies war die erste Veranstaltung in Eastbourne, auf die sie sich ein wenig freute. Sie kannte Mrs. Summers bereits. Die alte Dame war mit einem Schotten verheiratet gewesen und hatte Sophie gleich beim ersten Treffen zur Seite gezogen und in ein Gespräch verwickelt. Dieses hatte sich als schwierig herausgestellt, da Mrs. Summers fast taub war, aber sie hatte Sophies Hand getätschelt und ihr ihrerseits über Schottland erzählt. Ihr verstorbener Gatte war der jüngste Sohn eines Lairds gewesen, und hatte sich bei einem Besuch in Brighton in Mrs. Summers verliebt. Sophie fand darin eine Parallele zur Ehe ihrer Mutter. Allerdings endete die Ähnlichkeit damit dann auch schon, denn im Gegensatz zu Robert McIntosh hatte der junge Mr. Summers korrekt um die Hand seiner Zukünftigen angehalten.

Sophie war schon an der Tür, als Tante Elisabeth in die Halle kam und nach einem kurzen Blick, einem zustimmenden Kopfnicken, von Augusta begleitet an ihr vorbeischritt. Sophie folgte den beiden aufgeregt und wartete neben der Kutsche, um die Frauen einsteigen zu lassen.

Augusta blieb plötzlich stehen. „Steig du zuerst ein."

Sophie war verwundert, dass Augusta ihr den Vortritt ließ, aber sie kletterte vorsichtig hinein, zog den Rock nach, spürte jedoch, wie sie hinten etwas zurückhielt. Sie wollte schauen was passiert war, aber da machte der Stoff ein hässliches Geräusch und riss. Sophie starrte mit großen, entsetzten Augen auf ihr Kleid. Der Rock hatte sich im Trittbrett verfangen, Augusta war daraufgestiegen, und der hübsche Tüll war heruntergerissen.

„Was ist denn?" Lady Elisabeth hatte es sich schon auf ihrem angestammten Platz bequem gemacht und die Röcke ausgebreitet, damit sie nicht verdrückt wurden.

„Das ungeschickte Ding ist mit dem Kleid hängen geblieben und hat es aufgerissen!"

„Das stimmt ja gar nicht! Du bist draufgetreten!", rief Sophie aus.

„Was fällt dir ein? Ich kann froh sein, dass ich mich nicht in dem dummen Stoff verfangen habe und gefallen bin!"

„Aufgerissen?" Lady Elisabeth beugte sich vor. „Das kann man nähen. Die Schneiderin wird es sicher so flicken können, dass man kaum etwas sieht. Jane soll dir beim Umkleiden behilflich sein. Und beeile dich!"

„Aber ich habe doch gar kein Kleid mehr, das ich tragen könnte." Sophies Stimme schwankte etwas, und nur ihr Stolz bewahrte sie davor, auf der Stelle in Tränen auszubrechen.

„Du ziehst einfach das blaue an. Das geht schon. Und so genau achtet ohnehin niemand auf dich."

„Ich bleibe lieber daheim!" Sophie wollte nur auf ihr Zimmer, sich dort verkriechen und um ihr hinreißendes Kleid und die zerstörte Freude weinen. Noch nie hatte sie ein so schönes Kleid besessen, und nun war es kaputt.

„Das kommt nicht in Frage. Du gehst jetzt auf dein Zimmer und ziehst dich um. Wir warten hier auf dich."

Sophie stieg an Augusta vorbei aus der Kutsche. Als sie ihrer Cousine ins Gesicht sah, bemerkte sie darin den Ausdruck von Genugtuung. Natürlich! Sie hatte es absichtlich gemacht! Deshalb hatte sie ihr den Vortritt gelassen! Sophie blieb stehen, unfähig, dieses Maß an Gemeinheit zu begreifen, aber die ungeduldige Stimme ihrer Tante trieb sie weiter. „Sophie! Beeile dich!"

Sophie spürte ein Würgen in ihrer Kehle. Sie rannte zum Haus, durch die Halle und dann die Treppe zu ihrem Zimmer hoch. Dort warf sie die Tür zu, schloss ab, und schon kamen die ersten Tränen.

Es klopfte an der Tür. Sophie antwortete nicht. Sie hockte sich mit ihrem zerrissenen Kleid auf das Bett und weinte.

„Miss Sophie?“ Es war die Stimme der Zofe. „Lassen Sie mich rein.“

Sophie schniefte nur auf.

„Miss Sophie. Es hat keinen Sinn. Lady Elisabeth wird zornig werden.“

Sollte sie nur. Mochten die beiden Hexen dort unten nur warten, bis sie schwarz wurden – sie hatte nicht die Absicht, sich deren Bosheiten länger auszusetzen. Und wenn alle fort waren, packte sie ihre Sachen, holte Rosalind aus dem Stall und ritt nach Hause. Sie hatte nicht viel Bargeld, aber es genügte, um auf dem Heimweg in billigen Gasthöfen übernachten zu können und auch noch einen Stallplatz für Rosalind zu erhalten.

„Miss Sophie? Wollen Sie wirklich klein beigeben?“ Die Zofe flüsterte durch den Türspalt. „Ich habe gesehen, was passiert ist. Lassen Sie ihr doch nicht die Genugtuung.“

Sophie hob den Kopf und wischte sich mit dem Handrücken über die Augen.

„Lassen Sie mich hinein, Kindchen. Vielleicht kann man doch etwas machen.“

Sophie stand zögernd auf und öffnete die Tür.

Jane huschte herein und betrachtete Sophies Kleid. Sie hob den Rocksaum auf und schüttelte traurig den Kopf. „Das ist zu weit oben. Hier müsste man den Riss kunstvoll flicken, sonst fällt es sofort auf. Zu dumm.“ Sie zog ein Tüchlein hervor und reichte es Sophie. „Hier, Kleines, putzen Sie sich einmal ordentlich die Nase. Und waschen Sie sich ihr Gesichtchen. Ich hole in der Zwischenzeit Ihr blaues Kleid heraus.“

„Das ist aber nicht so schön …“

„Nein, aber im Moment haben wir nichts anderes. Und ich verspreche Ihnen, auf dem nächsten Ball werden Sie wieder mit diesem Tüllkleid glänzen. Nur“, fügte sie grimmig hinzu, „sollten Sie dann darauf achten, wer hinter Ihnen in die Kutsche steigt.“

Ein wenig später stand Sophie in ihrem alten blauen Kleid vor dem Spiegel. Sie hatte es bis zu diesem Moment immer recht hübsch gefunden, aber nun erkannte sie den Unterschied. Es war ein wenig abgetragen und entsprach schon lange nicht mehr der neuesten Mode, wenn man Augustas Modekupfer Glauben schenken konnte. Zudem war es – wie Augusta einmal bemerkt hatte – eher für eine Bäuerin geeignet als für eine Dame von Stand. Es war weit ausgeschnitten und man trug ein Tuch darüber, das mit einer Brosche gehalten wurde. Sophie staunte jedoch nicht schlecht, als Jane verschwand und kurz danach mit einem hübschen, mit Spitzen besetzten Seidentuch ihrer Tante wieder auftauchte.

„Es ist nur recht und billig, wenn Sie sich das ausleihen.“

Nach fünfzehn Minuten war Sophie tatsächlich in der Lage, zumindest äußerlich gefasst wieder in die Kutsche zu steigen. Sie warf Augusta einen verächtlichen Blick zu, drängte sich in die andere Ecke und starrte zum Fenster hinaus. Sie wusste jetzt schon, wie der Abend weiterging. Augusta würde sie wieder abfällig behandeln, die anderen würden sie übersehen, und sie selbst am Rand sitzen und zuschauen, wie sich alle amüsierten.

Aber das war das letzte Mal. Morgen reiste sie ab und ließ das alles hinter sich.

Edward Harrington hatte es geschafft, sich aus den Fängen zweier hoffnungsvoller Mütter und deren kichernden Töchter zu befreien, und schlenderte nun, nach allen Seiten nickend, zu einem der Fenster, um im Schutz einiger Zimmerpflanzen ein wenig Ruhe zu finden. Es war ohnehin schon ein Fluch, inmitten dieser Gesellschaft als interessantes Heiratsobjekt zu gelten, aber der Abend war noch schlimmer, als er gedacht hatte: Die gesamte Eastbourner Mutterschaft schien wild entschlossen zu sein, ihre Töchter unter die Haube zu bringen. Wäre da nicht Mrs. Summers gewesen, die er sehr schätzte, und die schon mit seiner Großmutter befreundet gewesen war, so hätte er schon längst einen Grund gesucht, das Fest wieder zu verlassen.

Zu seinem Unmut fand er die Fensternische bereits von einer jungen Frau besetzt, die mit gesenktem Kopf und mit dem Rücken zum Raum am Fensterbrett lehnte und abwechselnd an ihrem Fächer und ihrem Ridikül herumzupfte. Edward wollte schon kehrtmachen und sich ein anderes Versteck suchen, als sie den Kopf wandte, und er ihr Profil sah.

Für einige Augenblicke stand er starr vor Verblüffung da, dann stieg eine unerwartete, heftige Freude in ihm hoch, und er machte zwei schnelle Schritte auf das Mädchen zu. Sie hörte ihn kommen, drehte sich hastig weg und gab vor, aus dem Fenster zu sehen.

Er blieb dicht hinter ihr stehen. „Einen wunderschönen Abend, Bengelchen."

Sie fuhr herum. Weitgeöffnete Augen, volle, zu einem Ohhh geformte Lippen.

„Sie …" Ihre Stimme erstarb.

„Ja, ich. Der *dreckige Sassenach*", fügte er hilfreich hinzu. Er war nicht dazu gekommen, sich in den vergangenen Tagen nach seiner neuen Bekannten umzuhören oder sich auf die Suche nach ihr zu begeben, da er sich um Familienangelegenheiten hatte kümmern müssen. Und nun stand sie vor ihm, und er konnte kaum den Blick von ihr lösen. Sie kämpfte sichtlich mit sich selbst, machte den Mund auf, klappte ihn wieder zu, während ihre Augen funkelten, aber dann wandte sie sich zu seiner Enttäuschung auf dem Absatz um, kroch unter den Pflanzenblättern durch und eilte davon.

Oh nein, dieses Mal ließ er sie bestimmt nicht wieder verschwinden, ohne dass er wusste, wo er sie finden konnte. Edward schlenderte ihr unauffällig nach, bis er sie in der nächsten freien Fensternische gestellt hatte.

Sie wollte abermals entwischen. Er trat einen Schritt näher, streifte leicht mit der Hand ihr Kleid – und zwar genau dort, wo sich unter den Röcken diese hinreißende Kehrseite befand – und hatte das Vergnügen, sie herumwirbeln zu sehen. Dabei verrutschte das Tuch über dem Dekolleté und gab ihm, bevor sie es hastig zurechtzupfte, eine recht unverhüllte Einsicht preis. Edwards Blick ruhte zuerst auf den vollen Hügeln, der tiefen Spalte und dann – mit Bedauern – wieder auf dem züchtigen Tuch. Jedenfalls hatte er recht gehabt. Sie war keine Bauerntochter. Und vermutlich hatte sie auch nichts mit den Leuten zu tun, die hauptsächlich des Nachts Marian Manor frequentierten. Was sie dort zu suchen gehabt hatte, würde er schon noch rausfinden.

Seltsam war allerdings, dass dieses Mädchen bei diesem Fest so alleine in der Ecke stand. Als er in dem Alter dieser jungen Männer gewesen war, wäre sie genau diejenige gewesen, die er unter all den weiblichen Gästen herausgesucht hätte. Sie war zwar nicht gerade ein Ausbund an Eleganz, aber ihre Haltung, die Art, wie sie den Kopf drehte, wie ihre Augen funkelten, diese schnellen, temperamentvollen Bewegungen, die ihre Röcke zum Knistern und Rauschen brachten, waren wesentlich anziehender als die gekünstelte Anmut der anderen. Sie war auch nicht so blass. Man sah ihr an, dass sie sich viel in der frischen Luft aufhielt. Das war nun zwar auch nicht gerade das Merkmal einer jungen Dame, aber Edward gefiel es. Zumindest an ihr.

„Hören Sie auf, mich so anzustarren und mich zu belästigen“, quetschte sie zwischen den Zähnen hervor.

„Oh, das ist keine Belästigung! Das sei mir fern! So viel Mut brächte ich kein zweites Mal auf.“ Er rieb sich bedeutsam sein Kinn.

Sie richtete drohend den Fächer auf ihn. „Bleiben Sie mir bloß vom Leib. Sonst …“

„Sonst, was?“, fragte Edward, dabei interessiert den Fächer betrachtend. „Haben Sie einen Degen darin versteckt?“

„Lassen Sie Ihre Hände dort, wo ich sie sehen kann“, zischte sie ihm aufgebracht zu.

Edward hob beide Hände in Schulterhöhe. „So?“

„Ja, und jetzt verschwinden Sie.“ Sie sah sich hektisch um, sich der Blicke mehrerer anderer Gäste bewusst, die sie beide neugierig beobachteten. „Lassen Sie mich in Ruhe. Sie machen meinen Ruf kaputt.“

Edward war verblüfft. Diese Ansicht hatten bisher nur wenige Frauen geteilt. Im Gegenteil, die meisten Mütter und Töchter waren an diesem Abend sogar sehr engagiert gewesen, wenn es darum ging, seine Aufmerksamkeit zu erregen.

„Sie sind ein Wüstling“, klärte seine kleine Schottin ihn auf. „Und ich kann es mir nicht leisten, mit einem solchen gesehen zu werden.“

„Vielleicht habe ich mich Ihnen gegenüber tatsächlich nicht im besten Licht gezeigt, aber für einen Wüstling habe ich mich immer noch sehr moderat benommen, das kann ich Ihnen versichern. Aber wenn Ihnen meine Gegenwart peinlich ist, sollten wir uns vielleicht besser heimlich treffen?“ Er mochte es, wenn ihre Augen blitzten. „Ich könnte Ihnen helfen, in das Haus einzubrechen ... oder aufpassen, dass Sie niemand dabei erwischt. Ich glaube, die einschlägige Fachsprache verwendet den Ausdruck ‚Schmiere stehen‘ dafür.“

„Ich brauche Ihre Hilfe nicht, um einzubrechen“, fauchte sie ihn an. „Das kann ich auch …“ Sie unterbrach sich, eine zarte Röte stieg in ihre Wangen.

„Allein … natürlich. Aber zu zweit ist es unterhaltsamer. Möglicherweise sollten wir die Details bei einem Tanz besprechen? Das wäre dezenter – die Leute sehen schon her.“ Tatsächlich ruhten schon etliche Blicke auf ihnen, und einige davon gehörten zu den berüchtigtsten Klatschmäulern der Stadt.

Sie riss die Augen auf. „Tanzen? Mit Ihnen?“

„Das hatte mir tatsächlich vorgeschwebt. Wenn wir schon gemeinsam einbrechen wollen, dann können wir genauso gut zuerst zusammen tanzen.“

„Sie haben vielleicht Mut, mir so etwas vorzuschlagen!“

Edward hob eine Augenbraue. „Tanzen Sie so schlecht? Keine Sorge, wie Sie vielleicht festgestellt haben, bin ich recht kräftig. Ich verspreche, auf den Beinen zu bleiben, wenn Sie stolpern sollten, und werde Sie vor Stürzen bewahren. Allerdings nur, wenn Sie mir umgekehrt versprechen, meine wohlmeinenden Intentionen nicht falsch zu interpretieren und mich nicht wieder tätlich anzugreifen.“

„Wohlmeinende …“ Ihr blieb sichtlich die Luft weg. „Sind alle Engländer so wie Sie?“

„Wüstlinge?“, fragte Edward nach.

Sie legte den Kopf zurück, maß ihn vom Scheitel bis zu den Schuhen und sagte: „Bei uns in Schottland würde es keinem Mann von Ehre einfallen, sich an einer schutzlosen Frau zu vergreifen. Das ist feige und hinterhältig.“

„Ich verstehe.“ Edward nickte. „Nein“, sagte er dann nach einigem Nachdenken, „so sind nicht alle Engländer. Aber doch einige. Ich denke, ich bin hier eine rühmliche Ausnahme. Die meisten hätten ihr Glück viel vehementer bei Ihnen versucht als ich.“

Sie schnaubte abfällig. „Die meisten wären auch nicht so unversehrt wieder von dort weggekommen und könnten mich jetzt auf so unverschämte Weise ansprechen.“

„Unverschämt? Ja, Sie mögen recht haben. Ich habe es, fällt mir nun auf, tatsächlich versäumt, mich Ihnen vorzustellen. Erlauben Sie mir, diesen Faux-pas gutzumachen.“ Er verneigte sich formvollendet vor ihr. „Edward Harrington. Und ich habe das Vergnügen mit …?“

„Edward Harrington?“, platzte sie zu seinem Erstaunen heraus. „Etwa *der* Lord Edward Harrington?“

„Ich kann mir diese bedeutsame Betonung nicht ganz erklären, aber soviel ich weiß, bin ich hier in Eastbourne der Einzige dieses Namens.“

Seine Schottin starrte ihn fassungslos an. „Sie habe ich mir aber ganz anders vorgestellt!“

Edward war höchst interessiert. „Ach ja – und wie, wenn ich fragen darf?“

„Viel älter. Dicklich. Und natürlich seriöser …“ Sie unterbrach sich und begann zu lachen, was bei Edward zunehmende Verwirrung auslöste. „Wenn Augusta wüsste, was Sie für einer …“

„Sophie?“

Edward und seine Begleiterin wandten sich zu der Sprecherin um. Es war Augusta Bailey. Er verneigte sich leicht vor ihr, als sie auf ihn und seine neue Bekannte zutrat. Sophie hieß sie also. Der Name gefiel ihm. Allerdings irritierte ihn ihre Reaktion auf die Ankunft von Miss Bailey. Ob dies jene Augusta war, von der sie soeben hatte sprechen wollen? Er bemerkte überrascht, dass sich die zarte Röte in den Wangen des Mädchens vertieft hatte, und sie mit einem Mal verlegen auf ihre Schuhe und Hände sah und an ihrem Kleid zupfte. Jetzt hob sie den Blick und sah ihn so flehend an, dass Edward Mitleid bekam.

Was hatte die Kleine denn? Soeben noch eine flammende Schottin, die ihn zuerst mit dem Fächer bedrohte, dann auslachte und mit einem Mal eine verlegene kleine Unschuld? Stand sie etwa in Augusta Baileys Diensten? Oder fürchtete sie, er könnte ihr kleines Abenteuer bei Marian Manor verraten?

„Wie ich sehe, haben Sie meine Cousine aus Schottland bereits kennengelernt, Lord Edward“, sprach da Augusta weiter und brachte damit ein wenig Licht in das Rätsel. „Ich hoffe nur, sie hat Sie nicht gelangweilt oder irgendetwas Unpassendes gesagt.“ Augusta ließ einen misstrauischen Blick über Sophie schweifen. „Sie neigt leider dazu.“

„Unpassend?“ Edwards Gesichtsausdruck wurde kühl, als er sich Augusta zuwandte. Mit einem Mal hatte er das Gefühl, Sophie vor ihr beschützen zu müssen. „Sie scherzen, Miss Bailey. Wir haben uns soeben sehr reizend unterhalten.“

„Ach ja?“ Augustas Gesichtsausdruck war eine Mischung zwischen Unglauben und Pikiertheit.

Sophie nützte Lord Edwards Ablenkung, um das Weite zu suchen. Jetzt, wo Augusta hier war, konnte er ihr wenigstens nicht so leicht folgen. „Sie entschuldigen mich jetzt bitte? Ich sehe dort eine Bekannte.“ Sophie machte vor Lord Edward einen halbherzigen Knicks und eilte davon. Anstatt jedoch den Saal zu verlassen und sich in ein anderes Zimmer zurückzuziehen, blieb sie in einiger Entfernung stehen und konnte es sich nicht verkneifen, Lord Edward aus der sicheren Deckung einer Zimmerpflanze zu beobachten.

Da hatte sich dieser Wüstling doch tatsächlich als Augustas Heiratskandidat Nummer Eins entpuppt! Sophie konnte kaum den Blick von ihm wenden, als er mit Augusta sprach, deren viel zu hohes und erregtes Lachen bis zu Sophie hinüber zu hören war. Wie verändert er plötzlich wirkte. Es war, als stünde ein völlig anderer dort drüben. Sein spöttisches und anzügliches Grinsen hatte sie zwar verärgert, aber es war wesentlich anziehender gewesen als dieser arrogante, kühle Blick, den er jetzt aufgesetzt hatte. Sah so ein bis zur Selbstaufgabe verliebter Mann aus? Oder war das sein Gesellschaftsgesicht? Verstellte er sich nur? Was hatte sie dann gesehen? Den richtigen Edward Harrington, der sich an harmlose Frauen heranmachte?

Sie ließ ihren Blick abschätzend über ihn gleiten. Im Grunde sah er gar nicht mal so schlecht aus. Er war nicht gerade klein, die Beine waren gerade, und wenn die Schultern nicht von einem guten Schneider – gemäß Augusta hatte er nur den besten! – ausgepolstert waren, dann hätte man mit einem Kilt vielleicht sogar einen annehmbaren Mann aus ihm gemacht. Ziemlich annehmbar sogar.

Sie zuckte zusammen, als er den Kopf wandte und zu ihr herübersah. Nicht suchend, sondern sehr gezielt, als wüsste er, dass sie hier stand und hinüber blickte. Sophie drehte auf der Stelle um und flüchtete aus dem Raum. Sie schlenderte weiter, lächelte gequält, nickte einer älteren Dame zu, hob scheu den Blick zu einem Dandy, der knapp an ihr vorbei ging, seinen Blick prüfend über sie gleiten ließ und dann ein anderes Mädchen zum Tanz aufforderte. Wie demütigend das alles war, und wie sehr wünschte sie, niemals hierher gekommen zu sein! Aber es hieß Haltung bewahren. Eine McIntosh ließ nicht den Kopf hängen, sondern hob ihn hoch und tat zumindest so, als würde sie sich hervorragend amüsieren.

Sie hatte sich – bevor Lord Edward aufgetaucht war – feige in diese Fensternische zurückgezogen, um allein und nicht den abfälligen Blicken der anderen ausgesetzt zu sein, und vor allem, um Cousine Augusta zu entgehen, die keine Gelegenheit ausließ, sie im Kreise ihrer Bekannten zu beschämen. Halb hinter dem Vorhang verborgen hatte sie sich sicherer gefühlt. Solange sie niemand sah, konnte sie auch niemand kränken oder an ihr herumnörgeln.

Es war zu dumm, aber sie konnte diese Scheu der englischen Gesellschaft und insbesondere ihrer Tante und ihrer Cousine gegenüber nicht überwinden. Sie fühlte sich ihnen unterlegen. Sophie war mit ihren Brüdern aufgewachsen, war es gewohnt, sich gegen freche Burschen zu verteidigen, aber gegen die spitzzüngigen Angriffe ihrer Cousine war sie machtlos. Und die passenden Antworten fielen ihr unglücklicherweise immer erst dann ein, wenn sie am Abend im Bett lag, über den Tag nachdachte und sich ärgerte oder kränkte, oder wenn sie bei Rosalind im Stall war, die Stute striegelte und ihr leise davon erzählte, wie widerlich sie es hier fand, und wie sehr sie sich nach ihrem Zuhause sehnte. Aber niemals hatte sie geglaubt, dass Augusta sogar so weit gehen könnte, ihr hübsches Kleid zu ruinieren. Und ausgerechnet an dem Tag, an dem sie ihren Wüstling wieder traf. Sie begann ihre Cousine zu hassen.

Als Lord Edward nach einer halben Stunde, die Sophie gequält fröhlich dreinschauend allein in einer Ecke verbracht hatte, schließlich doch wieder neben ihr stand, war sie so erleichtert, dass sie ihm sogar zunickte. Er war vielleicht Augustas bevorzugter Heiratskandidat, aber auch der einzige Mann in diesem Saal, der sie überhaupt wahrzunehmen schien, und mit dem sie überdies normal reden konnte, ohne Angst haben zu müssen, etwas Dummes oder Falsches zu sagen.

„Sie haben Ihren Satz zuvor nicht beendet“, sagte er mit einem anzüglichen Augenzwinkern, das in Sophie sofort ein kleines Herzstolpern auslöste.

„Meinen Satz?“

„Ja, Sie sprachen zuerst über mein Alter, verwunderten sich danach über meinen Mangel an Dicklichkeit, und schließlich erwähnten Sie Ihre Cousine.“

„Oh ja! Stimmt!“, Sophie strahlte. „Ich fand es seltsam, dass Augusta Sie mir als seriös beschrieben hatte. Aber nun habe ich gesehen, wie gut Sie sich verstellen können. Kein Wunder, dass Sie alle täuschen.“

„Meine schauspielerische Fähigkeit findet also Ihre Anerkennung? Wie schmeichelhaft. Ich werde dafür sorgen, dass Sie noch weitere meiner Tugenden kennenlernen.“ Er fasste nach ihrer Hand, drückte sie leicht und zog Sophie in den Tanzsaal. „Und nun kommen Sie, Bengelchen, der nächste Tanz gehört mir. Oder haben Sie schon vergessen, dass wir besprechen wollten, wie wir am besten in das Haus einbrechen?“

„Sie haben wirklich gar kein Gefühl für Anstand“, klagte Sophie. Sie war entzückt über seine Aufforderung, auch wenn seine Berührung sie ein wenig schwindlig machte. Sie erinnerte sich nur zu gut an seinen festen Griff, seinen Körper, als er sie an sich gepresst hatte, an seine dunkle, verführerische Stimme und den Hauch seines Atems.

„Nein, das ist nun allerdings einer meiner hervorstechendsten Charaktermängel.“ Edward führte sie zur Tanzfläche. Die Paare stellten sich soeben zu einem Menuett auf. Nicht der Tanz, den er in diesem Moment bevorzugt hätte, da er zu wenig Möglichkeit bot, sich ungehört zu unterhalten. Er vergnügte sich stattdessen jedoch mit dem Anblick der jungen Schottin, die sich mit überraschender Grazie und Anmut bewegte, sich drehte, leichtfüßig die Füße setzte. Sie war wirklich reizend. Eine Tatsache, die offenbar jetzt auch langsam anderen Männern im Saal auffiel, die seine Partnerin aufmerksam musterten.

„Und da ich nun einige Fragen, was meinen Charakter betrifft, geklärt habe“, setzte er nach dem Tanz das Gespräch fort, „werden Sie vielleicht auch die Güte haben, mir diese Nettigkeit zu erwidern. Was haben Sie bei dem Haus gesucht?“ Er hatte Vorsorge getroffen, dass niemand auf die Idee kam, seine Begleiterin vielleicht für den nächsten Tanz zu engagieren, indem er sie unter dem Ellbogen fasste und geschickt aus dem Saal und auf die Terrasse beförderte. Dort waren Laternen aufgestellt, und es hielten sich genügend andere Paare auf, um nicht in den Geruch der Unschicklichkeit zu kommen. Es war auch eine warme Nacht, sodass dieses lästige Schultertuch, das ihm den Blick auf ihr Dekolleté verwehrte, genügte, um sie nicht frieren zu lassen.

„Ich muss Ihnen gar nichts beantworten“, funkelte sie ihn an.

„Und wenn ich dafür schweige?“

„Was soll das heißen?!“

„Mein Schweigen gegen Ihre Antwort.“ Edward lächelte sie harmlos an. „Wenn Sie mir sagen, was Sie dort getan haben, dann werde ich Ihrer Tante verheimlichen, dass Sie tagsüber in Hosen herumrennen und in Häuser einbrechen.“

„Wie können Sie …“, sie rang nach Luft. Es war ein reizender Anblick, weil ihre vollen Brüste dabei wogten, und das altmodische Kleidchen sich so anziehend darum spannte. „Das ist mein Haus, damit Sie es nur wissen. Es gehört mir! Ich hatte nur keinen Schlüssel mit und wollte mich drinnen umsehen!“

„Ihr Haus?“ Sekundenlang war Edward tatsächlich erstaunt. „Marian Manor gehörte einer Mrs. Stourton, einer wirklichen Dame, die es dann an ihre älteste Enkelin vererbte. Und diese lebt nicht hier, sondern in …“ Er unterbrach sich. Natürlich! Sie war Augustas schottische Cousine, die Tochter jener Annabelle, die mit einem Schotten nach Gretna Green durchgebrannt war. Seine Mutter und sie hatten zwar keinen engen Kontakt, tauschten aber so ein-, zweimal im Jahr Briefe aus. Welchen Namen hatte der Schotte, mit dem Annabelle auf und davon gelaufen war? McIntosh. Ja, das war sein Name gewesen. Edward musterte das Mädchen mit neu erwachtem Interesse. Ob sie in Schottland ebenfalls in Hosen herumlief? In diesem Fall hatten die Highlands mehr Sehenswürdigkeiten, als er bisher gedacht hatte.

„Reiten Sie öfter in Hosen aus, Miss McIntosh?“, fragte er aus diesem Gedanken heraus.

„Woher kennen Sie meinen Namen? Augusta hat mich nicht vorgestellt.“

„Aber sie hat Sie ihre Cousine genannt, und wenn das alte Manor tatsächlich Ihnen gehört, dann können Sie nur Mrs. Stourtons Enkelin sein.“ Mit einem Mal beunruhigte es ihn, dass er sie bei dem Haus getroffen hatte. Sie hatte keine Ahnung, wer und was dort verkehrte und das leer stehende Haus benutzte. Und ihr Vetter Henry, der vermutlich als Einziger in der Familie davon wusste, hatte jeden Grund, den Mund zu halten. Er betrachtete sie nachdenklich. Plötzlich sah er nicht mehr ein kleines Abenteuer, einen unverbindlichen Flirt in ihr, sondern ein Mädchen, das sich auf höchst gefährliches Terrain begab. Und er machte sich zu seiner eigenen Überraschung Sorgen um sie.

„Ich weiß, es ist etwas zu spät, Ihnen diesbezüglich einen Ratschlag zu erteilen, Miss McIntosh, aber Sie sollten nicht zu dem Haus reiten. Und wenn schon, dann nur in Begleitung.“

„Das hat Henry auch gesagt“, erwiderte sie ablehnend. „Aber er hat seine Warnung auf die Baufälligkeit bezogen und dabei wohl kaum daran gedacht, dass ausgerechnet ein sogenannter Gentleman mir dort auflauern und mich belästigen würde.“

Edward unterdrückte mannhaft sein Bedürfnis, ihr mitzuteilen, dass ein solcher Hintern in Hosen für jeden normalen Mann nicht nur eine Versuchung, sondern schon eine Einladung darstellte. „Ich kann Ihrem Vetter nur beipflichten, Miss McIntosh“, sagte er stattdessen. „Es wäre zu gefährlich, ein Haus zu betreten, das Anzeichen von Baufälligkeit zeigt.“

Sophie verzog den Mund. „Vom Wüstling zum Besserwisser. Das hat mir gerade noch gefehlt. Das Haus ist bei Weitem nicht in einem so schlechten Zustand, wie Henry behauptet. Außerdem würde ich gerne wissen, ob die Leute, die ihre Spuren hinterlassen haben, einen Weg gefunden haben, auch einzudringen.“

„Sollte dies der Fall sein, wäre es noch ein Grund mehr, nicht zu versuchen, ebenfalls das Haus zu betreten. An Ihrer Stelle, Miss McIntosh, würde ich diese Sache dem Friedensrichter melden. Er wird dann einige Büttel schicken, die sich im Haus und in der Umgebung ein wenig umsehen. Ich bin für morgen Abend bei Sir Winston eingeladen. Wenn Sie es wünschen, werde ich ihm diese Sache vortragen. Er wird zweifellos entsprechende Schritte einleiten und das Haus unter Beobachtung halten, bis man herausfindet, wer in den Garten eingedrungen ist.“

Sophie nahm nicht gerne Gefälligkeiten von Leuten an, die ihr bereits Grund gegeben hatten, ihnen zu misstrauen. Lord Edward wirkte im Moment zwar erstaunlich ernsthaft und ehrlich, aber es war besser, sich von ihm fernzuhalten. Sie hatte so ein komisches Gefühl in seiner Nähe, und das befremdliche Bedürfnis ihn zu berühren und von ihm berührt zu werden, machte ihr zu schaffen. „Vielen Dank, machen Sie sich keine Mühe. Sir Winston ist regelmäßiger Gast bei Tante Elisabeths Whistgesellschaften. Ich habe durchaus die Möglichkeit, ihm mein Anliegen selbst vorzutragen."

„Auf jeden Fall sollten Sie …"

„Lord Edward?"

Edward setzte ein kühles Lächeln auf, als er sich nach Lady Elisabeth umwandte und sich verneigte. Zuerst die Tochter, nun die Mutter. Konnten die beiden Frauen ihn und seine Schottin nicht in Ruhe lassen?

„Sophie, was fällt dir ein? Es gehört sich nicht, mit einem Gentleman hier auf der Terrasse zu verweilen." Lady Elisabeth war der personifizierte Vorwurf.

„Gentleman?", brummte Sophie so leise, dass nur Edward sie hören konnte. Er kaschierte sein Lachen mit einem Hustenanfall. So gut amüsiert wie mit diesem Mädchen hatte er sich seit Jahren nicht mehr.

„Was hast du gesagt?", fragte Lady Elisabeth scharf.

„Verzeihung", sagte Sophie sittsam. „Ich werde sofort hineingehen. Wenn Sie mich bitte entschuldigen, Lord Edward." Dieses Mal brachte sie sogar einen sehr anmutigen Knicks zustande, bevor sie mit hoch erhobenem Kopf an ihrer Tante vorüber und in den Saal hineinschritt. Er beobachtete unauffällig, wie sie sich an den Tänzern und Gästen vorbei an der gegenüberliegenden Wand entlangdrückte und sich dann neben die schwerhörige alte Mrs. Summers setzte, die hinübergriff und ihre Hand tätschelte. Sophie lächelte ihr scheu und dankbar zu, und Edward lächelte ebenfalls. Er hatte die alte Dame schon immer gemocht.

„Miss Sophie und ich haben soeben über Marian Manor gesprochen", versuchte Edward Lady Elisabeth abzulenken und drohende Ermahnungen von Sophie fernzuhalten. „Ich habe gesehen, dass offenbar Fremde im Park waren und angeboten, mit dem Friedensrichter darüber zu reden, damit er sich darum kümmert."

„Das ist sehr liebenswürdig von Ihnen, Lord Edward, aber es wäre mir unangenehm, sollten Sie sich meiner Nichte wegen in Unannehmlichkeiten stürzen. Außerdem steht das Haus ohnehin leer."

Lord Edward betrachtete sie nachdenklich. Ob sie doch von dem fragwürdigen Umgang ihres Sohnes wusste? Oder war es ihr wirklich gleichgültig, was mit dem Besitz geschah? Vermutlich war es ihr ärgerlich, dass er sich mehr um Sophie kümmerte als um ihre Tochter, die sie ihm bei jeder sich bietenden Gelegenheit in den Weg schubste, sofern Augusta Bailey nicht allein einen Anlass fand, in seiner Nähe aufzutauchen.

„Ich würde mich sehr freuen, wenn Sie mir demnächst die Freude machten, an unserem Whistspiel teilzunehmen", holte Lady Elisabeths Stimme ihn wieder aus seinen Überlegungen zurück. „Da Sie Sir Winston soeben erwähnt haben, darf ich Ihnen sagen, dass er regelmäßiger Gast bei mir ist. Auch übermorgen Abend wieder."

Edward wollte ablehnen, aber dann glitt sein Blick an Lady Elisabeth vorbei und zu Sophie McIntosh hinüber, die angestrengt in Mrs. Summers Ohr brüllte, die den Kopf zu ihr geneigt hatte, ihr zuhörte, und dabei lächelte. Unter anderen Umständen hätte er höflich abgesagt, aber nun bot Lady Elisabeths Haus eine neue Attraktion. Es war eine hervorragende Gelegenheit, Sophie McIntosh öfter zu sehen und ein wachsames Auge auf sie zu haben. Die Kleine schien eine gewisse Fähigkeit zu haben, sich in Schwierigkeiten zu stürzen.

„Es wird mir eine große Ehre sein", erwiderte er.

Lady Elisabeth verbarg ihre Genugtuung hinter einem hochmütigen Lächeln. Sie hatte jedoch seinen Blick auf Sophie bemerkt und wedelte nervös mit ihrem Fächer. „Sie haben also schon meine Nichte kennengelernt. Ein schreckliches Ding. Passt überhaupt nicht hierher, aber ich hatte keine andere Wahl, als sie aufzunehmen. Sie hat …“, sie senkte die Stimme zu einem Flüstern, „daheim etwas sehr Unziemliches getan und musste für einige Zeit fort. Tja, wie die Mutter so die Tochter, nicht wahr? Man muss ja nur daran denken, wie skandalös meine Cousine Annabelle damals mit diesem Schotten auf und davon ist. Ich bin ja nur froh, dass Augusta nicht die geringste Ähnlichkeit mit diesem Zweig der Familie hat.“

„Für die Sünden der Eltern kann man die Tochter wohl kaum verantwortlich machen“, erwiderte Edward kühl. „Soviel ich gehört habe, ist Annabelle Stourton außerdem seit vielen Jahren sehr glücklich mit diesem Schotten verheiratet. Wie Sie vielleicht nicht wissen, Lady Elisabeth, waren meine Mutter und sie in London eng befreundet. Sie schreiben sich jetzt noch regelmäßig.“

Seine abweisenden Worte zeigten Wirkung. Lady Elisabeths Gesicht verlor die Maske der Selbstherrlichkeit, und ein boshaftes Funkeln trat in ihre Augen. Sie hatte Annabelle Stourton niemals gemocht und diese Abneigung auf deren Tochter übertragen. Edward wurde in diesem Moment mit größtem Bedauern klar, dass er jeden heftigeren Flirt mit Sophie McIntosh meiden musste, wenn er ihr nicht schaden und sie den Schmähungen ihrer Tante oder anderer Hyänen ihrer Bekanntschaft aussetzen wollte.

Und noch etwas wurde ihm in diesem Augenblick bewusst: Dass es ihm sogar einiges wert war, sie vor Bosheiten zu beschützen. Sein Blick glitt wieder wie von selbst zu ihr hinüber. Die Kleine machte einen so einsamen Eindruck. Sie tat ihm leid. Es war schon lange her, dass er sich um andere – noch dazu völlig Fremde – Gedanken gemacht hatte, aber seit er Sophie McIntoshs Hintern gestreichelt, und sie seine Fantasie beflügelt hatte, fühlte er sich seltsamerweise für sie verantwortlich. Sie war ein reizendes Ding, das nicht in diese hochmütige Gesellschaft gehörte. Wusste der Kuckuck, was ihren Eltern eingefallen war, sie hierher zu schicken, wo sie nur unglücklich sein konnte. Was konnte es schon Unziemliches gewesen sein, das dieses naive junge Ding verbrochen hatte?

Er wechselte noch einige unverbindliche Worte mit Lady Elisabeth, versuchte deren gesträubtes Nackenfell zu glätten, und wurde sie dann aufatmend an eine ihrer Freundinnen los. Allerdings gesellte sich fast unmittelbar darauf jemand zu ihm, dem er lieber ausgewichen wäre.

„Welch nettes Zusammentreffen.“ Captain Jonathan Hendricks schlenderte mit einem Grinsen näher.

„Nett?“ Edward maß ihn von oben bis unten. „Für wen?“

Captain Hendricks antwortete nicht darauf, sondern stellte sich neben Edward und sah ebenfalls in den Ballsaal und auf Sophie.

„Ich weiß nicht, was ihren Eltern dabei eingefallen ist, sie herzuschicken“, sagte er, als könnte er Edwards Gedanken lesen. „Sie suchen, wie Henry vermutet, wohl einen wohlhabenden Ehemann für sie. Henry hat auch noch etwas von einem Skandal in Schottland gefaselt, aber ich glaube, das stammt wohl eher von der gehässigen Zunge der Mutter oder Schwester. Dieser Schotte dagegen, dieser McIntosh hat, soviel man hört, kaum eintausend Pfund im Jahr, dazu eine halbverfallene alte Burg. Und jetzt kommt seine Tochter hierher und treibt sich bei dem Haus herum. Zu dumm. Ein paar Wochen oder Monate später hätte es nichts mehr ausgemacht.“

„Ihr solltet von dort verschwinden", sagte Edward verärgert. „Sie wird wieder hinreiten. Die Fuß- und Wagenspuren haben sie misstrauisch gemacht."

Jonathan zog eine Grimasse. „Dieser Narr Henry ist offenbar nicht in der Lage, sie davon abzuhalten. Das kann aber äußerst ungesund für sie werden." Er schlenderte an Edward vorbei, dann sagte er über die Schulter: „Wirst du wirklich mit Sir Winston darüber sprechen?" Als Edward nicht antwortete, wandte er sich um.

Edward erwiderte kalt seinen Blick. „Das kommt darauf an, Jonathan. Ich bin nicht Teil deines Spieles und ich werde keine Rücksicht darauf nehmen." Er ging an Captain Hendricks vorbei und betrat den Ballsaal. Er hatte gesehen, dass Augusta Bailey sich zu Sophie gestellt hatte, auf sie einsprach, und wie diese abwehrend beide Hände hob und vor Schreck ihren Fächer fallen ließ. Dann kam noch Lady Elisabeth hinzu.

Seine Augen wurden schmal. Was ging denn da wieder vor?

„Mrs. Summers wäre bestimmt ganz entzückt, ein schottisches Lied zu hören", hörte er Augusta in einem süßlichen Ton sagen, als er unauffällig näher kam.

„Eine wirklich bezaubernde Idee, meine Liebe", mischte sich Lady Elisabeth ein. Sie wandte sich an Mrs. Summers, und Edward konnte dem Gespräch entnehmen, dass Sophies Gesangseinlage so gut wie beschlossen wurde.

Sophie war aufgesprungen und zerrte an dem Kleid ihrer Cousine, um ihre Aufmerksamkeit zu erlangen. „Ich werde nicht singen", flüsterte sie entsetzt. „Augusta, hör bitte auf damit! Das kommt überhaupt nicht in Frage."

„Sei nicht so ängstlich! Was soll denn schon passieren?"

„Dass die Leute fortlaufen", ächzte Sophie. „Ich habe es dir schon gesagt: ich kann nicht singen!"

„Ach was!", fiel jetzt Lady Elisabeth ein. Sie machte eine energische Bewegung. „Nimm dich zusammen. So schlecht kann deine Ausbildung auch wieder nicht gewesen sein. Viel erwartet man zwar nicht, aber du wirst ja hoffentlich noch ein paar Töne aneinanderreihen können. Außerdem habe ich Mrs. Deckfield gesagt, dass du ein schottisches Lied singen wirst, und Mrs. Summers freut sich schon darauf. Du weißt ja, dass sie mit einem Schotten verheiratet war."

Augusta ließ ihren Blick abfällig über Sophie schweifen. „Es ist nur schade, dass du dein anderes Kleid ruiniert hast. So siehst du etwas armselig aus."

„Ich habe mein Kleid nicht ruiniert!", begehrte Sophie auf. „Zumindest ist es nicht von selbst hängen geblieben und zerrissen! Du bist draufgetreten! Du hast das absichtlich gemacht!"

„Wie kannst du dich unterstehen!" Augusta fuhr Sophie böse an, wollte noch etwas hinzufügen, aber in diesem Moment spielte die Kapelle einen Tusch, und alle sahen auf die Gastgeberin, die in die Mitte des Raumes trat. Augusta gesellte sich mit einem strahlenden Lächeln zu ihr und zog die widerstrebende und blasse Sophie mit sich.

„Miss Augusta Bailey wird meiner Mutter und meinem verstorbenen Vater zu Ehren nun ein ganz besonderes Stück auf dem Klavier spielen", verkündete Mrs. Deckfield freudig. „Ein schottisches Volkslied, zu dem Miss Sophie McIntosh sie begleiten wird." Sie klatschte in die Hände, die anderen Anwesenden taten es ihr nach, und alle Augen richteten sich teils erwartungsvoll, teils gelangweilt auf Sophie und Augusta. Augusta tat sehr wichtig, suchte in den Notenblättern, während Sophie wie erstarrt danebenstand und ängstlich in die Menge guckte.

Edwards Blick hatte das verschreckte, bleiche Gesicht der kleinen Schottin keinen Moment losgelassen. Deshalb also dieses alte Kleidchen. Er zweifelte keinen Augenblick daran, dass Augusta Bailey durchaus in der Lage gewesen war, dem

Malheur etwas nachzuhelfen. Er trat neben Sophie, die sich langsam aus der Erstarrung löste und verzweifelt nach allen Seiten sah – offenbar auf der Suche nach einem Fluchtweg.

Er beugte sich ein wenig zu ihr, als alle Augen und die gesamte Aufmerksamkeit auf Augusta gerichtet waren. „Was ist denn?" Edward hatte nur eine unbestimmte Ahnung, weshalb er sich einmischte. Es war wohl so eine Art Ritterlichkeit. Vielleicht ein väterliches Gefühl, das … nein, nicht väterlich. Das am allerwenigsten.

„Ich soll singen!"

„Und?"

„Ich kann das aber doch nicht!" Edward hätte bei dem verzweifelten Ton gegrinst, hätten nicht schon Tränen in den großen Augen gestanden. Das Mädchen war wirklich eine seltsame Mischung aus Keckheit und Ängstlichkeit. „Außerdem sieht mich dann jeder an. Und dieses Kleid ist so alt und gar nicht angemessen." Sie sah an sich herab. „Augusta hat … mein Ballkleid hat beim Einsteigen in die Kutsche einen Riss bekommen, und ich musste mich umziehen."

Edward lächelte sie aufmunternd an. „Das sieht doch sehr hübsch aus. Hübscher als die aufgeputzten Roben der meisten anderen Damen." Zumindest war in seinen Augen der Inhalt des Kleides den meisten anderen weit überlegen. „Sie können mir ruhig glauben, Bengelchen. Hm." Er rieb sich das Kinn. „Es scheint so, als müssten wir uns etwas einfallen lassen."

„Sie wollen mir helfen?" Ihr Blick wurde hoffnungsvoll.

„Ja, lassen Sie mich nachdenken." Viele Möglichkeiten, Sophie heil aus dieser Situation zu bekommen, ohne die Gastgeberin zu blamieren, gab es vermutlich nicht.

Sophie begann zu zappeln, dabei ängstlich zu Augusta hinüberschielend, die von einer der älteren Damen in ein Gespräch über Notenschriften gezogen worden war. „So denken Sie doch schneller. Sie wird jeden Moment anfangen zu spielen."

„Drängen Sie mich nicht so", wies er sie zurecht. „Außerdem …", sie tat ihm leid, aber er konnte es sich nicht verkneifen, sie nicht doch zu necken. Sie war so reizend in ihrer Empörung. Sein Blick glitt von ihrem leicht geöffneten Mund über ihren Hals und zu ihrem verhüllten Dekolleté und wieder zurück, blieb an den Lippen hängen. „Außerdem hat das natürlich seinen Preis."

„Preis?!"

Er tat, als würde er überlegen. „Vielleicht einen Kuss. Ja, das ist angemessen: einen Kuss für meine Hilfe."

Der köstliche Busen hob sich. „Das … das kommt ja nicht in Frage! Sie sind ein …"

„Ein Gentleman, ich weiß. Mein Angebot ist sehr großzügig – ich hätte auch zwei verlangen können. Also, entscheiden Sie sich. Aber tun Sie es leise, die Leute sehen schon her."

Sophie blickte halb zornig, halb ängstlich um sich. Ihr Mienenspiel entzückte Edward. „Gut", stieß sie endlich hervor. „Bringen wir es hinter uns." Sie holte tief Luft und hob ihm das Gesicht entgegen, Augen und Lippen fest zusammengekniffen.

Edward hatte Mühe, seine Überraschung zu verbergen. Dieses Mädchen erstaunte ihn immer wieder. Er hätte seinen besten Portwein darauf verwettet, dass sie entrüstet ablehnte. Dass sie zustimmte, löste eine unerwartete Reaktion in seinem Körper aus, die in seinem Kopf begann und in seinem Schritt endete. Er sah fasziniert auf die zusammengepressten Lippen. Wie gerne wäre er jetzt mit ihr alleine gewesen. Er konnte es kaum erwarten, diese Lippen mit seinen zu erweichen, so lange und zart darüber zu streicheln, bis sie den grimmigen Ausdruck verloren, und sie dann bedächtig und genussvoll mit seiner Zunge zu öffnen, bis sie ihm erlaubte, sie tiefer zu kosten. Der Wunsch stieg in ihm hoch, sie dann noch weiter zu erforschen. Bei ihrem Mund zu beginnen und sich mit den Lippen hinunterzuarbeiten, über diese vom Tuch verdeckten Brüste, bis ganz nach unten. Ihm wurde heiß bei dem Gedanken. Er atmete tief durch und wischte sich über die Stirn. Schweißperlen. Er ließ sich viel zu sehr gehen.

„Nicht hier, Sophie. Das wäre nicht angemessen." Wahrhaftig nicht. „Den Zeitpunkt werde ich bestimmen." Und er würde ihn auskosten, da konnte sie sicher sein. Sophie machte die Augen wieder auf. Sie wirkte erleichtert und … enttäuscht?

„Jetzt müssen wir uns um Ihr Problem kümmern", stellte Edward mit gespielter Nüchternheit fest. „Können Sie tanzen?"

„Das wissen Sie doch." Sophie wurde langsam ungeduldig. Die Zeit verrann, Augustas Finger hingen drohend über den Klaviertasten, und dieser Mensch hatte immer noch keine Lösung. Es war seltsam, dass sie sich trotzdem sicherer fühlte, seit er neben ihr stand. Ausgerechnet bei einem Mann, der nichts anderes im Kopf hatte, als an ihr herumzutätscheln und sie sogar mit einem Kuss zu erpressen.

„Nein, nicht diese englischen Balltänze", meinte er ruhig. „Einen schottischen Tanz."

Sophie blinzelte verwirrt. „Ja, natürlich."

„Weshalb tanzen Sie dann nicht, anstatt zu singen?"

Sie sah ihn mit offenem Mund an. „Ja … geht das denn?"

„Lady Summers würde ohnehin kaum etwas verstehen, wenn Sie singen. Und Ihrer Cousine Augusta kann es schließlich gleichgültig sein, ob sie Sie zum Tanz oder zum Gesang begleitet."

„Aber dazu brauche ich zumindest eine zweite Person, die mit mir tanzt."

„Die Sie hiermit vor sich sehen. Warten Sie, das haben wir gleich." Er wandte sich um und setzte sein charmantestes Lächeln auf. „Ladies und Gentlemen, wie mir Miss Sophie soeben gestanden hat, ist sie heute leider stimmlich indisponiert. Deshalb habe ich vorgeschlagen, dass sie stattdessen, um unsere verehrte Mrs. Summers", er verneigte sich vor der alten Dame, die die Hand hinter das Ohr gelegt hatte und freudig erregt herübersah, „zu ehren, einen echten schottischen Tanz darbietet. Und ich habe das Vergnügen, sie dabei begleiten zu dürfen."

Er verneigte sich leicht vor Sophie. „Darf ich bitten?"

Die anderen Gäste hatten die Tanzfläche geräumt, und Sophies Lippen zuckten, als er sie weiter in die Mitte des Raumes führte. „Indisponiert? Sagt man hierzulande so dazu, wenn jemand schreit wie ein heiserer Esel?"

Edward konnte nicht anders. Er warf den Kopf zurück und lachte. Dieser Abend machte ihm wahrhaftig Spaß. Er fühlte sich wieder jung und übermütig, als wären die vergangenen Jahre, James Tod und die Umstände, die dazu geführt hatten, ausgelöscht. Er wischte sich noch die Lachtränen aus dem Augenwinkel, als Augusta schon in die Tasten griff. Der Vehemenz nach zu urteilen war sie wütend. Aber das war ihm im Moment gleichgültig. Er würde sich später opfern, mit Augusta tanzen und sie beschwichtigen. Die Aussicht auf einen Kuss von Sophies Lippen war sogar das wert.

Edward selbst beherrschte diese Tänze nur sehr vage. Aber auf ihn sah ab dem Moment, in dem die Musik einsetzte und Sophie zu tanzen begann, ohnehin niemand mehr. Er selbst vergaß fast die Tanzschritte, so groß war der Gegensatz zwischen jener Sophie, die zuvor noch wie ein verschrecktes und gerupftes Huhn am Rand gesessen hatte, und derjenigen, die tänzelte und sprang, sich drehte, sich wendete, mit roten

Wangen lachte, die Haare und die Röcke fliegen ließ und dabei stets eine Anmut und fast königliche Haltung wahrte. Ein Blick in die Runde ließ ihn feststellen, dass zwar ihre Tante und einige der verknöcherten Damen missbilligend dreinsahen, der Großteil aber hingerissen war. Vor allem jener Teil, der aus den männlichen Gästen bestand.

Der letzte Takt verklang, Sophie blieb vor Edward stehen und sank in einen Knicks. Dabei lachten ihre Augen zu ihm empor, dass seine Kehle eng wurde.

Sekundenlang war es still im Saal, aber dann hörte man die alte Mrs. Summers, die sich erhoben hatte und auf den Stock gestützt auf Sophie zukam. Das Mädchen lief ihr mit glühenden Wangen entgegen und fand sich in einer herzlichen Umarmung wieder. „Sehr schön, Kindchen. Sehr schön getanzt.“ In Mrs. Summers Stimme schwangen Tränen mit. „Ach ja, meine Jugend. Wie wäre mein verstorbener Gatte in diesem Moment mit mir glücklich gewesen.“ Sie wandte sich an die anderen. „Sie müssen wissen, Mr. Summers war einer der besten Reeltänzer von ganz Schottland und England zusammen. Was man“, sagte sie in Edwards Richtung, „von Ihnen leider nicht behaupten kann, Edward. Aber Sie haben sich große Mühe gegeben, und ich danke Ihnen für diesen Einfall. Sie haben ein sehr hübsches Paar abgegeben. Schade, dass Sie keinen Kilt tragen, mein Junge.“ Edward lachte, und Lady Summers legte die Hand auf Sophies Arm. „So, und jetzt kommen Sie, Kindchen, erzählen Sie mir mehr von Ihren Eltern und Ihrer Heimat. Und stören Sie sich nicht daran, dass ich nur die Hälfte davon verstehe. Ihr Gesichtchen anzusehen macht alleine schon Freude.“

Sophie begleitete die alte Dame zu ihrem Platz. Einmal wandte sie den Kopf, und als ihr Blick den von Edward traf, strahlte sie so sehr, dass dieser unwillkürlich nach seinem Kragen griff. Was hatte dieses Mädchen nur für Augen und für ein Lachen.

„Und warum glaubst du, dass Lord Edward dich heiraten will?“, fragte Sophie ihre Cousine nachdenklich, als sie in der Kutsche saßen und heimfuhren. Augusta hatte auf dem ganzen Weg von nichts anderem als von Lord Edward gesprochen, davon, wie er mit ihr getanzt, ihr den Hof gemacht hatte, ihr verzehrende Blicke zugeworfen hatte, und in seiner Ergebenheit ihr gegenüber sogar so weit gegangen war, die Ehre der Familie zu retten, indem er verhinderte, dass Sophie mit ihrer schrecklichen Stimme die Leute zum Weinen brachte.

Sophie hatte empört entgegnet, dass es Augusta selbst gewesen war, die sie dazu gezwungen hätte, aber Tante Elisabeth hatte ihr strikt den Mund verboten, und Sophie war bis zu diesem Moment in düstere Stille verfallen, die sie dazu nutzte, die Tage zu zählen, die sie ihre Tante und deren Tochter noch ertragen musste. Es waren noch genau einhundertzweiundfünfzig Tage. Den Rest der einhundertdreiundachtzig Tage hatte sie schon hinter sich gebracht.

„Das ist doch wohl keine Frage“, erwiderte Augusta von oben herab. „Schon die Art, wie er mit mir getanzt hat. Dreimal sogar, obwohl eigentlich nur zweimal schicklich gewesen wären.“

„Wirklich?“, Sophie unterbrach sie staunend. „Warum denn das?“

„Ein Mann, der öfter als zweimal mit derselben Partnerin tanzt, bekundet damit sein Interesse“, erwiderte Lady Elisabeth. Ihre Stimme klang kühl, aber Sophie hörte die Befriedigung heraus. „Und, meine Liebe“, fuhr ihre Tante an Augusta gewendet fort, „er hat meine Einladung zum Whistspiel angenommen. Sicherlich, um dabei unauffällig mit dir zusammen sein zu können. Ich werde dafür sorgen, dass du immer mit ihm zusammenspielst. Das sollte sich regeln lassen.“

Sophie, die an solchen Whistabenden hatte zusehen müssen, fand es ein zweifelhaftes Vergnügen, mit Augusta zu spielen. Das Spiel war vielleicht nicht ganz einfach, vor allem das Zählen und die vielen Begriffe, die verwendet wurden, aber selbst Sophie, die nur zuguckte, hatte langsam begriffen, worum es dabei ging – und befand sich damit offensichtlich im krassen Gegensatz zu Augusta.

Sie versank wieder in brütendes Schweigen, aus dem sie bis zu dem Moment, an dem die Kutsche vor dem Haus hielt und sie ausstiegen, nicht mehr auftauchte. Der Gedanke, dass Lord Edward ausgerechnet Augusta ernsthaft den Hof machen sollte, war unglaubwürdig, aber auch beunruhigend. Nein, nicht beunruhigend, sogar ein wenig … schmerzhaft? Darüber musste sie nachdenken.

Sie verabschiedete sich mit einem kaum hörbaren Murmeln, stieg dann langsam die Treppe hinauf und betrat ihr Zimmer, die ganze Zeit über mit Lord Edward beschäftigt. Bevor Augusta von ihm gesprochen und Tante Elisabeth ihr recht gegeben hatte, war Sophie glücklich gewesen. Und das lag – ob sie es zugeben wollte oder nicht – an Lord Edward. Der so schrecklich begonnene Abend hatte von dem Moment an, an dem er vor ihr stand, eine erfreuliche Wendung genommen.

Er hatte sie geneckt, sie geärgert, mit ihr getanzt, mit ihr gelacht, sie bevormundet und sie gerettet und sogar um einen Kuss erpresst. Er war nach dem Tanz nicht mehr zu ihr gekommen, sondern hatte nur andere Frauen aufgefordert und eben diese ominösen drei Male mit Augusta getanzt, aber sie hatte immer das Gefühl gehabt, von ihm beobachtet zu werden. Und kurz bevor sie gegangen war, hatte er ihr – unbemerkt von den anderen – noch etwas zugeraunt. Er hatte sie an den Kuss erinnert und daran, dass er auch gedachte, ihn einzufordern. Ein Hitzeschauer war bei diesen geflüsterten Worten durch Sophies Körper gegangen. Ein Zittern, das sie selbst jetzt noch erfasste, wenn sie an Lord Edward dachte, und das ihr selbst sagte, wie bereit sie war, seine Hilfe auch zu bezahlen.

Kein Gentleman hätte eine Dame auch noch erinnert. Aber was diesen Charakterzug betraf, machte sich Sophie keine Illusionen über Lord Edward. Und dennoch hatte sie das Gefühl, in ihm den einzigen Freund gefunden zu haben, den sie hier in Eastbourne besaß. Wenn man natürlich von der liebenswürdigen Mrs. Summers, die sie nach dem Tanz kaum noch von ihrer Seite gelassen hatte, absah.

Und ausgerechnet der Einzige, zu dem Sophie – trotz seines schlechten Benehmens – Vertrauen empfand, sollte an Augustas Kleiderzipfel hängen und ihr den Hof machen?

Am liebsten wäre sie Augusta gegenüber mit der Mitteilung herausgeplatzt, was zwischen ihr und Lord Edward vorgefallen war. Dass er einen Kuss von ihr verlangt hatte! Von ihr und nicht von Augusta! Ha! Das hätte die beiden zum Schweigen gebracht!

Als sie längst ihr Kleid abgelegt hatte, ihr kunstvoll frisiertes Haar löste, bürstete und ins Bett kroch, gab sich Sophie noch hämischen Fantasien darüber hin, wie Augusta und Tante Elisabeth auf eine solche Offenbarung reagieren würden. Und als sie schon unter der Decke lag, die Kerze gelöscht hatte und ins Dunkel starrte, trieb sie ihre Fantasien noch weiter: Sie stellte sich vor, wie Lord Edward sie vor Tante Elisabeth und Augusta in die Arme nahm, küsste, und den beiden dann hohnlachend verkündete, dass er sich nie etwas aus Augusta gemacht hätte, sondern Sophie seine große und einzige Liebe wäre, mit der er nach Schottland ziehen und im Kilt alt werden wollte!

Sophie kicherte sich mit dieser Vorstellung in den Schlaf, aber ganz hinten in ihrem Kopf und ihrem Herzen fand sie diese Möglichkeit gar nicht so abwegig – und schon gar nicht unangenehm.

6. Kapitel

Sophie hatte nun schon einige Übung darin, sich im Morgengrauen aus dem Haus zu stehlen, um auszureiten, atmete aber trotzdem erleichtert auf, als sie hinter dem Stall der Bursche mit dem gesattelten Pferd erwartete. Es war nicht leicht gewesen, ihn zu überreden, aber da er im Stall schlief, hatte Sophie nicht die Möglichkeit, Rosalind heimlich zu satteln, und deswegen hatte sie einen beträchtlichen Teil ihres Barvermögens in Bestechungsgelder investieren müssen.

Sie sprang in den Sattel, nickte dem Stallburschen zu und ließ Rosalind in flottem Schritt gehen, bis sie am Ende der Silverdale Road angelangt und endlich außerhalb der Stadt waren, wo die Stute bald in einen fröhlichen Galopp fiel. Sie war ein lebhaftes Tier, dabei aber ohne jede Bösartigkeit, was sie bei allem Temperament verlässlich machte. Und ebenso wie Sophie liebte sie diese Ausritte am frühen Morgen, wenn der Tau auf den Wiesen lag und außer Bauern und Handwerkern noch niemand unterwegs war.

Dieses Mal hatten sie beide jedoch ein ganz bestimmtes Ziel. Es war nicht leicht gewesen, sich den Schlüssel zu Marian Manor zu beschaffen. Im Gegenteil, die Suche danach hatte sich sogar sehr irritierend gestaltet, denn Henry hatte ständig Ausflüchte gehabt, warum der Schlüssel unauffindbar war. Es mussten jedoch zwei Schlüssel da sein, die beide bei Tante Elisabeth aufbewahrt wurden, das wusste Sophie aus dem Nachlassbrief ihrer Großmutter. Erst als sie anklingen ließ, dass sie ihrem Vater schreiben würde, fand Tante Elisabeth den zweiten in der untersten Schublade ihres Schreibtisches. Sophie nahm ihn an sich, bevor er ebenfalls „verlegt" werden konnte. Sie hatte den unbestimmten Verdacht, dass Henry nicht wollte, dass sie das Haus betrat. Offenbar hatte er tatsächlich Angst vor einem Einsturz oder vor Gespenstern. Zumindest hatte er sie abermals eindringlich vor dem Geist eines gehenkten Schmugglers gewarnt, der im Haus sein Unwesen treiben sollte. Sophie lachte übermütig darüber, als sie Rosalind die Zügel freigab, und diese die herrlich grüne Wiese hinauf galoppierte, die zu den Klippen führte. Sie war glücklich. So wohl gefühlt hatte sie sich bisher noch keinen einzigen Tag seit ihrer Ankunft. Sie wusste, dass dies Lord Edward zu verdanken war.

„Vielleicht wird es Zeit, meine schlechte Meinung über ihn zu revidieren", sagte sie zu Rosalind, als sie die Steigung hinter sich gebracht hatten, und sie das Pferd langsamer gehen ließ. Er war vielleicht ein Wüstling, aber einer mit Herz und mit Mitgefühl. Ihre Mutter hatte ihr immer gesagt, dass dies, zusammen mit zumindest grundlegendem Verstand und einer gehörigen Portion Humor, jene Eigenschaften waren, die man bei einem guten Mann suchen sollte. Ihr Vater besaß sie in großem Maße, und ihre Brüder und ihr Freund Patrick schlugen ebenfalls in diese Richtung.

Rosalind legte von selbst wieder etwas Tempo zu. Sophie war froh über den Herrensattel und die Hose. Ihr Vater und ihre Brüder waren immer im Herrensitz mit ihr ausgeritten. Schon als kleines Kind, das kaum hatte laufen können, hatte Vater sie vor sich in den Sattel gesetzt und war mit ihr über die Wiesen galoppiert. Sie seufzte im Gedanken daran. Es war so wunderbar dort oben. Die Hochlandblumen blühten zu dieser Zeit. Auch hier in Eastbourne war es schön, aber die Vegetation und das Klima waren so ganz anders als weiter nördlich. Hier wuchsen sogar Palmen, was, wie Henry sie hatte wissen lassen, am Golfstrom lag, der das Land an der See erwärmte.

Nun, ihr war es recht. Es war ja ganz hübsch, ein paar Palmen zu sehen, um dann aber wieder zum Heidekraut heimzukehren, zu Wind und Regen.

Andererseits - Regen gab es hier auch. Gerade jetzt fiel ein leichter Schauer vom Himmel. Sophie ließ sich jedoch nicht von ihrem Vorhaben abhalten. Die Jacke war aus festem Stoff, und die Kappe hielt ihr den Regen aus dem Gesicht und schützte ihr Haar. Sie genoss die frische Morgenluft, und bald schon hörte das Nieseln auf und einige vorsichtige Sonnenstrahlen brachen durch die Wolken. Sophie ritt die schmale Straße hinauf, die zu den Downs führte, vorbei an einer Schafherde bis zum Beachy Head, der höchsten Stelle der Klippen. Dann ging es wieder bergab. Nur noch einige Minuten und dann musste sie in einen kleinen Feldweg einbiegen, der sie nach etwa einer halben Meile zu Marian Manor brachte.

Rosalind mochte diesen Weg ebenfalls, auch wenn sie sich an windigen Tagen den Weg über die Graslandschaft erkämpfen musste. Zuerst hatte man viel freies Gebiet, aber dann wurde der Weg zwischen den viele Meter abfallenden Klippen zur Linken und wilden, dichten Ginstersträuchern zur Rechten etwas enger, manchmal gab es nur etwa fünfzig Meter freie Grasfläche. Wenn es zu stürmisch war, ritt Sophie lieber auf dem Karrenweg hinter den Sträuchern, dem sich Felder anschlossen, aber heute war es sicher, den Weg entlang den Klippen zu nehmen. Der Wind hatte in den letzten Minuten den Regen endgültig vertrieben, es wurde stiller, und der Blick auf das bewegte Meer und die dunklen Wolken in der Ferne war zu schön, um nicht genossen zu werden, wann immer sich die Gelegenheit bot.

An diesem Morgen war Sophies Aufmerksamkeit jedoch geteilt. „Weißt du, was ich glaube“, sagte sie zu Rosalind, die ihre Ohren nach hinten drehte. „Ich glaube, er hat deshalb mit Augusta geflirtet, weil er gesehen hat, wie böse sie auf mich war.“ Sie war am Vorabend irritiert gewesen, aber nun, wenn sie im frischen Morgenwind darüber nachdachte, wurde ihr klar, dass Lord Edward ihr mit diesen drei Tänzen etliche gehässige Bemerkungen von ihrer Cousine und ihrer Tante erspart hatte. Die paar, die sie noch in ihre Richtung abgeschossen hatten, waren schon beleidigend genug gewesen. „Aber das hat mich nicht gestört“, erklärte sie Rosalind. „Sie haben mich nicht mehr kränken können. Du hättest mich sehen sollen, Rosalind! Wirklich! Ich habe nicht schlecht getanzt. Vater wäre zufrieden gewesen. Und es hat unglaublichen Spaß gemacht!“ Sie summte die Melodie, und ihre Beine zuckten vor Lust, abermals zu tanzen.

Sie war kurz vor der Abzweigung, als sie plötzlich etwas vor sich erblickte, das sie anhalten ließ. Sie kniff die Augen zusammen, um schärfer sehen zu können. Ein Reiter auf einem Rappen hielt von dem rechts zwischen den Ginstersträuchern verlaufenden Weg, den auch Sophie einschlagen musste, auf die Klippen zu. Sie setzte sich überrascht im Sattel auf, als sie den Mann erkannte. Lord Edward!

Zuerst wollte sie Rosalind antreiben, um ihm einen Guten Morgen zu wünschen, aber dann bemerkte sie, dass Lord Edward ungewöhnlich rasch unterwegs war. Sie blieb stehen und verfolgte neugierig seinen Weg. Das war nicht der forsche Galopp eines Reiters, der die Schnelligkeit seines Pferdes genoss. Entweder war das Pferd mit ihm durchgegangen oder … Sie suchte mit den Augen die Richtung ab, die er einhielt. Wo die Ginstersträucher endeten und die Wiese begann, bewegte sich etwas. Dort lief ein Mensch! Sophies Stute machte einige schnelle Schritte in die Richtung, und Sophie ließ sie gewähren – schon aus Neugier. Der Verfolgte musste eine Frau sein. Langes, schwarzes Haar wehte beim Laufen hinter ihr her. Sophie sah genauer hin und erstarrte.

Die Frau war nackt!

Und Lord Edward verfolgte sie! Das war jetzt ganz eindeutig! Was um alles in der Welt war mit ihm los? War er verrückt geworden? Hatte er die Frau überfallen, und sie war vor ihm geflüchtet? Eine unangenehme Erinnerung an das Treffen bei Marian Manor stieg in ihr hoch.

Die Frau lief schneller auf die Klippen zu. Entweder bemerkte die Fremde die Gefahr nicht, oder sie wollte sich aus Angst vor Lord Edward hinunterstürzen. Ohne nachzudenken gab Sophie ihrer Stute die Zügel frei und stieß ihr die Fersen in die Weichen. Es war jedoch gar nicht nötig, Rosalind anzutreiben, die hatte längst das wild galoppierende Pferd von Lord Edward entdeckt und streckte sich schon aus Freude am Rennen.

Nur noch wenige Meter trennten die Frau vom Abgrund. Sophie schrie, aber der Wind trug ihre Warnung davon. Und dann flog auch schon Harringtons Rappe heran und schnitt der Schwarzhaarigen den Weg ab. Sophie ächzte, als sie sah, wie knapp die Hufe seines Pferdes an den Abgrund kamen. Der Rand der Klippen war nicht sicher, immer wieder stürzten dort an der höchsten Stelle ganze Brocken mit Erde und Gras über einhundertsechzig Meter tief ins Meer ab.

Während er sein Pferd wieder herumriss und von der Gefahr wegdrängte, beugte sich Lord Edward hinab und griff nach der Frau. Die schrie auf, wehrte sich, taumelte, aber bevor sie stürzte, hatte er sie um die Taille gefasst und zog sie hoch. Erde und kleine Rasenstücke wurden aufgewirbelt, flogen hoch in die Luft über den Rand der Klippen. Aber da waren Harrington und die Frau schon in Sicherheit.

Ein paar weitere Sprünge, weg vom Abgrund, und dann stand der Rappe still.

Sophie merkte jetzt erst, dass sie den Atem angehalten und die Finger um ihre Zügel verkrampft hatte. Eine unglaubliche Meisterleistung! Sophie war trotz des Schreckens und der darauffolgenden Erleichterung fasziniert. Es gab nur wenige Reiter, die so sicher im Sattel saßen und ihr Tier genügend beherrschten, um dieses waghalsige Manöver durchzuführen. Sie stieß den Atem hörbar aus und atmete dann noch einige Male tief durch, während sie beobachtete, was weiterhin geschah. Rosalind trabte auf die kleine Gruppe zu, und Sophie hinderte sie nicht daran. Sie wollte wissen, was da los war.

Die Frau glitt aus Lord Edwards Griff und sank zu Boden. In diesem Moment kam Sophie dazu. Harrington war abgesprungen, wollte sich über die Frau beugen, aber als er Rosalind schnauben hörte, richtete er sich auf. Sophie wollte ebenfalls absteigen und sich um die Frau kümmern, aber ein Blick in Lord Edwards Gesicht ließ sie innehalten. Es war kalt und entschlossen, und die Augen blitzten gefährlich. Sie sah, wie seine Hand zum Hosenbund fuhr, aber nach einem kurzen Blick auf Sophie entspannte er sich, wandte sich ab und kniete neben der Frau nieder. Seinen Hut hatte er neben sich geworfen. Er wirkte besorgt und zornig zugleich.

„Komm her, Junge. Hilf mir mal."

Sophie brauchte zwei Atemzüge, um sich zu fassen. Dann stieg sie mit zitternden Knien ab.

„Was …" Sie räusperte sich. „Was war denn? Ist sie vor Ihnen davongelaufen?"

Lord Edward war so schnell auf den Beinen, dass sie erschrocken einen Schritt zurücktrat und mit dem Rücken gegen Rosalind prallte.

„SIE! Was, zum Teufel, haben Sie denn schon wieder hier verloren!" Sein entgeisterter Blick glitt über ihre Aufmachung, blieb an ihrem Busen und ihren Hüften hängen, schließlich an ihren Beinen. Dann atmete er tief durch. „Unglaublich", knurrte er gereizt und kniete wieder neben der Frau nieder.

Diese schien kurzzeitig das Bewusstsein verloren zu haben, regte sich jetzt jedoch.
Sophie kam langsam näher. „Aber ..."
„Stell keine Fragen, *Junge*, komm her." Sein scharfer Blick verbot Sophie, weiterzufragen und die Art, wie er das „Junge" betonte, machte ihr klar, dass es ihm aus irgendeinem Grund geraten schien, sie als solchen auszugeben. Sophie war zwar immer noch bis zum Entsetzen überrascht, aber langsam gewann ihr Sinn für das Abenteuerliche wieder Vorrang in ihrem Denken, und sie hockte sich an die andere Seite der Frau. Diese war zwar nicht so splitterfasernackt, wie Sophie zuerst gedacht hatte, aber der Großteil von ihr war lediglich mit einem eng geschnürten, hellrosa Spitzenmieder bekleidet. Da ihre Brüste aus der Hülle gequollen waren, schauten die Brustwarzen hervor, eine weiter als die andere. Weiter abwärts war sie völlig nackt. Sophie starrte auf das stark gekrauste dunkle Haar, dann sah sie peinlich berührt weg.
„Hast du noch nie eine nackte Frau gesehen, *Kleiner*?" Lord Edward klang grimmig. „Ich kann dir versichern, bei dieser hier hätte ich auch gut darauf verzichten können. Und jetzt stell dich nicht so an, hilf mir, sie aufzuheben." Er griff der Frau unter die Arme, zog sie hoch, und Sophie fasste ebenfalls stützend zu. Die Frau war noch ganz benommen, wankte, murmelte etwas. Sophie legte den Arm um ihre Taille, und die andere lehnte sich gegen sie. „... Ich wollte das doch nicht ... ich wollte doch nicht springen. Nicht wirklich ... ich war nur so ..."
Lord Edward unterbrach ihr zusammenhangloses Stottern. „Schon gut. Nimm dich zusammen."
Er kannte diese Frau also wirklich! Sophie fasste nach seinem Arm und hielt ihn fest.
„Was haben Sie mit ihr vor?"
„Sie dorthin bringen, wo sie etwas zum Anziehen hat." Er hatte, während er sprach, seine Reitjacke ausgezogen und legte sie der Nackten um die Schultern. Sophie betrachtete die Frau etwas näher. Sie war nicht gerade hässlich. Eher konnte man sie schön nennen. Sie war ziemlich groß, vollbusig, hatte eine schlanke Taille, ein ebenmäßiges Gesicht, gelocktes schwarzes Haar.
Sophie riss ihre Augen von den vollen Brüsten der Frau los und bemerkte die Tränen, die der anderen über die Wangen liefen. „Haben Sie Angst? Das müssen Sie nicht. Ich werde nicht zulassen, dass Ihnen etwas geschieht."
Die Frau lächelte gequält. „Sie sind ein süßer Junge, aber Sie haben ja keine Ahnung ..."
„Was ist denn hier los?"
Alle drei fuhren bei der spöttischen Stimme herum. Vor ihnen hielt Captain Jonathan Hendricks auf einem Grauschimmel.
„Wonach sieht es wohl aus?" Lord Edwards Stimme war kalt. Er warf einen raschen Blick zu Sophie und bedeutete ihr mit einer fast unmerklichen Kopfbewegung, sich hinter ihn zu stellen.
Sophie dagegen blieb stehen, wo sie war und starrte Captain Hendricks mit offenem Mund an. Gab sich denn heute früh halb Eastbourne hier ein Stelldichein?
Jonathan Hendricks war zwar nicht gerade Stammgast im Hause ihrer Tante, aber sie hatte ihn vor einigen Tagen kennengelernt, als sie mit Henry in Eastbourne unterwegs gewesen war, um Besorgungen für Tante Elisabeth zu machen. Sie waren dabei auf Captain Hendricks gestoßen, der angeblich außerhalb der Stadt ein Anwesen besaß. Sophie hatte sich einem sehr charmanten Mann mit braunem Haar und braunen Augen gegenübergesehen, den ihr Henry mit großer Zurückhaltung vorgestellt hatte. Sophie war neugierig geworden, da Jonathan Hendricks eine gewisse Lebhaftigkeit und

Abenteuerlust ausstrahlte, die sie an Patrick erinnerte. Aus Henry war jedoch kein weiteres Wort über ihn herauszulocken gewesen.

Hendricks hielt einen seidigen Mantel in der Farbe des Mieders der Frau hoch. „Das habe ich in den Büschen gefunden, meine Liebe. Vielleicht solltest du diesem Gentleman seine Kleidung zurückgeben und deine eigene anziehen."

Sophie hatte vor Staunen über dieses Zusammentreffen nicht mehr auf die Frau geachtet, die sich jetzt losriss und zu Captain Hendricks hinüberstolperte. Er beugte sich zu ihr hinab und zog sie vor sich in den Sattel. Sophie sah verblüfft und zugleich entrüstet, wie sie sich schamlos mit ihrem nackten Hintern an ihn schmiegte. Sie zerrte Lord Edwards Rock von den Schultern und warf ihn mit einem trotzigen Blick vor dessen Füße auf die Wiese. Captain Hendricks legte ihr den Mantel um und zog ihn bedächtig vor ihrem Körper zusammen.

Sophie verstand nicht, was da vorging, aber ein Gefühl von Verantwortung für diese Frau veranlasste sie, hinüberzulaufen und nach ihrer Hand zu greifen. „Wollen Sie denn überhaupt mit, Madam? Sie könnten mit mir reiten! Ich bringe Sie …"

„He! Bursche!" Captain Hendricks gab Sophie halb ernsthaft, halb lachend, einen Klaps auf die Kappe. „Such dir deine eigenen Weiber! Die gehört mir."

„Ihr wird nichts geschehen", mischte sich Lord Edward ein. Seine Stimme klang drohend, als er die beiden musterte.

Hendricks betrachtete Sophie nachdenklich. „Du bist wohl noch nicht lange in der Gegend?"

„Hm. Nein. Bin auch nur zwei Tage da." Sophie senkte ihre Stimme und deutete vage in irgendeine Richtung. „In Lewes drüben, bei den … äh …", verflixt, es wollte ihr kein Name einfallen.

„Den Millers", beendete Lord Edward mit kühler Stimme ihr Gestotter.

„Millers? Etwa Doktor Miller, der Arzt?"

„Nein. Die Millers haben eine Farm. Und jetzt wollen wir euch nicht länger aufhalten." Lord Edward zog Sophie ein Stück zurück.

Captain Hendricks prüfender Blick glitt über sie. Sophie senkte schnell den Kopf, um ihr Gesicht mit der Kappe zu verdecken und machte sich an ihrer Jacke zu schaffen. „Aber nur ne ganz kleine", spielte sie mit. „Bin der Neffe vom Onkel", fügte sie heiser krächzend hinzu.

„Reitest du öfter hier aus?"

„Nööö. Bloß ganz zufällig." Sie räusperte sich abermals, um noch ein Stückchen tiefer zu klingen. Es begann ihr Spaß zu machen, auch wenn es dumm war, seine Aufmerksamkeit zu sehr auf sich zu ziehen. Wenn er entdeckte, wer sie wirklich war, ließ er bestimmt demnächst bei Henry eine Bemerkung darüber fallen. Andererseits ließ ihr die Sache mit dieser Frau immer noch keine Ruhe. Lord Edward hatte sie verfolgt, und die Frau war aus Angst davongelaufen, darüber gab es keinen Zweifel!

„Du solltest wirklich nicht allein durch die Gegend reiten, Junge", riet ihr Captain Hendricks schließlich. „Hier treibt sich manchmal allerlei Gesindel herum." Wieder dieser prüfende Blick, der sie gar nicht mehr losließ. Sophie begann zu schwitzen. Als sie hinüberblinzelte, sah sie, dass sein Auge auf ihrer Brust ruhte. Sie zog sich die Jacke enger zusammen. Sie war nicht so gut ausgestattet wie diese Frau, aber immer noch busig genug, um die Jacke zu wölben. Wenn er dahinterkam, wer sie war, erzählte er ganz bestimmt Henry davon. Oder sogar Tante Elisabeth! Und deren Reaktion wollte sie sich nicht einmal vorstellen. Ganz zu schweigen davon, dass ihre Ausflüge dann sehr rasch ein trauriges Ende gefunden hätten.

Sie musste etwas tun, um wie ein Bursche zu wirken. Und das schnell. Was würde ihr kleiner Bruder in diesem Fall machen? Ja, genau. Sie räusperte sich, nahm allen Mut zusammen, und dann spuckte sie aus, geradewegs zu Captain Hendricks hinüber. Sie verfehlte nur knapp den Huf seines Pferdes. Eklig, aber männlich. Männlicher ging's schon nicht mehr. Sie schielte Beifall heischend zu Lord Edward hinüber.

Dieser sah zuerst ungläubig auf den Boden, dann hob sich sein Blick mit gefährlicher Langsamkeit zu ihr, erfasste sie. Seine ganze Miene drückte blanken, an Fassungslosigkeit grenzenden Unglauben aus. Sophie hielt seinem Blick tapfer stand, bis er sich mit einer fahrigen Gebärde über das Gesicht fuhr und sie dann mit einer raschen, sehr entschlossenen Bewegung packte, um sie hinter sich zu schieben. Er wandte sich an Jonathan Hendricks.

„Ich glaube, es ist besser, Sie bringen diese Dame jetzt endlich weg und sorgen dafür, dass sie etwas zum Anziehen bekommt." Er deutete mit dem Kopf in die Richtung, aus der die Frau bei ihrer Flucht gekommen war.

Hendricks grinste. „Ja, das finde ich auch. Es war mir jedoch ein morgendliches Vergnügen, Sie alle zu sehen." Der Captain nickte Lord Edward zu und blinzelte Sophie sogar an. „Vielleicht treffen wir uns ja wieder."

„Guten Weiterritt." Lord Edwards Stimme klang kalt. Er bückte sich, hob seinen Rock auf und schüttelte ihn aus, bevor er ihn wieder anzog und auch seinen Hut aufhob.

Sophie fasste nach Rosalinds Zügel, als Hendricks sein Pferd wandte und davongaloppierte. Sie sah den beiden aus schmalen Augen nach. Was steckte da wohl dahinter?

„Warum ist die Frau vor Ihnen davongelaufen?" Als keine Antwort kam, wandte sie sich nach Lord Edward um. Er stand dicht vor ihr. Breitbeinig, mit in die Hüften gestützten Fäusten und einem Ausdruck im Gesicht, als würde er sie verprügeln wollen.

„Haben Sie den Verstand verloren?" Seine Stimme klang kühl, aber seine Augen waren zornig. „Wissen Sie nicht, wie gefährlich es ist, alleine auszureiten? Hat Ihnen das Erlebnis vor einigen Tagen noch nicht gereicht?!"

Sophie reckte das Kinn empor. Lord Edward war seit seiner Hilfe während des Balles meilenweit in ihrer Achtung und Gunst gestiegen, aber nun reichte es. „Gut, dass Sie mich daran erinnern", entgegnete sie kampflustig. „Ich muss mich bei Ihnen entschuldigen. Sie hatten nämlich recht. Sie sind kein Wüstling. Dieser Ausdruck würde Ihnen gar nicht gerecht. Sie sind ein absolut entsetzlicher Mensch! Und ich hatte offenbar wirklich Glück, andernfalls wäre ich wahrscheinlich genauso halbnackt wie diese Frau vor Ihnen davongerannt!"

Edward Harringtons Augenbrauen zogen sich bedenklich zusammen. „Ist sie nicht. Ich habe sie nur laufen gesehen und bin nachgeritten. Sollte ich sie etwa hinunterspringen lassen?"

Sophie warf ihm noch einen finsteren Blick zu, dann wandte sie sich zu Rosalind um, als er zu ihrem Ärger die Zügel ergriff und die Stute wegführte.

„Vorsicht, Sie kommen zu nahe an die Klippen." Sophie wollte aufbegehren, aber er wies auf den Boden. „Dort, sehen Sie? Da bricht die Erde auf. An manchen Stellen kann man bis zum Rand gehen, da ist es sicher, aber hier nicht. Man muss sich auskennen, wenn man hier reitet. Noch ein Grund mehr für Sie, sich von dieser Gegend fernzuhalten." Er musterte sie missbilligend. „Es ist wohl besser, ich begleite Sie heim, bevor Sie wieder Unfug anstellen."

„Begleiten? Unfug?!“
Er deutete mit dem Kopf hinter sich. „Das ist keine besonders gute Gegend, um alleine zu reiten. Es könnte leicht sein, dass ein paar Burschen auf die Idee kommen, Ihnen Ihr hübsches Pferd wegzunehmen.“
Sophie legte unwillkürlich die Hand auf Rosalinds Hals und presste ihre Wange an das warme Fell. „Pferdediebe?“
„Mörder, Schmuggler, Pferdediebe. Diese Gegend ist schon seit geraumer Zeit verrufen. Sie sollten sich wirklich nicht hier herumtreiben. In Eastbourne ist nicht alles so friedlich, wie es scheint.“
„Und was machen Sie dann hier, wenn es so gefährlich ist? Außer halbnackte Frauen zu verfolgen“, setzte sie beißend hinzu. „Haben Sie keine Angst vor Pferdedieben?“
„Ich?“ Für Sekunden erschien ein kaltes Lächeln, das jedoch nicht seine Augen erreichte, dann war sein Gesicht wieder gleichmütig. „Nein, Bengelchen.“
„Warum sagen Sie immer Bengel zu mir?!“, begehrte Sophie auf.
„Nicht Bengel“, korrigierte er sanft. „Bengelchen. Mögen Sie den Ausdruck nicht?“ Die Frage wurde so schnell gestellt und von einem verwirrend charmanten Lächeln begleitet, dass Sophie keine Antwort einfiel. „Mir gefällt er, und ich finde ihn angemessen.“
Sie ließ ihren Blick kühl über Lord Edward gleiten, in der Hoffnung, ihm dadurch ihr Missfallen über den „Bengel“ zu zeigen, und stellte fest, dass er auch im Reitanzug keine üble Figur machte. Dabei wurde sie sich wieder seines Blickes bewusst, der sie als Ganzes zu umfassen schien und wie ein Prickeln durch den Stoff ihrer Jacke und Hosen ging. Sie entzog sich weiterer Musterung, indem sie etwas auf Schottisch knurrte und sich umdrehte. Sie hielt sich mit beiden Händen am Sattelknauf fest, stellte die linke Stiefelspitze in den Steigbügel und wollte sich hochziehen, als zwei kräftige Hände sie erfassten und sie so mühelos hochhoben, als wäre sie leicht wie eine Feder. Sophie schwang das rechte Bein über den Sattel, setzte sich zurecht und blickte zu Lord Edward hinab.
Er stand dicht neben Rosalind, streichelte über den weichen Hals und sah mit seinem halb amüsierten, halb anzüglichen Lächeln zu Sophie empor. Sie wollte sich abwenden und Rosalind antreiben, aber dann tat sie stattdessen etwas äußerst Unkluges: Sie sah Lord Edward in die Augen. Und zwar richtig und nicht, wie man jemandem bloß in die Augen blickte, wenn man sich mit ihm unterhielt.
Und gleich darauf starrte sie mit angehaltenem Atem mitten hinein. Blau. Nein, nicht blau. Der Mann hatte violette Augen. Violett mit grauen Wolkenschleiern darüber. Genauso hatte der Himmel über der Burg ihres Vaters ausgesehen, als Sophie abgereist war. Wolken verschiedenster Farbschattierungen hatten sich über der Burg zusammengezogen, und dahinter war der Himmel dunkelblau und violett gewesen. Sie hatte, während die Kutsche sie fortführte, den Kopf aus dem Fenster gesteckt und kaum den Blick von diesem Farbenspiel lösen können. Eine Mischung aus Heimweh, Faszination und Unruhe erfasste sie. Und zugleich eine Sehnsucht nach Schutz und Geborgenheit.
„Übrigens muss ich Sie korrigieren, Bengelchen“, sagte er mit einer samtweichen Stimme, die über Sophies Haut glitt wie eine Liebkosung. „Sie täuschen sich: *Sie* hätte ich bestimmt nicht halbnackt davonlaufen lassen.“
Sophie fiel vor Schreck aus allen schottischen Himmeln in die Gegenwart und beinahe auch von Rosalind. Der Kuss, den sie ihm versprochen hatte, fiel ihr mit einem Mal ein, und sie hatte plötzlich Angst, Lord Edward könnte ihn hier und jetzt

einfordern wollen. Sie richtete sich im Sattel auf, holte tief Luft, aber da trat er auch schon zurück.

Sein Lächeln war sinnlich und unverschämt. „Guten Heimritt, Miss McIntosh. Und passen Sie gut auf Ihre Hosen auf."

Sophie verkniff sich eine Antwort. Ihr stand mehr der Sinn nach Flucht. Sie zog Rosalind herum und presste ihr die Fersen in die Weichen.

Rosalind machte einen Satz vorwärts und flog dann in einem leichtfüßigen, übermütigen Galopp davon.

Edward ritt Sophie ein Stück nach, bis er sich davon überzeugt hatte, dass sie auch tatsächlich den Weg nach Hause einschlug. Als er jedoch selbst heimreiten wollte, wurde ihm der Weg von zwei Reitern abgeschnitten, die es offenbar darauf anlegten, ihn zu treffen.

Der eine war ein großer, kräftiger Mensch, der aussah, als hätte er sein Lebtag lang noch kein Lächeln hervorgebracht, der andere ein vierschrötiger Bursche. Beide waren wie die Landarbeiter dieser Gegend gekleidet. Edward wusste es jedoch besser. Er merkte, wie Ärger in ihm hochstieg, als der Trübsinnige in die Richtung deutete, in der Sophie verschwunden war, und sagte: „Irre ich mich oder ist das nich' der Junge, den wir schon mal rumschnüffeln gesehen haben? Das war nich' das erste Mal, dass er mir hier auffällt. Er treibt sich viel herum."

„Der Junge schnüffelt nicht herum", erwiderte Edward kalt. „Er ist harmlos. Er langweilt sich bloß und reitet ein bisschen umher."

„Ich hoffe, dass er sich nicht zu sehr langweilt und seine Nase in Dinge steckt, die ihn nichts angehen."

„Und wenn es so wäre, ginge es wiederum Sie nichts an, Smiley." Edwards Stimme war noch einige Grade kälter geworden, und eine unverkennbare Drohung schwang darin mit.

Der andere sah ihn unbeeindruckt an. „Warum die Aufregung? Wenn der Bursche nichts gesehen hat, dann müssen Sie ihn auch nicht in Schutz nehmen."

„Ich werde mich darum kümmern." Das war der Vierschrötige. „Ihn mir vorknöpfen und ihm ein bisschen Angst einjagen, damit er nächstens bei seiner Mami daheim bleibt und nicht herumreitet." Er grinste und zeigte dabei eine bemerkenswerte Zahnlücke.

„Sie werden nichts dergleichen tun!" Edwards Augen wurden schmal. „Ich werde mich selbst darum kümmern. Ich weiß, wo er wohnt, und werde seine Eltern aufsuchen. Das ist auch unauffälliger, als wenn Sie dort auftauchen."

Edward warf den beiden noch einen drohenden Blick zu, dann wendete er sein Pferd und ritt grußlos davon.

„Arroganter Schnösel", sagte der Vierschrötige zu seinem Begleiter. „Aber so sind die alle. Schauen auf einen herab, nur weil …"

„Unterschätz ihn nur nicht", unterbrach ihn sein trübsinniger Partner ruhig. „Für eine Landratte ist der ziemlich gewitzt. Und jetzt komm, wir haben noch einen Job zu erledigen. Der Captain wartet nich' gerne."

In der Zwischenzeit zog Jonathan Hendricks seine widerstrebende Begleiterin die Stufen zu Marian Manor hinauf bis in die Halle, und schob hinter ihnen den schweren Riegel vor die Eingangstür.

Melinda hatte sich fest in ihren rosa Morgenmantel gehüllt und sah Jonathan, immer noch gezeichnet vom Schrecken der vergangenen halben Stunde, mit großen Augen an.
Er schüttelte den Kopf. „Weshalb bist du nur davongelaufen? Hattest du gedacht, Edward würde das Haus stürmen und dich suchen?“
„Das hätte er sicherlich getan.“ Sie schauderte.
„Und da bist du lieber, halbnackt wie du warst“, ein langsames Lächeln begleitete diese Worte, „durch die Hintertür entwischt und ihm erst recht in die Arme gelaufen.“
„Ich dachte, ich könnte mich verbergen, aber er ist um das Haus herumgegangen und hat mich gesehen.“
„So ein hinterhältiger Teufel aber auch.“ Jonathans ironisches Blinzeln blieb nicht ohne Folgen, denn Melinda musste jetzt ebenfalls schmunzeln.
„Ach, ich weiß selbst nicht, was mir eingefallen ist, Jonathan. Vielleicht wollte ich mir eine Strafpredigt ersparen. Und es wäre nicht die erste gewesen. Ich bin sogar völlig sicher, dass er nur meinetwegen hierhergekommen ist.“
„Darin ist er nicht schlecht, hm? Im Strafpredigt halten, meine ich.“
Jetzt lachte sie, aber als er sie an sich ziehen und zur Treppe drängen wollte, wehrte sie ihn ab. „Nein. Er kommt sicherlich wieder her.“
„Der ist viel zu sehr damit beschäftigt, diesen Burschen zu vertreiben.“
„Ein reizender Junge. Sehr besorgt.“
„Etwas seltsam ist er mir vorgekommen.“
„Noch sehr jung und unschuldig.“ Melinda lächelte.
„Na, ich weiß nicht. Da war etwas anderes.“ Jonathan grübelte, zuckte aber dann mit den Schultern. „Sehr komisch war, dass Edward so besorgt um ihn schien. Er hat ihn immer wieder hinter sich geschubst.“
„Vermutlich, damit der Junge mich nicht wiedererkennt. Edward wird wohl nicht wollen, dass darüber geredet wird, dass seine Schwester nackt aus fremden Häusern und über die Klippen läuft.“
Edward hatte sie aufgeweckt, als er an die Tür gehämmert hatte. Sie hatte ihn gesehen und den Hinterausgang benutzt, um ihm zu entkommen. Er hatte gewusst oder geahnt, dass sie hier war, und hatte Jonathan Vorhaltungen gemacht. Und als sie schon dachte, ihm entkommen zu sein, war er ihr nachgeritten. Sie war in Panik verfallen. In völlig lächerliche Panik. Vor dem eigenen Bruder davonzulaufen, noch dazu vor einem, der nicht einmal den kleinen Finger gegen sie erheben würde, war schlichtweg dumm. Aber, was sie Jonathan gegenüber niemals zugeben würde, als sie davongerannt war – geradewegs auf die Klippen zu – da war sie entschlossen gewesen, zu springen. Sie wusste nicht, was sie getrieben hatte. Aber mit einem Mal hatte sie ein Ende machen wollen. William hinter sich lassen, der sich in Ostindien eine Geliebte hielt, dessen andere Geliebte sogar einmal in Melindas Londoner Haus aufgetaucht war. Der sie daheim sitzen ließ wie einen Einrichtungsgegenstand, und der, wenn die Nachrichten stimmten, in einigen Wochen wieder in London sein würde.
Sobald er aber wieder hier war, verlor sie Jonathan. Seine Berührungen, sein Lachen, sein sinnliches Lächeln, seine Zärtlichkeit, seinen Körper, die Lust, die er ihr schenkte. Und sie verlor sich selbst. Sie musste sich wieder in das Korsett der Gesellschaft zwängen, ihr eigenes Wesen hinter Haltung und Kleidern verbergen. Und einen Mann an ihrer Seite und in ihrem Bett dulden, der sie doch wieder verließ und betrog.
Zuerst hatte sie Edward entkommen wollen. Aber dann war sie nur noch gerannt. Der Wind war so heftig durch ihr Haar gebraust, dass sie nichts mehr gehört hatte, ihre

Ohren waren nur von Rauschen erfüllt gewesen. Und da waren die Klippen vor ihr gewesen. Die Wiese stieg ein wenig an, und bis zu dem Moment, wo sie senkrecht abbrach, wusste man nicht, wohin man lief. Melinda hätte nur bis zum Abgrund rennen müssen. Immer auf der Wiese, und dann weiter durch die Luft … In diesem Moment hatte sie keine Angst gehabt. Und dann wäre alles zu Ende gewesen.

Aber nun zitterte sie. Edward musste es geahnt haben, sonst wäre er ihr nicht nachgeritten, hätte sich nicht selbst in Gefahr gebracht, um sie in letzter Sekunde von den Klippen wegzureißen. Edward kannte sie gut. Besser als alle anderen.

Jonathan legte den Arm um sie. Sein Finger strich über ihre Stirn. „Sehe ich hier düstere Gedanken, meine Liebe? Die kann ich in meiner Gegenwart nicht dulden. Ich werde dafür sorgen müssen, dass du nur an mich denkst. Vergiss Edward und wen auch immer." Jonathans Lächeln verlor das Amüsement. Jene kleine Gefahr, die Melinda darin so liebte, tauchte auf. Eine ganz gewisse Art der Bedrohung. „Sprechen wir lieber davon, dass ich nicht zulassen werde, dass du mir noch einmal davonläufst."

Melinda versank in den Versprechungen seiner Stimme und seiner Augen. „Und was willst du dagegen tun?" Ihre Stimme bebte ein wenig.

„Dich vielleicht anbinden?" Er sah sich um. „Hm, lass mich einmal sehen."

„Doch nicht hier in der Halle!"

„Weshalb nicht? Oder …" Ehe Melinda noch ausweichen konnte, hatte Jonathan sie auch schon gepackt und sie sich über die Schulter geworfen. Melinda lachte, strampelte, aber seine linke Hand lag fest auf ihrem Hinterteil und seine Rechte auf ihren Kniekehlen, dann lief er mit ihr die Treppe hinauf. Ja, lief! Melinda schloss die Augen. Sie liebte seine Kraft. Es erregte sie, wenn er sie festhielt, er sie trug, sie oft spielerisch zwang. Und nun wollte er sie fesseln. Sie zweifelte keinen Moment daran, dass er es tun würde. Dies war es, was sie an Jonathan so erregend fand: Dass er immer neue Spielarten ihrer Lust herausforderte und sie über ihre eigenen früher so engen Grenzen hinausführte.

Er trug sie in sein Schlafzimmer, zu jenem Bett, aus dem sie vor Kurzem geflohen war. Anstatt sie jedoch darauf niederzulegen und ihre Hände an die Bettpfosten zu fesseln, wie sie das erwartet hatte, streifte er ihren Mantel ab und band sie in stehender Haltung und mit dem Gesicht zum Bett mit Tüchern links und rechts an die Pfosten, die den Baldachin hielten.

Dann hockte er sich mitten auf das Bett, rieb sich das Kinn und musterte sie. Besah sich die aus dem Mieder quellenden Brüste und ihr gerötetes Gesicht. Beobachtete, wie ihre Brust sich erregt hob und senkte. Langsam glitt sein Blick über ihren Bauch, das dunkle Dreieck ihrer Scham und über ihre Beine. Er schwieg, und auch sie sprach nichts, sondern wartete nur ab.

Endlich sagte er: „Wie soll ich dich zuerst nehmen? Was meinst du? Von hinten? Im Stehen, während du dich demütig vorbeugst und mir alles anbietest? Oder von vorne? Vielleicht sollte ich dich knien lassen? Zur Strafe gar nicht nehmen, sondern mich an deinen Lippen befriedigen?" Er betrachtete sie sinnend. „Was würdest du dir aussuchen?"

Melinda stieß ein kurzes, heiseres Lachen aus. Allein seine Worte hatten sie schon hochgradig erregt. „Alles. Alles davon." Sie sah, dass der Stoff von Jonathans Hose sich vorne stärker wölbte als noch zuvor, und dass er schneller atmete. Er tat überlegen, spielte seine Gewalt über sie aus, aber er war nicht minder erregt als sie.

„Gut." Seine Stimme klang rau, als er sich vorbeugte und ihre seidenen Fesseln so weit löste, dass sie nachgaben, als er Melinda die Hände auf die Schultern legte und sie zu Boden drückte, bis sie kniete. Dann setzte er sich vor sie auf das Bett und fasste nach ihrem Haar. Mit der freien Hand öffnete er den Verschluss seiner Hose, und sein Glied sprang ihr entgegen, als er ihren Kopf näher heranzog. Er roch nach Moschus, nach Liebe und nach ihr. Es waren nur knapp zwei Stunden vergangen, seit er sie beim Erwachen geliebt hatte. Sanft, noch ein wenig schläfrig, und sehr zärtlich.

Sie öffnete den Mund und stülpte ihn über seinen Stab. Er war noch nicht völlig hart, nicht so, wie in der Morgendämmerung, als er ihn in sie gestoßen hatte, aber sie fühlte, wie er wuchs, sich härter formte, die Vorhaut sich zurückzog, als sie saugte, ihn mit ihrer Zunge streichelte, presste. Sie blies mit gespitzten Lippen auf die feuchte Eichel. Jonathan erschauerte.

Diese Spielart zwischen Mann und Frau hatte sie erst mit Jonathan kennengelernt. Bei William wäre es ihr niemals eingefallen, aber sie fragte sich gelegentlich, ob seine Geliebten dies für ihn taten. Ob auch er mit ihnen diese Spiele genoss, die Jonathan für sie erfand. War es so üblich, eine Ehefrau anders zu behandeln? Oder hatte William einfach nur wenig Fantasie?

Sie lehnte sich zurück und sah Jonathan an. „Würdest du das auch tun, wenn wir verheiratet wären?“

Für Sekunden wirkte Jonathan erschrocken. Sie hätte fast gelacht, als sie seine Miene sah, aber es tat noch viel mehr weh, zu erkennen, wie wenig er jemals daran gedacht hatte, ihr Verhältnis zu verändern. Ihr war dieser Gedanke so manches Mal gekommen. Sie wäre nicht die erste gewesen, die sich von ihrem Mann trennte. Es hätte einen Skandal gegeben, aber das war ihr in ihrer Vorstellung gleichgültig gewesen. In ihren Träumen war sie mit Jonathan davongesegelt und hatte William seinen Geliebten überlassen.

Jonathan beugte sich vor. „Solche Fragen stellst du mir in diesem Moment?“

„Ich wollte nur wissen, ob ihr Männer mit euren Geliebten anders verfahrt als mit euren Ehefrauen.“

„Das“, sagte Jonathan langsam, „kommt wohl auf die Ehefrau an. Aber da fragst du den Falschen. Ich war noch nicht verheiratet. Ich kann dir nur sagen“, er beugte sich vor, bis sein Mund dicht an ihren Lippen war, „dass ich absolut nichts anderes mit dir tun würde, wenn wir beide verheiratet wären. Nur dann viel öfter und noch viel intensiver. Es gäbe Tage, an denen ich dich nicht aus meinem Bett ließe.“ Jetzt lagen seine Lippen auf ihren. Seine Zunge drang vor, öffnete sie, presste sich tiefer, während seine Finger sich in ihr Haar gruben und ihren Kopf heranzogen. Sein Kuss war hart und tief, bevor er sie schwer atmend losließ. Für einige Augenblicke betrachtete er sie ernst, dann kletterte er an ihr vorbei. Sie hörte das Rascheln von Stoff. Er entkleidete sich.

Sie fühlte die Hitze seines Körpers, noch ehe er sie berührte. Er schob die Fesseln wieder aufwärts, zog Melinda hoch, bis sie vor ihm stand. Er umarmte sie von hinten, küsste ihre Schultern, ihren Nacken, sie fühlte sein Glied, das sich an sie presste, bis er sie ein wenig vorbeugte und ihre Hüften umfasste. Kein Spiel mehr. Nur noch Begehren. Er drang schnell in ihre für ihn bereite Spalte ein, schob sich tiefer, hielt Melinda fest, während er sich in ihr bewegte. In den Pausen richtete er Melinda auf, umarmte sie, bis ihre beiden Körper aneinandergeschmiegt waren. Sie wandte den Kopf, hob ihr Gesicht zu Jonathan empor, wurde geküsst, gestreichelt, bis er sich wieder in ihr zu bewegen begann. Als der Höhepunkt über sie beide hinwegfegte, schrie Melinda leise auf. Sie wollte sich krümmen, aber Jonathan hielt sie fest an sich gepresst, ließ sie auch nicht los, als der Orgasmus sie niederstieß, und ihre Beine nachgaben. Dann erst löste er die Fesseln und sank mit ihr gemeinsam auf das Bett, sie dabei fest und innig haltend.

7. Kapitel

Tante Elisabeth hatte sich zu ihrem Mittagsschläfchen zurückgezogen, Augusta war bei ihrer Busenfreundin zu Besuch, und Sophie war in den Obstgarten geflüchtet, um – versteckt zwischen einigen Sträuchern und unter einem Apfelbaum – nachdenken zu können und ein bisschen Atem zu holen.

Es gab zwei Orte in Südengland, die sie gerne aufsuchte. Der eine waren die Klippen mit ihren weich dahinrollenden Wiesen und Weiden, den Ginsterfeldern und dem unfassbar schönen Blick über Meer und Himmel, und der zweite Ort war dieser Obstgarten. Hier war es friedlich und ruhig. Tante Elisabeths Haus lag zwar in der Stadt, aber hier am Rande hatte sie noch einen Garten, hinter dem unmittelbar die Felder begannen. Noch war hier nichts zu pflücken, die Sommeräpfel waren noch zu klein, aber in wenigen Wochen konnte man gewiss schon ernten.

Sophie breitete die Decke im Gras aus, ließ sich darauf sinken und rekelte sich wohlig. So konnte man es aushalten. Hier, wo keine Dienstboten herumschlichen, nicht plötzlich Bekannte von Tante Elisabeth vor der Tür standen, um eine Tasse Tee zu trinken und den allerneuesten Klatsch auszutauschen, und Augusta nicht an ihr rummäkelte.

Sie beobachtete, während ihre Gedanken um die Ereignisse der vergangenen Tage kreisten, durch die Blätter des Baumes hindurch die Wolken. Wolken auf himmelblauem Hintergrund. Lord Edward hatte violette Augen mit blauen und grauen Wolkenschleiern.

Edward Harrington. Natürlich kam sie immer wieder auf ihn. Aber es war auch kein Wunder, denn die Sache mit der nackten Schwarzhaarigen ließ ihr keine Ruhe. Diese Angelegenheit beschäftigte Sophie sogar am meisten. Was mochte da geschehen sein? Warum war die Frau nackt gewesen? Was war vorher passiert, dass sie überhaupt nackt geworden war? Hatte sie sich selbst ausgezogen? Hatte Captain Hendricks sie ausgezogen? Und warum war Lord Edward ihr nachgeritten? Ob er sie wirklich nur beobachtet hatte und retten wollte? Wäre sie hinabgestürzt? Sophie hatte sekundenlang den Ausdruck im Gesicht der Frau gesehen, als sie gerannt war. Sie hatte geglaubt, dass sie aus Angst lief, aber wenn sie jetzt darüber nachdachte, dann hatte ihre Miene keine Furcht gezeigt. Nur eine Art … verzweifelter Sehnsucht. Sophies Herz krampfte sich plötzlich vor Mitleid zusammen. Die Frau wäre gesprungen. Aber weshalb nur? Was war so Schreckliches passiert, das sie in diesem Moment in den Abgrund getrieben hätte?

Und was hatte die Frau gesagt? War es nicht eine Warnung gewesen? „Sie sind ein süßer Junge, aber Sie haben ja keine Ahnung …“ Dann waren sie von der Ankunft von Jonathan Hendricks unterbrochen worden.

Sophie grübelte, blinzelte durch die Blätter. Die Schwarzhaarige kannte Lord Edward sehr gut. Soviel war klar. Sophie gähnte. Hier war es so friedlich. Die Sonne schien warm herab, die Bienen summten. Sie versuchte sich wieder auf dieses Rätsel zu konzentrieren, aber die Augen fielen ihr zu.

Sie war wohl ein wenig eingenickt, als eine harsche Stimme sie aus ihren Träumen riss.

„Sind Sie sicher, dass wir hier unbeobachtet sind?“

„Völlig. Hier ist niemals jemand.“

Das war ihr Vetter Henry. Sophie setzte sich auf und sah sich um, konnte jedoch nicht entdecken, wo Henry stand. Sie wollte ihn rufen, ihn auf sich aufmerksam machen, als sie die Stimme des zweiten Mannes erkannte. Es war Captain Hendricks.

„Was für eine Dummheit, mich hierher zu bestellen wie einen Laufburschen. Lassen Sie sich das nicht mehr einfallen.“

„Aber ich musste Sie sprechen. Ich …“

„Was? Stottern Sie nicht herum, Mann.“

Captain Hendricks sprach drohend, während Henry leise, hastig, gepresst redete. Instinktiv beschloss Sophie, sich möglichst ruhig zu verhalten. Die beiden Männer wähnten sich ungestört – sich jetzt noch zu melden, wäre nicht nur peinlich, sondern würde sie auch um die Möglichkeit bringen, mehr zu erfahren. Ein dunkles Gefühl sagte ihr, dass das Gespräch unter Umständen aufschlussreich werden konnte. Henry hatte bisher nicht den Eindruck gemacht, als zählte er zum engeren Bekanntenkreis von Jonathan Hendricks. Und Hendricks hatte nicht zuletzt wegen des Vorfalls auf den Klippen Sophies Interesse geweckt.

„Ich mache nicht mehr mit. Ich will nicht mehr.“ Henrys Stimme klang ein wenig schrill.

„Sie wollen aussteigen?“ Hendricks lachte spöttisch. „Nur Tote verlassen die Bande, merken Sie sich das.“

Sophie hielt den Atem an. Bande? Was hatte Henry mit Leuten zu schaffen, die andere offenbar unter Todesdrohungen zwangen, bei irgendwelchen Tätigkeiten mitzumachen?

Sie blieb ganz still, atmete kaum, und wunderte sich, wie unvorsichtig diese beiden Männer waren, sich nicht davon zu überzeugen, ob sie tatsächlich allein waren. Aber das war wohl typisch für Henry. Sie mochte ihren Vetter, hielt jedoch nicht allzu viel von seinen Geistesgaben.

Das Gras hinter der kleinen Mauer, die den Obstgarten vom Feld abgrenzte, raschelte. Sophie zog sich lautlos tiefer in den Schatten des Baumes zurück, kroch von dort leise auf allen vieren etwas ins Dickicht neben der Mauer und zog die Decke und den Korb mit sich. Wenn jetzt jemand herüberblickte, würde er nur noch – weitaus unauffälliger – das zusammengetretene Gras sehen.

„Es bleibt dabei. Heute Nacht“, hörte sie Hendricks sagen. „Beim üblichen Treffpunkt. Und seien Sie pünktlich.“

„Bin ich doch immer“, maulte Henry kleinlaut.

„Wenn etwas schiefgeht, dann sind Sie der Erste, der es büßen muss“, erwiderte Hendricks scharf. „Und sorgen Sie dafür, dass Ihre vorwitzige Base nicht mehr bei Marian Manor herumschnüffelt. Sonst kommt sie noch dahinter, was dort vor sich geht. Der Anführer macht nicht viel Federlesens in solchen Fällen.“

„Soll … das heißen, er würde Sophie etwas antun?“ Henry klang erstickt.

Hendricks lachte spöttisch. „Der Anführer? Der würde vermutlich sogar Ihnen den Auftrag dazu geben, und Sie würden es tun, um sich nicht selbst mit dem Gesicht nach unten in der Brandung wiederzufinden. Er hat die unangenehme Eigenschaft immer dann aufzutauchen, wenn man es am wenigsten vermutet. Und er hat viele Männer unter den Schmugglern, die treuer zu ihm halten als Sie.“

Schmuggler? Sophie hatte große Augen bekommen. Und was hatte ihr Haus damit zu tun? Stammten diese Fußabdrücke nicht von übermütigen jungen Männern oder spukenden Gespenstern, sondern von sehr lebendigen Schmugglern, die Marian Manor als Treffpunkt missbrauchten? So war das also! Kein Wunder, dass Henry den Schlüssel nicht gefunden hatte! Er hatte alles versucht, um sie daran zu hindern, hinzureiten!

Wie es schien, hatte Lord Edward mit seiner düsteren Bemerkung recht gehabt. Hier in Eastbourne war tatsächlich nicht alles so friedlich, wie sie anfangs gedacht hatte: Lord Edward verfolgte frühmorgens nackte Frauen, der gut aussehende Captain Hendricks war in illegale Geschäfte mit Halsabschneidern verwickelt, und ihr Vetter Henry steckte ebenfalls mittendrin. Ein flüchtiger Kälteschauer rann über Sophies Rücken. Vielleicht war es ganz gut gewesen, dass sie keine Gelegenheit mehr gehabt hatte, zu ihrem Haus zu reiten. Wer weiß, wen sie dort getroffen hätte. Aber war nicht Lord Edward ebenfalls aus dieser Richtung gekommen, als er die Schwarzhaarige verfolgt hatte? Es war einer der Wege gewesen, die zum Haus führten. War die Schwarzhaarige von dort geflüchtet? War sie eine Gefangene der Schmuggler gewesen? Nein, denn sie war freiwillig mit Hendricks zurückgeritten. Dann war sie also so eine Art Schmugglerbraut!

„Verschwinden Sie jetzt", hörte sie abermals Hendricks scharfe Stimme. „Und reißen Sie sich zusammen. Sie haben sich das selbst eingebrockt. Jetzt müssen Sie die Sache auch durchhalten."

Schritte, die sich entfernten. Sophie stockte der Atem, als sie hinter der Mauer ein Geräusch hörte. Sie vermutete, dass es Captain Hendricks war, der misstrauisch herübersah, und warf einen schnellen Blick auf das Gras. Es hatte sich natürlich noch nicht aufgestellt, wirkte jedoch nicht allzu verdächtig. Zum Glück hatte hier jemand vor kurzem gemäht.

Sie hörte abermals leiser werdende Schritte, kroch nach einiger Zeit aus ihrer Deckung, pirschte sich an die Mauer und lugte darüber. In der Ferne, einem kleinen Pfad zwischen den Feldern folgend, ging tatsächlich Jonathan Hendricks. Jetzt erst erlaubte sie sich, tief durchzuatmen. Sie hockte sich wieder auf ihre Decke, zog die Knie an und überlegte, während sie einen längeren Grashalm abzupfte und daran nagte. Was sie da soeben gehört hatte, war abenteuerlicher als alles, was sie sich jemals erhofft hätte. Deshalb war Henry also oft so niedergeschlagen, so bedrückt, schlich mit einem Gesicht wie sieben Tage Regenwetter herum! Sie hatte ihn schon einmal darauf angesprochen, aber er war ihr ausgewichen. Zu diesem Zeitpunkt hatte sie noch gemeint, er sähe so unausgeschlafen aus, weil er sich die halbe Nacht auf der Jagd nach amourösen Abenteuern oder mit seinen Dandy-Freunden herumtrieb. Dabei machte ihr Vetter Henry dunkle Geschäfte für und mit Jonathan Hendricks!

Sie schüttelte den Kopf. Sie hatte zwar bemerkt, dass sich die gehobene Schicht der Eastbourner Gesellschaft von Hendricks fernhielt, aber nur deshalb, weil er einen Ruf als Lebemann hatte, und gewiss nicht, weil stadtbekannt war, dass er zu einer Verbrecherbande gehörte. Sie hatte ihn bei diesem denkwürdigen Ball ein ums andere Mal unter den Gästen bemerkt, aber er hatte keine Anstalten gemacht, sie anzusprechen. Sie hatte jedoch gesehen, dass er mit Henry und sogar mit Lord Edward geredet hatte.

Sophie hatte schon so einiges von den Tätigkeiten der Schmuggler in dieser Gegend gehört. Ein sehr berühmter Schmuggler hatte tatsächlich vor einigen Jahren sein Leben am Galgen ausgehaucht. Darin hatte Henry wenigstens nicht gelogen. Sophie hatte diese Geschichten mit Interesse verfolgt, fand aber die Vorstellung wenig reizvoll, ihren Vetter mit einem ähnlichen Schicksal beglückt zu sehen.

Was sollte sie tun? Henry darauf ansprechen? Oder zuerst herausfinden, was da los war? Und dann erst mit Henry reden? Sie kaute intensiver auf dem Grashalm. Sie hatten sich für heute Nacht verabredet. Wie wäre es, wenn sie Henry einfach heimlich folgte? Ein angenehmes Prickeln hatte Sophie erfasst, ein Kitzeln in ihrem Magen und ihrem Hals, das sich bis in ihre Wirbelsäule fortpflanzte. Endlich geschah hier etwas, das diese tägliche Langweile unterbrach, in der Tante Elisabeths Einkaufsfahrten nach Lewes und die Whistabende mit Sir Winston – und in Zukunft mit Lord Edward – die einzige Abwechslung waren.

Sophie spuckte entschlossen den Grashalm aus. Heute Nacht also. Sie würde bereit sein.

„Einen schönen guten Tag, Miss Sophie."

Sophie zuckte hoch. Im ersten Moment dachte sie erschrocken, dass Captain Hendricks zurückgekommen wäre, aber dann erkannte sie Sir Winston. Er eilte auf sie zu. „Ich habe Sie gesucht, Miss Sophie. Man hat mir gesagt, Sie wären alleine in den Obstgarten gegangen." Er schüttelte mahnend den Kopf. „Das ist sehr unklug, meine Liebe. Es treiben sich hier nicht nur nette Menschen herum."

Das allerdings hatte Sophie auch schon festgestellt. Ärgerlich war nur, dass das Hausmädchen, dem sie nichts ahnend, was ihr hier begegnen würde, ihr Ziel genannt hatte, es jedem weiterplauderte. Auf diese Weise würde Henry sehr schnell dahinterkommen, dass sie gelauscht hatte. Und noch schlimmer – Captain Hendricks konnte es erfahren.

Sophie versuchte ihre Mundwinkel zu einem höflichen Lächeln zu veranlassen, als sie aufstand. Es fiel ihr schwer, aber es gelang offenbar, denn Sir Winston streckte ihr freudestrahlend beide Hände hin.

Sophie zog ihre nach einem kurzen Druck wieder zurück. „Ich wollte soeben heimgehen."

„Aber deshalb bin ich ja hier. Um Sie heimzubegleiten! Und vielleicht können wir da auch noch einiges besprechen. Ich hatte schon lange auf eine Gelegenheit gehofft, dieses Thema …"

„Besprechen?", unterbrach Sophie ihn erstaunt.

„Was Ihr Haus betrifft. Marian Manor, liebe Miss McIntosh. Oder darf ich Sophie sagen?"

Ein eisiger Schreck durchfuhr Sophie, als ihr einfiel, dass Sir Winston der Friedensrichter war. Bisher war er für sie nicht mehr als einer von Tante Sophies Whistpartnern gewesen, aber nun verwandelte er sich vor Sophies Augen zu einer gefährlichen Persönlichkeit, die ihren Vetter Henry an den Galgen bringen konnte. Und hatte Lord Edward nicht gesagt, er wolle mit dem Friedensrichter über diese heimlichen Besucher reden? Hatte er das getan? War das der Grund, weshalb Sir Winston mit ihr sprechen wollte? Wenn dort wirklich die Büttel herumschnüffelten, dann lief auch Henry Gefahr, entdeckt zu werden. Wenn sie nur früher gewusst hätte, welchen Tätigkeiten ihr unscheinbarer Vetter nachging! Wenn Sir Winston die Sache wirklich zu untersuchen begann, dann steckte nicht nur Henry in der Klemme, sondern auch sie. Captain Hendricks' Drohung war unmissverständlich gewesen. Die Schmuggler würden nicht zögern, Henry als Verräter auszuschalten – und sie gleich dazu.

„Was ist denn mit meinem Haus?“ Sophie trat einen Schritt zurück, und Sir Winston ging ihr nach. Er roch, wie Sophie mit Erstaunen feststellte, nach Brandy. Er begann sogar ihren Arm zu tätscheln und hatte abermals ihre Hand ergriffen, ehe Sophie sie in Sicherheit bringen konnte, hielt sie fest und drückte seine wulstigen Lippen darauf. Sophie unterdrückte einen gequälten Laut und den Drang, ihren Handrücken sofort im Gras abzuwischen. Der Mann war sauber, gepflegt, aber auf sie wirkte er immer etwas eklig. Jetzt mehr denn je. Denn nun roch er nicht nur nach Brandy, sondern vor allem nach Galgen für Henry.

„Marian Manor?“, fragte sie nochmals vorsichtig nach.

„Ja, ich wollte nachfragen, ob Ihre Familie das Haus nicht verkaufen will.“ Sir Winston lächelte breit. „Sie leben ja so weit entfernt. Und sofern Sie nicht die Absicht haben, sich hier niederzulassen …“

„Ich werde Marian Manor auf gar keinen Fall verkaufen!“, rief Sophie erschrocken aus. Das fehlte noch. Das wäre ja noch schlimmer als die Büttel! Sie wusste nicht einmal, welche Geheimnisse in dem Haus verborgen waren, und was darin vielleicht sogar auf Henry hindeuten könnte. „Entschuldigen Sie mich jetzt bitte, ich muss …“ Sophie versuchte die Decke hochzuheben, um sie zusammenzulegen und in den Korb zu packen, aber Sir Winston stand mitten drauf. „Ich habe mich schon lange genug hier aufgehalten“, sagte sie fest. „Erlauben Sie, dass ich …“

„Ja, natürlich. Verzeihen Sie.“ Er trat zur Seite, und Sophie raffte die Decke an sich.

„Ah, Sir Winston! Hier sind Sie ja. Und Miss McIntosh. Welch bemerkenswertes Zusammentreffen. Ich störe doch hoffentlich nicht.“ Die kühle Stimme war unverkennbar, und Sophie wandte sich mit einer Erleichterung, die sie selbst verblüffte, nach dem Sprecher um. Lord Edward hatte ein Talent dafür, völlig unerwartet aufzutauchen, aber jetzt kam er sehr gelegen.

„Nein, Sie stören nicht im Geringsten“, beeilte sie sich zu sagen. Ihr Lächeln ihm gegenüber schien herzlicher auszufallen als beabsichtigt, denn sie bemerkte, wie seine Augen zu ihrem Mund wanderten. Sein Blick war für einen Herzschlag lang so intensiv, dass sie sich mit einem Mal ihrer Lippen bewusst war, so, als hätte er sie tatsächlich berührt.

„Sind Sie zu Fuß hier, Miss McIntosh?“

Sie musste sich räuspern. „Ja. Ich wollte einen Spaziergang machen und den Garten genießen.“

„Dann hoffe ich, dass Sie mir die Freude machen, auf dem Heimweg meinen Phaeton zu benutzen. Ich habe ihn vor dem Garten stehen lassen, als ich Sir Winston sah, und ihm nachging, um ein paar Worte mit ihm zu wechseln. Allerdings“, eine knappe Verbeugung zu Winston hinüber, „hatte ich nicht geahnt, dass es sich hier offenbar um eine Verabredung handelt.“

„Das tut es auch nicht!“, rief Sophie entrüstet, was Sir Winston einen gekränkten Ausruf entrang und Lord Edward ein amüsiertes Aufblitzen in den Augen entlockte. „Und“, fügte sie gemäßigter hinzu, „ich nehme Ihr Angebot sehr gerne an.“ Sie faltete endlich die Decke zusammen und stopfte sie zusammen mit dem Buch, das sie nicht einmal aufgeschlagen hatte, hastig in den Korb.

„Nicht, dass ich mir anmaßen würde, Ihnen Ratschläge zu erteilen, Miss McIntosh“, sagte Lord Edward mit falscher Höflichkeit, als er ihr den Korb abnahm. „Aber es wäre vielleicht klug, wenn Sie sich dazu entschließen könnten, eine Zofe mitzunehmen, die Sie bei solchen Ausflügen begleitet. Der Korb“, fügte er mit einem Unterton hinzu, der nur Sophie auffiel, „ist viel zu unhandlich für Sie.“

„Da ich vorhatte, Miss Sophie heimzugeleiten, hätte ich ihr den Korb selbstverständlich abgenommen", sagte Sir Winston beleidigt.

„Nun, gewiss doch", kam es höflich zurück. „Aber da ich ja zum Glück mit dem Wagen hier bin, bleibt Ihnen die Mühe erspart. Bitte sehr, Miss McIntosh, diesen Weg." Lord Edward ließ ihr den Vortritt, und Sophie ging ihm voran, nachdem sie sich freundlich – und zugleich sehr erleichtert – von Sir Winston verabschiedet hatte.

„Der Korb ist weder zu schwer noch zu unhandlich", sagte sie, als sie beim Wagen angelangt waren, und Sir Winston sie nicht mehr hören konnte. Vorne bei den Pferden stand Lord Edwards Groom Freddy. Der Bursche grinste Sophie an, sie lächelte zurück. Als Lord Edward ihr auf den Wagen helfen wollte, zögerte sie kurz. Sie scheute davor zurück, ihn zu berühren. Aber als er nicht zur Seite trat, sondern ihr mit einem unbewegten Ausdruck die Hand vor die Nase hielt, griff sie hin, spürte seine kräftige Hand, die ihre fest umschloss, und dann sprang sie schnell hinauf und ließ ihn los, als hätte sie sich verbrannt. Lord Edward reichte dem Groom den Korb, der ihn hinten auf dem Wagen verstaute, dann stieg er neben Sophie auf. Sie rückte ganz zur Seite, um ihn nicht zu berühren, und spürte doch den Wunsch, genau das zu tun. Der versprochene Kuss fiel ihr wieder ein. Sie schluckte, ein kleiner Schauer lief über sie, und sie hatte plötzlich Mühe, nicht ununterbrochen auf Lord Edwards Lippen zu starren. Waren sie weich? Warm? Kühl? Hart? Fordernd? Sie atmete schneller, beobachtete, wie sich seine Lippen beim Sprechen bewegten.

„Du kannst schon vorlaufen, Freddy. Erwarte mich dann bei Lady Elisabeths Haus."

„Ja, Mylord." Der Groom machte eine kleine Verbeugung zu Sophie und lief einen kleinen Fußweg entlang. Eine Abkürzung, die auch Sophie genommen hatte, die aber für den Wagen viel zu eng war.

„Nein, natürlich ist der Korb nicht schwer", schloss Lord Edward an das begonnene Gespräch an. „Aber eine Zofe hätte Ihnen die Peinlichkeit erspart, mit Sir Winston allein zu sein. Und außerdem hatte ich Ihnen ja nahegelegt, nicht allein herumzulaufen, Bengelchen."

„Wie …", Sophie schnappte nach Luft, aber dann entschloss sie sich, das Wort Bengelchen zu überhören. „Sir Winstons Gegenwart war keine Peinlichkeit. Und er ist mir, im Gegensatz zu einem gewissen anderen Gentleman", dies war mit einem ätzenden Unterton gesagt, „auch nicht zu nahe gekommen."

„Ein gewisser anderer Gentleman", erwiderte Lord Edward ungerührt, „hätte die Situation zweifellos besser zu nutzen gewusst." Er ließ die Pferde im Schritt gehen, wandte den Kopf und erlaubte seinem Blick, anzüglich über Sophie zu wandern. Über ihr Gesicht, ihren Hals, ihr Dekolleté und über die gefälligen Wölbungen. Sophie hatte das Gefühl, dass jeder Zentimeter ihrer Haut zu prickeln begann.

Als er weitersprach, war seine Stimme so unverschämt wie sein Blick. „Ich bin überzeugt davon, Miss McIntosh, Sie waren ebenfalls bitter enttäuscht, dass Sir Winstons Gegenwart Sie daran gehindert hat, mir endlich den Preis für meine Hilfe beim Ball zu erstatten. Zweifellos fiebern Sie schon danach, Ihre Schulden bei mir begleichen zu können."

Sophies Haut prickelte nicht mehr, sondern sie brannte. Besonders ihre Wangen. Sie mussten hochrot und glühend heiß sein. Und woher wusste er, dass sie tatsächlich daran gedacht hatte? Sah man es ihr so sehr an?

Sie suchte ihr Heil im Angriff. „Wie können Sie nur! Es war schon dreist genug von Ihnen, mich in dieser prekären Situation zu erpressen! Aber mir jetzt auch noch zu unterstellen …"

„Ich hatte Ihnen lediglich unterstellt", unterbrach er sie mit ironisch hochgezogenen Augenbrauen, „dass es Ihnen sehr unangenehm sein muss, die Last dieser Schulden zu tragen." Er hielt die Pferde an und beugte sich ein wenig näher zu ihr. „Es wäre mir ein wirkliches Bedürfnis, Sie möglichst schnell davon zu befreien, Miss McIntosh."

„Was fällt Ihnen ein?!" Sie suchte krampfhaft nach etwas, mit dem sie ihm eine Abfuhr erteilen konnte. Und dann fiel ihr Phaelas ein. „Ich bin verlobt!" Das war nicht so völlig gelogen, wenn man bedachte, dass ihr Vater die Absicht gehabt hatte, sie mit Phaelas zu verheiraten. Es gab ihr im Moment sogar einen Anstrich von Ehrbarkeit. Und den hatte sie als Schutz vor Lord Edward bitter nötig.

„Verlobt?" Er zog sich zurück und musterte sie unter zusammengezogenen Augenbrauen. Die violetten Augen schienen dunkler zu werden. „Das höre ich heute zum ersten Mal."

„Es gab ja wohl auch keinen Grund, Sie in meine familiären Verhältnisse einzuweihen", gab Sophie hochmütig zurück. „Mein Verlobter lebt in Schottland. Wir sind schon sehr lange ineinander verliebt. Er ist das Oberhaupt des Nachbarclans. Wenn ich meine Zeit hier abgesess … ich meine, sobald ich heimkehre, werden wir heiraten." Nicht, wenn sie es verhindern konnte und Vater McIntosh sein Mädchen noch liebte, aber der halb verwirrte, halb verdrießliche Ausdruck in Lord Edwards Gesicht brachte ihr eine gewisse Genugtuung. Zumindest war er weniger irritierend als dieses sinnliche Lächeln und diese dunkle, spöttische und doch schmeichelnde Stimme.

„Dann war das wohl ein Missverständnis. Ich bitte um Verzeihung, Miss McIntosh." Er wandte sich abrupt ab und trieb die Pferde zu einer schnelleren Gangart an. Seine Augenbrauen waren immer noch zusammengezogen, und um seinen Mund lag ein verärgerter Zug.

„Ein Missverständnis? Inwiefern denn?"

Er sah sie nicht an, sondern blickte nur geradeaus. „Nichts weiter, Miss McIntosh." Seine Stimme klang gleichgültig. „Haben Sie die Gelegenheit vorhin dazu genutzt, mit Sir Winston über die Spuren beim Haus Ihrer Großmutter zu sprechen?"

Sophies Lider flatterten leicht. „Nein … ich … äh …" Was sollte sie nun sagen? „Dazu bin ich nicht gekommen. Ich denke auch, dass Henry mit seiner Annahme recht hatte. Das waren sicher nur übermütige junge Leute, die von London oder Brighton herübergekommen sind. Und sie haben ja keinen Schaden angerichtet." Sie musterte besorgt das Profil des Mannes neben ihr. „Haben Sie mit Sir Winston gesprochen? Sie sagten auf dem Ball, dass Sie das vielleicht tun würden."

Lord Edwards Miene hatte sich weiterhin verändert und zwar auf eine Art, die sie überraschte. Sie wurde zurückhaltend und kühl wie seine Stimme. So hatte Sophie ihn in ihrer Gegenwart noch nie gesehen. Sie wünschte plötzlich wieder diesen anderen Tonfall herbei, der sie beunruhigte und keine kalten, sondern angenehm warme Schauer über den Rücken laufen ließ. „Ich wollte es, bin jedoch nicht dazu gekommen. Aber ich muss Ihnen zustimmen. Es ist gewiss nichts, worüber Sie sich Gedanken machen müssten. Allerdings würde ich an Ihrer Stelle nicht alleine dort hinreiten. Das Haus ist doch etwas abgelegen und baufällig."

Nichts, worüber Sie sich Gedanken machen müssten. Wenn die Tatsache, dass eine ganze Schmugglerbande Großmutters Haus als Absteige missbrauchte, und ihr eigener Vetter Henry dazugehörte und Gefahr lief, ins Gefängnis oder an den Galgen zu kommen, nichts war, worüber man sich Gedanken machen musste, dann war die Welt ja wirklich ein heiler, sicherer Ort. Sophie fragte sich allerdings, ob Lord Edward auch meinte, was er sagte. Wie kam es, dass er immer dort auftauchte, wo auch die Schmuggler waren? Dass es reiner Zufall war, schien Sophie, wenn sie darüber nachdachte, unwahrscheinlich. Hatte auch er mit ihnen zu tun?

Und was, zum Kuckuck, hatte er mit Missverständnis gemeint?!

Sie schrak hoch, als er sie ansprach.

„Wir sind hier, Miss McIntosh. Sollten Sie allerdings noch eine Runde machen wollen, so wäre es mir ein Vergnügen." Lord Edwards Stimme war reine, kalte Höflichkeit.

Sophie bemerkte erst jetzt, dass der Wagen bereits hielt.

„Nein! Vielen Dank." Bloß nicht länger diese kühle Stimme, diese verschlossene Miene und diesen abweisenden Blick aushalten müssen. Sie war selbst erstaunt, dass sie darüber verletzt war. Das war nicht mehr der etwas anzügliche Mann, in dessen Gegenwart sie sich zwar beunruhigt, aber doch sicher gefühlt hatte, sondern ein Fremder.

Lord Edwards Groom kam angelaufen, aber bevor Lord Edward noch absteigen konnte, um Sophie vom Wagen zu helfen, war sie auch schon hinuntergesprungen und hatte ihren Korb gepackt. Die Haustür öffnete sich, und ein Diener trat heraus. Sophie reichte ihm den Korb. Sie hoffte nur, dass Tante Elisabeth noch ihr Schläfchen machte und sie nicht dabei ertappte, dass sie sich von Lord Edward im Wagen hatte mitnehmen lassen.

„Ich bedanke mich für die Fahrt, Lord Edward." Sie brachte einen halbwegs graziösen Knicks zusammen.

„Es war mir eine Freude. Empfehlen Sie mich bitte Lady Elisabeth." Ein kurzes, unpersönliches Nicken, dann hatte er sich auch schon abgewandt und die Pferde angetrieben. Sein Groom sprang hinauf.

Sophie starrte dem Wagen nach, bis er um eine Straßenecke bog und verschwunden war. Was sollte sie nur von diesem Mann halten? Was und wer war er wirklich? In Sophie stieg der unwiderstehliche Wunsch empor, es herauszufinden.

8. Kapitel

Sophie zog sich an diesem Abend sehr früh zurück und wartete – in Malcolms Hosen und der Männerjacke – darauf, dass es Nacht wurde. Sobald es dunkel war, schlich sie sich hinunter in den Stall. Henrys Zimmer befand sich ihrem eigenen gegenüber, sie hätte also nur an ihrer Zimmertür lauschen müssen, um zu hören, ob er das Haus verließ. Sophie war jedoch nicht gewillt, ein Risiko einzugehen. Sie wusste, dass er nicht die Vordertür nehmen würde – denn jeder im Haus wäre allein schon vom Sperren des alten Schlosses und dem Öffnen der quietschenden Tür alarmiert gewesen – sondern das Haus durch die Hintertür verlassen musste.

Dieses Mal war es weitaus schwieriger gewesen, den Stallburschen zu bestechen. Der Junge hatte wohl Probleme mit seinem Gewissen bekommen. Dass die Nichte von Lady Elisabeth im Morgengrauen ausritt, konnte er noch akzeptieren, aber dass sie ihm den Befehl gab, ihre Stute die ganze Nacht gesattelt und abrufbereit zu halten, erschien ihm denn doch verdächtig. Sophie hatte ihm keine Erklärung gegeben, sondern nur einen schönen Batzen Geld in die Hand gedrückt. Das hatte gewirkt.

Und nun hockte sie neben Rosalind, die unternehmungslustig an ihrer Schulter knabberte, im Stall und behielt die Hintertür des Hauses im Auge. Gerade, als sie zu gähnen begann und ihre Wachsamkeit nachließ, sah sie, wie die Tür einen Spalt geöffnet wurde. Henry steckte seine Nase heraus, öffnete die Tür weiter, huschte hinaus und machte sie lautlos wieder hinter sich zu. Dann schlich er an der Hausmauer entlang und am Stall vorbei. Sophie duckte sich, als er das Fenster passierte. Sie führte Rosalind hinaus, um den Stall herum und in die Richtung, in der Henry verschwunden war.

Henry war nicht – wie sie gedacht hatte – von jemandem erwartet worden. Man hatte lediglich ein Pferd unter einer Gruppe von Bäumen angebunden. Ihn zu verfolgen war schwieriger, als Sophie gedacht hatte, denn das Gebüsch hier war gerade so hoch wie ein Reiter, und der Mond schien hell. Sie wartete, bis Henry ein Stück vorgeritten war, dann zog sie sich ebenfalls in den Sattel und beugte sich tief über Rosalinds Hals, als sie in einigem Abstand ihrem Vetter hinterher ritt. Erst, als sie einen lichten Wald erreichten, wurde es leichter. Jetzt konnte sie aufrecht reiten, hatte jedoch wieder das Problem, Henry aus den Augen zu verlieren, wenn sie nicht dran blieb. Obwohl sie, wie Sophie bald feststellte, genau so gut auch hätte vorreiten können, denn das Ziel war Marian Manor.

Sophie hielt bei einer etwa zweihundert Meter vom Haus entfernten Baumgruppe, stieg ab und zog Rosalinds Kopf zu sich hinunter.

„Du musst schön hierbleiben und still sein“, flüsterte sie ihr ins Ohr. „Ich bleibe nicht lange aus.“ Sie steckte ihrer Stute noch eine Karotte zwischen die Zähne und verließ sie dann, um sich näher zu pirschen, bis sie es sich hinter einigen dichten Büschen, von denen aus sie einen guten Blick auf das mit Fackeln hell beleuchtete Haus hatte, bequem machen konnte.

Sie hatte Übung im Anschleichen. Ihre Brüder und sie hatten das in ihrer Kindheit oft geübt. Es war ihnen zwar verboten gewesen, sich an die Pächter anzupirschen, aber das hatte sowohl die McIntoshs als auch die Kinder der Pächter niemals gehindert, sich gegenseitig zu beschleichen, zu erschrecken und sich Streiche zu spielen. Sie waren, zumindest die Jungen, regelmäßig von den Eltern dafür versohlt worden, und hatten es doch wieder gemacht. Aber das hier, sagte sich Sophie, war kein Spiel. Entsprechend feucht waren auch ihre Hände, und ihre Kehle war trocken, aber die unwiderstehliche Neugier und die Unternehmungslust waren stärker als alles andere.

Die Haustür stand dieses Mal sperrangelweit offen, und in ihrem Rahmen lehnte Captain Jonathan Hendricks. Zwei Männer kamen mit Fässchen beladen von der Rückseite des Hauses, vermutlich aus dem Hintereingang. Dann kam noch einer und schließlich eine ganze Gruppe, die Ballen und Kisten schleppte. Sophie sah, dass sie alles zu einem vor dem Haus stehenden Wagen brachten. Kein Wunder, dass das Gras so niedergetrampelt war.

Und da war Henry! Ihr Vetter trat hinter Hendricks aus dem Haus und ging mit gesenktem Kopf zu dem Wagen, der in der Zwischenzeit bis oben hin beladen worden war. Captain Hendricks rief ihm etwas zu, und Henry nickte nur. Er wirkte unglücklich und ein wenig verängstigt. Sophie beobachtete, wie er auf den Wagen stieg und die Zügel aufnahm. Ein Mann rannte zu ihm und sprach auf ihn ein. Dann kamen andere und legten eine Plane über das Schmuggelgut.

Sophie starrte angestrengt hinüber. Wie war ihr Vetter nur in diese Sache geraten? Sie musste herausfinden, was Jonathan Hendricks gegen Henry in der Hand hatte. Sie war entschlossen, dem Geheimnis auf die Spur zu kommen, und Henry aus den Klauen dieser Bande zu befreien.

Soeben wollte sie zurück zu Rosalind huschen, als Jonathan Hendricks die zur Haustür führende Steintreppe herabkam. Sophie duckte sich noch ein wenig tiefer in den Schatten des Busches. Hendricks winkte jemandem zu, der zu Sophies Entsetzen aus genau der Richtung auftauchte, in der sie Rosalind versteckt hatte. Hoffentlich verhielt sich das Pferd ruhig. Und hoffentlich war der Mann kein Späher gewesen, der sie beobachtet hatte. Sie hielt den Atem an, als der Mann, ein ziemlich großer, missmutig aussehender Kerl, zu Captain Hendricks hintrat und leise auf ihn einsprach, dabei sahen sie beide kurz in die Richtung, aus die er gekommen war. Captain Hendricks ließ seine Blicke über die Umgebung schweifen, und einen kurzen Moment, in dem Sophies Herz stillstand, hatte sie den Eindruck, dass er trotz der Dunkelheit direkt in ihre Augen sah.

Höchste Zeit zu verschwinden. Als sie sich umwenden wollte, hörte sie neben sich ein Geräusch. Sie hielt den Atem an, lauschte und starrte mit weit aufgerissenen Augen um sich. Ihr Herz raste, dröhnte in ihren Ohren, dass sie schon fürchtete, man könnte den Schlag bis zum Haus hinüber hören. Oben im Baum regte sich etwas. Dann raschelten die Blätter, und sie sah zwei große Flügel, die sich ausbreiteten und durch die Lüfte davonrauschten. Sophie duckte sich erschrocken, atmete dann aber tief und erleichtert durch. Eine Eule.

Als der Wagen mit Henry scheppernd abfuhr, nutzte Sophie die Gelegenheit, sich zurückzuziehen. Sie schlich gebückt wieder zurück, blickte sich um, ob sie auch nicht verfolgt wurde, und lief dann erst aufrecht weiter, als sie sah, dass man sie vom Haus aus nicht mehr sehen konnte, vermied jedoch den Weg und hielt sich zwischen den Büschen. Als Sophie Rosalind unversehrt an derselben Stelle wiederfand, wo sie ihre Stute angebunden hatte, fiel ihr ein Stein vom Herzen, und jetzt erst wurde ihr klar, in welcher Gefahr sie sich befunden hatte, und wie dumm dieses Anschleichen gewesen war. Die Männer hätten kurzen Prozess mit ihr gemacht, und Henry hätte ihr vor lauter Angst bestimmt nicht geholfen. Ihre Knie begannen zu zittern. Es war höchste Zeit zu verschwinden.

Sophie wollte nach dem Zügel greifen und sich in den Sattel schwingen, als sie von zwei kräftigen Händen gepackt und von Rosalind weggezerrt wurde. Ihr erschrockener Aufschrei wurde von einer Hand erstickt, die sich über ihren Mund legte. Ein Arm schlang sich um sie und fesselte ihre Arme eng an ihren Körper.

„Still. Ganz ruhig, Bürschlein." Das heisere Flüstern des Mannes, der sie so festhielt, dass sie kaum ihre Arme bewegen konnte, gerade nur ein bisschen treten und zappeln, war dicht neben ihrem Ohr. „Oder willst du, dass die Bande dich hört?"

Rosalind warf schnaubend den Kopf in die Höhe, und der Mann zerrte Sophie weiter von dem Tier fort zu einem Baum, drehte sie herum und presste sie mit dem Rücken gegen den Stamm. „Was glaubst du, was die mit dir machen werden, wenn sie dich hier erwischen?"

Sophie gab nur einen erstickten Laut von sich, als sich die Hand von ihrem Mund löste. Der Mann stand dicht vor ihr. Er hatte ihre Handgelenke ergriffen und ihre Arme so zurückgebogen, dass ihr Rücken und ihre Arme sich an den Stamm schmiegten. Der Baum war schlank genug, sodass ihr Angreifer nach hinten fassen und Sophies beide Handgelenke auf der anderen Seite mit einer Hand festhalten konnte, während sein Körper sie von vorne hielt. Sie wollte sich hervorwinden, sich losreißen, aber da wurde schon ein Riemen um ihre Handgelenke geschlungen. Sie zerrte daran, aber die Fesseln hielten.

„Ruhig. Oder soll ich die anderen rufen? Hm?“, fragte er nach, als Sophie keine Antwort gab, sondern nur heftig atmend dastand und gegen ihre beginnende Hysterie ankämpfte. Sie hätte es niemals zulassen dürfen, dass er sie fesselte! Sie hätte sich wehren müssen, selbst auf die Gefahr hin, dass die anderen Schmuggler alarmiert worden wären. Treten hätte sie müssen, schlagen, kratzen! Und dann auf Rosalind springen und wegreiten. Bis die Männer vom Haus hier gewesen wären, hätte sie schon einen schönen Vorsprung gehabt.

Wie hatte sie nur so dumm in diese Falle laufen können! Gewiss hatte er sie beobachtet. Vielleicht sogar schon, als sie Rosalind hier angebunden hatte. Oder hatte er sie am Haus gesehen und war ihr gefolgt?

In diesem Moment drückte er sie mit seinem ganzen Körper gegen den Baum. Sophie stieß ein unterdrücktes Ächzen aus. Sie versuchte zur Seite wegzurutschen, sich mitsamt den Fesseln um den Baum zu drehen, aber er packte ihre Schultern und hielt sie fest. Sie fühlte seine harte Brust, seinen Bauch, seine Schenkel. Sein Unterleib schmiegte sich an ihren. Sie hatte sich noch nie in einer derart hilflosen Situation befunden und geriet in Panik. Was wollte er? Sie töten?

Aber das hätte er schon längst tun können! Wollte er sich an ihrer Angst weiden? Sich an ihr vergreifen? *Ruhig bleiben. Ganz ruhig bleiben, Sophie*, dachte sie. *Zuerst musst du deine Furcht bekämpfen. Du musst nachdenken.* Leichter gedacht als getan. Durchatmen.

„Was wollen Sie von mir?“

Er gab keine Antwort. Sophie verlor zwar nicht ihre Angst, aber sie wurde ruhiger. Wie hatte er zu ihr gesagt? Bürschlein? Er hielt sie also für einen Jungen, das war schon einmal gut, so kam er nicht auf die Idee, sie missbrauchen zu wollen.

Sie begann anders darüber zu denken, als er seine freie Hand dazu benutzte, über ihre Hüften zu streicheln, sanft ihren Schenkel zu kneten und dann die Hand zwischen den Baumstamm und ihre Sitzfläche zu schieben, um ihre Pobacke zu massieren.

„Lassen Sie mich sofort los“, zischte sie ihn an.

„Das kostet aber etwas.“ Die flüsternde Stimme über ihr klang amüsiert, aber Sophie hörte den stählernen Tonfall heraus.

Sie atmete zitternd ein. Er war so nahe, dass sie seinen Geruch wahrnehmen konnte. Er roch … sauber … ein wenig nach Rasierseife … nach frisch gestärktem Hemd … *Seltsam*, dachte Sophie verwirrt, *welche Nebensächlichkeiten mir in solch einer Situation auffallen.* Und vor allem: Woran erinnerten sie seine Worte?

„Ich habe kein Geld bei mir“, stieß sie hervor.

„Ich spreche auch nicht von Geld. Aber du gefällst mir, Bürschlein.“ Er beugte sich herab und rieb sein Gesicht an ihrer Wange. „So weiche Haut. Zart wie die eines Mädchens.“

Sophie versuchte den Kopf zur Seite zu drehen, als seine Lippen über ihr Kinn glitten, dann weiter empor über ihre Wange streichelten. Er legte die Hand unter ihr Kinn, fasste sie mit kräftigen Fingern links und rechts am Kiefer und hielt sie fest, während seine Lippen sich weiterhin mit ihrer Wange beschäftigten.

Sophie erschauderte. Irgendetwas an dieser Stimme, diesem Atem, diesem Körper, der sie eng an den Baumstamm gepresst hatte, zog sie ebenso an, wie es sie abstieß. Der Mann hatte recht, sie konnte nicht schreien, ohne die anderen zu alarmieren.

Sie konnte ihn vielleicht treten, wenn sie etwas Luft zwischen sich und ihm bekam. Und dann? Wenn sie ihn mit dem Knie gut traf, so wie Patrick ihr dies einmal gezeigt hatte, war er wohl für einige Minuten außer Gefecht gesetzt. Und in dieser Zeit musste sie die Fesseln loswerden und flüchten. Aber wenn ihr das nicht gelang, und sie im Gegenteil die anderen auf sich aufmerksam machte, befand sie sich in einer noch schlimmeren Lage als jetzt. Die fanden schnell heraus, dass sie kein Junge war, und fielen dann alle gemeinsam über sie her.

Henry, der ihr ohnehin keine Hilfe gewesen wäre, war schon längst mit dem Wagen fort, und Captain Hendricks würde bestimmt keinen Finger für sie rühren, sondern dafür sorgen, dass sie für immer und ewig ihren Mund hielt. Sie erinnerte sich nur zu gut an seine Drohung Henry gegenüber. Nicht Henry lag dann mit dem Gesicht nach unten in der Brandung, sondern sie. Sie fröstelte. Und wenn Hendricks sie nicht umbringen ließ, dann dieser geheimnisvolle Schmuggleranführer. Nein, es gab nur eine Möglichkeit: Sie musste sich mit diesem Kerl hier arrangieren. Ihn überreden, sie laufen zu lassen.

Sie schloss sekundenlang die Augen, weil seine Lippen jetzt ihr Ohrläppchen erreicht hatten. Er begann doch tatsächlich daran zu knabbern! Die Berührung schien eine direkte Verbindung zu anderen Teilen ihres Körpers zu haben, und was sie erzittern ließ, war nicht nur Angst. „Ich habe Geld“, stieß sie hervor. „Und ich werde welches holen. Sie … Sie müssen mich nur losbinden.“

Das leise Lachen, so dicht an ihrem Ohr, ließ sie erbeben. „Das würde dir so passen. Außerdem will ich kein Geld von dir, das sagte ich ja schon.“

„Sondern …?“

Seine Hand ließ von ihrem Hintern ab und glitt hinauf. Langsam und genussvoll über ihre Taille, weiter empor. Sophie hielt den Atem an. Was würde passieren, wenn er merkte, dass unter der Jacke ein Mädchen steckte? Aber seine Hand hielt sich nicht damit auf nach Frauenbrüsten zu suchen, sondern war schon bei ihrem Hals angelangt, packte mit festem Griff ihr Genick. Was hatte er mit ihr vor? Er hielt sie für einen Jungen und delektierte sich dennoch an ihr?

„Ich werde jetzt probieren, ob deine Lippen ebenso weich sind wie deine Wangen, Bürschlein“, flüsterte die dunkle Stimme. „Und du wirst stillhalten.“

„Ich werde nicht stillhalten“, empörte sich Sophie mit unterdrückter Heftigkeit. „Was fällt Ihnen ein!“

„Ruhig.“ Jetzt klang die Stimme scharf. „Du hast die Wahl. Entweder du stellst mich jetzt zufrieden, oder ich rufe die anderen. Also?“

„Gut.“ Sophie quetschte dieses eine Wort nach kurzer Überlegung verdrießlich heraus. „Aber dann schnell.“

Ein leises Lachen antwortete ihr. „Du hast wirklich Mut, Kleiner. Aber du bist vermutlich auch ein wenig verrückt, nicht?“ Bevor Sophie noch etwas entgegnen konnte, lag sein Mund auch schon auf ihrem.

Sie kniff die Augen zu. Die fremden Lippen pressten sich jedoch nicht wild auf ihre, wie sie das erwartet hatte, sondern fuhren zart darüber, schienen deren Weichheit austesten zu wollen. Sie senkte das Kinn, er kam ihr nach, aber als sie den Kopf drehte, wurde er ungeduldig.

„So nicht. Wir haben ein Abkommen. Du zahlst dafür, dass ich dich danach laufen lasse. Und jetzt heb den Kopf. Los.“

Sophie zitterte vor Angst, vor Zorn und vor … einem Gefühl, das sie nicht benennen konnte. Aber dann hob sie den Kopf und hielt ihm ihr Gesicht entgegen.

„Öffne den Mund ein wenig.“ Er sprach direkt an ihren Lippen.

Sophie gehorchte nach einigem Zögern.

„So ist es brav.“ Genießerisch fuhr sein Mund über ihre zitternden Lippen, wanderte von einem Mundwinkel zum anderen, kam über ihre Oberlippe zurück, um sich ihrer Unterlippe zuzuwenden. Als er tatsächlich mit den Lippen daran zu knabbern begann, gab Sophie ein kleines Geräusch von sich, aus Abwehr vor etwas, das nicht so unangenehm war, wie sie erwartet hatte. Die fremden Lippen zogen ihre Unterlippe ein wenig vor, zwischen seine Zähne, hielten sie fest, als – Sophie erstarrte – seine Zunge darüberglitt.

Endlich ließ er ihre Unterlippe los. Sophie dachte schon, er hätte genug, aber dann erkannte sie, dass er bisher nur mit ihr gespielt hatte. Denn was jetzt kam, raubte ihr den Atem. Und das wortwörtlich.

Sein Mund presste sich so heftig auf ihren, dass sie seine Zähne spüren konnte. Es war, als wollte er ihre Lippen auseinanderdrücken. Sophie kämpfte dagegen an, aber dann fand sie es einfacher und weniger schmerzhaft, nachzugeben. Sie stöhnte in seinen Atem hinein, fühlte seine Zunge, die in ihren Mund glitt. Nicht vorsichtig wie zuvor über ihre Unterlippe, sondern tief und besitzergreifend.

Noch nie war sie auch nur auf ähnliche Art behandelt worden. Es stieß sie ab und erregte sie zugleich. Ihr ganzer Körper wurde seinen Berührungen gegenüber empfindlich. Über ihre Haut liefen kleine Schauer, in ihren Ohren summte es. Seine Knie hatten ihre Beine auseinandergedrängt, und während er sie mit dem Rücken härter an den Baum drückte, presste er seinen schwellenden Schritt gegen sie. Das schien ihm jedoch noch zu wenig zu sein, denn mit einem Mal lagen seine beiden Hände auf ihrem Hintern, die langen Finger gruben sich tief in ihre Spalte, suchten, wo sie weiß Gott nichts verloren hatten, und dann hob er Sophie ein wenig vom Boden ab und presste ihre geöffneten Schenkel gegen seine Männlichkeit. Sophie spürte durch den Stoff ihrer Hose hindurch seine Ausbuchtung und die ihr entgegenwachsende Härte auf ihrer Scham. Er rieb sich an ihr, drängte sich fester an sie.

Sophie wurde von einem Gefühlschaos überfallen, das ihr nicht weniger den Atem nahm als seine Lippen auf den ihren. Noch nie hatte sie hier ein Fremder berührt, geschweige denn seine wachsende Erektion – nur durch den Hosenstoff von ihr getrennt – daran gerieben. Lust überschwemmte Sophie mit einer Heftigkeit, die sie aufkeuchen ließ. Sein Griff wurde fester, seine Lippen verlangender, und tief aus seiner Kehle stieg ein Geräusch, das wie ein wollüstiges Stöhnen klang.

Es war dieser Ton, der Sophie wieder zu sich kommen ließ. Was wollte er noch von ihr? Was noch? Sophies Furcht wurde stärker. Sie begann sich zu wehren, versuchte ihn mit den Beinen wegzustoßen, zu treten.

Plötzlich schien er ebenfalls zur Besinnung zu kommen. Seine Lippen pressten sich nicht mehr auf ihre, sondern ruhten nur mit leichtem Druck darauf. Seine Hände und seine Finger lagen zwar immer noch dort, wo sie nicht hingehörten, aber er presste Sophie nicht mehr gegen seinen Körper, auch wenn sie allzu deutlich sein durch die Hose drängendes Glied spüren konnte. Sophies Lippen schmerzten, ihr Körper vibrierte, ihre Knie zitterten.

Er atmete schwer, als er sie zu Boden gleiten ließ. „Verdammt. Es … tut mir …“ Er beendete den Satz nicht, sondern griff nur hinter den Baum zu ihren gefesselten Händen und löste die Riemen.

Sophie wurde es in diesem Moment erst klar, dass sie ihm keinen Widerstand geleistet hatte, sondern ihm sogar entgegengekommen war! Und wären ihre Arme nicht hinter dem Baum fixiert gewesen, hätte sie sie vermutlich auch noch dazu benutzt, sie um seinen Hals zu schlingen und sich an ihm festzuhalten. Sie riss sich los, hob die Hände und stieß ihn kräftig von sich. Er trat einen Schritt zurück. Sie konnte im Dunkel unter den Bäumen sein Gesicht nicht erkennen, auch nicht seine Kleidung. Er war wie ein Schatten.

Sophie stieß eine Flut deftiger, aber unterdrückt ausgestoßener schottischer Flüche aus, als sie ihn zur Seite drängte, Rosalinds Zügel packte und sich mit einer blitzschnellen Bewegung in den Sattel schwang. Sie hob den Fuß, um ihn wegzutreten, sollte er versuchen, sie aufzuhalten. Aber er schien keine Absicht zu haben, das zu tun. Er stand nur reglos dort. Sophie konnte ihn kaum sehen, aber sie spürte seinen unverwandten Blick. Sie wendete Rosalind und preschte davon. Als sie den Wald verließ, sah sie am Horizont erleichtert das erste Licht des Morgens.

Nur fort. Über das, was sie soeben erlebt hatte, würde sie später genauer nachdenken, wenn sie sich wieder etwas beruhigt hatte, nicht mehr zitterte und vielleicht schon ein wenig vergessen hatte, wie sich seine Lippen und sein Körper anfühlten, und was er mit ihr getan hatte.

Sie wusste nur eines: Ihr Körper schmerzte. Aber es war nicht von seinem festen Griff, nicht davon, dass er sie an den harten Stamm gepresst hatte, sondern von Sehnsucht nach etwas, von dem sie bisher keine Ahnung gehabt hatte, dass es sie so sehr überwältigen könnte.

Als Henry eine halbe Stunde nach ihr heimkam, lauerte Sophie ihm bereits an der Treppe auf. Sie hatte – überhaupt nach dem Erlebnis mit dem geheimnisvollen Küsser – keine Lust, lange darum herumzureden, sondern packte ihren Vetter am Arm und zerrte ihn quer über den Gang in ihr Zimmer. Sie wusste zwar, dass sie selbst schuld war und sich durch ihre Neugier und Unvorsichtigkeit in eine Lage gebracht hatte, die noch weitaus schlimmer hätte enden können. Das zumindest sagte ihr Verstand. Ihr Gefühl gab jedoch Henry die Schuld daran. Henry, der so dämlich war, sich von Schmugglern erpressen zu lassen.

Henry, viel zu gutmütig um sich zu wehren, und vor allem zu entsetzt, seine Cousine in Hosen zu sehen, ließ sich mitschleppen. Erst als Sophie die Tür zu ihrem Zimmer leise, aber nachdrücklich schloss, wurde er gesprächig.

„Bei allen Heiligen, Sophie! Mit Hosen?!"

„Bei allen Heiligen, Henry!", fuhr sie ihn an. „Mit Schmugglern?!"

Henrys Gesicht hätte einem Bildnis des Unheiligen Saulus Ehre gemacht, als dieser vom Engel mit seinen Schandtaten konfrontiert wurde.

„Bist du verrückt geworden, dich mit solchen Leuten einzulassen?", setzte Sophie energisch fort.

„Woher …?" Henry wankte. Er war so blass geworden, dass Sophie ihn zum Bett schob und ihn darauf niederdrückte, bevor seine Knie nachgeben konnten.

„Ich habe euch gehört. Captain Hendricks und dich. Gestern im Obstgarten. Deshalb also wolltest du nicht, dass ich das Haus betrete! Weil deine Schmugglerbande dort Unterschlupf gefunden hat! Schämst du dich gar nicht?"

Henry verfiel zusehends, brachte jedoch kein Wort hervor. Seine Lippen artikulierten lautlos das Wort „Obstgarten".

„Und heute Nacht", trumpfte Sophie auf, „bin ich dir nachgeritten!"

„Du hast …“ Henry war fassungslos. „Du bist …“ Seine sonst so sorgfältig frisierten Haare, die er „Windstoßfrisur“ nannte, hingen ihm über die Ohren und in die Stirn. Sein Mund war etwas geöffnet, die Augen waren weit aufgerissen.

„Ich weiß alles! Ich habe gesehen, wie du mit einem Wagen Schmuggelware transportiert hast! Deshalb hast du nicht gleich den Hausschlüssel gefunden! Du wolltest ihn mir nicht geben! Das nennst du also nach dem Rechten sehen? Und ich habe mich auch noch bei dir bedankt! Du bist wahnsinnig, Henry. Du musst dich raushalten!“

„Das … geht nicht.“ Er schüttelte verzweifelt den Kopf, griff sich in den Kragen, zog mit der anderen Hand ein Taschentuch hervor, mit dem er sich die Stirn abtupfte. „Sie haben mich in der Hand, verstehst du nicht?“

„*Sie* sind wohl Jonathan Hendricks“, stellte Sophie fest. „Er gehört zu den Schmugglern, ist aber nicht deren Anführer, oder?“

„Hm.“ Henry wollte verzweifelt den Kopf in die Hände stützen, aber Sophie packte ihn an den Jackenaufschlägen. „Er erpresst dich. Womit?“ Henrys Zähne klapperten aufeinander, als sie ihn kräftig schüttelte. Sie hatte von Kindheit an herumgetobt und hatte nichts von den verzärtelten englischen Frauen, die hier durch die Gegend trippelten und kaum ein Taschentuch halten konnten.

„L … lass dd … das! Was fällt dir ein?“ Er machte sich energisch frei. „Die Jacke ist von Weston.“

„Und wenn sie aus Osten wäre, das ist mir egal“, zischte Sophie.

„Weston ist einer der besten Londoner Schneider und keine Himmelsrichtung“, wurde sie von ihrem Vetter angeblafft, der vor Empörung kurzfristig seine Angst verloren hatte. „Herrgott noch mal! Von dem musst sogar du gehört haben! Wo hast du gelebt? In einer Höhle?“

Er zuckte zurück, als er Sophies blitzende Augen knapp vor seinen sah. „Werde bloß nicht frech“, zischte sie ihn an. „An deiner Stelle würde ich jetzt mit der Sprache rausrücken, sonst gibt’s Maulschellen! Also: womit erpressen sie dich?“

Henrys Gesicht nahm den Ausdruck eines trotzigen Jungen an. „Spielschulden“, quetschte er endlich hervor.

„Bei wem? Bei Jonathan Hendricks?“ Sophie verstand nicht, wie jemand wie Henry überhaupt auf die Idee kommen konnte, zu spielen. Sie hatte ihn bei den Whistabenden ihrer Tante beobachtet. Er spielt nur marginal besser als Augusta und hatte ebenfalls fast immer verloren. Und sie bezweifelte, dass ihr Vetter bei einem so harmlosen Spiel Schulden gemacht hatte.

„Nein, bei anderen.“

„Wie viel?“

Henry drückte herum. „F … Fünfhundert Pfund.“

Sophie stieß heftig den Atem aus. „Mit fünfhundert Pfund kann eine ganze Familie sehr lange Zeit leben!“

Henry wirkte überrascht. „Wirklich?“

Sophie verdrehte die Augen. Sie und ihre Geschwister waren von ihren Eltern niemals zur Verschwendung angeregt worden. Ihr Bruder Malcolm hatte einmal Spielschulden gemacht, allerdings hatte es sich dabei um fünfzig Pfund gehandelt. Eine Summe, mit der einer ihrer Pächter tatsächlich ein Jahr lang seine Familie ernährte. Als Malcolm das Geld nicht hatte zusammenbringen können, war er mit hängendem Kopf zu ihrem Vater gegangen und hatte gebeichtet. Vater McIntosh hatte ihm ohne mit der Wimper zu zucken das Geld gegeben. Ihr Bruder hatte bezahlt, und dann hatte er ein halbes Jahr lang den Stall ausmisten müssen. Er hatte nie wieder gespielt. Sophie fand, dass diese Erziehungsmethode Henry auch nicht geschadet hätte. Allerdings fragte sie sich, was ihr Vater als angemessene Buße für den zehnfachen Betrag angesehen hätte.

„Und wie kommt dann Captain Hendricks dazu, dich zu erpressen?"

„Das war anders …" Henry wand sich, aber Sophie ließ nicht locker. „Ich hatte die Spielschulden, wusste aber nicht, wie ich die bezahlen sollte. Mutter hätte mir geholfen, aber du weißt ja – sie hat selbst kein Vermögen, und als ich zum Geldverleiher ging, sprach mich ein Mann an. Er meinte, dass ich ganz einfach zu Geld kommen könnte, indem ich Sachen verkaufe."

„Was für Sachen?" Sophie setzte sich neben ihn auf das Bett.

„Verschiedene Dinge, auf denen hohe Zölle liegen. Alkohol. Gewürze. Und auch Schmuck. Sie sagten, das wäre für mich einfacher. Überhaupt, was den Schmuck betrifft, weil ich da einem Pfandleiher in London einreden könnte, dass es sich um Familienerbstücke handelt."

„Schmuck? Die schmuggeln Schmuck?" Sophies Augen wurden schmal, als sie die Wahrheit erkannte. „Das ist Diebesbeute! Du vertreibst auch noch Hehlerware? Bist du verrückt?!"

„Sie sagen, das wäre von Wracks. Oder Prisenanteile …"

„Piratengut!", fuhr Sophie ihn an. „Ich bin vielleicht in einer Höhle aufgewachsen und kenne deinen lächerlichen Schneider nicht, aber ich kenne sehr wohl die Gesetze! Und du wirst, wenn du dich nicht losmachen kannst, am Galgen enden!"

„Hör auf. Mal den Teufel nicht an die Wand", stöhnte Henry. „Außerdem bin ich dabei, mich loszusagen. Captain Hendricks will mir dabei helfen, hat er gesagt."

„Captain Hendricks! Bist du wirklich so dumm? Er gehört doch zu den Schmugglern und wohl noch schlimmer – sehr wahrscheinlich zu den Piraten! Wenn er wirklich ein Kapitän ist, dann von einem Piratenschiff! Und es hat nicht so geklungen, als würde er dich aussteigen lassen! Er hat dir sogar mit irgendeinem Anführer gedroht!"

„Das … das kann schon sein … aber er hat trotzdem gesagt, wenn ich ihm jetzt noch einige Zeit helfe, dann kann ich bald frei kommen."

„Womit genau erpresst er dich?", bohrte Sophie nach. „Hat er etwa Wechsel deiner Spielschulden?"

„Ja, er hat sie an sich gebracht, obwohl ich sie schon längst hätte bezahlen können. Und er will der Polizei einen Hinweis geben, wenn ich nicht spure, sagt er."

„Einen Hinweis. So." Sophies Augen blitzten. Der Mann war gewissenlos, das wusste sie seit dem Gespräch im Obstgarten. „Er sollte sich lieber vorsehen, dass niemand anderer einen Hinweis über ihn gibt!"

Vielleicht hätte sie sofort, nachdem sie Henry und Captain Hendricks belauscht hatte, mit der Polizei sprechen sollen. Oder gleich mit Sir Winston. Aber da hatte sie noch nicht gewusst, wie weit und weshalb Henry in der Sache steckte.

„Sophie?" Henrys drängende Stimme riss sie aus ihren Gedanken. „Sophie, du wirst doch Mutter nichts sagen, nicht wahr?"

Sophie schnaubte abfällig. „Wofür hältst du mich? Hast du eigentlich von Anfang an auch die Wagen mit dem Schmugglergut gefahren?", fiel ihr ein.

„Nein, anfangs nicht. Da wollten sie nur, dass ich die Sachen für sie verkaufe."

„Damals hat aber nicht Captain Hendricks dich angesprochen, oder?"

„Nein, das war ein anderer. Den ich nie wieder gesehen habe. Und dann war plötzlich Hendricks mit von der Partie." Henry dachte nach. „Er war es, der die Idee hatte, dass ich auch mit den Wagen fahren sollte."

„Natürlich", meinte Sophie erzürnt. „Damit hatte er dich endgültig in der Hand! Vorher hättest du behaupten können, dass du nicht weißt, dass das Zeugs von den Schmugglern oder von Piraten stammte. Aber wenn du die Sachen auch noch in der Gegend herumkutschierst …" Sophie sah ihren Vetter kopfschüttelnd an. „Du bist wirklich dämlich, Henry."

„Na hör mal!"

„Ach, sei still." Sie winkte ab. „Ich muss nachdenken, überlegen, was wir tun können, um dich von diesen Leuten loszueisen." Seltsamerweise fiel ihr in diesem Zusammenhang an erster Stelle Lord Edward ein. Er wüsste sicherlich, was hier zu tun war.

Henry lachte bitter auf. „Loseisen? Glaubst du nicht, dass ich das nicht schon längst getan hätte, wenn das so leicht wäre?"

„Das war, bevor ich davon gewusst habe", erklärte Sophie von oben herab. Sie hockte sich mit unterschlagenen Beinen aufs Bett und stützte den Kopf in die Hand. Henrys Blässe hatte sich ein wenig gelegt, und so etwas wie vorsichtige Hoffnung glänzte in seinen Augen. Es war ihm deutlich anzusehen, wie froh er war, sein Problem und seine Angst endlich mit jemandem teilen zu können.

„Abgesehen davon, dass dich jetzt wahrscheinlich die Hälfte der Schmuggler kennt, und Captain Hendricks ebenfalls gegen dich aussagen könnte", fing Sophie nach einer Weile an, „hat er sonst noch etwas gegen dich in der Hand?"

Henry ließ den Kopf hängen. „Da ist so ein Buch, in dem sie alle ihre Fässer und Waren aufzeichnen, den Tag, an dem sie übernommen und an wen sie weitergeliefert werden."

„Das ist ja wie Vaters Buchhaltung", sagte Sophie verblüfft.

„Ja, da hängen eine Menge Leute dran", erwiderte Henry. Fast klang etwas Stolz in seinen Worten mit. „Ich bin nicht der Einzige, den sie erpressen. Und es gibt verschiedene Banden, die zusammenarbeiten und die diese Bücher kontrollieren. Auf die Art wollen sie verhindern, dass einer den anderen betrügt."

„Und da hast du unterschrieben?" Sophie klang abfällig.

„Nein. Aber mein Name steht bestimmt drinnen", jammerte Henry. „Und dann gibt es ja noch die Schuldscheine, die Captain Hendricks aufgekauft hat."

Sophie maß ihn mit einem sprechenden Blick. „Wir müssen also zuerst diese Schuldscheine in die Hand kriegen!", stellte sie dann fest. „Und auch noch das Buch." Sie sah ihn nachdenklich an. „Vielleicht sollten wir doch die Polizei informieren."

Henry erbleichte. „Das geht nicht! Dann kommt doch alles heraus!" Er fuhr sich verzweifelt durch die Haare, bis sie nach allen Seiten standen. „Was würde Mama dazu sagen? Sie würde sich zu Tode kränken!"

Sophie dachte nach. Sie mochte ihre Tante zwar nicht, aber sie wollte weder ihr noch Henry schaden. „Dann", sagte sie entschlossen, „müssen wir selbst etwas tun, um dich da rauszukriegen."

9. Kapitel

In den nächsten Tagen versuchte Sophie, Henry nicht nur Mut zuzusprechen, sondern ihn auch dazu zu bewegen, sich gegen Jonathan Hendricks aufzulehnen. Er wurde jedoch nicht mutiger, sondern immer verzagter, und am Ende verbot er ihr sogar, das Thema überhaupt noch einmal anzuschneiden.

Es war klar: Sophie musste selbst etwas unternehmen. Ihr Vetter Henry war ein Hasenfuß, das war offensichtlich. Sophie fühlte sich jedoch für ihn verantwortlich. Er war zwar Engländer, aber die Familie musste zusammenhalten. Das hatte ihr Vater sie schon sehr früh gelehrt.

Sie hatte sich nach dem Abendessen auf ihr Zimmer zurückgezogen, um in Ruhe nachdenken zu können. Es war ein warmer Abend, und so saß sie im dämmrigen Raum vor dem Fenster und sah hinaus. Einige Vögel piepsten, schon halb im Schlaf, die Grillen im Vorgarten zirpten, und auf der Straße vor dem Haus waren noch Leute. Handwerker, die heimkehrten und mehrere Damen und Herren, die vermutlich zu einer Festlichkeit unterwegs waren. Kutschen und Sänften kamen und gingen.

Sophie legte die verschränkten Arme auf das Fensterbrett, bettet das Kinn darauf und überlegte. Die Möglichkeit, Captain Hendricks anzuzeigen, fiel von vornherein weg. Er würde sicher verhört werden und dann von Henry erzählen – schon um sich zu rächen, wenn dieser gegen ihn aussagte. Nein, sie musste Jonathan Hendricks einschüchtern und ihm drohen.

In ihren Überlegungen tauchte immer wieder dieser fremde Schmuggler auf, der sie überfallen und geküsst hatte. Sie hatte ihn für einen der Männer gehalten, weil er sie damit bedroht hatte, den Rest der Bande zu rufen. Aber dann hatte er sie einfach gehen lassen. Hätte einer dieser Verbrecher dies aber getan? Er hatte doch annehmen müssen, dass sie alles gesehen hatte und die Bande verraten konnte!

Verwirrt, wie sie von diesem Kuss gewesen war, hatte sie gar nicht darüber nachgedacht. Das war ein Fehler gewesen. Wann immer sie sich an ihn erinnert hatte, waren es seine Hände, seine Lippen, sein Körper, diese erregende Ausbuchtung zwischen seinen Beinen gewesen, die sie beschäftigt hatten. Aber wenn sie kühler und objektiver darüber grübelte – was nicht ganz einfach war – so hatte er nicht wie ein gewöhnlicher Verbrecher gewirkt. Sekundenlang dachte sie darüber nach, ob es vielleicht Captain Hendricks selbst gewesen sein könnte, aber dann schüttelte sie den Kopf. Nein, der hätte niemals vor ihr an der Stelle sein können, wo sie Rosalind zurückgelassen hatte. Und er hätte sie auch nicht laufen lassen.

Die Möglichkeit, dass der Mann die Schmuggler ebenso belauscht hatte wie sie, faszinierte Sophie. Wer konnte er sein? Ein Büttel, der diesen Verbrechern bereits auf der Fährte war? Aber ein Polizist, der fremde junge Männer an einen Baum drängte und sie sogar küsste? Unwahrscheinlich.

Sie versuchte sich seine Worte, sein Benehmen, sein Aussehen ins Gedächtnis zurückzurufen. Das Aussehen war schwierig, es war ja so dunkel gewesen, dass sie kaum seinen Schatten wahrgenommen hatte. Ihre Eindrücke bestanden lediglich aus Stimme, Händen, Lippen, breiten Schultern, einem harten Körper, der sie gegen den Stamm presste. Das war in diesem Moment viel gewesen, aber um jemandem wiederzuerkennen herzlich wenig. Auch wenn eine gewisse Vertrautheit in der Art gewesen war, in der er sie gepackt hatte. Dieser Unterton in der flüsternden Stimme. Diese Drohungen.

Konnte es … nein! Unmöglich! Sophie hob unwillkürlich abwehrend beide Hände. Aber wenn es doch Lord Edward war? Die Vorstellung nahm Sophie den Atem und gleichzeitig hoffte sie es innigst. War es denn wirklich so unwahrscheinlich? Er tauchte doch immer dort auf, wo sich einer oder mehrere Schmuggler herumtrieben! Und tatsächlich hatte sie ihn das erste Mal bei Marian Manor getroffen! Ferner kannte er Hendricks. Und an dem Morgen auf den Klippen war er ebenfalls vom Haus gekommen. Es konnte doch nicht alles nur Zufall sein! Auch seine Worte passten dazu! Natürlich! Schon beim Ball hatte er als Preis einen Kuss für seine Hilfe verlangt, und nun war dies der Preis für ihre Freiheit gewesen! Dieser Schuft!

Und wenn er zu der Bande gehörte? Vielleicht so wie Henry erpresst wurde? Vielleicht hatte er den Auftrag, das Haus zu bewachen. Aber weshalb hatte er sie dann laufen lassen?

Weil er sie erkannt hatte. Das war nun klar. Er hatte gewusst, wer in der Hose steckte. Er wusste, dass Sophie ohnehin niemanden verriet, weil sie sonst Henry an den Galgen lieferte.

Und … er hatte sie wieder einmal abgegrapscht. Dieses Mal noch viel heftiger als davor. Und hatte sich dann sogar entschuldigt. Sophie entfuhr ein Kichern. Sie schüttelte den Kopf. Der Mann war für sie ein Buch mit sieben Siegeln. In der einen Minute ein Wüstling, in der anderen beschützte er sie davor, sich durch ihren falschen Gesang zu blamieren oder diesen Verbrechern in die Hände zu fallen.

Sophie versank in eingehende Betrachtungen über Lord Edwards Charakter, bis Tante Elisabeths Kutsche vor dem Haus vorfuhr. Sie hob den Kopf und sah neugierig hinunter. Wollte ihre Tante noch ausfahren? Es war jedoch Henry, der aus dem Haus trat. Er suchte in seinen Manteltaschen, dann schickte er den Diener nochmals zurück.

Sophie erhob sich. Sie musste gründlicher über Lord Edward nachdenken. Aber nicht jetzt. Eines nach dem anderen. Vorerst interessierte es sie, wohin ihr schmuggelnder Vetter Henry heute Abend noch ausgehen wollte.

Als Henry in die Kutsche steigen wollte, stand Sophie neben ihm.

„Du gehst noch aus?“

„Zu einer … einem F … Fest“, kam es zögernd.

Sophie runzelte die Stirn. Niemand hatte ihr von einem Fest erzählt. Üblicherweise hätte Tante Elisabeth ebenfalls eine Einladung erhalten müssen, wie bei allen Veranstaltungen in dieser Stadt. Von denen es ohnehin nur wenige gab, da Eastbourne zwar den Status eines gepflegten Badeortes innehatte, sich die meisten Festlichkeiten jedoch in Brighton abspielten, wo der Prinzregent weilte, wenn er sich in Sussex aufhielt.

„B … bei Captain Hendricks. Es ist wirklich nur ein Fest, sonst nichts“, setzte Henry hinzu.

Nun wunderte sich Sophie nicht, dass Tante Elisabeth keine Einladung erhalten hatte. Pirat Hendricks bewegte sich natürlich in anderen Kreisen. Sophie erkannte jedoch auch sofort die Möglichkeit, die sich ihr hier bot. Bei einem Fest konnte sie bestimmt unauffällig mit Hendricks sprechen. Vor seinen Gästen konnte er sie weder bedrohen, noch sonst einen Skandal auslösen.

Henry staunte nicht schlecht, als er in die Kutsche stieg und bemerkte, dass hinter ihm Röcke raschelten. Dann erfasste ihn ein zarter Duft, und ein entschlossenes Paar Hände schob ihn weiter, als er mitten in der Kutschentür stockte und über die Schulter zurücksah.

„Lass mich rein, Henry."
„Was willst du denn?" Er mochte seine Base, bewunderte sogar ihre Entschlossenheit, aber die Veranstaltung zu der er geladen – oder eher befohlen worden war – war nichts für eine junge, unverheiratete Frau. Und schon gar nicht für diese! Er würde Sophie nur in Gefahr bringen.
„Ich fahre mit!"
„Nein! Das ist nur etwas für Männer. Captain Hendricks lädt manchmal …" Er beendete den Satz nicht, da es ihm gelungen war, Sophie wegzudrängen und die Kutschentür vor ihrer Nase zuzuschlagen. Er hielt innen den Griff fest, während sie draußen zerrte. „Kutscher! Los geht's!" Hektisch klopfte er mit seinem Stock gegen das Dach der Kutsche, die Pferde zogen an, er sah durch das Fenster, dass Sophie loslassen musste und zwei Schritte zur Seite stolperte. Er sank erleichtert in den Sitz zurück. Das hätte ihm gerade noch gefehlt! Sophie bei einer von Jonathan Hendricks Orgien!

Sophie sah der abfahrenden Kutsche grimmig nach, dann öffnete sie den Mund, um Henry etwas nachzubrüllen, aber am Ende überlegte sie es sich anders. Sie hob ihre Röcke und rannte los. Als die Kutsche um die Ecke der Straße bog und langsamer wurde, gelang es ihr, einen der Haltegriffe zu erwischen, an denen sich die hinten stehenden Lakaien festhielten. Ein Sprung, sie zog sich hoch, verfing sich mit ihren Röcken, es gab ein unschönes Geräusch, als der Saum riss, aber dann war sie oben und klammerte sich fest. Sie atmete schneller, zitterte ein bisschen vor Aufregung, aber jener andere, dunkle Teil von ihr – derjenige, der in alten Bergwerken nach Gold suchte und Schmuggler belauschte – jubelte laut auf.

Sie fuhren die Hauptstraße entlang, dann bogen sie in eine schmälere Straße ein, und endlich rumpelte die Kutsche über einen Feldweg und durch einen Wald. Sophie merkte, wie ihre Knie mit der Zeit durch die ungewohnte Haltung und den unebenen Boden zu beben begannen. Sie wollte wahrlich nicht mit den Lakaien tauschen, die sonst hinten standen und durchgeschüttelt wurden.

Als die Kutsche dann jedoch in einen Weg einbog, der Sophie nur zu bekannt war, begann ihr die Sache unheimlich zu werden. Sie kamen an der Stelle vorbei, wo sie Rosalind ein wenig abseits angebunden gehabt hatte. Wo Harrington sie geküsst hatte. Sophies Herz schlug schneller – sie konnte nur nicht sagen, ob es aus Angst war oder aufgrund der Erinnerung an seine Lippen, seinen Atem, seinen Körper. Sie leckte sich über die Lippen, als wäre da noch sein Geschmack. War es wirklich Lord Edward gewesen? Sie schluckte, klammerte sich fester an die Haltegriffe, weil ihr plötzlich schwindlig wurde.

Durchatmen. Das nützte ihr noch jedes Mal. Auch jetzt half es. Sophie konnte wieder leichter denken. Sie waren also zu ihrem Haus unterwegs. Kein Wunder, dass Henry nicht gewollt hatte, dass sie mitkam. Die Kutsche näherte sich Marian Manor. Nur noch einhundert Meter. Was sollte sie nur tun? Abspringen und sich verstecken? Sie waren zweifellos nicht zu einer Gesellschaft unterwegs, wie Henry das behauptet hatte, sondern zu einem Schmugglertreffen!

Sie hatte jedoch zu lange gezögert. Die Kutsche rumpelte auf das Eisentor zu, fuhr hindurch. Jetzt konnte sie nicht mehr abspringen und sich in die Büsche schlagen. Laternen brannten am Parktor. Andere Kutschen warteten, Kutscher und Lakaien standen herum. War es tatsächlich eine Festlichkeit?

Als sie hielten, konnte Sophie einen Ausruf der Überraschung nicht unterdrücken. Wie verändert doch das Haus aussah! Alle Fenster waren hell erleuchtet, Fackeln und

Lampen warfen wilde Schatten auf Hof und die Fassade. Zwei Diener standen neben dem Eingang.

Henry traf beinahe der Schlag, als er aus der Kutsche stieg und sich Sophie gegenüber sah, die ebenfalls abgesprungen war. „Sophie … was tust du hier?!“

Sie strich sich ihre Röcke glatt, fuhr durch ihre zerzausten Locken, und als ihr Blick auf Henry traf, machte er einen Schritt zurück. Die funkelnden Augen, die zusammengepressten Lippen verhießen nichts Gutes. Sophie war zwar noch ein wenig kleiner als er und von zarter Statur, aber jetzt war sie einschüchternd. Sie trat knapp auf Henry zu, die Augen blitzten selbst noch im Fackellicht, so dass Henry in sich zusammenkroch. Am liebsten wäre er wieder in die Kutsche gestiegen und verschwunden.

„Sophie …“

„Sei still!“ Sie warf ihm einen durchdringenden Blick zu, dann drehte sie auf der Stelle um und schritt in der Manier eines Soldaten, der zum Angriff überging, auf das Haus zu.

„W … wo willst du hin?“, rief Henry entsetzt aus, als sie schon fast die Stufen erreicht hatte, die zum Eingang des Hauses führten.

„Ein Wörtchen mit deinem Freund Hendricks reden“, rief sie über die Schulter zurück. „Die Gelegenheit ist günstig! Und wenn ich schon mal hier bin …!“

„Sophie!" Dieses Mal erreichte Henrys Befehlston eine Gewalt, die ihn selbst erschreckte. „Du bleibst in der Kutsche und fährst wieder zurück. Schluss jetzt!“ Im Grunde wollte er nicht kommen, aber es blieb ihm nichts übrig. Jonathan Hendricks hatte ihm eine ganz bestimmte Aufgabe zugeteilt. Er sollte mit einem Mittelsmann sprechen und einen Brief weiterleiten.

Sophie marschierte unbeirrt weiter. Den Kutschen und Lakaien nach zu urteilen, hielten sich tatsächlich nicht nur Schmuggler hier auf, sondern auch andere Gäste aus Eastbourne und der Umgebung. Sie hatte ein oder zwei Wappen erkannt. Dies war tatsächlich eine hervorragende Gelegenheit, mit Captain Hendricks zu sprechen und Druck auf ihn auszuüben. Sie war wütend genug, um – zumindest für die nächsten Minuten – ihre Angst und jede Art von Bedenken weit von sich zu schieben.

„Bist du verrückt? Du kannst da nicht rein! Sophie! Das ist nichts für dich! Bleib hier! Sophieee!“ Aber seine Base war bereits an der Tür, ging hocherhobenen Hauptes an den beiden Wachen vorbei und war auch schon drinnen. Henry sah sich zuerst Hilfe suchend um, dann rannte er ihr nach.

Drinnen sah sich Sophie einem Diener gegenüber. Als er sich ihr in den Weg stellte, funkelte sie ihn drohend an. „Mein Name ist Sophie McIntosh“, sagte sie unheilverkündend. „Und“, ließ sie den wenig vertrauenserweckenden Mann ferner wissen, „ich wünsche Captain Hendricks zu sprechen. Und das auf der Stelle!“

Henry wollte sie wieder hinauszerren. „Sophie, du bringst uns beide in Teufels Küche!“

„Das hast du selbst schon getan. Und jetzt werden wir sehen, dass wir dich wieder rausholen. Hör auf zu jammern.“ Sophie bemühte sich, keine Schwäche zu zeigen. Soeben war sie noch wütend gewesen, aber nun, als sie in der Halle stand, war ihr selbst reichlich mulmig zumute. Aber sie hatte von ihrem Vater gelernt, unangenehme Dinge sofort zu erledigen und nicht lange zu überlegen. Alle McIntoshs hielten es so. Außerdem hatte es keinen Sinn, jetzt, wo sie schon einmal hier war, wieder feige umzudrehen und davonzulaufen. Immerhin war sie auch die rechtmäßige Eigentümerin dieses Hauses.

„Warten Sie hier.“ Der Butler, oder was immer er war, ging davon. Eine der Türen in der Halle öffnete sich. Eine kaum bekleidete Frau erschien, kicherte, blickte zurück, kicherte abermals und lief dann quer durch die Halle weiter. Ein völlig nackter Mann tauchte hinter ihr auf, sah sich wild um und lief dann der Frau nach. Sein erregtes Glied stand empor und wippte im Rhythmus seines Schrittes. „Gleich habe ich dich!“

Sophie starrte mit offenem Mund hinterher, bis zuerst die Frau und dann auch die muskulösen Hinterbacken des Mannes hinter einer weiteren Tür verschwunden waren.

„Sophie, wir gehen“, zischte Henry. Er wollte sie fortzerren. Aber Sophie machte sich los. Ihre Neugier war erwacht.

„Was … war das?“

„Das ist die Art, wie Captain Hendricks seine Feste feiert. Glaube mir, Sophie, das ist nichts für dich.“

„Ja, aber …“ Sophie näherte sich der Tür, durch die die beiden gekommen waren. Sie stand jetzt weit offen, drinnen sah man abenteuerlich verkleidete oder vielmehr *entkleidete* Gestalten. Sophie riss die Augen auf. Hier ging es ja wilder zu als zur Paarungszeit auf der Kuhweide, wenn der Stier losgelassen wurde! Sophie war zwar in gewisser Weise behütet, aber doch in einer natürlichen Umgebung aufgewachsen. Sie hatte gesehen, wie Stuten gedeckt wurden, was die Hunde trieben, wie der Hahn auf der Henne saß. Und sie hatte einmal einen Knecht und eine der Mägde im Stall … Aber noch nie hatte sie einen ganzen Haufen Menschen gesehen, die sich gegenseitig streichelten, sich rieben, küssten und ihre Geschlechtsteile zur Schau stellten! Sophie wusste, dass es Zeit war, sich abzuwenden, aber sie konnte nicht anders als hinstarren.

„Sophie!“ Henry packte sie in seiner Verzweiflung um die Taille, wollte sie mitschleppen, aber da …

„Guten Abend, Henry.“

Henry fuhr herum und riss Sophie mit sich. Vor ihnen, nur zwei Schritte entfernt, stand Jonathan Hendricks. Henry gelang es, die Tür zu dem Raum zuzuschlagen. Aber es wäre nicht mehr nötig gewesen, denn Sophies Aufmerksamkeit wandte sich voll Captain Hendricks zu.

„Welch eine Überraschung“, sagte dieser in seinem schleppenden, spöttischen Tonfall. „Sie haben ja Miss McIntosh mitgebracht, Henry.“ Er verneigte sich ironisch. „Ihr Diener, Miss Sophie. Sie sehen mich durch Ihre Anwesenheit ebenso bezaubert wie verwundert.“

Sophie stellte mit Erleichterung fest, dass zumindest Captain Hendricks schicklich bekleidet war: In einem schwarzen Frack, mit weißem Hemd und einem Halstuch, das er nur schlicht um seinen Hals geschlungen hatte.

„Henry. Lass mich los.“

„Nein, wir gehen.“ Henry hatte den Blick eines in Panik geratenen Kaninchens.

„Baxter?“ Captain Hendricks winkte lässig seinem Butler. „Eine Maske für die Dame.“

„Ich habe mit Ihnen zu sprechen!“, sagte Sophie energisch. „Dazu brauche ich keine Maske.“

„Oh doch, die brauchen Sie. Und Sie, Henry, nehmen sich bitte zusammen. Sie benehmen sich lächerlich. Fast könnte man meinen, Sie hätten Angst vor mir.“

Henry stotterte etwas, das sowohl Zustimmung als auch Verneinung ausdrücken konnte, und Sophie drehte ärgerlich den Kopf zur Seite, als der Butler ihr tatsächlich eine Maske hinhielt. Es war ein hübsches Stück, an dem sie sich normalerweise erfreut hätte, aber bei dieser Gelegenheit waren ihr die Seidenstickereien und die bunten Federn gleichgültig.

„Setzen Sie die Maske auf, kleine Dummheit", sagte Jonathan kalt. „Es können jeden Moment die falschen Leute kommen und Sie sehen." Ein Wink von ihm und Henry streifte ihr die Bänder über den Kopf und band sie hinten zusammen.

„Lass den Unfug, Henry!"

„Nein. Nein, Sophie. Er hat recht!" Ihr Vetter hatte gerade rechtzeitig die Maske befestigt, denn in diesem Moment gingen mehrere Türen gleichzeitig auf, und ein Rudel leicht bekleideter, kichernder Frauen kam herausgelaufen. „Jonathan! Liebster! Wo bleibst du?"

„Ich komme gleich, meine Süßen. Ein wenig noch. Wir haben einen neuen Gast."

Sophie trat näher, um sich ihm in dem aufgeregten Geplapper verständlich zu machen. „Ich bin gekommen, um mit Ihnen zu sprechen, Captain Hendricks, und nicht, um an diesem Fest teilzunehmen."

„Ach, und worum geht es?" Er hob mokant die Augenbrauen.

„Zuerst einmal darum, dass Sie dieses Haus widerrechtlich benutzen!", sagte Sophie wütend.

„Widerrechtlich?" Jonathan Hendricks sah an Sophie vorbei auf Henry. „Aber ganz gewiss nicht widerrechtlich. Ich habe die Erlaubnis des Eigentümers."

Sophie warf ihrem schrumpfenden Vetter einen glühenden Blick zu. „Du hast vorgegeben, das Haus gehöre dir?"

„Nun …"

„Na schön, darüber sprechen wir später." Sophie wandte sich wieder dem vordringlicheren Problem zu.

Jonathan grinste, als er Henrys betretene Miene sah. „Pfui, Vetter Henry, da können Sie sich aber auf etwas gefasst machen."

„Oder Sie!", fuhr Sophie gereizt dazwischen. „Henry ist ein armseliger Tropf, der Ihnen das vermutlich nicht abschlagen konnte. Schließlich erpressen Sie ihn ja, damit er bei Ihren illegalen Geschäften mitmacht."

Jonathan Hendricks Gesicht drückte Verblüffung aus.

„Ich werde das nicht zulassen", setzte Sophie entschlossen fort. „Ich sehe selbst, dass es kein geeigneter Augenblick ist, um darüber zu sprechen, und dass Sie sich lieber mit Ihren Bacchantinnen beschäftigen würden, aber …"

„Sie haben sie als Bacchantinnen erkannt?" Jonathan klang erfreut. „Ich hätte nicht gedacht …"

„Es geht nicht darum, was Sie denken, sondern was die Büttel sagen werden, wenn ich erzähle, in welche Geschäfte Sie verwickelt sind", unterbrach Sophie ihn. „Sie werden Henry in Zukunft in Ruhe lassen. Haben Sie mich verstanden?"

Captain Hendricks sah sie mit einer Mischung aus Belustigung und Verwunderung an. „Natürlich habe ich Sie verstanden. Aber ich muss auch zugeben, dass Sie mich überraschen. Niemals hätte ich bei Ihnen diese Vehemenz erwartet."

„Was Sie erwartet haben, ist mir gleichgültig", erwiderte Sophie. „Sie geben jetzt auf der Stelle die Schuldscheine heraus und lassen meinen Vetter künftig in Ruhe, sonst bekommen Sie es mit einer McIntosh zu tun!"

„Mit einer McIntosh. Verstehe. Diese Drohung sollte ich wohl besser ernst nehmen. Aber Sie, Henry, enttäuschen mich", meinte Jonathan kopfschüttelnd. „Verstecken sich hinter Weiberröcken. Nicht, dass sie nicht hübsch wären", fügte er mit einem Blick auf Sophie hinzu, „aber es ist unmännlich. Und", sagte er liebenswürdig, „völlig sinnlos. Er kann nicht aus dem Geschäft aussteigen, meine Liebe. Ich kann Ihnen das jetzt nicht klarmachen, aber …"

„Sie werden mir auf der Stelle Henrys Schuldscheine übergeben."

„Aber ich denke doch gar nicht daran!" Jonathan lachte.

„Dann bin ich morgen früh mit den Bütteln wieder da", erklärte Sophie kriegerisch. „Und dann wird es Ihnen schwerfallen zu erklären, wieso Sie widerrechtlich Feste in *meinem* Haus abhalten können!"

„Falls Sie bis morgen früh überhaupt aus dem Haus kommen." Jonathans Stimme war unverändert freundlich, aber sein Blick war plötzlich hart.

Als Sophie sich umwandte, sah sie, dass noch mehr Leute im Raum waren. Keiner hörte zu, jeder war mit sich selbst beschäftigt oder mit anderen Gästen, aber ganz nahe bei ihnen standen mehrere Diener. Oder war der Ausdruck „Galgenvögel" zutreffender? Denn nach echten Dienern sahen sie so wenig aus wie der vierschrötige Butler, den Hendricks „Baxter" gerufen hatte. Ganz hinten sah sie einen Mann, der kurz die Hand hob. Als sie sich schnell umwandte, erkannte sie, dass Hendricks ihn ebenfalls gesehen hatte. Er hatte ihm ein Zeichen gegeben. Sie erschrak. Das war der Hagere, den sie in der Nacht in Jonathans Begleitung gesehen hatte. Ob er sie doch dort bemerkt hatte?

„Sie können uns jetzt noch nicht verlassen, liebe Sophie. Zuerst wollen wir ein kleines Spiel spielen." Jonathan hatte ihren Arm ergriffen.

„Das fällt mir nicht ein!"

„Sophie", Jonathan beugte sich näher. „Ich kann Sie jetzt wirklich nicht gehen lassen. Selbst wenn ich wollte – Sie haben schon zu viel Aufmerksamkeit erregt. Man würde Sie verfolgen. Außerdem wäre es schade, wenn Sie schon gingen. Jetzt fängt doch der Abend erst richtig an."

Mehrere Leute drängten sich heran. Sophie versuchte sich aus Hendricks Griff zu befreien. „Aber ohne mich! Wagen Sie es nicht! Lassen Sie mich sofort los! Henry! Willst du nicht vielleicht etwas tun?!" Sophie warf ihrem Vetter einen empörten Blick zu, aber der senkte nur beschämt den Kopf.

„Nein, will er nicht", erwiderte Jonathan an seiner Stelle. „Weil er nämlich klüger ist als Sie." Er packte ihren Arm fester, während sein Blick über die Anwesenden glitt. Hinten an der Wand stand ein Mann, der soeben das Haus betreten hatte. Er war mit Frack und Zylinder bekleidet und passte nicht recht in diese Gesellschaft. Sein kalter Blick traf auf den Jonathans. Der grinste jedoch nur zurück und führte Sophie, die nichts bemerkt hatte, in den nächsten Raum.

Sophie stolperte mit. Sie wollte widersprechen, aber der Anblick des Raumes war dazu angetan, sie verstummen zu lassen. Es war, als wäre sie nicht nur von einem Zimmer ins andere getreten – sie befand sich in einer völlig anderen Welt! Es musste sich um den Ballsaal handeln, von dem ihre Mutter erzählt hatte. Das Haus wirkte von innen noch größer als von außen. An den Wänden waren Spiegel, die die ohnehin schon beeindruckenden Dimensionen des Raumes noch vervielfachten. Palmen in großen Tontöpfen bildeten kleine Oasen, lauschige Plätzchen, in denen Sofas standen, auf denen sich Männer und Frauen niedergelassen hatten. Viele waren so wie diejenigen, die Sophie gleich beim Eintritt gesehen hatte – nur sehr spärlich bekleidet.

Mehrere junge Frauen tanzten überhaupt völlig nackt mit nur einem Schleier vor dem Gesicht. Männerhände griffen nach ihnen. Manchmal wichen sie aus, manchmal ließen sie sich einfangen und in eine Nische, eine Palmenoase ziehen. Man hörte sie kichern, leise aufschreien. Hinter einem Paravent, der den Eingang zu einem kleinen Salon verdeckte, hörte man leises Stöhnen, und auf einer Balustrade spielte eine Kapelle exotische Weisen. Der Blick aus den Fenstern war durch schwere Vorhänge verdeckt, hinter denen man ebenfalls Bewegung sah.

Über allem lag der drückende Geruch von Parfüm, schwitzenden Menschen, erregten Leibern und den zahllosen brennenden Kerzen. Eine Nymphe, nur mit einem Goldgürtel bekleidet, trug ein Tablett mit Weingläsern heran. Jonathan nahm eines herab und hielt es Sophie hin. „Und jetzt, meine liebe Miss Sophie, werden wir ein nettes Spiel spielen."

„Das würde mir einfallen!" Sophie war minutenlang sprachlos gewesen, aber nun fing sie sich wieder. Sie war für die Maske dankbar, sie musste hochrot vor Scham und Aufregung sein. Scham vielleicht schon deshalb, weil dieser Saal, diese Leute, diese Ansichten sie nicht ethisch oder moralisch abstießen, sondern neugierig machten und … erregten.

„Oh doch, Sie werden mitspielen", sagte Jonathan mit einem süffisanten Lächeln.

Sophie blitzte ihn wütend an. Er hatte nicht das geringste Recht dazu, sie zu einem lächerlichen Spiel zu veranlassen.

„Oder soll ich Ihnen hier und vor allen Leuten die Maske herunterreißen und erklären, dass Lady Elisabeths brave Nichte bei einer meiner Festlichkeiten mitmacht? Was würde Ihre Tante wohl dazu sagen?"

Was würde ihr Vater dazu sagen, war viel eher die Frage, die Sophie einschüchterte. Sie sah sich schon mit dem langweiligen Phaelas verheiratet. Und das, nachdem sie schon über einen Monat hier durchgestanden hatte, ohne besonders unangenehm aufzufallen. Sie sah sich nach ihrem Vetter um. „Henry!"

„Henry wird mir nicht widersprechen. Er wird morgen dem Constabler übergeben, wenn er etwas unternimmt. Vergessen Sie nicht, meine Liebe, er ist in meiner Hand."

„Pah! Sie gehören doch zu den Schmugglern. Weitaus mehr als Henry. Was wollen Sie ihm schon anhaben? Er ist vielleicht dumm genug, darauf reinzufallen, aber …"

„Aber Sophie", brummte Henry.

„… aber ich bin es nicht", ergänzte Sophie den Satz, ohne ihren Vetter zu beachten.

„Niemand kann mir etwas anhaben. Mein Wort würde gegen Ihres und das von Henry stehen."

„Ich werde Sie anklagen!"

Jonathan lächelte sie mitleidig an. „Glauben Sie wirklich, dass Ihnen noch jemand etwas glaubt, wenn ich weitererzähle, dass ich die Ehre hatte, Lady Elisabeths Nichte auf einem meiner Feste zu begrüßen?"

Sophie machte sich wütend aus Hendricks Griff frei. „Geben Sie mir die Schuldscheine, und Sie sind mich auch schon los! Ich habe weder Zeit noch Lust zum Spiel!"

„Dann werden Sie sich jetzt eben die Zeit nehmen." Er beugte sich nieder. „Die Schuldscheine für Ihre Teilnahme an dem Spiel." Er lächelte verführerisch, während seine Finger spielerisch über ihren Hals glitten. „Wie wäre es? Sind Sie mutig genug, darauf einzugehen?"

Sophie schlug seine Hand weg. Sollte es wirklich so einfach sein? Und worin bestand dieses Spiel? Der Gedanke, die Scheine auf leichte Art und Weise zu erhalten, war verlockend.

Captain Hendricks lächelte. „Mein Wort darauf, dass Sie die Schuldscheine bekommen, wenn Sie gewinnen. Es ist auch gar nicht weiter schwierig. Sie haben

Bekannte hier, die Sie erkennen müssten.“ Er fasste sie an den Schultern und drehte sie leicht nach links. „Sehen Sie dorthin. Das ist der Nachbar Ihrer Tante.“

Sophie sah nur wenige Schritte von ihr entfernt in einer aus Palmen gebildeten Nische einen grauhaarigen Römer, der sich auf einem Sofa rekelte. Seine weiße Toga war bis auf seine Brust hochgeschoben, und statt einer angemessenen Bekleidung waren die intimeren Teile seines Unterkörpers von einer jungen Frau verdeckt, die sich mit weichen, fließenden Bewegungen auf ihm hin und her bewegte. Die Frau warf den Kopf zurück, strich sich mit den Händen über ihre nackten Brüste, kniff sich in die Brustspitzen, während der Mann ihre Hüften umklammert hatte und stöhnte. Ihre weißen Hinterbacken hoben sich von den dunkel behaarten, kräftigen Schenkeln des Mannes ab. Eines seiner Beine war leicht angewinkelt, sodass man dazwischen jedes Mal, wenn die Frau sich etwas vorbeugte, Teile seiner Männlichkeit sehen konnte. Sophie musste nicht erst lange überlegen, was die beiden dort taten.

Und sie hatte Lord Edward einen Wüstling genannt! Nie hatte sie gedacht, sie könnte jemals Zeuge solcher Verworfenheit werden! Und noch weniger, dass sie es so anregend finden könnte.

Hendricks bemerkte, dass sie wankend wurde. „Es ist ein ganz einfaches Spiel. Sie bekommen die Augen verbunden und müssen versuchen, die Leute einzufangen. Und dann erraten, wen Sie erwischt haben. Für jedes richtige Raten gibt es einen Schuldschein. Und für jedes falsche Raten“, er zupfte mokant an ihrem Ärmel, „gibt es ein Kleidungstück.“

„Das werden Sie nicht wagen!“

„Das ist kein Wagnis.“

„Sie müssen verrückt sein! Ich kenne die Leute doch gar nicht!“ Sophie brach der Schweiß aus. Sie sah sich schon nackt mitten im Saal stehen. Und alles nur wegen Vetter Henry, diesem Waschlappen!

„Sie würden sich wundern, wie viele Sie doch kennen.“ Er deutete auf einen dicklichen Mann, der auf der anderen Seite des Raums eine Schäferin zu erhaschen versuchte. „Der dort sollte Ihnen ebenfalls bekannt sein. Zumindest kennt er Sie. Es ist der Friedensrichter.“

Sophie sah schärfer hin. „Sir Winston?!“

Jonathan verzog den Mund. „Leise doch. Wir haben hier keine weltlichen Namen. Heute ist er der Faun.“

„Er ist ein angesehener Einwohner der Stadt“, zischte Sophie. „Was glauben Sie, würde er sagen, wenn ich jetzt auf der Stelle zu ihm gehe und ihm alles erzähle?“

Jonathans Blick wurde abschätzend. „Was glauben *Sie*, würde er sagen? Glauben Sie, dass es ihm recht wäre, von Ihnen hier angesprochen zu werden? Vor all den anderen, die ebenfalls inkognito bleiben wollen? Wird er Ihnen glauben, dass Sie nur hier sind, um Henry zu helfen? Oder wird er viel eher morgen bei Ihnen auftauchen und Henry mit den Bütteln holen? Schon weil er auf Sie und ihn wütend ist?“

Sophie musste zugeben, dass dieses Argument nicht von der Hand zu weisen war. Es war ein denkbar ungünstiger Moment, diesem spärlich bekleideten Mann dort drüben mit Schmuggelangelegenheiten aufzuwarten. Aber Sophie hatte etwas anderes begriffen. „Sie laden also all diese Leute ein, um damit ein Druckmittel gegen sie zu haben“, stellte sie fest.

„Kluges Mädchen“, erwiderte Jonathan anerkennend. Seine Hand lag plötzlich auf ihrem Arm, glitt aufwärts über ihre Schulter, ein Finger lief über ihren Hals hinauf.

Sophie hatte angestrengt versucht, andere Besucher zu erkennen, stieß Jonathan jetzt jedoch verärgert weg. „Fassen Sie mich nicht an!“

„Anfassen gehört aber ebenfalls zum Spiel. Außerdem“, er lehnte sich lässig mit der Schulter gegen die Wand, „sind Sie doch kein Kind mehr, meine Liebe, sondern eine erwachsene Frau. Anfang zwanzig, nicht wahr? So sollten Sie sich auch benehmen. Sie versäumen viel Spaß im Leben, wenn Sie das nicht tun.“ Er deutete mit dem Kopf zum Saal hin. „Sehen Sie? Das sind fast alles Damen der Gesellschaft. Sogar Lord Edward gibt uns hin und wieder die Ehre.“

„Lord Edward …?“ Sophie wurde heiß und kalt zugleich. Sie hatte Lord Edward einen Wüstling genannt, aber niemals angenommen, dass er bei so etwas mitmachen könnte. Sophie fühlte, wie sich bei diesem Gedanken das Zimmer um sie drehte. Sie musste fort. Wenn sie Lord Edward dabei ertappte, wie er sich wie dieser Lustmolch dort drüben mit drei nackten Bacchantinnen zugleich vergnügte, würde sie zu schreien beginnen.

Hendricks wirkte belustigt. „Aber gewiss doch. Er genießt es von Zeit zu Zeit, sich hier ein wenig von der steifen Atmosphäre Londons oder der adeligen Gesellschaft zu erholen. Da ist nichts dabei. Und jetzt“, der belustigte Ausdruck wich aus seinem Gesicht, machte einem kalten Lächeln Platz, „würde ich vorschlagen, dass Sie ebenfalls mitspielen.“

Sie erinnerte sich an die schwarzhaarige Frau auf den Klippen. War sie etwa ein Opfer dieser Spiele geworden? Hatte Harrington sie deshalb verfolgt? „Ich werde mich bestimmt nicht ausziehen und dann nackt über die Klippen laufen wie diese Frau, die Sie und Lord Edward verfolgt haben!“, sagte sie aus dieser Überlegung heraus.

„Oh, Sie meinen, das wäre eine schlechte Verliererin bei einem meiner Spiele gewesen. Nein, nein, meine Liebe. Die Dame lag, bevor sie auf die Idee kam davonzulaufen, sehr warm und zufrieden in meinen Armen. Und jetzt, süße kleine Sophie, werden wir etwas für Ihre weitere Erziehung tun. Wir werden Sie in die Welt der Lüste und der Verführung einführen.“

„Den Teufel werden Sie …“

Er hob den Zeigefinger. „Nicht ausfallend werden, Süße, sonst gibt es eins drauf. Wir haben hier eigene Kammern, wo aufmüpfige Mädchen wie Sie eines Besseren belehrt werden. Und falls Sie das nicht überzeugen sollte – denken Sie immer schön an den lieben Vetter Henry und an die Schuldscheine. Das Spiel ist so simpel. Sie bekommen die Augen verbunden und müssen jemanden erhaschen und die Person beim Namen nennen. Dann haben Sie gewonnen.“ Er musterte sie eingehend. „Soll ich den Einsatz erhöhen, um es für Sie interessanter zu machen? Eine Person, die Sie erkennen, gegen Henrys sämtliche Schuldscheine? Nun?“

„Gemeiner Erpresser!“ Sie hatte die Hände zu Fäusten geballt. Am liebsten hätte sie auf ihn eingeschlagen. Aber es hatte keinen Sinn. Hier waren zu viele, die auf seiner Seite standen. Und dann war da wirklich noch die Möglichkeit, dass sie auf diese Weise an die Schuldscheine kam. Und wenn nicht – flüchten konnte sie ohnehin nicht mehr. Jetzt musste sie es durchstehen.

„Spielen Sie mit, Sophie. Machen Sie mir doch die kleine Freude.“ Er lächelte charmant. „Ich verspreche Ihnen, Sie werden nicht nackt aus dem Haus laufen. Nur eine kleine Runde, und dann dürfen Sie und Henry gehen und die Schuldscheine mitnehmen.“

Sophie durchbohrte ihn mit ihren Blicken, bis er in gespielter Angst abwehrend beide Hände hob. „Schon gut, schon gut. Lassen Sie mich leben.“

Zähneknirschend duldete Sophie, dass man ihr die Maske abnahm und stattdessen einen Sack aus schwarzer Seide über den Kopf stülpte und um den Hals mit einer roten Schleife festband. Das halbnackte Mädchen führte sie in die Mitte des Raumes. Jonathan stellte sich neben sie und rief die anderen herbei. Alle lachten, waren hellauf begeistert. Jemand stieß sie an und Sophie fuhr wütend herum.

„Ich bin's", hörte sie die flüsternde Stimme ihres Vetters. „Bist du verrückt, da mitzumachen?"

Sophie hatte sein Halstuch ertastet, zerrte daran und war in Versuchung, ihn damit unauffällig zu erwürgen. „Das ist allein deine Schuld!"

„Verdammt. Du hättest nicht reingehen ... Lass los! Mein Gott, Sophie. Das Tuch ist jetzt völlig verdrückt!"

„Na, na. Keine Absprachen. Henry, Sie dürfen nicht mehr mitspielen. Gehen Sie dort in die Ecke."

„Aber Captain Hendricks!"

„Wird's bald? Schummeln gilt nicht." Jonathans Stimme klang jovial, aber Sophie hörte genug Drohung heraus, um Henry tatsächlich in die Ecke zu schicken. Elender Feigling!

Sie tastete mit den Händen um sich, versuchte sich zu orientieren. Dort musste der Eingang zu diesem Raum sein. Hinter ihr das Fenster und ... plötzlich ergriff sie jemand bei den Schultern, drehte sie mehrmals wild um ihre eigene Achse, ehe sie sich dagegen wehren konnte. Als sie wieder stillstand und nicht mehr das Gefühl hatte zu taumeln, versuchte sie, sich zurechtzufinden. Aber wie? Sie streckte suchend die Hände aus. Wenn Jonathan weitersprach, konnte sie sich an seiner Stimme orientieren, hineilen und ihn packen. Eine Runde hatte er gesagt. Er war der Einzige, den sie außer Sir Winston und Tante Elisabeths Nachbarn kannte, und wenn sie ihn aufspüren konnte und seinen Namen erriet, war diese Lächerlichkeit zu Ende, und sie und Henry konnten gehen.

Um sie herum hörte sie Flüstern, Lachen. Einige Männer unterhielten sich über ihre offensichtlichen und weniger offensichtlichen Vorzüge, sprachen über ihre Brüste, ihre Arme, Hände. Sophie ballte die Fäuste und versuchte in dem allgemeinen Stimmengemurmel Jonathan auszumachen. Etwas beunruhigte sie zusätzlich an diesem Spiel: Es war, als würden sich die Menschen ihr nähern, statt sich von ihr zurückzuziehen. Schritte waren in ihrer unmittelbaren Umgebung zu hören. Ein Atem blies ihr in den Nacken. Sie drehte sich rasch um.

„Wir fangen erst an, wenn ich es sage!", hörte sie Hendricks von der anderen Ecke des Raumes ausrufen.

Sophie wollte auf ihn zustürzen, als er jedoch fortfuhr: „Die bezaubernde Lady wird sich jetzt einen Partner für diesen Abend erhaschen! Laufen Sie, Gentlemen, sonst kommt Ihnen ein anderer zuvor! Derjenige, der zuerst von ihr berührt wird, darf sie haben! Und nicht vergessen: das Inkognito der Dame darf nicht gelüftet werden! Das Spiel beginnt!"

Die Kapelle spielte einen Tusch, und Sophie blieb wie festgebannt stehen. Wie war das gemeint? Lachen war um sie herum, erstickte Rufe, ein Schmerzenslaut. Es hörte sich an, als würden die Männer um sie herum um die besten Plätze kämpfen. Sie kamen näher, drängten von allen Seiten herbei. Sophie wollte das Tuch vom Kopf reißen, aber im selben Moment würde man sie erkennen. Sie legte die Hände eng an ihren Körper. Wie war das? Sobald sie einen berührte, gehörte sie ihm? Verdammter Kerl! Das war nicht das Spiel, an das sie gedacht hatte. Sophie stieß einen halblauten schottischen Fluch aus und machte sich so klein und dünn wie möglich. Sie konnte nur hoffen, dass Henry wenigstens noch genügend Intelligenz aufbrachte, um hier mitzutun und sich ihr zu erkennen zu geben.

Sie versteckte ihre Hände in den Falten ihres weiten Rockes, hielt sie fest am Körper. Unter dem Tuch hatte sie die Augen zusammengekniffen und ihre Lippen waren zusammengepresst. Sie hätte am liebsten geschrien, getreten, geflucht. Der Tumult um sie herum wurde größer. Einige Hände stießen sie an. Flüsternde und lachende Stimmen warben um sie, flehten sie an, den jeweiligen Besitzer zu berühren und festzuhalten. Auch Sir Winston war darunter. Sie erkannte ihn sofort an seiner Stimme. Und so was war hier ein seriöser Bürger! Sogar Friedensrichter!

Plötzlich war jemand noch unverschämter als die anderen. Während diese nur mäßig aufdringlich versuchten nach ihr zu greifen – wobei etliche offenbar nicht den Unterschied zwischen ihrer Hand und anderen Körperteilen kannten – griffen mit einem Mal kräftige Finger nach ihrer Hand, zogen sie unerbittlich aus den Kleiderfalten hervor und pressten sie auf einen Arm, um sie dort festzuhalten. Sophie wollte sich losreißen, aber der andere war stärker.

Erboste Stimmen erklangen. „Das ist unfair! Sie hat nicht gewählt! Er hat sie überrumpelt! Das Spiel muss fortgesetzt werden!"

Die Finger hielten ihre Hand eisern fest. Ein Arm schlang sich zusätzlich um ihre Taille und zog sie mit dem Rücken an einen harten Männerkörper. Zuerst hatte sie noch gehofft, es sei Henry, aber der Mann war um einiges größer als ihr Vetter, und seine Stimme klang knapp über ihrem Ohr. „Das Spiel ist hiermit zu Ende. Die Dame hat gewählt."

Sophie hatte bereits an der Schleife zu ziehen begonnen, um den Mann zu sehen, der sie so festhielt. Als sie jedoch die Stimme erkannte, verfiel sie in Panik. Sie riss an dem Seidensack, der Stoff gab nach, sie zerrte ihn von ihrem Kopf, verdrehte den Hals, um den Mann erkennen zu können und blickte in ein verärgertes, dunkelviolettes Augenpaar.

„Das, meine Liebe", sagte Lord Edward tadelnd, „war jetzt höchst unklug."

„Was …" Sie wollte sich abermals freimachen, aber der Griff lockerte sich keinen Millimeter. Lord Edward beachtete sie nicht mehr, sondern hatte schon längst die Männer um sie herum fixiert, und Sophie bemerkte erleichtert, wie sich die anderen unter seinem kühlen Blick zurückzogen, und nur die ganz Mutigen es noch wagten, Einspruch zu erheben. Sophies Schrecken, Lord Edward hier anzutreffen und von ihm gehalten zu werden, wich einem überwältigenden Gefühl von Sicherheit und Geborgenheit.

„Miss Sophie?" Der Faun, der im täglichen Leben Sir Winston hieß, drängte sich heran. „Miss Sophie! Wie kann es sein, dass Sie hier sind! Bei einem solchen … ich muss sagen, ich bin schockiert! Zutiefst entsetzt!"

„Nicht minder entsetzt als ich es bin, Sie hier zu treffen, Sir Winston", gab Sophie entrüstet zurück. „Und wenn mich nicht alles täuscht, waren Sie es sogar, der vorhin geschrien hat: ‚Ich biete fünfzig Pfund für dieses Weib! Fünfundzwanzig Pfund für jede Tit …!'"

„Ruhe jetzt." Lord Edward sprach völlig ruhig, nicht einmal besonders laut, aber nicht nur Sophie verzichtete auf ihren weiteren Gegenangriff auf Sir Winston, sondern es wurde im ganzen Raum still. Er machte auch jetzt noch keine Anstalten sie loszulassen, und Sophie begann sich in seiner Umarmung recht wohl zu fühlen.

Jonathans Stimme war die erste, die in die Stille erklang. „Welch hoher Besuch in meinem bescheidenen Hause.“ Er schlenderte lässig heran und maß Lord Edward mit einem spöttischen Blick.

„Ich bin nur hier, um nach meiner Braut zu sehen“, sagte Edward kalt.

Diese Mitteilung traf Sophie wie ein Schlag. Lord Edward war verlobt? Mit wem? Mit dieser Schwarzhaarigen? War sie auch hier?!

„Ihre Braut?“ Hendricks klang nicht minder erstaunt als Sophie sich fühlte.

„Allerdings. Miss Sophie McIntosh und ich haben uns vor einigen Tagen verlobt.“

Sophie rang nach Worten und nach Atem. Sie machte den Mund auf, um etwas zu stottern, aber Lord Edward verstärkte den Druck seiner Hand auf ihrer und ließ sie verstummen. „Wir dürfen uns jetzt verabschieden.“ Er lockerte seinen Griff nur gerade so weit, dass er Sophie vor sich her aus dem Raum und in die Halle schieben konnte. Sie war froh, dass er sie stützte, denn ihre Beine wollten kaum gehorchen. Hinter ihnen ertönte lebhaftes Gemurmel.

„Langsam wirst du ein wenig lästig, Edward.“ Jonathan sprach leise. Er war ihnen gefolgt und blieb dicht hinter ihnen stehen, als Lord Edward Sophie die Treppe hinunterführen wollte, an deren Fuß seine Kutsche wartete.

Lord Edward wandte sich halb nach ihm um, ließ Sophie jedoch keinen Moment los. „Du hast gar keine Ahnung, wie lästig ich werden kann, wenn ich Sophie noch einmal in deiner Nähe oder gar hier entdecke“, erwiderte er kalt.

Jonathan hob in einer Unschuldsgebärde die Hände. „Aber sie ist doch ganz freiwillig gekommen.“

„Dann hätte sie auch freiwillig wieder gehen sollen“, sagte Edward scharf. „Und wenn nicht, hättest du dafür sorgen müssen, dass sie sicher heimgebracht wird.“ Er warf Captain Hendricks noch einen drohenden Blick zu, dann schob er Sophie in seine Kutsche. Sein Diener schlug die Tür zu, und sie fuhren ab.

Jonathan blieb noch eine Weile auf der obersten Treppenstufe stehen, blickte dem Wagen nach und grinste breit.

Als er sich umwandte, sah er sich dem erstaunten Blick des hageren Mannes im dunklen Anzug ausgesetzt. Jonathan zuckte mit den Schultern. Der Mann schüttelte den Kopf und ging langsam die Treppe hinunter.

„Verlobte?“ Sophie hatte sich noch nicht von dem Schock erholt, als sie schon längst auf dem Heimweg waren. Sie saß Lord Edward gegenüber und genoss trotz des überstandenen Schreckens den Luxus der weichen Polster und einer gut gefederten Kutsche. „Nicht, dass ich Ihnen für die Rettung nicht dankbar wäre – aber wie konnten Sie mich nur als Ihre Verlobte ausgeben?! Und das vor allen Leuten!“ Sie war zutiefst erleichtert, dass er sie vor diesen Menschen gerettet hatte, aber sie deshalb gleich als seine Braut auszugeben war absurd.

„Damit beantworten Sie sich Ihre Frage selbst“, erwiderte Lord Edward scharf. „*Vor allen Leuten.* Wäre nicht die halbe Nachbarschaft Ihrer Tante anwesend gewesen, hätte ich nicht zu so drastischen Mitteln greifen müssen, um Sie halbwegs unbeschadet von dort herauszubringen.“

„Die halbe Nachbarschaft?“ Sophie war entsetzt. Also hatte Captain Hendricks nicht übertrieben. Wenn Lord Edward dies ebenfalls behauptete, dann musste es die Wahrheit sein. „Aber wie kann das denn sein? Sie meinen, da sind wirklich so viele seriöse Leute dabei? Bei einer Veranstaltung dieser Art ? Und noch dazu bei Captain

Hendricks?!“ Einem Schmuggler! Auch wenn sie dies im Moment nicht laut aussprach.
„Captain Hendricks Festlichkeiten sind in der Gegend bekannt. Man sagt, dass sogar der Prinzregent schon inkognito anwesend war. Und allzu viel Abwechslung dieser Art bietet Eastbourne ja nicht gerade.“
„Der Prinzregent?!“ Sophie war erschüttert. Offenbar war Captains Hendricks Ruf hier besser als er es verdient hatte. Oder die anderen waren so schlecht. Aber sogar der Prinzregent? Ja, wusste denn wirklich niemand, wer Jonathan Hendricks wirklich war? Ein Schmuggler? Ein Pirat?!
Ihr Blick fiel auf Lord Edwards unnahbare, von der kleinen Laterne im Inneren der Kutsche beleuchtete Miene. Ihre Gedanken überschlugen sich, wie so oft in der letzten Zeit. Captain Hendricks hatte also nicht gelogen, als er ihr erzählt hatte, dass Lord Edward ebenfalls Gast in seinem Haus war. Ihr Verdacht, dass dieser – auf welche Art auch immer – mit den Schmugglern zu tun hatte, wurde damit bestätigt. Es war ein Gedanke, der ihr die Kehle zusammenschnürte. Und noch schlimmer wurde es, als ihr klar wurde, dass er sich auf ebensolche Weise mit den willigen Damen dort vergnügte wie die anderen Männer. Das Bild von Tante Elisabeths Nachbarn mit der schaukelnden jungen Frau auf seinem Unterleib stieg in ihr hoch und machte sie wütend.
„Ich hätte Ihnen dank meiner einschlägigen Erfahrungen mit Ihnen ja viel zugetraut“, sagte sie grimmig, „aber dass Sie sich bei solchen Veranstaltungen aufhalten, hat jetzt sogar mich überrascht.“ Es war ungerecht, er hatte sie ja vor den anderen gerettet, aber sie war so enttäuscht, dass sie ihn am liebsten geschlagen hätte.
„In der Tat?“ Er zog auf diese kühle, mokante Art die Augenbrauen hoch und betrachtete sie von oben bis unten. „Dann waren wir also beide sehr überrascht. Ich hätte Sie dort nämlich auch nicht gerade vermutet.“
Sophie biss sich auf die Lippe. Daran hatte sie nicht gedacht. Sie hatte bis zu diesem Moment als selbstverständlich angenommen, dass er wusste, wer unter dieser Haube steckte, und ihr zu Hilfe geeilt war. „Das heißt, Sie wussten gar nicht, dass ich es war? Natürlich nicht! Woher sollten Sie auch!“ Wie einfältig sie doch war! Lord Edward – ebenfalls Gast – hatte sich diese ebenso blinde wie dumme Kuh geschnappt und war sicherlich enttäuscht gewesen, dann sie unter der schwarzen Kapuze zu sehen. Zweifellos hatte er eine andere erhofft. Eine, mit der er sich, Jonathans Vorschlag folgend, in ein Zimmer zurückgezogen hätte. Und dann riss sich seine Beute den Sack vom Kopf und entpuppte sich als Sophie McIntosh! Aber warum tat diese Erkenntnis nur so lächerlich weh?
„Seien Sie keine Närrin.“ Lord Edwards Stimme verlor zum ersten Mal den kalten Beiklang und ein vertrauter, amüsierter Unterton schwang darin mit. „Natürlich wusste ich, dass Sie es sind. Ich hatte Sie schon erkannt, als Sie an der Rückseite von Henrys Kutsche hockend an mir vorbeifuhren. Was ich übrigens recht originell fand. Außerdem“, setzte er mit Bedacht hinzu, „sind Sie vermutlich die einzige Frau im Umkreis von zweihundert Meilen, die auf Schottisch flucht. Und zudem darf ich Sie auch darauf hinweisen, dass Sie diejenige waren, die diese Kapuze fortgerissen hat. Wäre es nach mir gegangen, hätte niemand geahnt, wer darunter steckt.“
„Sie haben mich schon vorher gesehen?“ Sophie griff nach dieser Möglichkeit wie nach einem Anker.
„Allerdings. Ich war zu einer Abendgesellschaft bei Mrs. Summers geladen und war dorthin unterwegs, als Henrys Kutsche mit Ihnen hinten drauf vorbeikam. Was mich

bewogen hat, meinem Kutscher die Anweisung zu geben, Ihnen nachzufahren. Ich hoffe, Sie halten mich jetzt deshalb nicht für aufdringlich."

Sophie überhörte den offenen Spott. Er war ihr lieber als der kalte, zurückhaltende Ton, den sie bei Lord Edward nicht gewöhnt war, und der sie einschüchterte und zugleich kränkte. „Schwören Sie mir, dass Sie zu Mrs. Summers unterwegs waren und nicht zu diesem Fest wollten?"

Er hob die Augenbrauen. „Wie bitte?"

„Ich muss das wissen. Captain Hendricks hat mir erzählt, dass Sie Gast bei seinen Veranstaltungen sind. Stimmt das?"

Sekundenlang lastete Schweigen zwischen ihnen. „Weshalb müssen Sie das wissen?", fragte Lord Edward endlich.

„Weil ich Ihnen sonst nicht mehr vertrauen kann!" Jetzt war es draußen. Die Wahrheit, wenn auch unbedacht rausgerutscht. Sophie hielt den Atem an.

Lord Edwards Blick ruhte nachdenklich auf ihr. Endlich sagte er: „Er hat Sie belogen, Sophie, ich war heute das erste Mal bei einer solchen Geselligkeit anwesend und das auch nur, weil ich schon die böse Vorahnung hatte, dass Sie sich wieder einmal in Schwierigkeiten bringen."

Sophie schloss die Augen und atmete tief durch. „Gott sei Dank." Als sie die Augen wieder öffnete, bemerkte sie, dass er sie beobachtete.

„Ist Ihr Bild von mir als Wüstling nun zerstört? Das wäre bedauerlich."

Sophie lachte zittrig. Sie mochte diesen leicht ironischen, leicht neckenden Tonfall lieber als seine Kälte. „Ich nehme den Wüstling zurück, Lord Edward. Zumindest vorläufig, bis Sie mich wieder eines Schlechteren belehren." Sie sah ein wenig zu lange hin, verlor sich für viele Herzschläge in seinen lächelnden Augen, bis ihr etwas einfiel.

„Oh Gott!" Sie schlug entsetzt die Hand vor den Mund. „Sir Winston! Er wird es morgen Tante Elisabeth erzählen! Er wollte sie am Abend besuchen!"

„Wann?"

„Um neunzehn Uhr. Zu einer Partie Whist."

Lord Edward seufzte leicht, dann lehnte er sich in den Polstern der Kutsche zurück. „Sie wird es nicht von Winston erfahren, weil", er seufzte abermals, „sie es am Vormittag von mir erfahren wird. Ganz abgesehen davon bin ich überzeugt, dass Winston sich hüten wird, den Mund aufzumachen. Und sollte ihn nicht die Furcht, sich als Gast bei einer dieser Festlichkeiten zu erkennen geben, daran hindern etwas zu sagen, so wird er schon aus Angst schweigen, möglicherweise von Ihnen zitiert zu werden." Er betrachtete sie eingehend. „Hat er denn tatsächlich für Sie geboten?"

Sophie war viel zu aufgeregt, um auf dieses charmante Grinsen zu reagieren, das ihr unter anderen Umständen zittrige Knie und einen flauen Magen beschert hätte. „Fünfzig Pfund!", rief sie empört.

„Nur fünfzig Pfund? Tatsächlich nicht mehr?" Lord Edward schüttelte bekümmert den Kopf. „Als Ihr Verlobter müsste ich ihn für diese Frechheit eigentlich fordern."

Sophies sonst stets wacher Sinn für Absurdes war ihr kurzzeitig abhanden gekommen. Alles, was sie hörte, war *Verlobter*. „Sie wollen doch Tante Elisabeth nicht wirklich erzählen, dass wir verlobt sind?!"

„Wir können ihr auch gerne die Wahrheit sagen, wenn Sie meinen, dass sie diese einer Verlobung mit mir vorziehen wird."

„Oh, das würde sie sogar ganz gewiss", sagte Sophie mit düsterer Überzeugung. „Sie sind nämlich der Favorit auf der Liste ihrer Heiratskandidaten."

„Lady Elisabeth gedenkt sich wieder zu verheiraten? Ich fühle mich geschmeichelt. Allerdings müssen wir dann vorher unsere Verlobung lösen. Es entspräche nicht dem guten Ton, wenn ich mich zweimal …"

„So seien Sie doch nicht so einfältig", fuhr Sophie ihn an. „Sie sucht natürlich einen Mann für Augusta!"

„Ach ja?" Ein amüsierter Blick traf sie. „Wie beruhigend."

Sophie biss sich auf die Lippen. „Verzeihen Sie, ich wollte nicht unhöflich sein, aber ich bin noch so verwirrt. Ich bin Ihnen selbstverständlich sehr dankbar, dass Sie mich gerettet haben, auch wenn es mir sehr überzogen erscheint, mich deshalb gleich als Ihre Verlobte auszugeben."

„Sie scheinen die Vorstellung, mich gegen Ihren Verlobten in Schottland einzutauschen, nicht zu goutieren." Ein schwer zu deutender Blick traf sie. „Glauben Sie mir, ich bin selbst verwundert darüber, wie sich die Dinge in der letzten Zeit entwickelt haben. Äußerst verwundert sogar", fügte er gedankenvoll hinzu.

Ihr Verlobter in Schottland! Phaelas hätte der Schlag getroffen, sie in solch einer Situation zu sehen, und er hätte ihr bestimmt in dieser besserwisserischen, schulmeisterlichen Art Vorhaltungen gemacht. Sie schauderte.

Eine Weile war es still zwischen ihnen, dann meinte Sophie nach tiefgründiger Überlegung: „Es tut mir nur leid, dass ich Captain Hendricks keine ins Gesicht gepflanzt habe."

Von Edwards Seite kam ein unterdrücktes Geräusch. „Wie viele Brüder haben Sie eigentlich, Sophie?"

„Drei. Weshalb?"

„Nur so." Seine Stimme klang belegt.

„Um Himmels willen!" Sophie sprang fast vom Sitz hoch, als ihr etwas einfiel. „Wir haben Henry vergessen!"

„Henry? Sollten Sie etwa Ihren Vetter meinen?"

„Ja! Natürlich!"

„Der ist mir allerdings nicht mehr aufgefallen. Ich nehme an, er hat sich davongemacht, als er meiner ansichtig wurde. Und nicht ganz zu Unrecht. Ich denke aber nicht, dass Sie sich um ihn sorgen müssen. Er ist zweifellos in der Lage, allein heimzufinden. Außerdem hat er ja seine Kutsche."

„Aber die Schuldscheine!", rief Sophie aus. „Wir müssen zurück, um die Schuldscheine zu holen!" Lord Edwards verständnislos zusammengezogene Augenbrauen ließen sie hinzufügen: „Deshalb war ich doch dort und habe mitgemacht. Captain Hendricks hat versprochen, mir Henrys Schuldscheine auszuhändigen, wenn ich mitspiele und eine Person erkenne!" Er hatte sie zwar betrogen, aber Sophie gedachte nicht, ihn damit davonkommen zu lassen.

„Und Sie glauben wirklich, Jonathan Hendricks würde darauf eingehen? Außerdem sollte sich Ihr Vetter selbst um seine Schuldscheine kümmern."

„Wenn er dazu nicht zu dumm wäre, hätte ich doch erst gar nicht hingehen müssen", versuchte Sophie das ja ohnehin so Offensichtliche zu erklären.

„Vergessen Sie diese Sache. Hendricks lässt Ihren Vetter sicher nicht so einfach davonkommen. Er wollte Sie reinlegen, hat mit Ihnen gespielt, und es ist ihm auch gelungen. Das sollte Ihnen eine Lehre sein. Gewarnt hatte ich Sie ja schon oft genug vor Ihren … hm … unbedachten Ausflügen, welcher Art auch immer."

Sophie war ehrlich genug, ihm bis zu einem gewissen Grad zuzustimmen. Dennoch konnte sie nicht akzeptieren, dass Hendricks so einfach davonkommen sollte. Aber das war vielleicht kein Thema, über das sie mit einem Mann diskutieren sollte, von dem sie noch gar nicht wusste, inwieweit er selbst in diese ganze Sache verstrickt war. Was allerdings jetzt gelöst werden musste, war die Frage dieser Verlobung. Sie wechselte den Platz und setzte sich neben Lord Edward. „Aber was die Verlobung betrifft …“

Er hob abwehrend die Hand. „Nein, Sophie. Heute kein *Aber* mehr. Ich bringe Sie nun heim. Und jetzt lassen Sie bitte meinen Ärmel los.“

„Trotzdem, irgendwie werde ich das Gefühl nicht los, dass es sehr liebenswürdig, aber auch voreilig war, gleich ein Verlöbnis zu erfinden. Ich weiß jetzt wirklich nicht, wie wir da wieder rauskommen. Vielleicht, wenn wir sagen …“

„Sophie, mein Kragen ist nichts, woran man zerren sollte.“

„Na schön, aber …“

Die nächsten paar Meilen unterhielt Sophie sich selbst und Lord Edward mit den haarsträubendsten Begründungen, die sie angeblich zu Captain Hendricks‘ Fest geführt hätten. Das ging so lange, bis Edward, der jeden einzelnen davon als unzureichend oder absurd abgetan hatte, sich zum Zeichen, dass er dieses Thema als beendet ansah, zurücklehnte.

Sophie konnte viel ertragen, aber sie hasste es, wenn man sie ignorierte! Sie begann vehement an Edwards Rock zu zupfen, ihn schließlich am Arm zu packen und zu schütteln, aber die einzige Reaktion war, dass er aufstand und sich ihr gegenüber auf der anderen Bank niederließ und demonstrativ die Augen schloss. Erst daheim angekommen schien er wieder aufzuwachen und begleitete sie sogar ins Haus – Lady Elisabeth und Augusta waren gottlob schon zu Bett – um sich dann mit spöttischer Höflichkeit zu verabschieden und Sophie zwischen Verwirrung und Ärger schwankend zurückzulassen.

10. Kapitel

Er kniete über ihr. Seine Knie lagen an ihren Oberschenkeln und fixierten ihren Unterleib. Mit den Händen hatte er ihre vollen Brüste von der Seite erfasst und drängte sie in die Mitte, bis die weichen Hügel sich aneinanderschmiegten, sich ihm entgegenreckten, und er sein Gesicht darauf presste wie auf ein lebendes Kissen. Ihre von seinen Küssen und Zähnen harten und geröteten Brustspitzen waren so knapp nebeneinander, dass er nur leicht den Kopf drehen musste, um einmal die rechte, dann die linke mit seinen Lippen zu umfassen und daran zu saugen, bis sie stöhnte und schrie. Sie wand sich unter ihm, aber er ließ nicht zu, dass sie sich befreien konnte. Ihre Finger waren schmerzhaft in seinem Haar vergraben, als sie seinen Kopf noch näher ziehen wollte. Und jedes Mal, wenn ihr Körper sich leicht aufbäumte, spürte er ihren Bauch und ihre Schenkel auf seinem Glied und seinen Hoden.

Er war so hart wie schon lange nicht mehr. Sein Glied pochte und zuckte, aber noch wollte er dieses Spiel nicht beenden, sondern den Moment, an dem er sie völlig besitzen, sie reiten wollte, bis sie in seinen Armen vor Lust schrie, hinauszögern.

Sie begann zu betteln, wollte ihre Schenkel öffnen, drängte sich ihm entgegen. Ihre Fingerspitzen gruben sich in seinen Rücken. Sie hob den Kopf und versuchte seine Lippen zu erreichen. Er presste einen harten Kuss auf ihren Mund und legte sich ganz auf sie, um sie festzuhalten. Sein Glied lag heiß und erwartungsvoll zwischen ihnen, er rieb sich an ihrem Bauch, unterdrückte ein Stöhnen. Und dann, endlich, erlaubte er ihr die Beine zu öffnen, sich ihm darzubieten.

Genauso wollte er sie. Ihm ergeben, im Bewusstsein seiner Macht über sie.

Er hob seinen Unterkörper, führte seinen Penis zu ihrer heißen Öffnung und ...

Die Tür wurde so hart aufgestoßen, dass sie wieder zurückprallte. Er rollte sich von Sophie herunter, warf sich dem ersten Angreifer entgegen, aber da hatten ihn die anderen schon gepackt. Einen schlug er dennoch nieder, riss sich wieder los, wollte zwischen Sophie und die Männer, die nach ihr griffen. Sie schrie, als sie sie fassten und sie derb an den Armen aus dem Bett zerrten. Ein Schlag auf den Kopf, er taumelte. Die Männer zwangen ihn auf die Knie. Sein Blick konnte sich nicht von Sophie und ihrem angstvollen Gesicht lösen.

Ein wenig später hing er mit dem Gesicht zur Wand, um seine Handgelenke waren Eisenringe und Ketten, die ihn daran hinderten, zusammenzusinken. Sie hatten Sophie. Ihr langes hellbraunes Haar lag wie ein schützender Schleier über ihre Brüste, aber sie schoben es weg, um sie betrachten zu können.

Edward riss an den Fesseln, jedoch die Ketten hielten. Und dann war da wieder die Peitsche, die tief in seinen Rücken schnitt. Er biss sich auf die Lippen, um nicht zu stöhnen, ließ aber keinen Blick von der Frau. Der Anführer der Franzosen lachte höhnisch, als sie Sophie die Arme auf den Rücken zerrten, dann begann er ihre Brüste zu berühren, sie zu kneten, bis das weiche Fleisch zwischen seinen gespreizten Fingern hervorquoll, und sich rote Male auf der weißen Haut abzeichneten. Sophie weinte, schluchzte. Von hinten glitt eine derbe Hand zwischen ihre Beine. Sie streckte die Arme nach ihm aus, wollte zu ihm, aber einer hielt ihr eine Pistole an den Kopf.

Edward fluchte. Und dann, mit einer gewaltigen Anstrengung, riss er sich los. Die Ketten gaben wie durch ein Wunder nach, er stieß die Männer fort, wollte den Franzosen packen. Aber der hatte die Waffe noch in der Hand, hielt sie Sophie an die Brust und drückte ab. Rot. Alles rot. Edward schrie laut auf ...

Er fuhr hoch, tastete wild um sich, fühlte aber nur die Kissen, die Decke, und dann erkannte er die schemenhaften Umrisse seines Zimmers. Er schloss die Augen und sank wieder zurück, atmete einige Male tief durch, bis sein Herzschlag sich wieder beruhigte, und er zu zittern aufhörte.

Gottlob hatte ihn sein eigener Schrei geweckt. Er kannte diese Szene nur zu gut, wusste, dass es ein sich wiederholender Traum war und alles, was darin passierte, längst der Vergangenheit angehörte. Er kannte auch die Männer. Immer wieder tauchten sie in seinen Albträumen auf. Allerdings hatte er in den letzten Monaten geglaubt, sie in der Vergangenheit zurückgelassen zu haben, aber jetzt hatten sie ihn wieder eingeholt. Und sie hatten Sophie gehabt. Er starrte ins Dunkel, wischte sich über die Augen, aber das Bild blieb. Ihr nackter Körper, rot von ihrem Blut, die schöne Brust von der Kugel zerrissen. Er schüttelte den Kopf, um den Anblick aus seinem Gehirn zu bekommen. Dabei hatte er sie in Wirklichkeit noch nicht einmal nackt gesehen.

Er wischte sich über die Stirn und bemerkte, dass er am ganzen Körper schweißnass war. Er erhob sich, ging hinüber zum Fenster und zog die Vorhänge zurück. Es dämmerte bereits. Das machte immer alles leichter. Am schlimmsten waren die Stunden, wenn er mitten in der Nacht aufwachte und erst nach einer Kerze tasten musste, damit der Schein die Ängste und die Träume vertrieb. Er öffnete das Fenster, die kühle Morgenluft drang herein, erfasste ihn und ließ ihn frösteln.

Müde ging er zum Waschtisch hinüber, goss Wasser in die Schüssel und wusch sich mit einem Lappen den Schweiß vom Körper. Dabei hatte der Traum nicht schlecht angefangen. Er lächelte unwillkürlich, als er sich an Sophie erinnerte. Ob sie wirklich so aussah? Nackt hatte er sie ja niemals gesehen, auch wenn er schon sehr viel von ihr ertastet und in der Hand gehabt hatte. Ob ihre Brustspitzen wirklich dunkel waren? Das Vlies zwischen ihren Beinen fast schwarz, obwohl ihr Haar hellbraun war?

Er schloss die Augen und atmete tief durch. Der Wunsch, es herauszufinden, war überwältigend und sogar stark genug, um den Schluss des Traumes verblassen zu lassen. Seine Männlichkeit schwoll an, und er fragte sich, ob der Schweiß wirklich allein von der Angst im Traum gekommen war oder von dem leidenschaftlichen Beginn. Seine Vorstellung von Sophie war so lebhaft, so lebendig. Und es war nicht das erste Mal gewesen, dass er sie im Traum so vor sich gesehen hatte. Allerdings waren seine Träume bisher niemals so weit gediehen. In früheren Szenen war sie nur nackt gewesen. Er hatte sie im Arm gehalten, seine Finger über die weiche Haut wandern lassen.

Nein, Schluss, so hatte das keinen Sinn. Edward hielt den Kopf über die Waschschüssel und goss sich den Rest des kalten Wassers über den Kopf. Vielleicht sollte er das Wasser auch noch über andere Körperteile schütten? Mit Erleichterung bemerkte er, dass er schon wieder über sich selbst grinsen konnte. Jetzt war der Traum endgültig vorbei.

Er griff nach seinem Morgenmantel, zog ihn über und sah dabei zu der Verbindungstür. Dahinter befand sich ein weiteres Schlafzimmer, jenes, das der Hausherrin vorbehalten war. Der zukünftigen Hausherrin in seinem Fall. Als er sich nach dem Krieg in das ruhige Eastbourne zurückgezogen hatte, um schlechte Erinnerungen hinter sich zu lassen, hatte er das Haus von einer Familie gekauft, die sich in Brighton ansiedeln wollte, um näher beim Prinzregenten zu sein, und dieses Domizil daher aufgegeben hatte.

Er ging zur Tür und öffnete sie. Der Raum wurde nicht benutzt. Die Vorhänge waren zurückgezogen, und das erste Licht des Morgens tauchte alles in ein sanftes Grau. Tücher waren über das Bett, das kleine Sofa und den Lehnsessel gebreitet, damit nichts verstaubte. Der Boden war aber sauber, und auf dem Tischchen und der Kommode war kein Staubkörnchen zu sehen. Mrs. Drarey war eine hervorragende Haushälterin, die es nicht einmal unbenutzten Räumen erlaubte, Staub anzusetzen.

Edward schlenderte durch das Zimmer. Er war nur einmal hier drinnen gewesen, als er das Haus gekauft und einen Rundgang gemacht hatte. Solange er keine Ehefrau hatte, war dieses Zimmer nicht interessant. Jetzt jedoch war zum ersten Mal in ihm der Wunsch entstanden, hier eine Frau zu sehen, zu wissen, dass sie in seiner Nähe war. Ihren Geruch zu spüren, wenn er eintrat, ihre Wärme zu fühlen. Er ließ sich in den Lehnsessel fallen, legte die Füße auf das Tischchen und sah sich nachdenklich um. Eine Frau, die nicht nur dieses Zimmer erwärmte, sondern auch sein Bett. Die weich und lebendig war, die lachte, ihn anlächelte, ihn küsste. Keine Geliebte, die er am Morgen wieder verließ oder sie nach einigen Monaten gegen eine andere eintauschte, weil sie zu kapriziös wurde oder ihn langweilte, sondern eine Frau, die er Nacht für Nacht in sein Bett holte.

Sophie McIntosh bot tatsächlich so manchen Grund, genauer über sie nachzudenken. Über sie und die Gefühle, die sie bei ihm auslöste. Und das nicht erst seit heute Nacht. Edward hatte Sophie mit jedem Treffen bezaubernder, erheiternder, reizvoller gefunden, aber die Erkenntnis, dass er weitaus mehr in ihr sah als ein lohnendes Ziel für seinen Körper, war ihm schlagartig gekommen. Und zwar in dem Moment, als Jonathan sie mit diesem lächerlichen Fetzen um den Kopf mitten unter diese Lüstlinge gestoßen hatte, die mit geilen Fingern nach ihr gegriffen hatten. Edward war so unverhältnismäßig zornig geworden, dass er sich hatte beherrschen müssen, um nicht etliche dieser Kerle niederzuschlagen. Was war ihr nur dabei eingefallen, dort hin zu gehen!

Aber die Krone hatte sie dem Ganzen wohl aufgesetzt, als sie sich mitten in der Nacht an die Schmuggler herangepirscht hatte. Die Kerle hätten sie entweder umgebracht oder gefangen genommen, und nicht einmal Jonathan hätte ihr helfen können. Er selbst war nur dorthin geritten, weil er angenommen hatte, dass seine Schwester sich wieder einmal bei Jonathan aufhielt. Aber dann hatte er bemerkt, dass das Haus voller Schmuggler war, und diese einen Wagen beluden. Er hatte seinen Augen und Ohren kaum getraut, als plötzlich nur einen halben Meter von ihm entfernt eine schlanke Gestalt vorbeikroch, um sich hinter einen Busch zu hocken und die Männer zu beobachten. Sophie McIntosh. Wer sonst.

Er war ihr dann nachgegangen, hatte sie erschrecken und ihr zur Strafe einen Kuss abringen wollen. Aber dabei war etwas mit ihm durchgegangen. Ihr weicher Körper, ihr Atem, ihre Lippen hatte ihn fast um den Verstand gebracht. Er hatte sich nicht von ihr lösen können und viel hätte nicht gefehlt, und er wäre dort auf der Stelle über sie hergefallen. Nicht, um ein erotisches Spiel auszukosten, und um sie zu lehren, in Zukunft in der Nacht daheimzubleiben, sondern weil er sie so leidenschaftlich begehrt hatte, dass er drauf und dran gewesen war, ihr die Kleider vom Leib zu reißen und sie dort, an den Baum gepresst, zu nehmen. Er war über sich selbst entsetzt gewesen und hatte sie sofort losgelassen, als er bemerkt hatte, wohin er getrieben wurde. Aber die Berührungen ihres Körpers, ihrer Lippen verfolgten ihn Tag und Nacht.

Er hatte genaue Vorstellungen davon, wie er Sophie in Hosen lieben würde. Wenn er die Augen schloss, sah er es sogar ganz genau vor sich. Er sah ihr zu, wie sie das Hemd oder die Bluse öffnete. Ganz langsam. Knopf für Knopf, bis vorne die runden Brüste zu sehen waren. Dann zog er ihr die Bluse über die Schultern und über die Arme, bis sie damit gefesselt war, und hielt ihr die Hände auf dem Rücken fest, um diese Brüste zu küssen, sich daran festzusaugen. Und erst, wenn er diesen Teil zur Genüge ausgekostet hatte, durfte sie das Hemd zu Boden fallen lassen.

Und dann endlich kam diese aufreizende Hose dran. Zuerst befahl er ihr, den Verschluss zu öffnen, und dann musste sie sich umdrehen, sich mit dem Rücken zu ihm stellen, sich vorne aufstützen und den Hintern zu ihm hinstrecken. Zu diesem Zeitpunkt kniete er knapp hinter ihr und schob die engen Hosen ganz langsam hinunter, Millimeter für Millimeter, jedes Stückchen freiwerdende Haut streichelnd und küssend. Er nahm sich unendlich viel Zeit, denn eine Frau aus Hosen zu schälen, war nichts Alltägliches. Das bedurfte der Muße. Er sah es deutlich vor sich. Die leichte Wölbung der Hüften, die schmale Taille.

Weiter, immer weiter. Dann kam schon die erste Andeutung dieser Spalte, die ihn unter dem Stoff so fasziniert hatte. Was sie wohl dazu sagte, wenn er mit der Zunge eine feuchte Spur von der Wirbelsäule bis hierhin zog? Würde sie lachen? Stöhnen? Erschrecken, wenn er seine Zunge dem Stoff noch tiefer folgen ließ?

Edward lächelte genüsslich, denn endlich war die Hose in seiner Vorstellung über die Hüften gerutscht, und diese ganze Köstlichkeit lag frei. Er vermeinte jetzt schon den Schmerz der Erwartung in seiner Männlichkeit zu spüren. Und während Sophie sich vorne aufstützte, sich festhielt, stand er hinter ihr, umfasste die beiden festen, runden

Backen mit seinen Händen, knetete sie, um ihre Spalte zu öffnen und dann endlich sein Glied dazwischen pressen lassen. Und am Ende musste sie sich auf den Boden knien, so wie vor einigen Wochen, als sie bei Marian Manor durch das Fenster in den Keller gesehen hatte, und er würde von hinten tief in sie eindringen, zarte, kleine Bisse auf ihren Schultern verteilen und ihre herabhängenden Brüste kneten, während seine Finger unbarmherzig mit ihrer Perle spielten, bis …

„Mylord?"

Edward fuhr so erschrocken aus dem Lehnstuhl hoch, dass der kleine Tisch ins Wanken kam und mit einem Krachen umflog. Er musste über seine lustvollen Fantasien über Sophie wieder eingeschlafen sein, denn inzwischen war das Zimmer hell erleuchtet, Sonnenstrahlen berührten die Schutzhüllen, das Bett, spielten an den Wänden und blendeten ihn.

„Verzeihung, Mylord." Sein Butler schritt gemessen herüber und hob den Tisch auf. „Ein Besucher ist gekommen. Ich habe dem Gentleman gesagt, dass es zu früh ist, aber er ließ sich nicht abweisen." Er reichte Edward ein silbernes Tablett mit einer Karte darauf.

Edward las die Karte, während er zurück in sein Zimmer ging. Er warf einen Blick auf die Standuhr in der Ecke - es war gerade dreißig Minuten nach acht Uhr. Eine äußerst ungewöhnliche Zeit für einen Besuch. „Sagen Sie ihm, ich bin in wenigen Minuten bei ihm."

Und tatsächlich dauerte es kaum mehr als eine Viertelstunde, bis Edward vollständig bekleidet, frisiert und rasiert, im Salon erschien, wohin der Butler den Besucher geführt hatte. Offenbar hatte er es für nötig gehalten, den Mann in eine günstige Stimmung zu versetzen, denn als Edward eintrat, hatte sein Gast ein ausgiebiges Frühstück vor sich stehen und schob sich gerade ein dickes Stück Schinken in den Mund. Er würgte es hinunter und sprang auf.

„Verzeihen Sie die frühe Stunde, Mylord, aber die Sache duldet keinen Aufschub."

Edward machte keine Anstalten, ihm die Hand zu schütteln. Er hatte die Karte in der Hand und betrachtete sie. „Mr. Samuel Parson", sagte er mit hochgezogenen Augenbrauen. „Was verschafft mir die Ehre des Besuches eines Londoner Polizeibeamten? Aber bitte setzten Sie sich doch und lassen Sie sich nicht bei Ihrem Mahl stören." Er ließ sich dem Mann gegenüber nieder.

Parson nahm wieder Platz, warf Edward jedoch einen misstrauischen Blick zu, als würde er ihn der Ironie verdächtigen. Er schob mit einem bedauernden Blick den Teller mit dem Schinken von sich und lehnte sich zurück. „Wenn Sie es erlauben, Mylord, werde ich gleich zur Sache kommen."

Edward neigte leicht den Kopf. „Ich bitte sogar darum."

Sein Besucher räusperte sich. „Sie wissen, dass unsere Flotte seit dem Ende des Krieges reduziert wurde. Die Regierung seiner Majestät kann es sich nicht leisten, so viele Schiffe zu erhalten und den Mannschaften den Sold zu bezahlen."

„Ja, das habe ich schon gehört. Aber ich sehe nicht, was ich damit zu tun hätte."

„Wir brauchen Ihre Hilfe."

„Es tut mir leid. Der Krieg ist vorbei, und die pekuniären Probleme der Admiräle oder Kapitäne der Flotte interessieren mich nicht." Die einfachen Matrosen wurden ohnehin nach Auszahlung ihrer Heuer einfach an Land gesetzt, wo sie dann selbst sehen mussten, wie sie sich durchschlugen. Kein Wunder, dass viele von ihnen illegale Wege einschlugen, um zu Geld zu kommen.

„Es geht aber auch um Ihre Schwester."

Edwards Augen wurden schmal, und Parson wurde unruhig. „Lady Melinda hat erwiesenermaßen Kontakt zu Jonathan Hendricks“, sagte er.

„Captain Jonathan Hendricks?“ Edward schlug lässig ein Bein über das andere und gönnte Parson einen durchdringenden Blick. „Zu dem haben, soviel ich höre, sehr viele Leute Kontakt. Wir kennen uns seit dem Krieg. Ich selbst habe ihn im Haus meines Schwagers und meiner Schwester eingeführt.“ Und es in der Zwischenzeit schon hundert Mal bereut, aber das ging diesen Mann nichts an.

Parson nickte eifrig. „Ja, Mylord. Ich weiß, dass Captain Hendricks und Sie einander kennen. Als Ihr Bruder damals getötet wurde, war er derjenige, der …“ Er unterbrach sich, als er Edwards kalten Blick fühlte.

„Das ist einige Jahre her, und ich kann keinen Grund sehen, der Sie jetzt deshalb zu mir führen sollte. Aber“, Edward zog in dieser kalten, spöttischen Art die Augenbrauen hoch, „ich nehme an, Sie werden mir gleich die Zusammenhänge erklären.“

„Wir haben den dringenden Verdacht“, fuhr sein Besucher fort, „dass die Schmuggler, die entlang der ganzen Küste von Sussex ihr Unwesen treiben, mit Captain Hendricks in Verbindung stehen.“

„Seit wann ist Schmuggel ein Fall für die Londoner Polizei?“

„Seit es gewisse Personen gibt, die die Tatsache, dass nicht nur Captain Hendricks, sondern auch andere ehemalige Marinemitglieder in einen groß angelegten Schmuggel involviert sind, beunruhigt. Weil außerdem noch andere, angesehene Mitglieder der englischen Gesellschaft darin verwickelt zu sein scheinen, und“, Parson machte eine bedeutsame Pause, bevor er weitersprach, „sogar der Prinzregent Interesse daran gezeigt hat.“

„Hochinteressant“, erwiderte Edward gelangweilt. „Aber wäre der Umstand, dass – wie Sie behaupten – ehemalige Mitglieder der Navy verwickelt sind, nicht eher ein Grund, die Sache dem Ersten Seelord vorzulegen?“

„Der scheint wenig Interesse daran zu haben“, gab Parson zu.

„Und da sind Sie und Ihre Vorgesetzten auf die Idee gekommen, hierher nach Sussex zu reisen und mich und meine Schwester in die Angelegenheit hineinzuziehen?“ Edwards Stimme war mit jedem Wort schneidender geworden. Sein Blick wurde so eindringlich, dass dem Beamten Schweißperlen auf die Stirn traten.

Er hatte es ziemlich dumm angefangen, das erkannte Parson jetzt. Lord Edward hatte sich nach dem Sieg über Napoleon und dessen Verbannung hierher zurückgezogen. Parson wusste nicht, was während des Krieges geschehen war, nur, dass es Lord Edward fast das Leben gekostet hätte, und sein Bruder tatsächlich getötet worden war. Und dass auch Jonathan Hendricks darin verwickelt gewesen war. Parson wäre niemals darauf gekommen, sich in diese Sache einzumischen, hätte ihm nicht jemand von einem Schreiben erzählt, in dem Admiral Mayfield, der sich im fernen Ostindien aufhielt, darauf hingewiesen wurde, dass seine Gattin sich während seiner Abwesenheit mit Schmugglern vergnügte.

Parson war neugierig geworden, hatte ein bisschen nachgeforscht und dann eine Möglichkeit gesehen, sich zu profilieren. Er war jetzt fast vierzig Jahre alt und stand immer noch ganz unten in der Hierarchie, auf einem Posten, der seinen Fähigkeiten bei Weitem nicht gerecht wurde. Er wäre dumm gewesen, diese Gelegenheit nicht am Schopf zu packen.

Es war nicht schwierig gewesen dahinterzukommen, dass der ehemalige Navy Captain Hendricks und Edward Harrington auch noch nach dem Krieg Kontakt hatten, und dass Lady Melinda Mayfield manches Mal hier in Sussex und sogar in Captain Hendricks Begleitung gesehen worden war. Damit hatte er den Grund gehabt, um Edward Harrington aufzusuchen. Eine untreue Ehefrau interessierte ihn nicht, aber einen Schmugglerring auszuheben, war eine Sache, mit der seine Vorgesetzten auf ihn aufmerksam wurden. Er brauchte Beweise für Jonathan Hendricks' illegale Aktivitäten. Und von wem konnte er die leichter erhalten als von einer Frau, die er für Hendricks' Geliebte hielt. Und wenn nicht von ihr, dann von ihrem Bruder. Und damit war er wieder bei Lord Edward angelangt.

Er wischte sich über die Stirn. „Sie leben nicht weit von Captain Hendricks entfernt. Es wäre Ihnen ein Leichtes, Kontakt mit ihm zu halten. Sie haben doch als Lady Mayfields Bruder …" Lord Edwards Miene ließ ihn abermals verstummen.

„Sollten Sie wirklich auf die Idee gekommen sein, mich zu ersuchen, Captain Hendricks auszuspionieren?"

Parson unterdrückte einen gequälten Laut. Genau das hatte er gedacht. Aber er hatte es sich leichter vorgestellt. „Nun, ich dachte, weil doch Ihre Schwester …" Er begann unter dem Blick zu stottern. „Weil … ich dachte, Mylord, Sie hätten Interesse daran, die Sache schnell aufzuklären. Wir haben den Eindruck, dass Lady Melinda durch Captain Hendricks in gewisse Aktivitäten gezogen wurde, die …"

„Ich verbitte mir jede Art von Unterstellung, die Sie hier vor mir ausbreiten", schnitt ihm Edwards scharfe Stimme jedes weitere Wort ab. „Ich habe keinen Kontakt mehr zu Captain Hendricks. Wir grüßen uns bestenfalls, wenn wir uns zufällig sehen." Edward hatte nicht erst den Hinweis seines Besuchers gebraucht, um zu wissen, dass Jonathan tatsächlich tief in den Schmuggel an der Küste verwickelt war. Und nicht nur er. Er hatte es verstanden, einige bisher unbescholtene, wenn sich auch nicht gerade durch Klugheit auszeichnende Einwohner von Eastbourne im wahrsten Sinn des Wortes vor seinen Karren zu spannen. Und damit hatte er letzten Endes Edwards kleine Schottin in die Sache hineingezogen. Das war etwas, das Edward mindestens ebenso wütend machte wie Jonathans Verhältnis zu Melinda.

Er erhob sich. „Ich sehe keinen Zusammenhang zwischen meiner Schwester und den Aktivitäten der Schmuggler. Daher empfinde ich Ihre Bemerkungen und Ihren Besuch als beleidigend. Und nun entschuldigen Sie mich bitte, ich werde erwartet."

Parson erhob sich. Er war verärgert, verwirrt und verlegen. Im Moment blieb ihm nichts anderes übrig, als sich mit einer leichten Verneigung zurückzuziehen, aber noch war in dieser Sache nicht das letzte Wort gesprochen. Wenn es sein musste, dann würde er eben mit Admiral Mayfield Kontakt aufnehmen. Oder mit dem hier zuständigen Friedensrichter, Sir Winston, der ihm in London warm empfohlen worden war. Am besten, er suchte ihn gleich jetzt auf.

Edward dagegen zog sich in sein Arbeitszimmer zurück und schrieb eine kurze Nachricht an Sophie. Er bat sie um Verzeihung, dass er sie an diesem Tag nicht besuchen konnte, da verschiedene Dinge zu regeln waren. Aber er versprach ihr, in zwei Tagen pünktlich um elf Uhr bei ihrer Tante zu erscheinen, und beendete den Brief mit der Versicherung seiner Ergebenheit und dem guten Rat, sich in diesen beiden Tagen möglichst unauffällig zu benehmen.

11. Kapitel

„Du bist wahrhaftig der spießigste Mensch, der mir jemals untergekommen ist!" Lady Melinda saß hoch aufgerichtet auf ihrem zierlichen Stühlchen und klopfte ebenso anmutig wie gereizt mit allen fünf Fingern der linken Hand auf die Armlehne. Ihr Bruder war vor einigen Minuten gekommen, um ihr Vorhaltungen zu machen. Sie hatte etwas Ähnliches schon geahnt, aber der Versuch, sich durch ihren gut geschulten Butler verleugnen zu lassen, war fehlgeschlagen. Edward hatte ihm lediglich einen seiner kalten, durchdringenden Blicke zugeworfen und Perkins war still zur Seite getreten und hatte ihren Bruder ins Haus gelassen. Und nun stand Edward vor ihr und hielt ihr eine Predigt, als wäre er ihr Vater oder gar ihr Gatte!

„Ich kenne jemanden, der dir hierin vermutlich lebhaft widersprechen würde", erwiderte Edward kühl. „Aber wie auch immer – ich war gewiss nicht zu spießig um zuzuhören, als mir jemand von rauschenden Festen in Sussex erzählte, an denen meine Schwester teilnimmt. Und", fügte er noch einen Grad kälter hinzu, „ganz bestimmt bin ich nicht langweiliger und spießiger als dein Mann. Ich würde doch zu gerne wissen, wie er diese Nachrichten aufnehmen wird. Und er wird es erfahren. Schlimmstenfalls sogar von diesem Polizisten, der zu mir kam, um mit dir Druck auf mich zu machen!"

Melinda nahm ihren Fächer zur Hand und fächelte sich nervös Luft zu.

„Es sind alles nur dumme Gerüchte!", begehrte sie auf. „Du bist auf schamlose Übertreibungen hereingefallen, Edward! Das sind keine rauschenden Feste, sondern lediglich kleine, heimelige Zusammenkünfte."

Edward lachte kurz auf. „Orgien wäre wohl ein adäquateres Wort. Und", fuhr er mit Nachdruck fort, „ich weiß, wovon ich rede. Ich war dort, um es mir anzusehen."

Der Fächer vor Melindas Gesicht bewegte sich schneller.

„Außerdem gefällt mir deine Beziehung zu Jonathan Hendricks immer weniger", fuhr Edward unbarmherzig fort.

„Das hast du mir schon gesagt!" Melinda hasste seine Art, wie er äußerlich gelassen mit auf dem Rücken verschränkten Händen vor ihr stand.

„Und ich hätte dir noch mehr gesagt, wenn du nicht wie eine Verrückte davongerannt und fast die Klippen hinuntergesprungen wärst!", fuhr Edward sie an, endlich seine Beherrschung verlierend. „Was ist dir nur dabei eingefallen?!"

Vieles. Aber nichts, was Melinda mit Edward besprechen wollte, obwohl er ihr immer näher gestanden hatte als alle anderen ihrer Familie. „Du hast dich verändert", sagte sie stattdessen indigniert. „Früher warst du nicht so kleinlich. Wenn ich da an deine Abenteuer denke …"

„Du solltest froh darüber sein. Glaube mir, Melinda, wenn ich dich früher bei solchen Aktivitäten erwischt hätte, wäre Kleinlichkeit eine Eigenschaft gewesen, die Du herbeigesehnt hättest." Er warf ihr einen drohenden Blick zu.

„Du würdest es nicht wagen …!"

„Das wäre kein Wagnis. Und dein Mann wäre mir noch dankbar dafür." Er klang so überheblich, dass Melinda am liebsten aufgesprungen wäre, um ihm den Fächer um die Ohren zu schlagen. Sie zuckte zurück, als Edward dicht vor sie hintrat, sie an den Oberarmen packte und sanft schüttelte. Es war aber nur die liebevolle Geste eines besorgten Bruders, deshalb senkte sie den Blick. „Melinda, es geht nicht nur um dein Verhältnis mit Jonathan. Du lässt dich in etwas hineinziehen, das mir nicht gefällt, und ich auch nicht dulden kann. Jonathan Hendricks Geschäfte sind nichts für dich. Es ist zu gefährlich, dich mit ihm abzugeben."

„Du warst derjenige, der ihn mir damals vorgestellt hat!"
„Weil ich nicht wusste, was sich daraus entwickeln würde. Oder meinst du, ich würde meiner Schwester zweifelhafte Liebhaber zuführen? Melinda, sei vernünftig, denke an deine Ehe und deinen Ruf. Das ist dieses Abenteuer nicht wert."
„Meine Ehe!" Melinda machte sich aus seinem Griff los. „Mein Mann ist doch nie daheim, jetzt ist er gar auf der anderen Seite der Welt …"
„Das wusstest du, als du seinen Heiratsantrag angenommen hast."
Ja, das hatte sie gewusst. Und dennoch hatte sie ihn geheiratet und nicht nur des Reichtums willen, den er ererbt und dann noch zusätzlich mit erfolgreichen Seeabenteuern und Prisen im Auftrag seiner Majestät des Königs erworben hatte. Er hatte ihr gefallen. Man konnte sogar sagen, dass es zwischen ihnen Liebe auf den ersten Blick gewesen war. Wie stattlich er doch ausgesehen hatte in der Uniform mit den goldenen Epauletten. Damals war er noch Captain gewesen, aber bald darauf hatte man ihn zum Admiral befördert.
Anfangs hatte es ihr geschmeichelt, mit einem Seehelden verheiratet zu sein, von den anderen Frauen beneidet und bewundert zu werden, aber dann, als ein Jahr nach dem anderen vergangen war, sie bei den kurzen Landurlauben nicht schwanger geworden war, hatte sich die Begeisterung gelegt. Und dann waren ihr einige Eskapaden ihres Gatten zu Ohren gekommen. Sein Benehmen in Ostindien. Seine karibische Geliebte. Eine weitere, ernst zu nehmende in England. Sie hatte versucht, es zu verstehen, selbst standhaft zu bleiben, aber dann war sie Jonathans Verführungskünsten gegenüber nachgiebig geworden.
Sie blickte zu Boden.
Edward hockte sich vor sie hin, nahm ihre Hände in seine und sah sie eindringlich an. „Melinda, bitte, hör auf mich. Lass Jonathan Hendricks."
„Was willst du tun, wenn ich ihn nicht aufgebe?" Sie suchte in Edwards Augen nach der Antwort.
Er schüttelte den Kopf. „Du weißt genau, dass ich im Grunde nichts tun kann und werde. Ich kann weder gegen Jonathan etwas unternehmen, noch dich zwingen, vernünftig zu sein. Ich kann dich nur bitten, Melinda." Er sah sie eindringlich an, dann erhob er sich seufzend, wandte sich um und nahm seinen Hut und seine Handschuhe vom Tischchen neben der Tür.
„Du gehst schon?" Melinda erhob sich rasch. „Weshalb bleibst du nicht länger? Ich lasse ein kleines Essen für dich vorbereiten." Edwards Besuch war ihr unangenehm gewesen, aber nun wollte sie, dass er blieb. Sie war so alleine in London. Die wenigen Familienmitglieder konnte sie nicht leiden, ihre Mutter lebte schon lange in Bath und Williams Familie wich sie aus. Edward war der Einzige, an dem ihr Herz wirklich hing. Jetzt, nach James' Tod umso mehr. Aber Edward war davor schon ihr Lieblingsbruder gewesen. Kein Wunder, sie waren gleich alt, sogar in der gleichen Stunde geboren.
„Nein, ich muss wieder zurück. Ich bin nur nach London gekommen, um mit dir zu sprechen und dich zu warnen. Ich mag es nicht, wenn die Polizei meine Schwester in einem Atemzug mit Schmugglern nennt."
„Aber Jonathan …", begehrte Melinda auf.
Edward hob die Hand. „Ich weiß, was und wer Jonathan ist. Und das macht mir genauso viel Angst. Wenn nicht noch mehr. Aber", fuhr er nach einer kleinen Pause fort, „es gibt noch einen anderen Grund, weshalb ich gekommen bin." Sein Gesichtsausdruck und sein Tonfall veränderten sich so sehr, dass Melinda ihn verblüfft

ansah. „Ich werde demnächst heiraten und wollte dir Gelegenheit geben, mir zu gratulieren."

Melinda war vollkommen verwirrt. Dieser Themenwechsel war ihr zu schnell gekommen. „Hei … raten? Du?" Jetzt erst fiel ihr der beiläufige Tonfall auf. Sie kannte ihren Bruder gut. Wenn er so betont gleichgültig sprach, dann war dies ein Zeichen dafür, dass ihm das Thema sehr nahe ging. Melinda konnte vor Überraschung nichts hervorbringen. Aber dann fühlte sie einen unsinnigen Schmerz. Edward hatte vor zu heiraten. Eine Fremde, die Melinda den letzten Menschen wegnahm, der ihr noch blieb, wenn sie Jonathan aufgab.

Er räusperte sich, dann sagte er leichthin: „Es kommt auch für mich überraschend."

Melinda hatte sich gefasst. Sie lief auf Edward zu und griff nach seinen Händen. „Wer ist sie denn? So sprich doch!" Es gelang ihr sogar zu lachen. „Lass dir doch nicht alles so aus der Nase ziehen!"

„Sie heißt Sophie McIntosh. Sie ist Schottin." Edward sah drein, als würde das alles erklären. Melinda sah, dass sich seine Stirn gerötet hatte. Seine Augen waren anders als zuvor. Sie wirkten lebendiger, strahlender. „Du wirst dich nicht an die Familie erinnern, aber Mutter tauscht noch so ein- oder zweimal im Jahr Briefe mit Sophies Mutter aus. Sophie ist derzeit bei ihrer Tante in Eastbourne zu Besuch." Sein Blick wurde zärtlich und Melindas Herz schwerer und zugleich auch leichter. Ihr Bruder war verliebt.

„So hattet ihr schon früher Kontakt?"

„Nein. Nein, nein." Edward räusperte sich abermals. Das tat er nicht oft, nur wenn er verlegen war. Und das kam bei ihm selten vor. „Ich habe sie vor einiger Zeit kennengelernt. Bei einem Ball, den Mrs. Summers' Tochter gegeben hat."

„Oh, Mrs. Summers kenne ich. Eine sehr gediegene Familie und eine reizende alte Dame. Energisch, aber liebenswert."

„Nun", Edward zuckte mit den Schultern, „da habe ich Sophie kennengelernt. Und dann hat eben eins das andere ergeben und in fünf Tagen heiraten wir."

Melinda war sprachlos. Normalerweise dauerte in ihrer Gesellschaftsschicht die Verlobungszeit einige Monate. „Edward! Hast du sie verführt?!"

„Wie? Nein! Unfug. Natürlich nicht."

„Aber weshalb denn dann diese überstürzte Heirat?"

Edward dachte nach. Dann zuckte er abermals mit den Schultern. „Vielleicht, weil man im Leben das packen sollte, an dem einem liegt", sagte er endlich.

Melinda sah tief in seine Augen. „So wie ich Jonathan?"

Er atmete durch. „Vielleicht. Und wäre da nicht Jonathans gefährliches Geschäft, und würde ich auch nur im Entferntesten annehmen, dass er dich heiraten und auf dich aufpassen will, dann wäre ich der Letzte, der dich nicht dabei unterstützen würde, Mel."

Melinda warf sich ihm an den Hals und presste ihr Gesicht an seine Schulter. „Ich weiß, mein Lieber. Und ich bin auch vernünftig. Und ich wünsche dir, dass du mit dieser Schottin glücklich wirst. Nicht, dass ich sie mir nicht genau ansehen werde! Sehr genau! Und wehe, sie ist nicht gut genug für dich!"

„Sie ist es. Ganz bestimmt. Du wirst sie mögen." Ihr Bruder streichelte über ihren Rücken, drückte sie an sich und wiegte sie dann sogar im Arm wie ein kleines Kind. Als er sie losließ, küsste er sie auf beide Wangen.

„Edward?"

„Ja?"

Melinda sah ihn mit Tränen in den Augen an. „Denkst du oft an James?“ Sie sah, wie sich sein Gesicht veränderte. Trauer überzog seine Züge.
„Ja. An manchen Tagen werde ich weder den Gedanken noch den Anblick los.“
„Mir geht es ebenso, auch wenn ich nicht dabei war, als er starb. Aber weißt du, was ich dann denken muss: Dass es Jonathan war, der verhindert hat, dass ich dich auch noch verliere.“ Und dieser Verlust hätte sie noch viel härter getroffen. Sie hatte auch James geliebt, aber Edward stand ihrem Herzen näher.
Edward legte seine Wange an ihre und zog sie wieder an sich. „Das vergesse ich auch nicht, Mel. Aber ich vergesse ebenso wenig, wie sehr er dich jetzt in Gefahr bringt. Er ist ein Abenteurer, gleichgültig aus welchen Gründen er mit der Bande arbeitet. Vergiss das nicht.“ Er drückte noch einen Kuss auf ihre Stirn, dann wandte er sich um und ging.
Melinda sank auf einen Stuhl, legte das Gesicht in die Hände und seufzte leise. Wenn nur ihr Mann hier wäre, dann wäre alles einfacher. Wenn er nur … Aber er war weit fort. Und Jonathan mit seinen Händen, seinem Lachen, seinem Körper und seinen Abenteuern war hier.
Und Edward würde heiraten. Sie versuchte sich für ihn zu freuen, aber gnade dieser Frau Gott, wenn sie nicht gut genug für Edward wäre.

12. Kapitel

Sophie verbrachte die nächsten beiden Tage und Nächte in höchster Unruhe. Als sie Edwards kurzen Brief erhalten hatte, hatte sie zuerst geargwöhnt, dass er kalte Füße bekommen hätte, aber sein Nachsatz, dass sie sich gut benehmen und nicht in Schwierigkeiten bringen sollte, hatte sie beruhigt. Und da Sir Winston offenbar Tante Elisabeth gegenüber geschwiegen hatte, wenn auch ein sehr anzüglicher Blick über Sophie gegangen war, als er an dem Abend zur Whistgesellschaft kam, war sie dankbar für den kleinen Aufschub. Sie hatte nun mehr Zeit, über Lösungen nachzudenken, die diese Verlobung unnötig machten. Wenn sie sich nur vorstellte, dass Lord Edward bei Lady Elisabeth auftauchte und von der Verlobung erzählte, standen ihr die Haare zu Berge. Tante Elisabeth würde sie umbringen, und Augusta ihr dabei helfen, ihren leblosen Körper zu verscharren. Die beiden hatten schließlich von Beginn an keinen Zweifel daran gelassen, welcher Art die Pläne waren, die sie für und mit Edward Harrington hegten.
Anfangs war Sophie das gleichgültig gewesen, aber je besser sie Lord Edward kennengelernt hatte und je näher sie ihm – im wahrsten Sinn des Wortes – gekommen war, desto schrecklicher erschien es ihr, ihn in den Fängen dieser beiden zu wissen. Allein die Vorstellung, Augusta könnte mit ihm verheiratet sein, drehte Sophie den Magen um. Lord Edward zeigte zwar keine Anzeichen besonderer Wertschätzung für Augusta – wenn man von diesen offenbar so wichtigen drei Mal absah, die er mit ihr getanzt hatte – aber die beiden Frauen hatten sich an dieser Idee förmlich festgefressen und würden eine Verlobung ausgerechnet mit Sophie nicht besonders wohlwollend aufnehmen. Sophie schauderte, wenn sie daran dachte, wie sie Augusta und Tante Elisabeth danach unter die Augen treten sollte.
Was immer sie überlegte, so blieb ihre Abreise die einzige Lösung. Wenn ihr Vater erfuhr, dass sie mitten in ein ausschweifendes Fest geraten war, dann würde er sogar

darauf bestehen, dass sie zurückkam. Aber dann war die Heirat mit Phaelas wohl so gut wie sicher. Die Aussicht, für den Rest ihres Lebens an diesen trockenen, langweiligen Mann gebunden und seinen Kindern, die kaum jünger waren als sie, eine Mutter zu sein, und dann vielleicht noch einige weitere, gemeinsame aufzuziehen, ließ Sophies Kehle eng werden. Sie hatte sich niemals zuvor so intensiv mit dem Gedanken an eine Heirat beschäftigt. Sie hatte immer gewusst, dass sie einmal heiraten und eine Familie haben wollte. Und stets hatte in ihren unklaren Vorstellungen ein Mann dazu gehört, der zu ihr hielt, sie liebte, der ihr treu war, und den auch sie genügend liebte, damit es für den Rest ihres Lebens reichte. In ihrer Vorstellung hatte dieser Mann keine bestimmten Züge gehabt, aber auf gar keinen Fall hatte er Phaelas ähnlich gesehen. Auch nicht dessen kleinen Bruder Patrick. Das war es nicht, was sie sich von ihrem Leben erwartet hatte.

Sie war sich plötzlich bewusst, dass sie die beiden Männer mit Lord Edward verglich. Lord Edward, der charmante Wüstling, der Mann, der immer dann auftauchte, wenn sie nicht mit ihm rechnete. Auf den Klippen, im Obstgarten, auf einem Ball, im dunklen Wald und zuletzt mitten in einer Orgie, um sie zu retten. Es bedurfte nicht einmal sehr intensiver Gedanken, um sich sein Gesicht in Erinnerung zu rufen. Es schien wie von selbst immer wieder vor ihr aufzutauchen. Auch jetzt war es ganz deutlich wieder da. Die Augen in der Farbe eines schottischen Gewitterhimmels, die Nase, die wohlgeformten Lippen, das kühle Lächeln, und dann jenes charmante Grinsen, das ihr, als sie es zum ersten Mal gesehen hatte, den Atem geraubt hatte. Seine Hand auf ihrer, sein Arm um ihre Taille. Sein Körper, an ihren gepresst. Seine Lippen. Sie konnte ihn noch spüren. Wenn sie darüber nachdachte, dann war er der einzige Mann auf der Welt, von dem sie so gehalten, dessen Atem sie auf ihrer Haut spüren, und dessen Lippen sie auf ihren fühlen wollte. Wie groß er war! Größer als ihr Vater und gewiss größer als Patrick. Sie musste den Kopf in den Nacken legen, wenn sie ihn ansehen wollte. Ob sie ihm wohl bis zur Nase ging? Oder nur bis zum Kinn?

Schluss jetzt! Darum ging es nicht. Sophie rief sich energisch zur Ordnung. Sie durfte jetzt nicht darüber nachdenken, wie Lord Edward küsste, das verwirrte sie nur, sondern musste überlegen, wie sie mit dem geringsten Schaden für alle wieder aus diesem Dilemma herauskam.

Als endlich der Morgen des zweiten Tages graute, fühlte sich Sophie wie gerädert. Aber sie hatte einen Entschluss gefasst. Und nachdem sie ihre verschlafenen Augen mit Wasser gekühlt und einige Tassen Tee hinuntergeschüttet hatte, war sie bereit, die Konsequenzen für ihre unbedachten Handlungen zu tragen.

Lord Edward erschien pünktlich um elf Uhr. Sophie erwartete ihn schon an der Eingangstür und zerrte ihn ungeachtet der missbilligenden Blicke von Tante Elisabeths Butler in den kleinen Salon.

„Wir müssen uns nicht verloben!“, erklärte sie mit einem zuversichtlichen Lächeln, nachdem sie die Tür hinter sich geschlossen hatte.

Erstaunlicherweise schien Lord Edward ihre Genugtuung nicht zu teilen. „Und weshalb nicht?“

„Weil mein Vater mich doch nur zur Strafe hergeschickt hat!“ Sophie sprach hastig. Wenn der Butler Lord Edward ihrer Tante meldete, war es zu spät – sie musste es schnell hinter sich bringen. Bevor Tante Elisabeth und Augusta hereinstürzten und sie störten.

„Strafweise?“ Lord Edward hob die Augenbrauen.

„Ja, weil …“, sie unterbrach sich. Das ging ihn nichts an.
Lord Edward blieb unbeeindruckt. „Verzeihen Sie, Sophie, wahrscheinlich fehlt es mir an ausreichendem Intellekt, aber ich kann keine Lösung erkennen.“
Sophie packte ihn an den Jackenaufschlägen und zog ihn ein wenig zu sich herunter. Der Mann war doch sonst nicht so schwer von Begriff! „Aber verstehen Sie denn nicht: Wenn er jetzt hört, dass ich bei einer Orgie erwischt wurde, wird er bestimmt nicht dulden, dass ich auch nur einen Tag länger hierbleibe. Und“, schloss sie triumphierend, „somit ist ein Skandal verhindert und das Problem gelöst! Ich werde abreisen und meinem Vater alles beichten!“ *Und Phaelas heiraten müssen*, ergänzte sie im Stillen. Aber das war nicht Lord Edwards Problem. Das war ihres.
„Glauben Sie“, unterbrach Lord Edward ihre trüben Gedanken, „dass sich ein Skandal damit vermeiden lässt, indem Sie abreisen? Damit öffnen Sie den Gerüchten nur Tür und Tor. Wenn Sie Eastbourne verlassen, können Sie sich aus der Affäre ziehen, aber Ihre Verwandten und vor allem Lady Elisabeth bleiben den Klatschmäulern ausgeliefert.“ Er löste sanft ihre Hände von seiner Jacke. „Und es gibt viele, die sich sehr schnell und gerne an einen ähnlichen Skandal in Ihrer Familie erinnern werden. Das Gedächtnis der Leute ist in diesen Dingen leider nur allzu gut.“
Sophies soeben noch rosige Wangen wurden bleich. Da hatte er recht. Lady Elisabeth würde schon recht geschehen, aber der Gedanke, die Leute könnten auf die Idee kommen, schlecht über ihre Mutter zu sprechen, war schmerzhaft. „Meinen Sie nicht, dass es nicht doch genügen würde, wenn ich einfach verschwinde? Die Leute würden nicht reden, denn immerhin haben Sie ja erklärt, dass wir verlobt sind. Da ist es doch ganz natürlich, wenn ich in Ihrer Begleitung auf Captain Hendricks … äh … Lustbarkeit war.“
„Es ist nicht natürlich, wenn eine junge Dame, selbst eine, die mit *mir* verlobt ist“, erklärte Lord Edward mit Nachdruck, „sich bei Captain Hendricks Gelage sehen lässt.“
Sophie ließ ihre Hände sinken. Sie hatte Henry helfen wollen und war dabei selbst in eine Falle getappt. Im Grunde war nun alles viel schlimmer als davor. Sie hatte sich sogar Jonathan Hendricks ausgeliefert, anstatt Henry zu befreien. Wie alt war sie eigentlich? Fast zweiundzwanzig. Und benahm sich wie zwölf.
„Sophie?“
Sie sah hoch. Jetzt erst bemerkte sie, wie nahe sie ihm stand. Nein, er war doch nicht so groß, wie sie gedacht hatte. Sie ging ihm bis zur Nase. Sie war also imstande, seine Lippen zu erreichen, wenn sie sich auf die Zehenspitzen stellte, und er ein wenig den Kopf neigte. Der Gedanke ließ sie erschrocken einen Schritt zurücktreten. Solche Überlegungen waren nicht gerade nutzbringend. Dennoch – das Unglück war schon passiert - sie konnte kaum ihren Blick von Lord Edwards Lippen lösen. Ihr schlug das Herz plötzlich bis zum Hals, und ihre Knie begannen zu zittern. Irgendetwas Unvorhergesehenes war in ihrem Magen, so, als würde der Tee, dem sie so reichlich zugesprochen hatte, revoltieren.
Lord Edward bemerkte ihre Verlegenheit zum Glück nicht. „Ihre Abreise wird auch nichts an Henrys Schwierigkeiten ändern“, sprach er ruhig weiter. „Oder meinen Sie, Jonathan Hendricks wird den Vorteil, den Sie ihm in die Hand gespielt haben, nicht zu nutzen wissen?“
Sophie ließ sich auf einen Stuhl fallen und stützte den Kopf in die Hände. „Sie haben leider recht.“ Was wurde aus Henry, wenn sie nun einfach abreiste? Lord Edward wusste nur von den Schuldscheinen, aber ihr Vetter steckte ja noch viel tiefer in der

Klemme. Er war alleine zu dumm und zu wenig entschlossen, um sich aus den Klauen der Schmuggler zu befreien.

Edward nahm ihren Arm und zog sie hoch. „Kommen Sie jetzt, es wird Zeit, dass wir Lady Elisabeth die erfreuliche Nachricht präsentieren."

„Oh mein Gott …" Sophie schauderte.

„Muss das sein?!", fragte Sophie fünfzehn Minuten später, als ihre Tante mit verkniffenen Lippen und zitternden Händen ein Exemplar der größten Londoner Zeitung in der Hand zerknüllte, in dem die Verlobung zwischen Lord Edward Harrington und Miss Sophie McIntosh bekanntgegeben wurde.

Augusta und Lady Elisabeth hatten Lord Edward erfreut begrüßt. Bis Edward dann Sophie an seine Seite gezogen und von der Verlobung gesprochen hatte. Lady Elisabeth war auf einen Stuhl gesunken und Augusta aufschluchzend hinausgelaufen. Sophie hatte sich plötzlich daran erinnert, dass sie sich ähnliche Situationen vorgestellt hatte, in denen sie Augusta bei Lord Edward ausstach. Aber die Wirklichkeit bestand nicht aus der erwarteten Genugtuung, sondern aus Verlegenheit, vermischt mit Schuldgefühlen und Angst.

Edward hatte in seiner ironischen Manier eine Augenbraue hochgezogen. Er hatte den Besuch bei seiner Schwester dazu genützt, noch andere Dinge zu erledigen. Diese Verlobungsanzeige war eine davon gewesen. „Natürlich. Das gehört sich so. Die Gesellschaft muss informiert werden. Wir müssen auch das Datum für die Hochzeit festlegen. Um die Gästelisten wird sich mein Sekretär kümmern."

„Gästeliste? Hochzeitsdatum?" Sophie riss die Augen auf. „Sie wollen mich wirklich heiraten?!" Dies war eine Möglichkeit, von der sie zwar heimlich geträumt, sie aber niemals ernsthaft in ihre Suche nach Lösungen einbezogen hatte.

„Das allerdings hätte ich bis vor Kurzem auch bezweifelt", sagte Tante Elisabeth mit einem verkniffenen Gesichtsausdruck.

Edward dagegen reagierte milde erstaunt. „Meines Wissens ist es tatsächlich das korrekte Vorgehen, vor der Heirat eine Verlobung zu setzen. Außerdem", fügte er mahnend hinzu, „schockierst du deine liebe Tante mit deinen losen Scherzen, Sophie." Er warf einen warnenden Blick auf Lady Elisabeth.

Sophie schluckte jede weitere Bemerkung hinunter. Tante Elisabeth durfte natürlich nicht wissen, wie diese Verlobung zustande gekommen war. Aber Edward begann ihrer Ansicht nach zu übertreiben. Sophie war ja nicht undankbar - er hatte sie gerettet und bot ihr mit dieser fiktiven Brautzeit die Möglichkeit, ihre Monate in Eastbourne abzusitzen, sich weiter um Henrys Schwierigkeiten zu kümmern, und dann heimzukehren und ihr Leben daheim fortzusetzen. Was immer das bedeutete. Aber jetzt wurde das Spiel ein wenig zu gefährlich.

„Dazu ist noch nicht das letzte Wort gesprochen", ließ sich Lady Elisabeth kühl vernehmen. „Ich werde selbstverständlich sofort einen Eilboten mit einer Nachricht an deinen Vater schicken, Sophie. Ich nehme an, er wird entweder selbst kommen oder dafür sorgen, dass du heimgebracht wirst. Dies ist eine Verantwortung, die ich nicht übernehmen kann."

Sophie blinzelte. Sie hatte gehofft, diese Verlobung hinter sich bringen zu können, ohne dass ihr Vater alarmiert wurde.

„Die Hochzeit ist in fünf Tagen." Edward war froh, dass er den Termin so rasch angesetzt hatte, denn wenn tatsächlich der Vater anreiste, verlor er jeglichen Einfluss auf Sophie. Sie von ihrem Elternhaus in sein Bett zu kriegen war gewiss um einiges schwieriger, weil er es dann nicht nur mit einer einzelnen jungen Schottin aufnehmen musste, sondern mit einem ganzen Clan, und dazu noch mit diesem in Schottland lauernden Verlobten.

„Fünf Tage?!“ Sophie und Tante Elisabeth schrien gleichzeitig auf. Aber während Sophie dann vor sichtlichem Entsetzen still war, überschlug sich ihre Tante förmlich. „Aber das geht doch nicht! Wie soll ich das Sophies Vater gegenüber vertreten!“

„Mein Sekretär und meine Haushälterin werden sich um die Vorbereitungen kümmern. Außerdem lege ich keinen Wert auf eine besonders große Hochzeit. Du etwa, Sophie?“ Lord Edward hatte leichthin gesprochen, aber da war ein harter, unerbittlicher Zug um seinen Mund, und seine Augen blickten entschlossen.

Ich lege gar keinen Wert auf eine Hochzeit, wollte Sophie schreien, aber das stimmte natürlich nicht. Sie blickte Lord Edward an, als sähe sie ihn zum ersten Mal. Zuvor hatte sie die Aussicht, Phaelas Frau zu werden, abgestoßen, aber jetzt würde ihr Herz dabei brechen. Hier stand der Mann, in den sie sich verliebt hatte, und der sie tatsächlich – aus welchen ominösen Gründen auch immer – heiraten wollte. Und daheim in Schottland drohte ein Gatte, den sie niemals auch nur annähernd so lieben würde wie Edward. War sie denn verrückt, sich dagegen zu wehren?

„So schnell kann man außerdem gar nicht heiraten“, meldete sich Tante Elisabeth, Lord Edward aus zusammengekniffenen Augen betrachtend.

Seine Hand glitt unter seine Jacke. Er zauberte ein Papier hervor und hob es in die Höhe. „Eine Sondererlaubnis.“ Er lächelte arrogant. „Ich habe gute Beziehungen.“

„Und die Erlaubnis der Eltern?“ Lady Elisabeths letzter Trumpf.

Sophies Gedanken überschlugen sich. Jetzt hatte sie die Wahl: Entweder ein Leben voller Bedauern und unerfüllter Sehnsucht mit Phaelas oder eines mit einem Mann, den sie kaum kannte, und von dem sie nur mit Sicherheit wusste, dass sie ihn liebte.

„Ich würde Sie gerne alleine sprechen, Lord Edward“, sagte sie leise.

„Das kommt nicht in Frage“, fuhr ihre Tante dazwischen.

„Wir haben noch einiges zu besprechen“, erwiderte Sophie. Jetzt klang ihre Stimme nicht mehr zögerlich oder schüchtern.

Edward verneigte sich leicht vor Lady Elisabeth. „Mit Ihrer Erlaubnis, Lady Elisabeth, würde ich ebenfalls gerne noch einige Worte mit meiner Verlobten wechseln. Ich verspreche, mich wie ein Gentleman zu benehmen.“

„Das …“

„Es wäre mir ein großes Anliegen.“ Lord Edwards Blick wurde zwingend. Er ging zur Tür und öffnete sie.

Lady Elisabeth raffte ihre Röcke zusammen. „Nun gut. Sie werden sich für alles, was Sie tun, vor Sophies Vater verantworten müssen.“ Sie rauschte an ihm vorbei, und Edward schloss die Tür wieder hinter ihr. Als er sich umwandte, begegnete er Sophies eindringlichem Blick.

„Sie haben das nicht ernst gemeint, nicht wahr?“

„Aber natürlich habe ich das. Ich würde niemals mit einer Anzeige in einer Londoner Zeitung scherzen. Und schon gar nicht mit einer Heirat“, erwiderte er kühl. „Es ist mir völlig ernst damit.“

Sophie schüttelte mit einem verwirrten Gesichtsausdruck den Kopf. „Aber warum tun Sie das, Lord Edward?“

Edward betrachtete sie nachdenklich und schwieg.

„Weshalb?!“, begehrte Sophie abermals zu wissen.

Edward ließ sich Zeit mit der Antwort, während er seinen Blick über Sophie wandern ließ. Über ihr Haar, ihren Hals, ihr Dekolleté. Er verweilte auf ihrer Brust, ihrer Taille, glitt zu den Beinen, die in den obszönen Hosen so schlank und wohlgeformt ausgesehen hatten, wanderte dann wieder zurück zu ihrem Gesicht, bis er an ihren Lippen hängenblieb. Die Unterlippe war voll und rot, gerade richtig, um zärtlich dran zu knabbern, sie zwischen seine Zähne und Lippen zu ziehen, daran zu saugen, bis er genug von dem Spiel hatte und endlich mit seiner Zunge tiefer suchte. Er wusste bereits, wie sie schmeckte: Ihr Kuss war so süß und frisch wie ihr Atem. Und er würde es nicht dabei belassen, allein ihren Mund zu erforschen, sondern jedes Stückchen von ihr auskosten, kennenlernen, küssen und streicheln. Die wohlbekannte, von seinem Schritt ausgehende Wärme erfasste ihn, allerdings mit einer Heftigkeit, die nicht der Situation angepasst war.

Als er seinen Blick endlich von diesen ansprechenden Lippen löste und in Sophies Augen sah, den Glanz darin bemerkte, erkannte er, dass er sie verlegen gemacht hatte. Auch waren ihre Wangen leicht gerötet, ihr Atem ging schneller. Sie war sich ihrer eigenen Sinnlichkeit noch nicht bewusst, und es würde sehr reizvoll werden, sie zu erwecken, das Verlangen in ihr zu erregen, zuzusehen, wie ihr Atem noch schneller ging, sie sich unter seinen Berührungen wand. Er sah fort, wandte sich ein wenig ab, stützte sich lässig mit dem Ellbogen auf eine Kommode und vertiefte sich in den Anblick seiner Fingernägel. Besser nicht länger über Sophies geheimste Körperteile nachdenken. Es war nicht der richtige Zeitpunkt für eine Erektion.

„Weshalb?", wiederholte er mit äußerer Ruhe. „Darüber sprechen wir ein andermal." Es war auch der falsche Augenblick, ihr zu sagen, dass er nur deshalb auf der Heirat bestand, weil Sophie McIntosh genau die Frau war, die er in seinem Ehebett haben wollte. Wo er sie nackt ausziehen, genießen und endlich besitzen konnte. Diese Offenbarung hätte sie lediglich erschreckt.

„Nein, darüber sprechen wir jetzt. Sofort." Sophie sah ihn eindringlich an. „Ein andermal kann es schon zu spät sein. Diese Hochzeit soll schließlich nicht in fünf Jahren, sondern in fünf Tagen stattfinden. Der Skandal allein ist kein Grund, eine nicht geplante Heirat derart zu überstürzen. Noch dazu eine, die nicht nötig wäre! Ich müsste mich nur in den Sattel setzen und mit Rosalind heimreiten, dann wäre alles gelöst!"

So. Sie hatte also vor, ihm Schwierigkeiten zu machen. Aber das wollte er verhindern. Und wenn er sie entführen und vor den Traualtar schleppen musste – sie wurde seine Frau. Das wusste er seit der Nacht, in der er von ihr geträumt hatte. Die Angst um sie, der Schmerz, als er hatte zusehen müssen, wie der Franzose auf sie schoss, hatten ihm die Augen geöffnet.

„Dass dies keine Lösung wäre, haben wir ja bereits besprochen." Das könnte ihr so passen, einfach nach Schottland zu verschwinden.

Sie richtete sich sehr gerade auf und starrte ihn durchdringend an. „Dann müssen Sie mir schon einen guten Grund für Ihre Absichten geben, Lord Edward."

Er musste sie unter Druck setzen. Aber wie? Ein Geschäft? Ja, das war die Lösung. „Dein Ja-Wort gegen Henrys Schuldscheine und seine Freiheit." Er konnte es selbst nicht fassen, was er da tat. Aber die Vorstellung, dass sie ihm tatsächlich davonlaufen konnte, er niemals die Gelegenheit haben würde, diesen köstlichen Hintern nackt vor sich zu haben, diese vielversprechenden Brüste mit seinen Händen zu kneten, sie zu küssen, bis sie nach Atem rang, machte ihn zornig. Bis vor gar nicht allzu langer Zeit war ihm nicht klar gewesen, wie heftig er sie tatsächlich begehrte.

Aber es war nicht nur ihre körperliche Anziehung. Sie war rundum bezaubernd. Auf der einen Seite naiv, dann wieder klug, auf jeden Fall mutig und abenteuerlustig. Es war so vieles widersprüchlich an ihrem Benehmen, dass er kaum erwarten konnte, sie noch besser, näher kennenzulernen, alles über sie zu erfahren. Mit einer Frau wie Sophie freute er sich auf eine Zukunft mit Familie. Etwas, das er bisher mit wenig Neigung betrachtet hatte. Seit er sie kannte, waren die Ereignisse während des Krieges weniger lebhaft in seinem Gedächtnis. Es gab tatsächlich nicht nur Stunden, sondern ganze Tage, an denen er diese Geschehnisse völlig vergaß. Und wenn er Sophie erst einmal in seinem Haus, in seinem Bett, seinen Armen hatte, würde er diese Erlebnisse völlig vergessen. Sogar den Anblick, wie sie seinen Bruder töteten. Sophies Anblick, ihre Augen, ihre Stimme, ihr Körper würden das Bild auslöschen.

Sophies Augen wurden groß und rund, ihre Lippen – diese vollen Lippen, wie geschaffen für seine Küsse – öffneten sich. „Das kann nicht Ihr Ernst sein … Sie locken mich mit Henrys Schuldscheinen? Das ist ja lächerlich!" Sie war nicht wütend, sondern nur verblüfft.

„Nicht nur mit den Schuldscheinen. Auch mit dem Wissen, dass er mit einer Schmugglerbande zu tun hat."

„Sie wissen alles? Auch über Captain Hendricks?"

„Natürlich." Er wanderte durch das Zimmer, bis er sich halb auf den schweren Tisch setzte und die Beine wegstreckte. Er sah, dass Sophie ihn scharf beobachtete. Jetzt nur keinen Fehler machen. Falls es ihm jetzt nicht gelang, sie zum Nachgeben zu bewegen, entglitt sie ihm völlig. Dann war sie imstande, achselzuckend über einen möglichen Skandal und Henrys Mittäterschaft hinwegzugehen und nach Schottland zu flüchten.

„Machen wir es doch so, Sophie", sagte er ruhig. „Dein Ja-Wort gegen meine Hilfe."

Sie atmete tief aus und ein, bevor sie fragte: „Und worin bestünde diese Hilfe?"

„Zum Ersten: Jeder Ansatz eines Skandals kann im Keim erstickt werden. Selbst wenn jemand von dieser Gesellschaft, der dich gesehen hat, mit dem Finger auf dich zeigte und sich an deine Mutter erinnerte, dann würde ich nicht zögern, alles zu tun, um ihn oder sie zum Schweigen zu bringen, und dich und deine Familie vor einem Skandal schützen. Zum Zweiten: Die Schuldscheine deines Vetters Henry. Zum Dritten: Ich kann dafür sorgen, dass Henry die Bande verlassen kann und weder im Gefängnis noch am Galgen landen wird."

„Ich frage Sie nochmals", sagte Sophie, „worin liegt *Ihr* Vorteil? Warum sind Sie bereit, mir und Henry zu helfen?"

Diese Hartnäckigkeit wurde nun doch ein wenig lästig. Die korrekte Antwort wäre gewesen: *Weil ich versessen darauf bin, dich zu besitzen. Weil ich Dinge mit dir und deinem Körper tun werde, an die dein schottischer Farmer bestimmt noch nicht gedacht hat. Weil ich dich lieben werde, bis du vor Verlangen und Lust glühst und keinen anderen Gedanken mehr hast als mich. Weil ich dich nie wieder loslassen werde.* Sekundenlang spielte er mit dem Gedanken, genau das zu antworten, dann sagte er: „Eine Erbklausel."

„Wie?" Sophie riss die Augen noch mehr auf.

„Ich muss bis zu meinem fünfunddreißigsten Lebensjahr verheiratet sein." Er war ein Idiot. So machte man keinen Antrag. Aber es war ein logischer Grund. „Auf diese Art haben wir doch beide, was wir bekommen", versuchte er die Sache möglichst neutral darzustellen und sein Gesicht zu wahren. Immerhin war er nach einer Frau verrückt, die sich nichts aus ihm machte. Noch nicht. „Du bekommst Henrys Schuldscheine, und ich eine Ehefrau."

In Sophies Kopf drehte sich alles. So, jetzt hatte sie ihre Antwort. Der Mann brauchte eine Vernunftehe und war tatsächlich auf die Idee gekommen, sie mit Henrys Schuldscheinen zu bezahlen! Sie war verwirrt, und ihre Kehle war eng. Ihre Augen brannten. Warum nur wollte sie in diesem Moment weinen? Vermutlich, weil er sie nur heiraten wollte, um irgendeiner dummen Klausel Rechnung zu tragen! Was hatte sie aber auch erwartet? Eine heiße Liebeserklärung? Ja. Genau das. Einfältige, romantische Gans, die sie war! Verdammt sollte er sein für diese Kühle, in der er ihr allen Ernstes dieses Geschäft vorschlug. Sophie hatte sich abgewandt und nach Fassung ringend zum Fenster hinausgesehen. Dann straffte sie sich. Was er konnte, konnte sie schon lange. Sie wandte sich abrupt um.

„Ich danke Ihnen für Ihre Ehrlichkeit, Mylord. Und da Sie so offen zu mir waren, will ich es auch zu Ihnen sein." Sie atmete tief durch. „Sehen Sie, die Tatsache ist nämlich die, dass ich hierher gekommen bin, um eben nicht heiraten zu müssen. Vater hatte mich vor die Wahl gestellt. Und wenn ich jetzt Sie heirate, hätte ich gleich in Schottland bleiben können. Aber so bin ich ja geradezu vom Regen in die Traufe gekommen."

„Wie war das?" Edward runzelte die Stirn.

Sie zuckte mit den Schultern. „Ich bin mir nicht mehr sicher, ob eine Heirat mit McGregor nicht doch das kleinere Übel gewesen wäre."

Ein kleiner Muskel an Lord Edwards Wange zuckte. „Ich freue mich, dass der Schock nichts an deiner Wahrheitsliebe geändert hat, Sophie." Er stieß sich von der Kommode ab und trat dicht vor sie hin. Sein Finger hob ihr Kinn, damit er sie besser ansehen konnte. „Vielleicht erzählst du mir etwas mehr von diesem McGregor?"

Er war schon wieder viel zu nahe, stellte Sophie fest. Und die Berührung seiner Finger auf ihrer Haut war unerträglich. Viel zu … heiß. Zu beunruhigend. Kleine Schauer liefen von ihrem Kinn über ihren Hals und tiefer. Sie trat mit einem gequälten Auflachen zwei schnelle Schritte von ihm weg.

„Ja, weshalb nicht? Der älteste McGregor. Er ist Witwer und hat zwei Kinder. Vater hat darauf bestanden, dass ich entweder heirate oder zwölf Monate hier bleibe. Es wurden dann nach Verhandlungen nur sechs Monate daraus. Allerdings nur bei guter Führung. Und hätte mich Tante Elisabeth früher heimgeschickt, wäre ich in Schwierigkeiten gekommen."

„Ja", murmelte er, „so etwas kann dir hier natürlich nicht passieren."

Sophies Lippen verzogen sich widerwillig zu einem Lächeln. Sie wandte sich schnell ab, bevor er ihre Gedanken von ihrem Gesicht ablesen konnte. Edwards Blick war viel zu eindringlich, umfasste sie, ließ keinen Fingerbreit von ihr aus, hielt sie fest. Sie tastete sich mit zittrigen Knien weiter fort, flüchtete sich hinter einen Stuhl. Selbst jetzt aus der Entfernung hatte sie noch das Gefühl, viel zu nahe zu stehen. Vorsichtig sah sie zu ihm hinüber. Sein Blick berührte sie fast körperlich, als würde er mit den Augen über sie streicheln. Grauviolett waren sie in diesem Moment. Sie konnte sich kaum davon lösen.

„Also", klang seine Stimme durch die aufsteigende Verzauberung, „was hatte dieser älteste McGregor nun konkret mit deiner Reise hierher zu tun?"

„Der gar nichts! Das war sein jüngerer Bruder. Vater war sehr wütend über das, was mit Patrick und mir passiert war. Aber weil der zu jung zum Heiraten ist, kam Vater auf den älteren Bruder. Patrick ist ein Jahr jünger als ich. Und Phaelas dagegen ist

Witwer. Vater fand, dass er angemessener für mich wäre." Sie zuckte mit den Schultern. „Phaelas ist ein ehrbarer Mann. Ich schätze ihn. Aber ich will mich nicht an einen so viel älteren Mann binden. Sie sind zwar auch nicht mehr jung, aber doch jünger als Phaelas."

Edward war nicht so leicht aus der Fassung zu bringen, aber nun hatte er jede erdenkliche Mühe, zumindest äußerlich seelisches Gleichgewicht zu zeigen. Er schlenderte quer durch den Raum zu einem Tisch, auf dem eine schön geschliffene Portweinflasche stand, dabei drehte er Sophie den Rücken zu. Er ließ sich Zeit, ein Glas einzuschenken, fühlte Sophies Blicke.

Dann hatte sie, was ihren Verlobten betraf, ihn also früher belogen. Zumindest die Wahrheit verdreht, auch wenn er im Moment noch nicht durchblickte. Auf jeden Fall klang diese neue Version fast so, als hätte tatsächlich schon jemand dort genascht, wo er gehofft hatte, der Erste zu sein. Somit war die Bemerkung von Lady Elisabeth auf dem Ball wohl doch keine Gehässigkeit gewesen, wie er angenommen hatte. Seine Hand zitterte. Er hatte nie gedacht, dass es ihn so treffen würde, nicht der Erste bei Sophie zu sein. Lächerlich. Noch nie hatte er sich Gedanken darüber gemacht, sondern bei seinen Beziehungen, die ja nie für Dauer gedacht gewesen waren, erfahrene Frauen in sein Bett geholt. Nur keine scheuen Mädchen, die gleich über Liebe und Heirat nachdachten. Das war nicht seine Art. Es gab gewisse Regeln und Konventionen, die er niemals gebrochen hätte.

Er wurde erst gewahr, dass er in sein Glas gestarrt hatte, ohne zu trinken, als Sophie ihn ansprach. „Sie bereuen es, nicht wahr?" Sie klang spöttisch.

Edward atmete tief durch und bemühte sich um seine normale Stimme, als er sich nach ihr umwandte. „Ich bin nur überrascht."

„Und? Wollen Sie mich immer noch heiraten? Tante Elisabeth spricht die Wahrheit. Vater wird wütend sein. Und McGregor ebenfalls. Vielleicht sollten Sie doch eher eine Ehe mit Augusta in Erwähnung ziehen?"

Edward nahm einen langen Schluck. Der Portwein floss in seine Kehle. Er antwortete Sophie nicht, sah sie nur an und konzentrierte sich darauf, den Weg des Alkohols durch seine Speiseröhre zu verfolgen. Was immer geschehen war, es änderte nicht seine Meinung über Sophie und die Heirat. Er würde die Wahrheit schon noch herausfinden. Aber nicht jetzt.

„Es bleibt dabei. Wir heiraten in fünf Tagen." Er stellte das Glas fort. „Und jetzt darf ich dich zur Besiegelung unseres Bündnisses um einen Verlobungskuss bitten."

„Verlobungskuss?!"

„Ja, natürlich."

Sophie sah Lord Edward an, der mit mokant hochgezogenen Augenbrauen dastand. Verlobungskuss. Auch das noch. Wie sollte sie jetzt nur freundliche Gleichmut heucheln können? Sie atmete schneller. Ob es genügte, ihn auf die Wange zu küssen? Wahrscheinlich. Ihr Blick glitt von Lord Edwards Augen zu seinen Lippen. Sie konnte kaum mehr wegsehen. Wie oft waren in den letzten Tagen ihre Gedanken immer wie von selbst zu ihm gewandert. Die Art, wie fest sein Arm um sie gelegen, und wie gut es sich angefühlt hatte. Wie sicher. Wie erregend, als er sie im Wald festgehalten und geküsst hatte. Der versprochene Kuss als Preis für seine Hilfe beim Ball. Patrick hatte sie einmal geküsst. Sie war damals fünfzehn gewesen. Fast musste sie lächeln.

Sie hob die Hände, als er nach ihr griff. „Moment! Henrys Schuldscheine, mein guter Ruf und Marian Manor. Sie sorgen dafür, dass die Schmuggler verschwinden."

Edwards Augen wurden schmal. „Soll ich sie einzeln raustragen?"

„Sie haben bestimmt bessere Beziehungen zu den einschlägigen Behörden als ich." Sophie sah ihn herausfordernd an. Sie war stolz, dass ihr dies eingefallen war. Vor allem, dass ihr dies jetzt, angesichts des bevorstehenden Kusses, in den Sinn gekommen war. Ein wenig schien ihr Verstand doch noch zu arbeiten.

„Einverstanden." Edwards Hände griffen nach ihr, legten sich um ihr glühendes Gesicht. Er beugte sich herab. Sie fühlte seinen Atem. In ihren Ohren begann es zu summen. Sie nahm seinen Geruch wahr. Nach Rasierseife, nach … ihm. Ein Geruch, den sie schon mehrmals wahrgenommen hatte und niemals mehr vergessen würde. Ihr wurde warm … jetzt war sein Mund dicht vor ihr. Er hatte sich zweifellos am Morgen rasiert, aber es lag schon wieder ein bläulicher Schimmer auf den Wangen und am Kinn. Sie mochte sein Kinn, stellte sie fest.

Und dann berührten sie auch schon seine Lippen. Er roch auch nach dem Portwein. Sie schloss die Augen, wollte zurückweichen, was jedoch nicht ging, weil er ihren Kopf hielt, aber dann dachte sie gar nicht mehr daran, sich loszureißen. Sie dachte gar nichts mehr. Es war, als gäbe es nichts außer ihrem *Verlobten* und ihr. Die Welt stand still, während seine Lippen sich auf ihre legten.

Als er sie losließ, musste sie sich an der hinter ihr stehenden Kommode aufstützen. Ihre Blicke trafen sich. Seiner war heiß und intensiv, ihrer verträumt. Sie starrte ihn immer noch wie abwesend an, als er schon längst an der Tür war.

„Ich schicke dir morgen meinen Sekretär, Sophie. Alles Weitere kannst du mit ihm besprechen." Damit war er schon aus dem Raum. Von draußen hörte sie ihn noch sagen: „Ihr Diener, Lady Elisabeth." Und weg war er.

Ihre Tante trat herein und maß sie mit einem flammenden Blick. Sophie beachtete sie nicht. Sie wankte zu einem Stuhl, ließ sich darauf fallen und betastete ihre Lippen mit den Fingern, fuhr mit der Zunge darüber, um seinen Geschmack aufzunehmen. Ja, genauso schmeckte es und fühlte es sich an, von Edward Harrington geküsst zu werden. Kein Vergleich mit dem Geknutsche von Patrick. Gar kein Vergleich mit irgendetwas anderem. Edward Harrington zu küssen war ein Erlebnis ganz besonderer Natur.

13. Kapitel

„Nicht nötig, mich anzumelden."

Jonathan Hendricks sah erstaunt auf, als der Besucher Baxter zur Seite schob und ins Frühstückszimmer trat. Er legte die Zeitung weg, lehnte sich im Sessel zurück, streckte die Beine aus und musterte den eintretenden Mann mit hochgezogenen Augenbrauen. „Sieh da. Edward Harrington. Welch Glanz in meiner Hütte."

Baxter tauchte hinter Edward im Türrahmen auf. „Verzeihung, Captain. Aber er ist einfach reinge …"

Der Ausdruck in Edwards Augen ließ den vierschrötigen Butler verstummen und einen Schritt zurückweichen. Dann jedoch ermannte er sich und schob den Kopf vor. Er erinnerte an einen Stier, der zum Angriff übergehen wollte.

Jonathan nickte dem Butler zu. „Sie können gehen, Baxter. Ich schreie um Hilfe, falls er handgreiflich wird."

„Aye, Sir." Baxter grinste, drehte sich um und ging hinaus, nicht ohne Edward noch einen finsteren Blick zuzuwerfen.

Captain Hendricks musterte seinen Besucher, der langsam auf ihn zukam. „Du hast Mut, herzukommen. Hast du keine Angst um deinen guten Ruf?“ Als er nach seiner Teetasse greifen wollte, wischte Edward sie mit einer Handbewegung vom Tisch. Sie zerschellte am Boden, und der Tee breitete sich auf dem Teppich aus. „Hey! Was fällt dir ein?“

„Es gefällt mir nicht, was du da tust. Lass diese Leute aus dem Spiel.“

„Du sprichst von deiner Verlobten?“ Jonathan erhob sich und holte eine neue Tasse, um sich wieder Tee einzugießen. Als er Edward ebenfalls eine anbot, machte dieser nur eine ungeduldige Geste. Jonathan zuckte mit den Schultern. „Ich kann nichts dafür, wenn sie ihre Nase in meine Angelegenheiten steckt.“

„Du hättest schon ihren Vetter raushalten müssen!“

„Der kam mir aber sehr gelegen“, erwiderte Jonathan gleichmütig. Er ließ sich wieder in den Stuhl fallen, nippte an der Teetasse, verbrannte sich die Zunge und stellte die Tasse mit einem Fluch weg.

Edward beobachtete ihn mit höhnischer Genugtuung. „Du solltest darauf achten, dir nicht auch noch die Finger zu verbrennen. Halte Sophie raus. Ich sage es nicht noch einmal.“

Jonathan musterte Edward mit leichtem Spott. „Sie gefällt dir wirklich, was? Hast du etwa gar die Absicht, die Verlobung durchzustehen?

„Allerdings. Und ich will vor allem nicht, dass sie sich bemüßigt fühlt, ihres dümmlichen Vetters wegen in Schwierigkeiten zu kommen.“

„Das tun Frauen wie diese sowieso“, erwiderte Jonathan. Er hatte den Tonfall eines Mannes, der wusste, wovon er sprach. „Sie schnüffelt herum. War sogar beim Haus, als wir die Sachen auf den Wagen geladen haben. Smiley hat sie gesehen und mir dann Bescheid gesagt. Wenn ein anderer sie entdeckt hätte, würde sie jetzt vermutlich schon in einer stillen Ecke im Keller liegen und sich nicht mehr rühren. Und ich bin nicht sicher, ob ich es hätte verhindern können. Ein Messer fährt schnell in so zarte Rippen. Und da macht es keinen Unterschied, ob es sich um einen Jungen handelt oder ein Mädchen, das sich wie einer kleidet, um besser spionieren zu können.“ Er sah, wie Edwards Lippen sich zusammenpressten. „Die Kleine ist niedlich, aber an Deiner Stelle würde ich Abstand halten – einmal umdrehen, und sie hat sich oder dir schon wieder was eingebrockt.“

„Jonathan …“ Edwards Stimme klang völlig ausdruckslos, aber es war gerade dieser Umstand, der Jonathan auf der Hut sein ließ.

„Und“, fuhr er dennoch fort, „sie hat sich schon eine Menge eingehandelt. Es gibt gewisse Leute, die sich bereits überlegen, wie man sie am besten ausschalten kann.“

„Das wirst du verhindern.“

Jonathans Miene verlor zum ersten Mal den leicht spöttischen, überlegenen Ausdruck. „Das kann ich nicht, Ed. Dazu habe ich bei der Bande zu wenig Einfluss. Ich bin nur einer, der gewisse Dinge organisiert, aber ich stehe nicht an der Spitze. Und vor dem Anführer haben alle Angst. Wir wissen immer noch nicht, wer er ist, welchen Einfluss er hat und wie seine Beziehungen sind.“

„Dann sieh zu, dass die Sache endlich erledigt wird. Ich hatte schon Besuch von einem Wichtigtuer von der Londoner Polizei.“

„Büttel?!“ Jonathan fuhr hoch.

„Er wollte, dass ich dich ausspioniere. Und er hat mehr oder weniger zarte Hinweise auf Melinda fallen lassen.“ Edward beugte sich über den Tisch und fixierte Jonathan.

„Ich hatte dich gewarnt, was meine Schwester betrifft. Du hast mir geschworen, die Verbindung abzubrechen, aber du ziehst Melinda im Gegenteil immer tiefer hinein!"

Jonathan wandte den Blick ab.

Edward betrachtete ihn mit Zorn, der mit Verständnis durchsetzt war, dann richtete er sich wieder auf. „Sophie hat mir von Schuldscheinen erzählt, die du von Henry besitzen sollst."

„Ja, die habe ich tatsächlich." Jonathan zuckte mit den Schultern. „Das hält den Jungen bei der Stange, verstehst du?"

„Du wirst sie mir heute Nachmittag schicken. Und zwar alle."

Jonathan hob abwehrend die Hand. „Geht nicht. Ich brauche sie noch."

„Und ich brauche sie ebenfalls."

Jonathan musterte ihn eingehend. „Na schön. Du kannst sie haben. Unter einer Bedingung: Du hilfst mir bei meinem Job."

„Versuchst du, mich jetzt auch zu erpressen?"

Jonathan hob unbehaglich die Schultern. „Nein, nur ein kleines Geschäft. Du könntest mir die Polizei vom Leib halten."

„Das können andere bess …"

„Nein, können sie nicht", unterbrach ihn Jonathan schroff. „Außerdem hast du einige gute Gründe, mir zu helfen. Deine süße kleine Verlobte, die Schuldscheine ihres dämlichen Henry und dann noch Melinda. Je mehr du mir hilfst, desto schneller ziehe ich die Sache durch, und Melindas Name wird nicht von der Polizei genannt."

Edwards Augen glühten zornig auf, er machte eine Bewegung, als wollte er Jonathan angreifen, aber dann atmete er durch, ließ die erhobenen Fäuste fallen, und Jonathan entspannte sich.

„Irgendwann einmal, Jonathan Hendricks", sagte Edward kalt, „werde ich dir den erpresserischen Hals umdrehen."

„Hey, ich habe dir aber doch deinen gerettet! Schon vergessen?"

„Dafür hast du aber nicht in alle Ewigkeit etwas gut", lautete die kalte Antwort. „Und wenn ich an Melinda und Sophie denke, dann könnte mir einfallen, gleich hier auf der Stelle zur Tat zu schreiten."

Jonathans Grinsen verstärkte sich. „Das tust du nicht, Edward, alter Junge. Dafür bist du viel zu vernünftig. Es wäre auch nicht das Mindeste damit gewonnen. Und ich werde versuchen, die kleine McIntosh rauszuhalten." Jonathan hatte einen Fuß gegen den Tisch gestemmt, den Stuhl zurückgekippt und schaukelte lässig auf zwei Stuhlbeinen.

„An deiner Stelle würde ich es nicht beim Versuch lassen, Jonathan." Edwards Gesicht war kalt, als er näher trat. Eine plötzliche Bewegung, Jonathan warf fluchend die Hände hoch, griff um sich und dann knallte er samt dem Stuhl zu Boden.

Lord Edward sah mitleidslos auf ihn herab, als er benommen liegen blieb und sich den Hinterkopf rieb. „Pass auf, Jonathan Hendricks, dass du das nächste Mal nicht auf der Schnauze landest." Damit wandte er sich um und ging. Die Tür schloss sich fast lautlos hinter ihm.

Wenn Sophie der geplanten Heirat zwiespältig gegenüberstand, und Tante Elisabeth und Augusta wütend waren, so bestand Henrys Reaktion aus purem Entsetzen.

„Das kannst du nicht machen!" Er hatte sie im Stall bei Rosalind aufgespürt und hinaus ins Freie gezogen, wo niemand lauschen konnte. „Hör zu, Sophie. Du kannst Lord Edward nicht heiraten. Er steckt mit den Schmugglern unter einer Decke."

„So ein Unsinn!", sagte Sophie abwehrend. Sie glaubte zwar schon seit einiger Zeit, dass Edward in gewisser Weise tatsächlich mit Jonathan Hendricks zu tun hatte – ihn zumindest gut kannte, aber alles in ihr sträubte sich dagegen, in Edward ein Mitglied der Bande zu sehen.

„Nein, gar kein Unsinn. Erinnere dich an Captain Hendricks' Fest …"

„… als könnte ich das vergessen", murrte Sophie.

„… wie er da plötzlich aufgetaucht ist! Hendricks und er kennen einander besser, als sie es zugeben. Und der Captain hat Angst vor Lord Edward!"

„Der hat doch keine Angst." Henrys Annahme, dass Edward dazugehören könnte, war zwar absurd, aber Edward tauchte tatsächlich immer dann auf, wenn Jonathan Hendricks oder andere Schmuggler in der Nähe waren. Sie hatte allerdings schon überlegt, ob Jonathan Hendricks nicht sogar selbst der geheimnisvolle Kopf der Bande war. Dass er dies Henry gegenüber nicht zugab, konnte ein kluger Schachzug von ihm sein. So hatte er immer eine gefährliche Gestalt im Hintergrund. Eine Art schwarzen Mann, mit denen er Leuten wie Henry drohte.

„Er hat doch Angst!", widersprach Henry. „Andernfalls hätte er euch nicht so einfach gehen lassen, als Harrington dich mitten aus dieser Orgie rausgeholt hat."

„Das", sagte Sophie mit deutlicher Schärfe in der Stimme, „erinnert mich daran, Henry, dich zu fragen, warum *du* das nicht getan hast."

„Weil …", Henry war schockiert. „Weil … er hätte mich doch niemals lassen! D … das ist ja eben der Grund, weshalb ich denke, dass die beiden unter einer Decke stecken. Ich habe doch alles gesehen, Sophie. Lord Edward stand plötzlich in der Tür, und dann ging er einfach durch den Raum. Alle von Hendricks Dienern sind ihm ausgewichen, und dann hat er dich gepackt."

„Er war deshalb in Marian Manor, weil er mich auf deiner Kutsche gesehen hat, Henry."

„Und das glaubst du ihm?"

Sophie hatte dies niemals in Frage gestellt. Sie hatte es Edward geglaubt. Und das tat sie auch jetzt noch. Sie nickte heftig.

„Harrington und Hendricks kennen sich in jedem Fall besser als sie zeigen wollen", beharrte Henry. „Als der Krieg gegen Napoleon zu Ende war, sind sie gleichzeitig hier aufgetaucht. Und es sind so einige Gerüchte im Umlauf darüber, was sie während des Krieges getan haben."

„Und? Was haben sie denn gemacht?"

Da war Henry überfragt. „Es wird bloß viel gemunkelt. Überhaupt über den Captain. Manche sagen sogar, er war vor dem Krieg Pirat. Und andere sagen, er soll spioniert haben. Dann haben sie ihn erwischt. Zusammen mit Lord Edwards jüngerem Bruder, der ebenfalls in die Sache verstrickt war."

„Welche Sache?", wollte Sophie genauer wissen.

„Na Spionage und so", erklärte Henry vage. „Und dann hat ja Captain Hendricks auch noch ein Verhältnis mit Lord Edwards Schwester."

Sophie horchte auf. „Seine Schwester? Edward hat eine Schwester?! Von der höre ich heute zum ersten Mal."

Henry zuckte mit den Schultern. „Das wundert mich nicht. Sie bewegt sich nicht in der Eastbourner Gesellschaft."

Sophie wurde sich mit einem Mal bewusst, dass sie in wenigen Tagen einen Mann heiraten wollte, über den sie rein gar nichts wusste. Sie unterdrückte ein Seufzen. Vielleicht war es ein Fehler, aber sie war nicht imstande, ihn zu bereuen. Durch eine

Heirat erhielt sie Henrys Schuldscheine, und sie zweifelte keinen Moment daran, dass Edward ihn auch vor etwaigen Folgen seiner Mittäterschaft bewahren konnte. Dazu kam noch, dass Vater sie nicht mehr mit Phaelas verheiraten konnte. Und Edward gehörte in Zukunft ihr. Ihr ganz allein. Jedes Mal, wenn sie sich das bewusst machte, wuchs ein warmes Gefühl von Freude und Glück in ihr, das ihr Inneres zum Glühen brachte.

„Auf jeden Fall", holte Henrys eindringliche Stimme sie aus ihren Träumen, „musst du sofort abreisen, Sophie. Ich werde dafür sorgen, dass niemand bemerkt, wie du das Haus verlässt. Du packst deine Sachen, und ich bringe sie heimlich zur Postkutsche. Ich würde dich begleiten, aber sie würden meine Abwesenheit sofort bemerken und mich suchen – oder Mutter unter Druck setzen."

„Hat dir jemand damit gedroht?", fragte Sophie bestürzt.

„N … nicht direkt. Aber einer der Männer hat es anklingen lassen. Ich sage dir, Sophie: Das haben die beiden absichtlich so eingefädelt! Du hast zu viel herumgeschnüff … ich meine, du warst ein wenig neugierig", korrigierte er sich hastig. Er zog nervös seine Taschenuhr zu Rate. „Es ist jetzt sechs Uhr abends. Die erste Postkutsche geht um sechs Uhr früh. Es ist aber besser, du fährst von Lewes aus. Ich werde dich noch in der Nacht hinbringen, damit niemand sieht, dass du abreist."

„Ich werde nicht abreisen."

„Was willst du sonst machen?!", fuhr ihr Vetter sie an. „Etwa diesen Kerl heiraten?"

„Ja", sagte Sophie und bedauerlicherweise klang ihre Stimme nicht so fest, wie sie es sich gewünscht hätte. „Und nenne ihn gefälligst nicht Kerl!"

14. Kapitel

Sophies Hochzeitsgesellschaft hatte lediglich aus wenigen Personen bestanden: Einer in Missbilligung erstarrten Tante Elisabeth, deren geschwätzigen Freundin Lady Baltimore, einer schmollenden Augusta, einem niedergeschlagenen Henry, einem kühlen und überlegenen Bräutigam und aus Sophie selbst, die – was ihren zukünftigen Mann betraf – permanent zwischen Ärger und hilfloser Anziehung schwankte.

Die Zeremonie selbst war kurz und schmerzlos gewesen. Der Pater hatte irgendetwas gesprochen, das an Sophie ungehört vorbeigerauscht war, Edward hatte ihr seinen Siegelring an den Finger gesteckt, und Sophie hatte seine Lippen auf ihren gespürt. Kurz, aber warm und zärtlich. Und verwirrend – wie jede seiner Berührungen.

Danach hatte Tante Elisabeth mit zusammengebissenen Zähnen ein kleines Diner ausgerichtet, bei dem die meisten stumm und in sich gekehrt dagesessen waren, und nur Edward und Tante Elisabeths Freundin die Konversation aufrechterhalten hatten. Zu Sophies Erleichterung hatte Edward, der die Situation ähnlich beklemmend empfand wie sie, sich bald erhoben und sich und seine frischgebackene Ehefrau entschuldigt. Sophie war ihm liebend gerne gefolgt, war mehr in die vor dem Haus wartende Kutsche gesprungen als gestiegen, und hatte erst Bedenken bekommen, als sie vor Edwards Haus hielten.

Und nun stand sie mitten in der Halle und erwiderte die Begrüßung des Personals, das die neue Herrin neugierig beäugte. Innerlich jedoch hatte sie ein äußerst flaues Gefühl im Magen. Sie lächelte, nickte, dankte und fragte sich dabei ununterbrochen, ob sie den Verstand verloren hatte, einen fast völlig Fremden zu heiraten, nur, weil er ihr ein Geschäft vorgeschlagen hatte, und sie zufällig bis über beide Ohren in ihn verliebt war.

Die Haushälterin, Mrs. Drarey, hatte in der Bibliothek einen kleinen Willkommenstrunk vorbereitet. Als Edward Sophie leicht am Arm nahm, um sie die Treppe zum Halbstock hinaufzuführen, ging sie einerseits gerne mit, froh, die Begrüßung hinter sich zu haben, andererseits jedoch fürchtete sie das Alleinsein mit ihm. Was dumm war, wie sie sich immer wieder sagte, denn sie war ja nicht von ihm verschleppt und vor den Pastor gezwungen worden. Sie hatte sich freiwillig in diese Ehe gestürzt. Wobei gestürzt tatsächlich der passende Ausdruck für etwas war, das viel zu schnell gegangen war.

Sophie entschloss sich, um sich keine Blöße zu geben, zu steifer Würde. Sie schritt mit hocherhobenem Kopf an Edwards Arm durch den Raum, nahm auf dem Sofa vor dem Kamin, wohin er sie geleitete, Platz, verhedderte sich in ihren reichen Unterröcken und nahm, als sie nach einigen verlegenen Momenten glücklich und mit geordneten Röcken dasaß, mit zittriger Hand das Glas entgegen, das er ihr reichte. Und gleich darauf waren sie allein.

Sophie saß mit durchgedrücktem Rücken da, stolz auf ihre – zumindest nach außen hin - gesammelte Haltung, die lediglich von Edward beeinträchtigt wurde, der offenbar nicht die Absicht hatte, von seiner frischvermählten Ehefrau geziemenden Abstand zu halten, und sich so knapp neben Sophie auf das Sofa setzte, dass sie glaubte, ihr Herz müsse zerspringen.

Er hob sein Glas. „Auf dich, Sophie, und deinen Einzug in mein Haus."

Sein Lächeln nahm seinen Weg durch Sophies Augen direkt in ihr Herz und ihren Magen – und andere Körperteile. Sie nickte, wich einem Kuss aus, indem sie das Glas an die Lippen setzte und es in einem Zug leer trank. Champagner. Zumindest nahm sie das an. Das Zeugs hatte die Farbe von Weißwein, und kleine Perlen stiegen auf, die zuerst im Mund, dann in der Kehle und schließlich im Magen prickelten. Dort, wo schon Edwards Lächeln saß, und diese zittrige Unruhe hervorrief.

Sie wusste, was bei solchen Gelegenheiten normalerweise zwischen Mann und Frau passierte. Sie wusste überhaupt schon eine Menge. Aber sie hatte keine Ahnung, was Edward nun von ihr erwartete. Schließlich hatte er ihr ein Geschäft vorgeschlagen und keine Liebesheirat. Als er sich abermals zu ihr beugen wollte, um sie zu küssen, hielt Sophie ihm auffordernd das leere Glas hin. Er griff nach der Flasche und füllte es mit einem hintergründigen Lächeln.

Sophie fand, dass die Situation einige wohlgesetzte Worte verlangte. Sie räusperte sich. „So. Wir sind nun also verheiratet."

Edward stellte die Champagnerflasche weg. Er wirkte leicht erstaunt. „Zumindest hat das der Pastor behauptet, und es steht auf dem Papier, das wir unterschrieben haben."

Wenn er dachte, sich über sie lustig machen zu können, dann hatte er sich getäuscht. Sie rückte ein wenig zurück und streckte die Hand aus.

Edward griff danach, beugte sich darüber, um seine Lippen darauf zu pressen, aber Sophie entzog sie ihm und wedelte damit vor seinem Gesicht herum. „Die Schuldscheine."

Sekundenlang trat etwas wie Verblüffung in seine Züge. „Gewiss. Ich hatte nur gedacht, wir können das morgen früh regeln."

„Nein, jetzt sofort." Sophie hatte in den vergangenen Tagen in jeder wachen Minute über Edward nachgedacht. Sie hatte sich diese Situation ausgemalt. Sie hatte sich vorgestellt, wie sie selbstbewusst und selbstsicher in diese Ehe ging. Der Gedanke an seine Hände auf ihrem Körper, an seine Lippen, hatte eine Sehnsucht in ihr erwirkt, die sie erhitzt hatte. Aber nun war nichts von ihrer Vorstellung da. Oh ja, Edward saß ihr gegenüber. Und sie zitterte abwechselnd vor Hitze und Kälte. Aber anstatt gefasst den nächsten Schritt zuzulassen, klammerte sie sich an alles, was den Moment noch hinauszögerte. Nicht, dass sie annahm, er könnte hier über sie herfallen. Sie hatte zwar in Marian Manor Pärchen beobachtet, denen ein Sofa wie dieses mehr als ausreichend erschienen wäre, aber nicht Edward. Nein, nicht Edward. Er würde wohl doch warten, bis sie in ihrem Zimmer waren. Hoffentlich.

Wolken zogen über die violetten Himmel in Edwards Augen. „Ich habe sie jetzt nicht hier."

Sophie setzte sich noch etwas aufrechter hin und hielt das Champagnerglas wie einen Schild vor sich. Sie dachte daran, dass Henry sie vor der Hochzeit nochmals beiseite genommen und ihr eingeschärft hatte, auf Edwards Teil der Vereinbarung zu bestehen, bevor sie … Henry hatte, bei diesem Punkt angelangt, zu stottern begonnen, aber Sophie hatte gewusst, was er meinte.

„Wir haben ein Geschäft, Lord Edward", stellte sie jetzt fest. „Glauben Sie nur ja nicht, dass ich sonst das Zimmer oder gar das Bett mit Ihnen teile."

„Glaubst du nicht, dass es an der Zeit wäre, den Lord wegzulassen? Nicht meinetwegen", fügte er mit sanfter Ironie hinzu. „Aber die Leute könnten sich wundern." Er rückte noch eine bedenkliche Handbreit näher und legte seinen Finger unter ihr Kinn. Sophie erzitterte unter dieser sanften, jedoch unnachgiebigen Berührung. „Du hast mir in der Kutsche, als ich dich von Jonathan Hendricks Veranstaltung heimgebracht habe, gesagt, dass du mir vertraust, Sophie. Weshalb hast du deine Meinung geändert?"

„Ha … be ich nicht." Sophies Herz raste in ihrer Brust, ihr Atem stockte, und ihr wurde schwindlig. Sein Finger strich von ihrem Kinn zu ihrer Wange. Sophie spürte die Berührung im ganzen Körper.

Jetzt war sein Finger über ihren Lippen. Sophies Herz setzte kurzzeitig aus, um dann umso wilder zu schlagen. Aber da war er schon wieder fort, streichelte die andere Wange hinunter. „Zumindest einen Gute-Nacht-Kuss wird dein Gatte ja vorerst erhoffen dürfen." Seine Stimme war weich, ein wenig ironisch und verführerisch zugleich.

Sophie dachte über seine Worte nach. Da hatte er wohl nicht unrecht. Aber dennoch scheute sie davor zurück, ihn noch dichter kommen zu lassen. Seine Nähe löste neben dem Herzrasen auch noch ein verwirrendes Kribbeln in ihr aus, das sich gewiss verringerte, je weiter sie von ihm entfernt war. Am ruhigsten hätte sie sich im Moment vermutlich in Schottland gefühlt.

Andererseits – was war denn schon an einem kleinen Kuss? Nichts. Es war ja auch nicht der erste, den sie von ihm erhielt. Und die anderen hatte sie auch überlebt, wenngleich seelisch nicht ganz unbeschadet. Sie straffte die Schultern. Eine McIntosh hatte keine Furcht. Und falls doch, dann sollte sie der Teufel holen, wenn sie sie zeigte.

Edwards Gesicht trug immer noch das gleiche, seltsame Lächeln. Er beugte sich näher.

Sophie schob das Glas vor seine Nase. „Auf Henry!"

„Henry?" Edward verharrte in der Bewegung. „Wieso ausgerechnet Henry?"

„Nun, er ist Teil unserer Vereinbarung, nicht wahr?" Sie nahm einen großen Schluck, dann noch einen. Die perlende Flüssigkeit prickelte hinter ihren Augen und ließ die Umgebung verschwimmen. „So. Und worauf trinken wir jetzt? Auf Tante Elisabeth?"

„Gar nicht." Er nahm ihr das Glas mit einem Kopfschütteln aus der Hand und stellte es hinter sich auf ein Tischchen. „Bevor du auf die Idee kommst, auch noch auf diesen McGregor zu trinken."

„Das wäre eine gute Idee. Der arme Phaelas." Sie sah Edward an. Sein Gesicht war nicht mehr ganz scharf, aber vielleicht saß er auch einfach nur zu nahe. Die violetten Augen waren wunderbar. Sophie wollte wegsehen, aber sie konnte nicht – etwas zog sie hinein. „Der arme Phaelas", wiederholte sie verträumt. „Er ist Witwer, weißt du? Ein sehr netter Mann. Sehr ehrbar …" Sie erschrak, als Edward überraschend heftig reagierte. Seine Augenbrauen zogen sich zusammen, über die violetten Himmel zogen Wolken und Blitze, und seine Stimme wurde lauter.

„Nimm es mir nicht übel Sophie, aber dein Phaelas oder wer immer interessiert mich im Moment einen …" Er unterbrach sich, als er Sophies große Augen sah und atmete tief durch. Dann streckte er die Hand nach ihr aus. Sophie zog sich noch ein wenig zurück.

Und da gab das Sofa unter ihr nach. Es war einfach zu Ende! Sophies Hinterteil hing zuerst für den Bruchteil einer Sekunde in der Luft, dann begann das Zimmer zu wanken. Es drehte sich, die Möbel um sie herum schienen in die Höhe zu fliegen, sie selbst wurde von einer unbekannten Tiefe angezogen. Sie griff um sich, wollte sich festhalten, fasste nach Edwards Jacke, aber da lag schon sein Arm um sie und hielt sie fest. Sie glitten gemeinsam vom Sofa auf den Boden. Edward schaffte es, sie noch zu drehen, sodass sie auf ihm zu liegen kam und weich landete. Sofern man eine harte, muskulöse Männerbrust als weich bezeichnen konnte.

„Oh … wie …" Sophie strampelte, wollte auf alle viere, rutschte jedoch nur noch weiter über Edward und landete bäuchlings Gesicht an Gesicht auf ihm. Seine Arme schlossen sich um sie, drückten sie eng an sich.

„Hiergeblieben." Edwards soeben noch verärgertes Gesicht war zu einem Grinsen verzogen.

Da war etwas, das sich ihr durch seine Hose entgegenwölbte. Eines seiner Knie war leicht angewinkelt, schob sich wie von selbst zwischen ihre Beine, drängte sie auseinander, bis sein Oberschenkel auf ihrem Venushügel lag und sich leicht dagegenpresste. Es war, als würde er auf eine nervöse Geschwulst drücken, und die Empfindung hätte Sophie beinahe ein kleines, atemloses Wimmern abgerungen. Ihr erster Drang war, dieses erregende Gefühl noch stärker zu erleben und sich enger an das Bein zu schmiegen, aber dann sagte sie sich, dass Edward dies vielleicht falsch verstehen könnte. Das hatte nichts mehr mit einem Kuss zu tun.

Sophie zappelte verlegen auf ihm herum. „Willst du nicht aufstehen?"

„Nein. Nicht, bevor ich nicht meinen Gute-Nacht-Kuss bekommen habe." Ohne sie loszulassen rollte er sich mit ihr hinüber, weg vom Sofa, bis er auf ihr zu liegen kam. Seine Hände waren unter ihrem Körper, er stützte sich jedoch auf den Ellbogen ab, um sie nicht mit seinem Gewicht zu Boden zu drücken. Dennoch war sie zwischen ihm und dem weichen Teppich gefangen. Sein Gesicht war so dicht über ihr, dass sie seinen Atem fühlen konnte. Mit jedem Atemzug, den sie wiederum tat, berührten ihn ihre Brüste. Wenn sie auch nur ein wenig die Hüften bewegte, fühlte sie seinen Unterleib, sein schwellendes Glied noch stärker.

Das Zimmer drehte sich bedenklich, und sie war froh, als sie in Edwards Augen einen Fixpunkt fand, sich dort ausruhen und darin versinken konnte.

Sie fuhr sich mit der Zunge verlegen über die Lippen. Er sah es, betrachtete ihren Mund, als wäre dieser eine ganze Landschaft. Sein Blick glitt von einem Mundwinkel zum anderen, blieb am Zittern ihrer Lippen hängen. Dann beugte er sich tiefer. Sie sah, wie sich seine Lippen leicht öffneten, und schloss die Augen.

Sie erschrak vor der Heftigkeit, mit der er sie enger zog, bis ihre Körper sich aneinander pressten. Das sollte ein Gute-Nacht-Kuss sein? Sie wollte ihn von sich schieben, aber er hielt sie eisern fest. Seine rechte Hand wanderte zwischen ihrem Rücken und dem Boden tiefer, bis sie auf ihrem Hintern lag, und sie konnte trotz der Unterröcke und des Kleiderstoffes alle fünf Finger spüren, die ihre Hinterbacke umfassten und ihren Unterkörper mit erstaunlicher Kraft eng an seinen drückten, sodass sich seine erregte Männlichkeit hart an sie schmiegte. Und dann lag sein Mund auf ihrem. Nicht so sanft und zurückhaltend wie bei der Hochzeit, sondern besitzergreifend. So wie damals im Wald. Wenn Sophie noch die geringsten Zweifel über die Identität ihres fremden Küssers gehabt hätte, so schwanden diese jetzt vollkommen.

Sophie wollte sich jedoch nicht so schnell ergeben. Wenn sie ihn jetzt gewähren ließ, dann würde er bald merken, wie machtvoll er sie anzog, wie sehr sie von ihm gehalten, geküsst, liebkost werden wollte. Er würde dies als Schwäche auslegen. Ihr Vater hatte ihr und ihren Brüdern immer gesagt: Bei Verhandlungen keine Schwäche zeigen. Daheim in Schottland war es zwar immer um Pferde, Schweine oder Weizen gegangen, aber Schuldscheine verlangten wohl im Prinzip dieselbe Vorgehensweise.

Ihre Hände glitten an seinen Schultern entlang, krallten sich in den Stoff seiner Jacke, um ihn wegzuziehen, aber mit einem Mal war Edwards Griff, seine Nähe, sein harter Körper, sein Mund auf ihrem überwältigend. Sophie ließ in ihren Bemühungen ihn loszuwerden nach und hörte schließlich ganz auf ihn abzuwehren. Jetzt krallte sie sich nicht mehr in seine Jacke, um ihn wegzuziehen, sondern um ihn festzuhalten. Ihr Körper schrie nach ihm, sie fühlte ihren Puls von ihrem Hals bis zu dieser delikaten Stelle zwischen ihren Beinen.

Sie gab dem heftigen Druck seiner Lippen nach. Seine Arme zogen sie noch enger an ihn heran, sein Körper wurde schwerer auf ihrem, die Schwellung an ihrem Unterleib größer, härter. Sein Knie hatte sich tiefer zwischen ihre Beine geschoben, drückte sie weiter auseinander. Seine Hand knetete ihre Kehrseite, und sie wünschte, er würde damit aufhören und andere Stellen damit berühren – oder besser noch: beides gleichzeitig tun.

Sophie fühlte die Feuchtigkeit seines Mundes, seine Zunge, die sich ungestüm zwischen ihre Lippen schob, Besitz von ihr nahm. Sie öffnete ihren Mund etwas mehr, um ihn tiefer suchen zu lassen. Sein Geruch hüllte sie ein, nach der vertrauten Rasiercreme der etwas herbere, aber doch dezente Duft seiner Haut. Sein Geschmack, nach ihm und nach diesem prickelnden Getränk, erfüllte ihren Mund. Oh ja, das war ihr nächtlicher Küsser, wie er leibte und lebte. Verflixter Kerl, sie im Wald einfach so zu überfallen und zu erschrecken. Sophie fand im Moment keine Möglichkeit, ihm dies wirklich übel zu nehmen, sondern die Welt um sie versank in einem Wirbel aus Wärme, Farben, Sehnsucht. Sie wusste nichts mehr, nur dass sie seufzte, nachgab, erwiderte.

Und dann war er plötzlich fort. Sein Körper lastete weniger schwer auf ihr. Seine Hand, die ihr Gesäß geknetet hatte, zog sich zurück. Seine andere Hand strich über ihre Wange, sein Daumen fand ihre von seinem Kuss geschwollene Unterlippe, kitzelte ein wenig, als er sachte von einem Mundwinkel zum anderen fuhr, während Sophie versuchte, wieder in die Gegenwart zurückzufinden und zu Atem zu kommen.

„Sophie?“

„Hm …“ Sie blinzelte verträumt. Sie lag warm und sicher unter ihm, fühlte seine Brust, sein Arm hielt sie. Unter ihrem Kopf war seine Hand, ein Finger spielte mit ihrem Haar, ein anderer streichelte ihr Genick. Auf ihren Lippen spürte sie noch die Feuchtigkeit seines Mundes und den harten Druck. Er hatte den Kopf etwas gehoben, um sie anzusehen.

„Sophie, hast du noch nie geküsst? Und ich meine jetzt nicht mich.“

Der Zauber verflog. Sophie wollte sich freimachen, ihn wegschieben, aber er hielt sie fest, drückte sie stärker zu Boden. „Antworte mir.“ Das klang kurz angebunden, befehlend, aber sein Blick war gedankenvoll.

„Nun … ich.“ Sophie stotterte.

Edwards Blick veränderte sich. „McGregor vielleicht?“, fragte er sanft. „Den jüngeren McGregor?“

„Wir haben mal probiert“, brachte Sophie errötend heraus. „Aber es …“, sie verstummte und sah Edward verlegen an. „Habe ich es sehr falsch gemacht?“

„Falsch?“ Edward schüttelte langsam den Kopf. „Nein, Sophie. Ganz im Gegenteil. Und es wird wohl an der Zeit, dass du mir doch etwas mehr über diesen McGregor erzählst. Ich dachte nämlich … aber davon später. Oder besser gar nicht.“ Er lächelte plötzlich. „Es ist auch gleichgültig. Zuerst …“ Und dann beugte er sich abermals über sie. Offenbar war der Gute-Nacht-Kuss noch nicht zu Ende. Sie schloss die Augen. Sein Atem war ganz nahe, er berührte sie sanft mit seinem Mund, liebkoste ihre Unterlippe, ließ sich dieses Mal mehr Zeit.

Sophie seufzte zitternd und wünschte sich, noch weitere Stunden so zu verbringen. Ihr Kopf neigte sich wie von selbst ein wenig zur Seite, als sie spürte, wie der Druck seiner Lippen stärker wurde, allerdings wesentlich sanfter als zuvor. Warme Feuchtigkeit, Edwards Geschmack in ihrem Mund, als er den Kuss vertiefte, ihre Lippen mit seinen mehr öffnete. Sie hielt den Atem an, als sich seine Zunge über ihre Lippen schob, zärtlich darüberstreichelte wie zuvor sein Finger. War es zuvor Inbesitznahme gewesen, so war es nun spielerische Verführung. Es war ein Gefühl, das Sophie erzittern ließ, Schauder von ihrem Kopf bis in ihre Zehen schickte, Hitze in ihr aufsteigen ließ. Ihre Hände wanderten über Edwards Arme empor zu seinen Schultern. Sie umschlang seinen Nacken, hielt ihn und hielt sich noch viel mehr an ihm fest. Sie krallte ihre Finger in seine Schultern, seine Jacke, versuchte, ihn wieder näher zu ziehen, weil sie nicht wollte, dass er mit dem, was er mit ihr tat, aufhörte.

Als Edward sie endlich losließ, brauchte Sophie etliche Atemzüge lang, bis sie sich wieder in der Wirklichkeit zurechtfand. Edward Harrington zu küssen war unbedingt ein Erlebnis ganz besonderer Art.

„So“, sagte er ruhig. „Und jetzt erzähle mir, was mit diesem McGregor war.“

„M … mit dem jüngeren?“

Er nickte.

„Soll ich das so – hier - erzählen? Auf dem Boden liegend?“

Edward grinste. Sein Blick wanderte von ihrem Gesicht über ihren Hals bis zu ihren Brüsten, die sich deutlich unter dem Brautkleid abzeichneten. „Ja. Genauso, unter mir auf dem Boden liegend. Und du wirst nicht eher aufstehen, bevor ich nicht alles weiß.“

Sophie gab ein leises Seufzen von sich. Sie wollte im Grunde nichts erzählen. Sie wollte nur von Edward gehalten werden und wenn möglich, einen weiteren Gute-Nacht-Kuss probieren. Und danach noch einen. Seine Hände fühlen, bis das Zimmer wieder stärker schwankte, und sich alles drehte. Aber Edward schien allen Ernstes auf Antwort zu warten. Ihre Hände lagen noch auf seinem Schultern, um ihn festzuhalten, aber nun ließ sie sie höher wandern. Weiter hinauf, bis sie sein Haar erreicht hatte. Er trug es meist schlicht zurückgekämmt, aber nun hatten sich einige Strähnen gelöst und fielen ihm in die Stirn. Warum nur hatte sie sich nicht schon längst mit seinem Haar beschäftigt? Es war so weich und voll. Ihre Finger griffen in die Dichte hinein, streichelten darüber, schwelgten darin, strichen die Strähnen aus dem Gesicht, zupften sie wieder hinein.

„Sophie."

„Hm …?"

„Die Gebrüder McGregor", erinnerte er sie. Da war wieder dieses charmante Lächeln, das ihr den Atem ebenso nahm wie sein Körper auf ihrem.

Sie seufzte abermals. „Patrick ..."

„Der jüngere McGregor?"

Sie nickte. „Also, Patrick und ich hatten in der Chronik eine Eintragung darüber gefunden, dass es in unserem alten Kohlenbergwerk vielleicht Gold geben sollte."

Edward hob die Augenbrauen. Kurzzeitig schien er verwirrt zu sein. „Gold?"

„Ja, Gold." Welche Antwort hatte er denn sonst erwartet? „Und wir wollten es finden. Mein älterer Bruder hat behauptet, wir wären verrückt, und da gäbe es keines, aber …"

„Ihr beide wart anderer Meinung."

„Natürlich!" Sophie fühlte sich langsam besser, das Zittern ließ nach, der Wirbel in ihrem Kopf kam zur Ruhe. Sie fühlte sich einfach nur wohl. „Wir hatten auch eine vielversprechende Stelle gefunden! Aber leider", ihr Blick wurde finster, „ist dann die Decke eingestürzt."

„Eingestürzt. So." Edwards Blick war schwer zu deuten. Sophie hatte den Argwohn, dass er sich über sie lustig machte, aber sein Gesicht war ernst.

„Und Patrick hat sich dabei das Bein gebrochen", gab sie zu.

„Ihr hättet euch beide den Hals brechen können", sagte Edward stirnrunzelnd.

„Das meinte Vater auch", erwiderte Sophie lebhaft. Sie fand es inzwischen ganz natürlich, dass Edward auf ihr lag, mit seiner Hand unter ihrem Kopf, seinen Schenkeln an ihren, und dass ihre Finger mit seinem Haar spielten und seine Frisur völlig zerstörten. „Und deshalb hat er mich vor die Wahl gestellt: Entweder England oder McGregor."

„Den Älteren", setzte Edward hinzu, der nun langsam durchblickte.

„Ja, natürlich. Denn auf Patrick war Vater ja nicht besser zu sprechen als auf mich."

„Was wohl nicht ganz unrichtig war", meinte Edward wissend. „Ich gehe sicher recht mit der Vermutung, dass du die treibende Kraft bei diesem Abenteuer warst."

Sophies Gesichtsausdruck spiegelte zuerst ihre Entrüstung, dann ihre Einsicht wider. „Nun ja. Zumindest war ich diejenige, die den Eintrag in der Chronik gefunden hat."

Sie zupfte noch weitere Strähnen in seine Stirn. „Ich habe übrigens schon öfter als einmal geküsst!", fiel ihr ein. Das Thema Kuss war ihr im Moment interessanter als ein altes Bergwerk oder der Zorn ihres Vaters, und sie wollte Edwards Aufmerksamkeit wieder in diese Richtung lenken. Der Wirbel in ihrem Kopf hatte einem überschäumenden Übermut Platz gemacht. Einem Glücksgefühl, das allein mit

Edward zu tun hatte und nicht mit der Tatsache, dass sie durch diese Ehe die Familienehre und Henry gerettet hatte und Phaelas entkommen war.
„Ach ja?“ Da war wieder dieses Lächeln.
Sophie versank darin. „Doch. Natürlich!“ Sie hätte gerne mutwillig gelacht, aber sein Blick war so eindringlich, und sie war ihm so nahe, sein Körper heiß und hart, dass allein schon das Kichern in ihrem Hals stecken blieb. Wenn sie ihm so nahe war, konnte sie weder denken noch atmen. Sie hob den Kopf, es war eine Bitte um einen Kuss, aber Edward wich ihr aus.
„Wen?“
„Den Sohn eines Pächters. Er wollte mich sogar heiraten“, erklärte sie stolz. „Als ich ihm aber einen Korb gab, hat er mich eine Ziege genannt und mich sitzen lassen. Damals“, und jetzt musste sie doch kichern, „war ich zehn. Und er war viel älter als ich. Schon fast zwölf.“
Edwards Lippen zuckten und Sophies Blick blieb daran hängen. Das hatte ihr an ihm zuerst gefallen. Dieses Lippenzucken, wenn er ernst bleiben wollte, und dann doch das Lachen seine Augen erreichte. Das Amüsement darin.
Edwards Lippen kamen plötzlich wieder näher. Sophie, dieses Mal weit davon entfernt, eine Bedrohung darin zu sehen, schloss die Augen und hob ihm ihr Gesicht entgegen. Sie würde sich bestimmt nicht beklagen, sollte dieser Gute-Nacht-Kuss den Rest der Nacht andauern.
Wieder dieser verwirrende und erregende Wirbel in ihrem Kopf, als Edwards Mund sich auf ihren senkte. Ihr Blut rauschte in den Ohren, als sie seinen Atem fühlte, sich sein Griff verstärkte und sein Arm sie an ihn presste. Ein harter, fester Körper. Und hart eben nicht nur auf Brust, Bauch und Schenkel, sondern auch dazwischen. Ihre Beine gaben nach, als sein Knie sie weiter auseinanderschob. Sie hätte nun nichts mehr dagegen gehabt, bereits auf ihrem Zimmer zu sein, um jenen Aktivitäten nachzugehen, die sie in der Theorie und vom Zusehen kannte und bisher feige hinausgeschoben hatte.
Das Summen in ihrem Kopf wurde stärker und dann, als Edwards Lippen ihre trafen, seine Zunge abermals ihre suchte, dieses Mal energischer, leidenschaftlicher, hörte Sophie Geräusche, die sie an das Klingen von Glocken erinnerten. Ihr Herzschlag pochte bis in ihren Kopf und ihre Ohren.
Edward hob den Kopf.
Sophie weigerte sich, ihren frisch erworbenen Ehemann, der Gefühle in ihr auslöste, die sie von den Haarspitzen bis zu den Zehenspitzen überwältigten, loszulassen. Sie griff hinauf, fasste in sein Haar und zerrte ihn wieder zu sich.
„Sophie …“ Seine violetten Augen, jetzt fast in der Farbe des schottischen Sommernachthimmels, waren dicht über ihr.
Wieder dieses Pochen.
„Es klopft an der Tür, Sophie.“
„Lass es doch.“
„Niemand würde mich jetzt stören, wenn es nicht dringend wäre.“ Edward war soeben dabei, sanft ihre Finger aus seinem Haar zu lösen, als die Tür aufgestoßen wurde.
„Edward! Ich muss dich sprechen!“
Hinter dem Besucher lief der verzweifelte Butler heran. „Verzeihen Sie die Störung, Mylord, aber …“

Jonathan Hendricks stand neben dem Sofa und feixte auf Sophie und Edward hinunter. „Nicht mehr nötig, mich anzumelden. Lady Sophie, ich erlaube mir, herzlich zur Hochzeit zu gratulieren. Wie schade, dass ich nicht eingeladen war." Er grinste noch stärker, als Edward aufstand, Sophie ebenfalls aufhalf, und sich dann halb vor sie stellte. Die Situation, in der er sie gefunden hatte, sprach ebenso Bände wie Sophies verträumt-verwirrter Gesichtsausdruck und ihre roten Wangen. Er hob die Hände, als Edward mit einem unheilvollen Gesichtsausdruck auf ihn zuging. „Nein, nicht prügeln. Es ist wirklich dringend, Ed. Ich muss dich sprechen. Aber unter vier Augen. Sie verzeihen doch, Sophie?"

„Für dich immer noch *Lady* Sophie", kam Edwards scharfer Kommentar. Sophie warf einen Blick auf Edward, um zu sehen, ob er ebenso überrascht war wie sie, aber sein Gesicht ließ keinen Schluss zu. Es war kühl, auch wenn seine Augen verärgert aufblitzten. Er legte seine Hand unter Sophies Ellbogen und führte sie an Hendricks vorbei aus dem Zimmer. „Es tut mir leid, meine Liebe", sagte er in einem völlig veränderten Tonfall, „aber ich fürchte, du musst mich für einige Minuten entschuldigen."

Sophie zögerte. „Aber …" Was wollte dieser Schmuggler von Edward? Und ausgerechnet heute? Und jetzt? Sie blickte über die Schulter zurück, sah, wie der Captain ihnen nachgrinste, aber Edward schob sie bereits liebevoll, jedoch unnachgiebig aus dem Raum. Er begleitete sie die Treppe hinauf bis zu ihrem Zimmer und neigte den Kopf, um ihr einen Kuss auf die Stirn zu drücken. „Wir sehen uns dann später."

„Aber wenn es etwas mit Henry zu tun hat …"

„Bis gleich, Sophie." Das Lächeln war wieder da. Die sinnliche Variante, die ihre Knie zum Zittern brachte. „Du kannst dich schon umziehen und auf mich warten. Ich werde mich bestimmt nicht lange aufhalten lassen." Sein Blick glitt dabei so langsam und genüsslich über sie, als wäre sie schon im Nachthemd oder nackt.

Als Edward ihr aufmunternd zunickte, gab Sophie nach, wandte sich verärgert um und stapfte in ihr Zimmer.

Edward wartete, bis sich die Tür hinter Sophie geschlossen hatte, dann machte er sich auf den Weg in die Bibliothek. Er hätte Jonathan Hendricks am liebsten gewürgt. Von allen schlechten Momenten, in denen er stören konnte, war dies der unpassendste gewesen. Edward hatte nicht einmal zu hoffen gewagt, seine kleine Schottin so nachgiebig und begierig in seinen Armen zu halten. Nicht mehr lange, und er hätte sie einfach auf die Arme genommen, in ihr Zimmer getragen und dort weitergemacht. Und dann platzte dieser Pirat herein. Es war nicht abzusehen, wie lange Edward danach wieder brauchte, um Sophie auch nur in eine annähernd leidenschaftliche Stimmung zu bringen. Er musste die Angelegenheit kurz machen, sonst lag seine Frau, bis er oben ankam, im Bett und schlief.

Er schloss die Tür hinter sich und trat auf Jonathan zu. „Die Schuldscheine."

„Ach ja." Jonathan kramte sie aus seiner Jackeninnentasche hervor und legte sie auf den Schreibtisch. „Du hast es also tatsächlich getan und die kleine McIntosh geheiratet. Und", er grinste, „nicht gerade aus besonderer Zurückhaltung. Donnerwetter. Ich wette, wenn ich euch beide vorhin nicht gestört hätte, dann hätte die Hochzeitsnacht wohl gleich dort …" Edwards Blick ließ ihn verstummen. Er räusperte sich.

„Du hast dir verdammt viel Zeit mit den Schuldscheinen gelassen", sagte Edward kalt. „Ich hatte dich schon viel früher erwartet. Genau genommen vor einigen Tagen."
„Das ging nicht. Und deshalb bin ich auch hier." Er schien einen Anlauf zu brauchen, bevor er weitersprach. „Der Anführer der Bande hat Kontakt mit Melinda aufgenommen und erpresst sie."
Edward zuckte zusammen. „Wie das?"
„Er ist dahintergekommen, dass sie und ich …"
Mit zwei Schritten war Edward bei ihm und packte ihn an der Jacke. „Du verfluchter Kerl, ich habe dir gesagt, du sollst sie in Ruhe lassen!"
Jonathan wehrte sich nur halbherzig gegen den harten Griff. „Du hast recht. Du hast verdammt recht, Ed, aber es ist nun einmal passiert! Alles! Und zwar in dem Moment, in dem ich sie das erste Mal gesehen habe!" Er taumelte etwas zurück, als Edward ihn losließ. Sein Gesicht hatte den üblichen spöttischen Ausdruck verloren – wie immer, wenn es um Melinda ging. Diese Frau spukte von dem Moment an in seinem Kopf herum, an dem er sie zum ersten Mal gesehen hatte. Ja, er hatte sie umgarnt und verführt, und es war nicht einfach gewesen, da sie sich lange Zeit geweigert hatte, ihren Mann zu betrügen. Aber dann hatte sie eines Tages nachgegeben. Zu diesem Zeitpunkt war Jonathan allerdings schon Mitglied dieser Schmugglerbande gewesen und hatte Melinda in seine Angelegenheiten hineingezogen. Er hatte es bereut, aber trotzdem nicht die Finger von ihr lassen können.
Edward wusste das alles. Er hatte sogar einen Funken Verständnis für Jonathan. Und hätte es sich nicht ausgerechnet um seine Schwester gehandelt, so hätte er ihm keinen Vorwurf gemacht. Aber jetzt war nicht die Zeit, Jonathan deshalb niederzuschlagen. Er atmete durch, um sich zu fassen.
„Was ist geschehen?"
„Melinda hat einen Brief erhalten, in dem ihr nahegelegt wird, ihre Beziehungen zur Admiralität zu nutzen."
„Sie soll also für die Bande spionieren", stellte Edward mit kalter Stimme fest. Ihr Mann war zwar fort, aber Melinda hatte immer noch genügend Kontakte zu den anderen Mitgliedern der Königlichen Marine. Sie wurde laufend zu Veranstaltungen, Theateraufführungen, Bällen, Damenkränzchen und Picknicks eingeladen. Man sollte glauben, dass dieses Programm für eine einzelne Frau reichte, aber nein, seine Schwester hatte zur Abwechslung auch noch etwas mit Jonathan Hendricks anfangen müssen. „Weshalb ging der Brief direkt an sie? Wäre es nicht einfacher gewesen, wenn sie dich benützt hätten, um sie auszuhorchen?"
„Es geht ihnen nicht um Informationen", sagte Jonathan langsam. „Der Besuch dieses Polizeibeamten hat sich herumgesprochen. Sie wollen, dass Melinda auf die Admiralität einwirkt, damit diese Nachforschungen unterbunden werden. Andernfalls sollen gewisse Leute von unserem Verhältnis erfahren. Angeblich hat Parson sogar schon Sir Winston, den Friedensrichter, angesprochen. Dieser Parson ist ein ehrgeiziger Kerl, der keine Ruhe geben wird, wenn er nicht von oben den Befehl dazu erhält, heimzufahren."
Edward lachte kurz und spöttisch auf. „Wie soll sie das machen? Hingehen und den Ersten Seelord bitten, dass er der Polizei verbietet, hier herumzuschnüffeln? Das ist ja …", er unterbrach sich und fuhr sich über das Gesicht. „Ich verstehe. Sie wissen genau, dass sie damit zu mir kommen wird."
„Darum geht es vermutlich. Entweder wollen sie mit dem Druck auf Melinda sicher gehen, dass du dich raushältst, oder dass du die Büttel fernhältst."

„Bist du in der Zwischenzeit schon dahintergekommen, wer der Anführer der Bande ist?“

Jonathan zuckte mit den Schultern. „Die einzelnen Banden sind hierarchisch aufgebaut, und ich kenne inzwischen schon etliche der Unteranführer. Aber das Problem dabei ist, dass keiner von ihnen eine vollständige Information hat. Sie arbeiten in kleinen Gruppen, von denen die eine kaum etwas über die andere weiß. Die eine ist hier, die andere in Seaford, eine in Hastings und so weiter, die ganze Küste entlang von Cornwall bis nach Dover und quer über den Kanal. Wenn wir einen oder zwei der Bandenführer schnappen, schalten wir zwar kleine Gruppen aus, aber nicht alle gemeinsam. Und der Kopf der Bande und die Piraten, die unmittelbar mit ihm zusammenarbeiten, entwischen uns wieder. Und um die Piraten geht es der Marine ja hauptsächlich. Die Schmuggler sind uns gleichgültig. Wir wollen die Leute, die ihr Einkommen mit Piraterie aufbessern wollen.“

„Und das Hauptproblem dabei ist, dass alles völlig geheim sein muss. Nicht einmal die Polizei weiß davon.“ Edward wanderte im Zimmer umher.

„Die Admiralität kann sich den Skandal nicht leisten. Es sind einige unserer ehemaligen Kapitäne und Admiräle darin verwickelt.“ Jonathan zuckte mit den Schultern. „Du weißt ja, der Ruf der Navy und so.“

Edward stieß einen unterdrückten Fluch aus, der sowohl der Navy als auch der Schmuggler- und Piratenbande galt und nicht zuletzt der Tatsache, dass er sich an seinem Hochzeitstag mit Verbrechern befassen musste, anstatt seine reizvolle junge Frau im Arm zu halten und endlich alle jene Fantasien wahr werden zu lassen, die ihn kaum noch zur Ruhe kommen ließen. Schließlich blieb er vor Jonathan stehen.

„Wir werden antworten, dass Melinda sich mit ihm treffen wird, um anzuhören, was er will. Am besten bei einer deiner Veranstaltungen. Das ist am unauffälligsten.“

„Das halte ich für keine gute Idee.“

„Deine guten Ideen haben dich bis jetzt nur dazu geführt, meine Schwester zu verführen und mich und Sophie in die Sache hineinzuziehen“, erwiderte Edward mit schneidender Kälte. „Ab jetzt macht ihr beide, was ich sage, verstanden?“ Er griff nach den auf dem Tisch liegenden Schuldscheinen und schob sie in seine Jackentasche. „Ich werde sehen, was sich machen lässt. Wir sehen uns morgen. Und jetzt verschwinde von hier und komme nicht mehr her. Ich möchte nicht, …“

Sophie hatte die Tür lediglich hinter sich zugemacht, um sie zwei Minuten später wieder leise zu öffnen und hinauszulauschen. Nichts war zu hören, auch unten war es still. Sie huschte zur Treppe und sah hinunter. Edward war wohl schon in der Bibliothek bei Hendricks.

Ein Geräusch. Sie trat einen schnellen Schritt zurück, schmiegte sich ins Dunkel des Ganges, dorthin, wo der Kerzenschein sie nicht erreichte. Aber es war nur der Butler, der die kleine Halle vor der Bibliothek durchquerte. Er brauchte endlos lange, richtete noch einen Kerzenleuchter, hob etwas vom Boden auf, wischte über ein Tischchen. Sophie stieg ungeduldig von einem Fuß auf den anderen. Wenn er sich nur nicht so Zeit lassen würde! Aber sie musste warten, bis er auch wirklich fort war, um nicht von ihm dabei ertappt zu werden, wie sie im Haus ihres Gatten herumschlich, um zu spionieren! Sie huschte weiter, tastete sich einige Treppenstufen hinunter, verhielt immer wieder, lauschte. Endlich war sie ungesehen am Ende der Treppe angelangt.

Nun war es ein Kinderspiel hinüberzulaufen – und schon war sie vor der Bibliothek. Sie legte das Ohr an die Tür. Es drang kaum etwas heraus. Sie hörte zwar, dass die beiden Männer sich unterhielten, konnte Edwards Stimme unterscheiden, verstand aber kein Wort. Sophie presste ihr Ohr fester gegen das Holz. Noch immer konnte sie nichts verstehen, aber Edward war wütend. Was zum Kuckuck hatten die beiden zu bereden? Was wollte der Captain von ihrem Mann? Sie bückte sich, um durchs Schlüsselloch zu schauen. Sie hatte Glück. Die beiden standen in der Mitte des Raums. Edward wirkte zornig, Captain Hendricks besorgt. Edward schob ein Bündel Papiere in seine Tasche. Henrys Schuldscheine!

Plötzlich wandte er sich um, kam auf die Tür zu. Sophie stob davon. Als sich die Tür öffnete, hörte sie noch, wie Edward sagte: „... wir sehen uns morgen. Und nun verschwinde und komme nicht mehr her. Ich möchte nicht, dass Sophie etwas davon erfährt." Dann hatte sie sich auch schon in das neben der Bibliothek liegende Arbeitszimmer gerettet. Sie zog die Tür in dem Moment zu, als Jonathan Hendricks aus der Bibliothek trat. Er blieb stehen.

„Was war das?"

Edward warf einen Blick die Treppe hinauf, dann wandte er sich seinem Besucher mit einem Achselzucken zu. „Nichts. Der Butler wahrscheinlich. Und jetzt: Gute Nacht." Das letzte war mit einigem Nachdruck gesagt.

Jonathan grinste. „Ich verschwinde ja schon."

Edward sah ihm nach, dann blickte er nach oben zu den Zimmern. Ein unwilliges Lächeln erschien auf seinem Gesicht. Sophie hatte also gelauscht. Er hätte es sich denken können. Aber er war auch überzeugt davon, dass sie durch die schwere Eichentür nichts gehört hatte. Herauszufinden, dass Jonathan Hendricks für die Navy arbeitete, wäre nur noch Wasser auf die Mühlen ihrer Neugier und Abenteuerlust gewesen.

Sophie lauschte mit angehaltenem Atem. Sie hatte die Tür nicht völlig geschlossen, ein ganz kleiner Spalt stand offen und durch den hörte und sah sie, wie der Butler Jonathan Hendricks zur Tür brachte und Edward die Treppe hinaufstieg. Sie machte sich bereit – sobald er oben in seinem Zimmer war, musste sie raufrennen und in ihr eigenes Zimmer huschen. Er würde sie bestimmt aufsuchen und dann feststellen, dass sie fort war. Sie wusste nicht, was sie mehr erschütterte: Wenn Edward dahinter kam, dass sie gelauscht hatte, oder dass ihre Hochzeitsnacht vor ihr lag.

Letzteres, musste sie zugeben. Nicht mehr lange, und es war so weit. Sie würde in Edwards Armen liegen. Die Papiere, die Hendricks Edward übergeben hatte, waren zweifellos die Schuldscheine gewesen, sie hatte jetzt also keinen Grund mehr, die Sache hinauszuzögern. Absolut keinen, wenn man bedachte, dass sie es grundsätzlich ja ebenfalls wollte.

Sie wusste genau, was jetzt passierte. Wären die Szenen bei Captain Hendricks Exzessen nicht schon aufschlussreich genug gewesen, so hatte sie vor einigen Jahren eine Magd und einen Knecht dabei beobachtet. Es war rein zufällig geschehen. Sophie hatte sich im Stall aufgehalten, oben auf dem Heuboden, um nach den Kätzchen zu sehen, und die beiden waren hereingekommen. Sie hatten sich sofort umarmt und geküsst und Sophie hatte bald eingesehen, dass sie den Stall nicht so bald wieder verlassen würden. Die beiden beschränkten sich nämlich nicht lange auf Küsse, sondern begannen einander auszukleiden, und dann hatte Sophie durch eine Spalte zwischen den Balken zugesehen, wie sie ins Stroh sanken. Ja, es war wirklich aufschlussreich gewesen. Sie zitterte bei dem Gedanken, dass Edward bald dasselbe mit ihr tun würde. Der Champagner, der ihr noch vor Kurzem so angenehm das

Denken vernebelt hatte, war verflogen und zurück blieb eine zaghafte Jungfrau, die in Kürze nackt und mit einem fast Fremden im Bett liegen würde.

Sophie ächzte. Sie brauchte etwas, das ihr wieder Mut machte. Sie sah sich um und entdeckte auf einem Tischchen mehrere schön geschliffene Glasflaschen. Das war die Rettung. Sie sauste auf Zehenspitzen hin und betrachtete die Karaffen zuerst eingehend, bevor sie eine davon entkorkte. Der volle Geruch von Whiskey stieg ihr in die Nase, als sie daran schnupperte. Sie nahm die Flasche in beide Hände, hob sie an den Mund und nahm einen tiefen Schluck, der sie zum Husten und Würgen brachte. Sie atmete durch, dann tat sie einen neuerlichen Schluck. Sie steckte den Glaskorken wieder hinein, stellte die Flasche fort und lief zur Tür, um durch den Spalt hinauszusehen. Niemand war hier.

Sie wollte soeben hinaushuschen, als ihr eine Idee kam. Sie eilte zum Tisch zurück, packte die Flasche und rannte los. Draußen schlich sie durch die Halle, die Treppe hinauf und kam atemlos in ihrem Zimmer an. Sie schloss die Tür fast lautlos hinter sich und blieb in der Mitte des Zimmers stehen, um sich umzusehen. Edward hatte ihr vor zwei Tagen versichert, dass sie diesen Raum – und auch jeden anderen im Haus – ganz nach ihren Vorstellungen verändern konnte, aber Sophie hegte, was Einrichtungen betraf, keinen besonderen Ehrgeiz. Und dieses Zimmer sah tatsächlich so heimelig und einladend aus, dass sie sich sofort wohl fühlte.

Ihre von Edward neu engagierte Zofe hatte ihr Bett aufgedeckt und ihr Nachthemd darüber gebreitet. Sophie ging hin und nahm es hoch. Cremefarbene Seide. Spitzen. Hauchdünn. Ein Ausschnitt bis zum Nabel. Du lieber Himmel! Wer hatte das denn ausgesucht? Sie bestimmt nicht! Sie konnte sich gut erinnern, dass sie für ihre Ausstattung zwei andere Nachthemden hatte anfertigen lassen. Züchtig hochgeschlossenes Leinen. Und gewiss nicht so ein Ding.

Hinter der Tür, die zu Edwards Zimmer führte, hörte sie ein Geräusch. Sie fuhr zusammen und wandte sich ängstlich um. Aber noch war die Tür geschlossen. Sophie löschte alle Kerzen bis auf eine, die sie in die entfernteste Ecke des Zimmers stellte. Sie musste sich ausziehen, sonst wusste Edward gleich, dass sie nicht auf ihrem Zimmer gewesen war.

Sie ergriff das Nachthemd und eilte hinter den Paravent, der den Waschtisch vom übrigen Zimmer abtrennte – die Whiskeyflasche nahm sie mit. Sie riss sich mit zittrigen Fingern das Kleid herunter, dann die Unterröcke, das Mieder. Sie fröstelte, als sie für wenige Sekunden nackt dastand. Die Höfe um ihre Brustwarzen hatten sich zusammengezogen, und die Spitzen standen hart weg. Sophie zog sich die Seide über den Kopf, zog daran, bis alles richtig saß, und betrachtete sich im Spiegel.

Genauso gut hätte sie auch gleich ganz nackt in die Hochzeitsnacht gehen können. Selbst die eine Kerze gab noch genügend Licht, um die Konturen ihres Körpers durch das hauchdünne Gebilde schimmern zu lassen. Ihre Brustwarzen bohrten sich verräterisch durch die Seide, wobei Sophie ja noch dankbar sein musste, dass sie von den Spitzen überhaupt bedeckt waren. Wäre der Ausschnitt noch tiefer gewesen, würden ihre Brüste glatt darüber hängen. Sophie zupfte herum, aber es half alles nichts. Der Ausschnitt endete genau einen halben Fingerbreit über den dunklen Höfen.

Sie sah, wie ihr Spiegelbild die Lippen zusammenpresste. Edwards Werk. Er hatte natürlich dieses Gespinst erworben. Gewiss nicht Tante Elisabeth. Sophie kicherte bei dem Gedanken. Dann kicherte sie stärker. Dieses angenehme Summen war wieder in ihrem Kopf, machte sie etwas wirr, die Farben verschwammen ein wenig. Das war der hilfreiche Whiskey. Sie zog den Glasstöpsel heraus und nahm noch einen Schluck.

Dann blinzelte sie ihrem Spiegelbild zu. So war das gleich viel besser. Ihre Wangen hatten die Totenbleiche verloren, und in ihren Augen war ein gewisser Glanz. Jetzt wagte sie es sogar, hinter dem Paravent vorzukommen und festzustellen, ob die Verbindungstür zu Edwards Zimmer abgeschlossen war.

Sie machte einige schnelle Schritte dort hin, griff nach dem Knauf und fuhr zurück, als er sich just in dem Moment bewegte, und die Tür geöffnet wurde. Edward stand darin. Im Morgenmantel und mit diesem verwirrenden Lächeln um die Lippen.

Sein Blick glitt über sie. Langsam und mit einer Eindringlichkeit, die ihre vom Whiskey geröteten Wangen gewiss noch mehr verdunkelte. Wirklich, sie hätte gar nichts mehr anziehen müssen, wenn sie Edwards Blick richtig deutete. Für ihn war sie so gut wie nackt.

„Du bist noch nicht zu Bett, Sophie?“

„Wie …? Nein … ich wollte …“ Sophie schielte über Edwards Schulter durch die geöffnete Tür. Edward trat einen Schritt zur Seite. „Willst du hereinkommen?“

„Nein, danke. Sehr liebenswürdig“, sagte sie hastig. „Vielleicht ein anderes Mal.“

„Wie du willst.“ Edwards Lächeln hatte sich verstärkt, es hatte nichts Höfliches an sich. Nicht einmal etwas Freundliches. Sophie suchte nach einem Ausdruck dafür und alles, was ihr einfiel, war *lüstern*. Er griff in die Tasche seines Morgenmantels und zog ein Bündel Papiere heraus.

„Hier sind die Schuldscheine.“ Jetzt war sein Lächeln verdächtig ironisch. Und zugleich triumphierend. Er wusste, dass sie nun keine Ausrede mehr hatte, die Hochzeitsnacht hinauszuschieben. Es war sein Teil der Abmachung. Nun verlangte er ihren.

Aber so umnebelt Sophies Gehirn auch von Edwards Lächeln und dem Whiskey war, so stark war ihr Bedürfnis, endlich zu wissen, *wen* sie in ihr Zimmer und in ihr Bett lassen würde. Sie ging zu dem verspielten Sessel vor ihrer Frisierkommode und setzte sich mit zittrigen Knien darauf. Sie musste es klären. Jetzt, auf der Stelle.

„Edward, ich muss dich etwas fragen, und ich bitte dich, mir die Wahrheit zu sagen.“

Edward hob die Augenbrauen. Wie ernst sie aussah. Vermutlich ging es um Jonathans Besuch. Zu dumm, dass er nicht daran gedacht hatte, eine Champagnerflasche mit ins Zimmer zu nehmen. Das hätte sie abgelenkt und wieder in diese vielversprechende Stimmung versetzt.

„Ja?“ Er setzte sich auf das Bett und ließ seine Finger über die seidigen Laken laufen, während er Sophie betrachtete. Nach den Schuldscheinen hatte sie nicht gegriffen, und er legte sie neben sich. Sie hatte aber das Nachthemd angezogen. Das war schon ein guter Anfang. Es war ein Geschenk von ihm, und er hatte sich in Gedanken schon vorgestellt, wie er es Sophie unendlich langsam und aufreizend vom Körper streifte. Wäre nicht dieser Jonathan Hendricks aufgetaucht, hätte er sie schon längst in seinem Bett, anstatt Fragen zu beantworten.

Er lächelte sie an, spürte selbst, wie sein Blick gierig über ihren Körper glitt, jede Rundung aufnahm. Die Art, wie das Hemd über ihrer Brust spannte, wenn sie den Arm etwas hob, wie der weiche Stoff sich um die Beine schmiegte, wenn sie ging, und ihn deren Form darunter erahnen ließ, war anregend. Er hatte schon einiges von ihren Schenkeln und dem unter dem Rock verborgenen Hinterteil ertastet, und er fragte sich, ob er sie nicht später einmal dazu überreden konnte, hier im Haus in Hosen herumzulaufen. Zumindest im Schlafzimmer, bevor er sie ihr über diese wohlgeformten Hüften zog und damit all jene Fantasien auslebte, die ihn, seitdem er sie das erste Mal so bekleidet gesehen hatte, verfolgten.

„Edward?"
Ihre Stimme riss ihn in die Gegenwart zurück. Er schreckte hoch und sah mit einer Mischung aus Verlangen und Verlegenheit zu ihr hinüber. Sein bester Freund zwischen seinen Beinen war durch die Fantasien erwacht, und er spürte, wie eine verräterische Röte in seine Stirn stieg. „Ja, Sophie?"
„Edward", sie schluckte, „gehörst du … zu den Schmugglern? Sieh mich bitte nicht so an. Ich muss es wissen!"
„Wie kommst du darauf?" Diesen Verdacht hatte er allerdings nicht erwartet.
„Du bist …" Sophie stockte. „Der Besuch von Captain Hendricks. Er ist schließlich ein Schmuggler und Pirat. Und ich weiß, dass du ihn besser kennst, als ihr vor anderen Leuten zugebt."
„Und daraus ziehst du den Schluss, ich wäre Mitglied seiner Bande?"
Sophie sah ihn flehentlich an. „Bist du's?"
„Nein, zum Teufel! Natürlich nicht! Wie kommst du überhaupt auf diese Idee?!" Edward stellte fest, dass es wenig gab, das eine beginnende Erektion so gut abkühlte wie die Vermutung seiner Frau, er könnte zu einer Schmugglerbande gehören.
„Weil ich weiß, dass er andere Leute erpresst, mitzumachen." Sophie knetete nervös ihre Finger.
„So wie Henry?"
Sie atmete schneller. „Ja, so wie Henry." Sophie hielt seinem durchdringenden Blick stand. „Ich habe sie belauscht. Damals, im Obstgarten. Du erinnerst dich? Als Sir Winston kam, und du mich vor ihm gerettet hast?" Sie lächelte leicht bei diesen Worten und sah zu ihrer Enttäuschung, dass sich ihr Lächeln nicht in seinem Gesicht widerspiegelte. „Damals habe ich gehört, dass Captain Hendricks meinen Vetter erpresst."
„Und wie kommst du nun auf mich?"
„Weil du damals auch beim Obstgarten warst. Und in Jonathans Hendricks Haus. Und dann noch bei den Klippen, als auch Captain Hendricks auftauchte." Und in dieser Nacht, als sie Henry gefolgt war. Aber darüber schwieg sie besser. Auch wenn die Erinnerung an Edwards Hand auf ihrem Hintern sie immer wieder heimsuchte. So wie die Erinnerung an diesen Gute-Nacht-Kuss, wo seine Hände ebenfalls dort gelegen hatten. Sie spürte ein wachsendes Verlangen danach, ihm abermals so nahe zu sein.
„Ah ja …" Edward spielte immer noch mit dem seidigen Laken, etwas, das sie sofort irritiert hatte. Es war die Art, wie er den Stoff streichelte, zwischen seinen Fingern rieb. Als wäre es ein lebendiger Körper.
„Erpresst er dich ebenfalls, Edward?"
Es war eine Weile still zwischen ihnen. Schließlich sagte Edward ruhig: „Du hast die ganze Zeit darüber nachgedacht, ob ich zu den Schmugglern gehöre? Die ganze Zeit über?"
Sie nickte.
„Warum hast du mich geheiratet, Sophie? Wirklich nur wegen der Schuldscheine und wegen des Skandals?"
Weil ich mich in dich verliebt habe, wollte sie sagen, aber sie brachte es nicht über sich, einem Mann, der sie aus gänzlich unromantischen Gründen geheiratet hatte, dieses Geständnis zu machen. „Ich glaube", sagte sie, „weil du mich einfach überrumpelt hast."

„Hast du deshalb so oft gefragt, worin mein Vorteil in dieser Heirat liegt?“, fragte Edward, dem nun einiges klar wurde. „Du hast wohl angenommen, dass ich mit der Heirat sicher gehen wollte, dass du nichts weitererzählst, weil du den Skandal vermeiden würdest, deinen Mann am Galgen baumeln zu sehen.“ Jetzt klang er spöttisch. Höhnisch sogar.

Sophie sah auf. „Das hätte mich nicht gestört. Ich meine“, fügte sie hastig hinzu, als sie sah, wie sich sein Gesicht verfinsterte, „nicht, dass ich dich gehängt sehen wollte! Aber der Skandal hätte mich nicht gestört.“

„Wie überaus aufmerksam von dir“, murmelte er. „Womit habe ich nur eine so rücksichtsvolle Frau verdient?“ Er richtete sich auf. „Gut. Ich kann dir also versichern, dass ich nicht zu den Schmugglern oder zu Jonathans Bande gehöre. Dann kommen wir jetzt zum Geschäft.“ Er wollte sie, war aber zugleich wütend und verletzt durch ihren Verdacht. Er hatte vorgehabt, ihr die Schuldscheine hinzulegen und sie dann liebevoll zu verführen, aber nun kam ihm eine andere Idee. Er griff nach den Papieren und hielt sie hoch. „Hier ist also mein Teil der Abmachung. Jetzt kommt deiner.“

Sophie nickte. „Ja. Ich weiß.“ Sie war froh über den Whiskey, auch wenn ihr davon flau im Magen war. Sie war auch erleichtert, dass sie dies alles geklärt hatte. Sie erwartete, dass Edward zu ihr kommen würde, aber stattdessen streifte er seine Schuhe ab, legte sich ins Bett und verschränkte die Hände über dem Bauch.

Als sie sich nicht rührte, sondern nur verblüfft hinstarrte, wandte er den Kopf.

„Nun? Ich warte.“

„W … worauf denn?“

„Auf deinen Teil der Abmachung.“ Er klopfte auf die Schuldscheine neben sich. „Hier sind die Schuldscheine. Und jetzt will ich eine Ehefrau.“

Sophies Mund zeigte alle Anzeichen, offen stehen zu bleiben. Dann erhob sie sich. Wahrscheinlich sollte sie sich neben ihn legen. Sie war verwirrt, enttäuscht, erleichtert, unglücklich. Jetzt wäre ein weiterer Schluck Whiskey angebracht gewesen, aber die Flasche stand ja leider hinter dem Paravent, und sie hatte keinen Grund, mal schnell dahinter zu verschwinden.

Sie erhob sich, ging zur anderen Seite des Bettes, an der Edward die Schuldscheine hingelegt hatte. Sie schob sie zur Seite, hob die Decke an und kroch darunter. Sie legte sich so neben Edward, dass noch gut ein halber Meter Abstand zwischen ihnen war, und sah so wie er zur Decke des Himmelbettes hinauf. Das war es? Das war alles?

„Ist das alles?“, fragte Edward in diesem Moment.

Sie wandte den Kopf. „Was meinst du?“

„Hast du nicht vor, deine Pflicht zu erfüllen?“

„Meine … meine Pflicht?!“

Er klopfte abermals provokant auf die Schuldscheine, die zwischen ihnen lagen. „Ich erwarte, dass du mich verführst, Sophie.“ Seine Stimme klang scharf.

„Was?!“ Langsam wurde Sophie zornig. Sie machte Anstalten, aus dem Bett zu steigen, um ein wenig mehr Abstand zu haben, als seine Hand vorzuckte und ihren Arm packte. „Du bist ja völlig …“, Sophie riss sich los, rutschte aus dem Bett, landete auf dem Boden und sprang dann auf. „… völlig von allen guten Geistern verlassen! Das fällt mir ja im Traum nicht ein!“

Edwards Gesichtsausdruck war undurchdringlich. „Du hältst das Geschäft also nicht ein.“

„Das …“

„Du bist wortbrüchig, Sophie.“ Die Stimme klang kühl. Etwas abfällig.

„Du …“
„Und du bist feige. Ich habe eine feige Schottin geheiratet.“
„Ich bin nicht feige!“ Sophie war um das Bett herumgerannt und stand mit geballten Fäusten vor ihm.
„Dann beweise es mir. Verführe mich.“ Er musterte sie herausfordernd. „Verführe mich, um mir zu zeigen, dass meine schottische Frau weder wortbrüchig ist, noch ein Feigling.“
Sophie starrte ihn wütend an. Sekundenlang brannten sich ihre Blicke ineinander, dann warf Sophie den Kopf zurück. Dem würde sie es zeigen. „Na schön!“
Wenn Sophie später darüber nachdachte, dann fand sie drei logische Erklärungen für ihr unglaubliches nachfolgendes Handeln.
Erstens: Der Whiskey war schuld.
Zweitens: Edwards große Anziehungskraft und ihre übergroße Verliebtheit waren schuld.
Drittens: Edward war an *allem* schuld.

Edwards Gefühle waren tatsächlich nicht völlig rein von Schuldbewusstsein, nachdem sein erster Zorn verraucht war, aber es war zu spät. Er hatte Sophie herausgefordert, und sie war darauf eingegangen. Von einer Frau, die alte Bergwerke durchstöberte und Schmugglern hinterherschlich hatte er es erhofft, aber nicht wirklich erwartet.
Und jetzt lag er hier, hatte die Hände über der Brust verschränkt und sah seiner Frau zu, wie sie versuchte, Zorn, Schüchternheit und Scheu gleichermaßen zu überwinden.
Aber der Reiz war zu groß und seine Neugier darauf, was sie tun würde. Wie weit würde sie gehen? Dass Sophie nicht mit normalen Maßstäben zu messen war, wusste er seit dem Tag, an dem sie als Junge verkleidet Jonathan vor die Füße gespuckt hatte. Und es konnte auch nur einem Mann wie ihm einfallen, sich daraufhin Hals über Kopf in sie zu verlieben. Bisher war nichts, was Sophie McIntosh – jetzt Lady Sophie Harrington, wie er sich zufrieden korrigierte – tat, von der üblichen Art gewesen.
Und das wollte er jetzt genießen und sehen, wie weit sie in ihrem gekränkten schottischen Stolz ging. Er konnte in dem Halbdunkel ihre Konturen sehen. Noch hatte sie ihr Nachthemd an, aber da sie gegen das Licht der Kerze stand, zeichneten sich ihre Formen durch den dünnen Stoff ab. Edward hielt den Atem an, als sie wieder zu ihrer Bettseite zurückkehrte und ihn ansah. Ihrem Gesichtsausdruck nach zu urteilen bereute sie ihr Einverständnis schon, und er musste aufpassen. Wenn die Reue zu groß wurde, konnte es ihr vielleicht sogar leid tun, ihn überhaupt geheiratet zu haben. Sie konnte ihm alles hinwerfen und davonlaufen. Nicht, dass sie weit kommen würde, aber das Letzte, was er in seinen Armen wollte, war eine unwillige und verschreckte Sophie.
Er sah, wie sie tief durchatmete, kurz die Augen schloss und dann mit einem Ausdruck ängstlicher Entschlossenheit neben ihn aufs Bett kroch. Am liebsten hätte er hinübergegriffen, sie an sich gezogen, geküsst und ihr gesagt, dass es ihm leid täte, und sie nicht nur die Schuldscheine, sondern sein ganzes Leben haben konnte, wenn ihr danach war. Er rührte sich jedoch nicht. Er war vielleicht verliebt und gerührt genug, um das zu tun, aber nicht dumm genug.
„Edward, könntest du mich bitte nicht ansehen? Dann ist es mir zu peinlich.“ Ihre Stimme zitterte ein wenig. Edward merkte, wie alles in seinem Inneren vor Liebe für sie weich wurde. Alles, bis auf sein bestes Stück – das schwoll unter dem Morgenmantel merklich auf.
„Hm. Wohin soll ich denn sehen?“

„Vielleicht zur Decke. Oder du könntest die Augen zumachen."

Edward schloss die Augen und wartete gespannt. Sein Puls pochte schon längst fühlbar in allen Regionen seines Körpers. Er sah zwar nicht, was Sophie jetzt tat, aber er wusste, dass sie neben ihm lag und ihn betrachtete. Dennoch zuckte er zusammen, als ihre Finger seine Stirn berührten. Die Berührung brannte sich durch seine Haut in sein Gehirn, erfasste seinen ganzen Körper. Er hatte nie zuvor gedacht, dass nur zwei Finger einer Frau auf seiner Haut solche Reaktionen zur Folge haben konnten.

„Du hast Schweißperlen auf der Stirn. Ist dir heiß?"

„Ja." Und ganz zweifellos war dort, wo der Morgenmantel seine Lenden bedeckte, schon eine unübersehbare Ausbuchtung.

Eine Weile herrschte Stille. Dann ertönte ihre leise Stimme. „Ich weiß nicht recht, wie ich anfangen soll."

Edward wurde von Zärtlichkeit überflutet. „Du könntest mich küssen."

„Ja, das ist eine gute Idee." Sie klang erleichtert. Er hatte angenommen, dass sie sofort ihren Mund auf seinen legen würde, aber stattdessen spürte er ihren Atem und ihre Lippen auf seinen Wangen, als sie sich quer über sein Gesicht küsste. Kleine, zarte Küsse, die bis in seine Lenden hinein wie Feuer brannten und ihm den Atem nahmen. Als es kaum noch zu ertragen war, wandte er leicht den Kopf und suchte ihre Lippen. Sie gab sich Mühe, war ein wenig ungeschickt, als sie ihre Lippen auf seine presste. Er öffnete leicht seinen Mund, weil er sie schmecken wollte. Er hatte sie schon mehrmals gekostet, aber noch bei weitem nicht so intensiv, wie er dies für diese Nacht plante.

Als sie ein wenig den Kopf hob, atmeten sie beide schneller.

„Sophie, hast du von meinem Whiskey probiert?"

„N … nur ein wenig", gab sie zu. „Willst du auch einen?"

Edwards Lippen zuckten. „Nein. Besser nicht." Ein Schluck, und er würde wirklich die Beherrschung verlieren, sich über sie werfen, ihr diesen letzten Fetzen vom Körper reißen und sie lieben, bis sie um Hilfe schrie.

Sophie hätte ein ordentlicher Schluck jetzt nichts geschadet. Sie ließ ihre Blicke von seinem Gesicht abwärts laufen und starrte auf die Erhebung unter dem Morgenmantel. Die war vorhin noch nicht da gewesen. Zumindest noch nicht in dieser Größe. Sie sah weiter hinab. Er hatte auch seine Hosen ausgezogen. Seine Beine waren nackt, und sie lag wohl nicht falsch mit der Annahme, dass er auch sonst unbekleidet war. Als sie in sein Gesicht sah, bemerkte sie, dass er sie anblickte.

„Berühr mich, Sophie." Seine Stimme klang so leise und zärtlich, dass sie seufzte. Als sie sich nicht regte, griff er zu ihr hinüber. Da sie jedoch entschlossen den Kopf senkte, um ihn nicht ansehen zu müssen, legte er zwei Finger unter ihr Kinn und hob es sanft hoch. Die Lider bedeckten die Augen. „Sophie, sieh mich an."

Die dichten Wimpern flatterten, dann, ganz langsam hob sich der Blick, und die Röte in ihren Wangen vertiefte sich. Seine Finger strichen zärtlich über ihr Kinn, ihre Wangen.

„Ich weiß wirklich nicht, was ich mir dabei gedacht habe", flüsterte sie verlegen. „Ich kann das nicht. Was musst du nur von mir denken."

Ihre Lippen zitterten, und von Zeit zu Zeit ging ein Beben durch ihren Körper. Er hob den Kopf und legte seine Lippen sanft auf ihre Wange. „Du bist süß, Sophie. Das Reizendste, das ich je getroffen habe. Und ich halte mich für den beneidenswertesten Mann, den ich ebenfalls jemals getroffen habe."

Edward konnte kaum den Blick von ihrem Gesicht lösen. Eine so schmerzhafte Zärtlichkeit zu ihr hatte ihn ergriffen, dass er sie am liebsten in den Arm genommen und sogar vor sich selbst beschützt hätte. Er hätte gerne gewusst, was sie dachte. War sie doch in ihn verliebt? Oder überwand sie nur die Scheu, um einem Ehemann, der sie gekränkt hatte – er hätte sich jetzt für seine Worte ohrfeigen können – zu beweisen, dass sie Mut hatte?

Er wusste nicht, was wirklich in ihr vorging. Klar war nur, dass er sich heillos in seinen Bengel verliebt hatte. Aber einem Mann konnte wahrhaftig Schlimmeres passieren, und noch war nicht alle Hoffnung verloren, dass er dieselben oder zumindest ähnliche Gefühle in ihr wecken konnte.

„Hab keine Angst. Vertrau mir. Es gibt nichts zwischen uns, das dir unangenehm sein oder dich ängstlich machen müsste.“ Edward streckte langsam die Hand aus, ergriff ihre und führte sie sanft an seine Brust.

„Und …“, sie leckte sich über die Lippen, „… was soll ich weiter tun?“

Er streckte die andere Hand nach ihr aus, berührte vorsichtig ihre glühende Wange. Sein Lächeln war liebevoll.

„Könntest du nicht wieder die Augen schließen?“, bat sie zaghaft.

„Ich will dich ansehen, Sophie. Du bist wunderschön.“

„Wirklich?“ Sie starrte ihn an. „Du willst mir nur eine Freude machen.“

Er lachte leise und zärtlich. „Nein. Zumindest nicht mit Worten allein.“ Er schob ihre Hand unter seinen Morgenmantel und drückte sie an seine Brust, rieb sie zart darüber, bis ihre Finger von selbst mit seiner Haut spielten, durch das gekrauste Haar glitten und seine Brustwarzen fanden. Neugierig tastete sie darüber. Edward zog Sophie an sich. So war es gut. Jetzt lag sie eng an ihn geschmiegt, ihre Hand war an seiner Brust, sein Glied berührte ihren Schenkel, und ihre Lippen waren dicht vor seinen. Er griff in ihr Haar, löste die Klammern und warf sie einfach in den Raum, bis die schweren Flechten lose auf seine Brust, seine Schultern und Sophies Rücken herabfielen.

Er konnte es kaum erwarten, sie ebenfalls zu streicheln, ihr das Nachthemd vom Leib zu zerren, ihre Haut zu kosten, ihre Beine zu öffnen und seine Zunge und seine Lippen ebenfalls dort spielen zu lassen. Aber zuvor war es wichtiger, ihre Neugier auf ihn zu befriedigen. Und sie war neugierig, das zeigte ihm die Art, wie sie seine Brust abtastete, und ihre Hand unter seinem Morgenmantel weiter hinunterglitt. Er löste den Gürtel und gab Sophie freie Bahn. Sie suchte tiefer hinab. Als der Stoff zur Seite glitt, sprang sein Glied höher hinauf, und Sophies Augen wurden groß.

Als sie zögerte, nahm er ihre Hand und legte sie auf seinen Schaft. Sie atmete hastig und flach, ihr Körper zitterte, obwohl die Hand unter seinem Griff ruhig war. Er führte sie über die ganze Länge seines Gliedes und zog leicht ein Bein an, als sie – neugierig und mutiger geworden – ihre Finger darüber gleiten ließ. Jetzt erst bemerkte er, dass er nicht weniger zitterte als sie. Seine Finger waren beileibe nicht so ruhig wie sonst, sein Glied zuckte bei jeder Berührung, und seine Schenkel bebten, wenn Sophies Hand sie streifte. Sein Atem ging so hastig und flach wie ihrer.

Sophies Neugier zu befriedigen, seine kleine Schottin das Wissen um seinen Körper zu lehren, sie in die Schönheiten der Lust zwischen Mann und Frau einzuweihen, war erregender und überwältigender als seine gesammelten Erfahrungen mit allen Mätressen und Prostituierten, die er bisher unter oder auf sich liegen gehabt hatte.

„Und wie … bereitet dir das Lust?“, hauchte sie atemlos.

„Das tut es schon.“ Weiß Gott. „Und ich zeige dir noch mehr.“

Edward ließ Sophies Hand auf seinem Schaft auf und ab gleiten, sie bemerkte, dass seine Haut sich ebenfalls verschob und auf dem härteren Inneren auf und ab glitt. Dann führte er sie zur Spitze, ließ ihre Handfläche darüber reiben, die Eichel ertasten, die zurückweichende Vorhaut fühlen.

Sophies Finger legten sich zuerst zögernd, dann fester um sein heißes Glied. Sie konnte das Pulsieren seines Blutes unter ihrer Hand fühlen und dachte, dass sich Mann und Frau hierin nicht sehr unterschieden. Auch zwischen ihren Beinen war es heiß, pochte, schmerzte vor Sehnsucht nach mehr. Sie wollte so gerne, dass er sie ebenfalls berührte, aber noch hatte er keine Anstalten dazu gemacht, sondern lag nur ruhig da. Nun jedoch war die Hitze, die von seiner Hand ausging, die ihre um sein Glied schloss, ebenso brennend wie die ihre.

Plötzlich hielt er ihre Hand fest, drückte sie leicht in seiner. Als sie hochsah, erschauerte sie vor der Intensität seines Blickes.

„Es ist soweit, Sophie."

Sophie gab einen erstickten Laut von sich. Kühe und Bullen, Stuten und Hengste, die Hunde ihres Vaters und die Knechte und Mägde im Stroh. Und nicht zuletzt Tante Elisabeths Nachbar mit der Nymphe auf dem Schoß. Sie wusste, was kam. Er wollte in sie eindringen. Edward setzte sich auf, entledigte sich des Morgenmantels und warf ihn so wie Sophies Haarklammern auf den Boden. Er stützte sich auf den Ellbogen auf, lächelte sie an und ließ sie schauen.

Für Sophie war es das erste Mal, dass sie einen Mann völlig unbekleidet vor sich hatte. Wenn man von Hendricks Gästen und ihren halbnackten größeren und ganz nackten kleineren Brüdern, mit denen sie als Kind im eiskalten See nahe der Burg ihres Vaters schwimmen gewesen war, absah. Sie betrachtete ihn scheu: seine Brust, seinen Bauch, seine Schultern und dann abermals sein Glied. Aber dann zogen sie die Narben auf Edwards linker Schulter an. Dort war sie mit ihren Fingern noch nicht gewesen. Sie streckte die Hand aus und legte die Fingerspitzen darauf.

„Von einer Verletzung während des Krieges gegen Napoleon", sagte Edward ruhig. „Eine Kugel. Aber es war nicht weiter schlimm." Schlimmer waren die Narben auf dem Rücken, die Peitschenhiebe und Messerschnitte, die sich tief in sein Fleisch gefressen hatten. Aber die würde Sophie jetzt noch nicht sehen. Es würde sie erschrecken.

„War es damals, als du Captain Hendricks kennengelernt hast?" Henry hatte doch so etwas erzählt.

Edward nickte. Dann sagte er zögernd: „Mein Bruder starb damals." Er wunderte sich über sich selbst. Es war nicht die rechte Zeit, mit seiner angetrauten Frau, die er auch zu seiner Geliebten machen wollte, über Tod und Krieg zu sprechen, aber ihr etwas über seine Vergangenheit zu erzählen war ein guter Anfang. Er wollte mehr für sie sein als ein Geschäft, als der Bewahrer von Henrys Hals, der Rückeroberer der Schuldscheine und der Hüter ihrer durch die Orgie ins Wanken gebrachten Tugend.

„Hat Captain Hendricks …?" Sophie war betroffen.

Er schüttelte den Kopf. „Nein, er hat dafür gesorgt, dass ich überlebt habe. Aber jetzt nicht mehr davon, meine liebste Sophie. Diese Nacht soll nur erfreulich sein. Ohne Schatten, ohne ernste Gespräche." Er lächelte und streckte die Hand nach ihrem Nachthemd aus. „Wenn ich jetzt bitten darf, Mylady? Euer Nachthemd stört die Wollust meines Blickes."

Sophie kicherte, aber die Hitze auf ihren Wangen vertiefte sich. Dann sah er, wie sie tief durchatmete, sich hinkniete und das Nachthemd kurz entschlossen über ihren Kopf zog. Schließlich warf sie es in einer großzügigen Geste ebenfalls aus dem Bett, wo es sich zu ihren Haarklammern und Edwards Morgenmantel gesellte.

Der Anblick ihres nackten Körpers raubte Edward den Atem. Er hatte schon viel davon in der Hand gehabt, schon etliches geahnt, durchblitzen gesehen, aber diese ganze unschuldige Pracht blank vor sich zu haben, ließ sein Glied noch einen weiteren, schmerzhaften Sprung in die Höhe und in Sophies Richtung machen. Sie war atemberaubend. Volle, runde Brüste mit dunklen Spitzen, eine schmale Taille, hübsch gerundete Hüften, ein Nabel, dessen Dimensionen er mit seiner Zunge ebenso erforschen wollte, wie diese vom dunklen Vlies verborgene Andeutung ihrer Spalte.

Er setzte sich auf, rutschte näher. Noch berührte er nicht ihren Körper, sondern legte nur die Hand an ihre Wange. Sie hob ihm die Lippen entgegen, und er küsste sie zärtlich, verlangend und doch zurückhaltend. Mehr hätte er im Moment nicht ertragen, ohne sich sofort auf sie zu stürzen.

Sophie war dankbar, dass Edward ein wenig scherzte, dann wieder ernst war, und dass er sie nicht einfach so hinwarf, wie der Knecht es mit dem Mädchen getan hatte. Oder sie so überwältigte wie in jener Nacht beim Baum. Sie hatte ein wenig Angst vor seinem Ungestüm gehabt. Damals hatte er sie überfallen, sie wohl nur ein wenig necken wollen, dessen war sie sich sicher, und dann hatte er fast die Beherrschung verloren. Aber so wollte sie ihre erste Nacht mit ihm nicht beginnen. Sie wollte ihn und ihren Körper erst kennenlernen, sich bei ihm geborgen fühlen.

Sein Kuss vertiefte sich, aber als er sie sanft auf den Rücken rollen wollte, wehrte sie sich kurz, löste sich und starrte auf sein Glied, das ihr mit jedem Atemzug, der verging, bedrohlicher erschien. Wenn sie noch einige Minuten wartete, würde er sicher noch mehr anschwellen und dann …

„Ich glaube, jetzt bekomme ich doch Angst“, presste sie zwischen den Zähnen hervor.

Edward schüttelte den Kopf. „Es gibt nichts, wovor du dich fürchten müsstest. Es ist natürlich, meine süße Verführerin. Und solange ich bei dir bin, gibt es rein gar nichts, wovor du Angst haben musst. Niemals, Sophie.“

Sie gab nach, lag vor ihm auf dem Rücken, während er sich neben ihr auf den Ellbogen aufstützte und sie betrachtete. Sein Blick glitt wie eine heiße Berührung über ihren Körper, streichelte ihre Brüste, ihren Bauch, verharrte auf dem dunklen Dreieck ihrer Scham. Dann senkte er den Kopf, strich mit den Lippen über ihren Hals, weiter hinab, bis er bei ihren Brüsten war. Sophie seufzte. Wie oft hatte sie sich in den vergangenen Tagen gefragt, wie es sein müsste, von ihm auf diese Art liebkost zu werden.

Sie fühlte seine Hand auf ihren Hüften, ihrem Bauch, ihren Schenkeln, während seine Lippen ihre Brustwarzen umschlossen und zärtlich daran saugten. Ein Feuerstrahl ging durch Sophies Körper, und ohne sich dessen recht bewusst zu sein, bog sie sich ihm entgegen, verlangte nach mehr von dieser Köstlichkeit.

Und dann spürte sie seine Hand zwischen ihren Beinen. Sie keuchte auf, als er tiefer suchte. Es war verwirrend, aber andererseits schienen seine Finger zwischen ihre Beine zu gehören, es war, als würden sie jede Falte ihres Geschlechts, jede Erhebung kennen, sie zärtlich begrüßen. Die Luft zog kühl zwischen ihre Beine, die Edward ein wenig geöffnet hatte. Nicht viel, gerade nur so weit, dass er besser seine Hand dazwischenlegen konnte. Sie tastete ebenfalls hinab und fand sich heiß und feucht.

Seine Hand schob ihr Knie zur Seite, öffnete sie weiter für ihn. Dann ihr anderes Knie. Nie hätte sie gedacht, dass es sie erregen könnte, so offen und verletzlich vor einem anderen zu liegen, und ihm und seinen Blicken alles preiszugeben. Aber der andere war ja nicht irgendjemand, sondern Edward. Sophie hob den Blick und sah ihn fast verwundert an. Wie war das nur geschehen? Vor nur wenigen Wochen hatte sie nicht einmal gewusst, dass er überhaupt existierte, und nun war es die selbstverständlichste Sache der Welt, von ihm berührt und so völlig von ihm in Besitz genommen zu werden, bis es ihr den Atem verschlug.

Seine Lippen fuhren über ihren Bauch, und seine Zunge bohrte sich in ihren Nabel, kreiste darin. Sophie ächzte und kicherte zugleich.

Aber dann tat er etwas, das sie fast um ihre Fassung brachte. Er glitt weiter hinab und senkte seine Lippen auf sie. Als seine Zunge über ihre Klitoris leckte, schrie Sophie auf. „Hör auf damit!“

Edward sah sie von unten herauf an, eine Augenbraue hochgezogen. „Jetzt schon? Ich habe doch noch gar nicht richtig angefangen.“

„Aber so etwas habe ich noch nie gesehen!“

Edward lächelte dieses sinnliche Lächeln, das wie ein Schauer über ihren Körper lief. „Dann hast du dich bisher in der falschen Gesellschaft befunden. Was ich dir auch geraten haben möchte. Und nun“, er senkte wieder den Kopf und sprach an ihrer Scham weiter, „sei still, verhalte dich ruhig und bleib so liegen. Hör auf, mit den Beinen zu zappeln, sonst muss ich dich festbinden.“

„Das tust du nicht!“ Sie setzte sich auf.

Edward warf ihr einen sprechenden Blick zu. „Fordere einen Mann, der wild nach dir ist, heraus, Sophie, dann wirst du schon sehen, was er tut oder nicht. Also?“

Edward hatte den richtigen Tonfall getroffen, um Sophie das, was er tat, akzeptieren zu lassen. Sie legte sich wieder zurück. Alles um sie herum drehte sich. Es war aber nicht der leichte Tonfall, auch nicht seine heißen, erregenden Bemühungen zwischen ihren Beinen, sondern es waren seine Worte, die sie so schnell nachgeben ließen. Wild nach ihr! Nach ihr, Sophie McIntosh! Sie schloss die Augen, als seine Bewegungen heftiger wurden, seine Zunge, seine Lippen Besitz von ihrer Scham nahmen, und jede Berührung Unruhe und zugleich Begehren in ihr entfachte, sie brennen ließ, ihr Inneres zum Pulsieren brachte, und sie veranlasste sich zu winden, vor Lust zu stöhnen, zu wimmern, ihn, als er nicht von ihr ablassen wollte, um Gnade zu bitten und ihm gleichzeitig zu drohen, als er seine Lippen von ihr löste.

Und dann wurde alles eins. Die heißen, oft unerträglichen Gefühle wurden zu einer versengenden Leidenschaft, die ihren Körper unter seinen Lippen aufbäumen, ihr Inneres revoltieren ließ und ihren Leib zur Explosion brachten.

Sie war noch nicht richtig zu Atem gekommen, als er sich über sie schob. Erst, als er sich neben ihren Körper auf den Ellbogen aufstütze und nach seinem Glied griff, um es an den richtigen Ort zu führen wurde ihr klar, dass jetzt der Moment gekommen war, vor dem sie sich gefürchtet hatte. Aber jetzt war die Angst weg, ihr Körper glühte und war zugleich entspannt. Er ließ ihr auch keine Zeit zum Überlegen, denn kaum hatte seine heiße Eichel ihren feuchten Eingang berührt, schob er ihr Knie seitlich hoch.

Sophie legte die Arme um seine Schultern, einerseits, um sich an ihm festzuhalten, andererseits, um ihn zu spüren. Ihre Finger strichen über seine Haut. Sie wollte die Augen schließen, aber sein Blick hielt ihren fest, als wollte er ihre Reaktion sehen.

Edward schob sich in sie. Seine süße kleine Jungfrau, die so leidenschaftlich reagiert, gequietscht, gewimmert, gestöhnt hatte. Er war sich bewusst, dass er sich auch weitaus mehr Mühe als je zuvor gegeben hatte, ihre Lust zu erwecken und damit ihre letzten

Bedenken zu zerstreuen. Er hatte schon viele Frauen gehabt – verwöhnte, erfahrene, wahre Künstlerinnen in der Liebeskunst, aber noch keine, die zum ersten Mal in den Armen eines Mannes lag, und die er mehr begehrte als alle anderen zusammen.

Er ließ sich und ihr Zeit, sich an die Dehnung zu gewöhnen, die seine Eichel in ihrer Öffnung hervorrief. Dann schien er an einem Punkt angekommen zu sein, der seinem weiteren Vordrängen Widerstand leistete. Jetzt. Er küsste sie. „Kurz nur, mein Liebling. Gleich ist es vorbei." Sophie nickte, und er stieß zu.

Sophie gab ein überraschtes Keuchen von sich. Es war nicht nur der Schmerz, das Gefühl zu reißen, etwas in sich zu haben, das viel zu groß für ihren Körper war, sondern auch Lust, die sich von ihrer Scham auf ihren ganzen Körper fortpflanzte, das Gefühl völliger Verbundenheit und Zugehörigkeit zu dem Mann, der sie soeben wirklich zu seiner Frau gemacht hatte. Er blieb einige Augenblicke ruhig in ihr liegen und beobachtete sie. Als er jedoch keine Anzeichen von Schmerz oder Angst an ihr sah, begann er sich in ihr zu bewegen. Zuerst nur mit vorsichtigen kleinen Bewegungen, zarten Stößen, aber dann wurde Edwards Beherrschung von dem Gefühl, das Sophies Enge in ihm hervorrief, übermannt. Er stieß heftiger zu, küsste sie dabei, bemerkte, dass sie ihn wiederküsste, ihn streichelte, sich festkrallte und plötzlich beide Beine um ihn geschlungen hatte. Ihre Vagina kontrahierte, schloss sich fest um ihn, saugte an ihm, presste ihn, und dann erlebte Edward Harrington einen Orgasmus, den er sein Leben lang nicht mehr vergessen würde.

15. Kapitel

Am nächsten Tag erwachte Sophie allein im Bett. Sie tastete hinüber, seufzte enttäuscht, fand dann jedoch zu ihrer Überraschung ein in Seidenpapier gewickeltes Päckchen auf Edwards Kopfkissen. Sie setzte sich auf und spürte zum ersten Mal in ihrem Leben die Nachwehen einer Liebesnacht. Sie lächelte verträumt, tastete über jene Stellen an ihrem Körper, die so viel empfindlicher waren als früher, und öffnete dann das Päckchen.

Eine Halskette mit einem Anhänger lag darin. Sophie betrachtete die Kette, ließ den Anhänger daran baumeln und staunte über die feine Machart, in der ein blauer Stein in der Form eines Schlüssels in Gold eingefasst war. Ein Schlüssel? Zu Edwards Herzen etwa? Sie faltete den kleinen Bogen auseinander, der dabei lag, strich das Papier glatt und las.

Meine süße Sophie, ich hätte Dir diese Morgengabe gerne selbst umgelegt, aber ich wollte deinen verdienten", hier kicherte Sophie, *„Schlaf nicht stören. Ich habe Dir Dein Haus versprochen. Leider kann ich es Dir heute Morgen noch nicht frei von Schmugglern zu Füßen legen, aber nimm diesen Schlüssel als Pfand dafür. Unglücklicherweise haben mich dringende Angelegenheiten von dir fortgeführt, obwohl ich lieber noch den Rest des Tages mit dir im Bett verbracht hätte. Ich küsse dich, bleib mir treu, ich bin so schnell wie möglich wieder bei Dir. E.*

PS: Mach Dir heute Abend erst gar nicht die Mühe das Nachthemd anzuziehen.

Also doch ein Wüstling, dachte Sophie bei dem Nachsatz zufrieden. Der Brief gefiel ihr. Sie studierte Edwards Handschrift, fuhr mit den Fingerspitzen darüber und drückte dann vorsichtig, um die Tinte nicht zu verwischen, die Lippen auf das schwungvolle E.

Er wollte sie also immer noch, er begehrte sie. War wild auf sie. Dies war eine jener Aussagen gewesen, an die sie sich im Taumel der vorigen Nacht noch erinnern konnte. Sie hatte sich Sophie deshalb so sehr ins Gedächtnis geprägt, weil sie einer Liebeserklärung nahe kam und in dieser Hinsicht das Beste war, was sie bisher von Edward erhalten hatte. Das Beste außer diesem Brief und seinen lustvollen Bemühungen um sie, wohlgemerkt!

Die im Übrigen sehr aufschlussreich gewesen waren und nicht nur ihre Neugierde, sondern auch ein Bedürfnis sehr tief in ihr befriedigt hatten, über dessen Vorhandensein sie bisher nur sehr unklare Vorstellungen gehabt hatte. Sophie hatte von der Ferne aus zugesehen, sich ihre Gedanken gemacht, hatte das Küssen probiert, ein wenig sich selbst gestreichelt und mehr oder weniger absichtlich bei tiefergehenden zwischenmenschlichen Handlungen zugesehen. Aber jetzt, nach dieser Nacht mit Edward, wusste sie, was wirklich daran war. Wozu gewisse Unterschiede in der menschlichen Anatomie dienten, und was man damit alles machen konnte.

Sophie sprang aus dem Bett, bückte sich, um das am Boden liegende Nachthemd überzustreifen, zog die Vorhänge auf und blickte zum Fenster hinaus. Es war noch früh am Morgen. Wäre sie nun in Tante Elisabeths Haus gewesen, hätte sie überlegt, Rosalind zu satteln und auszureiten. Nun jedoch öffnete sie das Fenster, atmete tief durch, streckte sich und sang mit ebenso fröhlicher wie auch falscher Stimme einige Noten eines Liedchens. Es war ein Reel. Sie lachte fröhlich. Bei einem schottischen Tanz hatte sie sich in Edward verliebt. Ja, da musste es passiert sein. Als er mit ihr getanzt hatte. Sie sprang einige Takte und trällerte die Melodie mit.

„Guten Morgen, Mylady."

Sophie blieb wie angewurzelt mitten im Hopsen stehen und griff hastig nach ihrem Morgenmantel, als Mrs. Drarey vor ihr stand. Die Haushälterin lächelte sie ebenso liebenswürdig wie wohlwollend an. Eine angenehme Abwechslung zu der morgendlichen Begrüßung von Tante Elisabeth, fand Sophie, nachdem sie ihre erste Verlegenheit überwunden hatte. Sie lächelte zurück.

„Ich wollte nicht stören, Mylady", sprach Mrs. Drarey weiter, „aber als Sie mein Klopfen nicht gehört haben, habe ich mir erlaubt, einzutreten." Sie hielt ein Tablett in der Hand, das sie nun auf ein Tischchen stellte und neben das Bett trug. „Ihre Morgenschokolade, Mylady. Lord Edward hat Anweisung gegeben, Ihnen diesen Morgentrunk zu servieren und Sie sonst, falls Sie noch schlafen sollten, nicht zu stören."

Das war der Moment, in dem Sophie blutrot wurde. Weder Mrs. Drareys Stimme, noch ihr Tonfall oder ihr Gesichtsausdruck hatten etwas Anzügliches, aber Sophie war klar, dass absolut jeder im Haushalt wusste, dass Miss Sophie McIntosh in der vergangenen Nacht mit allem Drum und Dran zu Lady Harrington gemacht worden war. Und selbst, wenn Mrs. Drarey nicht so weit dachte, so sprach das zerwühlte Laken, die Flecken darauf und Sophies verstrubbeltes Haar Bände. Sophie griff hastig nach dem Becher mit der heißen Schokolade und stellte sich, als sie davon kostete, so neben das Bett, dass sie die Bettdecke über das Laken ziehen konnte.

Mrs. Drarey hatte entweder nichts bemerkt oder gab vor, nichts zu sehen, denn sie war schon damit beschäftigt, auch die Vorhänge des zweiten Fensters zurückzuziehen.

„Ein wunderschöner Morgen, nicht wahr, Mylady?" Sie wandte sich nach Sophie um und strahlte sie an. „Soll ich Ihnen die Zofe schicken, damit Sie Ihnen beim Ankleiden behilflich ist?"

Sophie hatte bisher nie eine eigene Zofe gehabt. In Schottland war es nicht nötig, da war sie schnell mit ihrer Garderobe fertig, und hier hatte ihr Tante Elisabeths Zofe Jane geholfen, wenn sie nicht mit den vielen Röcken oder der Frisur zurechtkam. Nun jedoch verlangte die neue Stellung als Gattin von Lord Edward Harrington ein anderes Auftreten. Der Gedanke, von einem Mädchen, das so alt war wie sie, angezogen und frisiert zu werden, war ein wenig peinlich. Und außerdem ... ihr Blick wanderte verstohlen zu dem Bett zurück.

„Nein, danke. Ich komme alleine zurecht."

„Wie Mylady wünschen. Wann darf ich das Frühstück vorbereiten?"

Sophie sah nachdenklich in ihre Kakaotasse. „Vielleicht in einer halben Stunde?"

„Gerne. Soll sich der Kutscher dann bereithalten?"

„Der Kutscher?"

„Werden Mylady nicht ausfahren, um Besuche zu machen?"

Sophie schüttelte den Kopf. Wen sollte sie denn schon besuchen? Sie kannte hier kaum jemanden außer Tante Elisabeth, Augusta und Henry, und dies war ein Besuch, den sie gerne noch einige Tage oder Wochen verschob. „Ich werde nicht ausfahren. Ich möchte mir dann gerne das Haus ansehen und würde mich freuen, wenn Sie mich dabei begleiten." Sie trank die Schokolade aus, reichte Mrs. Drarey den leeren Becher zurück und tupfte sich mit einem Tüchlein, das sie im Morgenmantel fand, über die Lippen. „Ich habe zwar schon einiges gesehen, aber noch lange nicht alles. Den Keller zum Beispiel. Oder den Dachboden. Die Gästezimmer." Wenn sie schon nicht in ihr eigenes Haus konnte, weil es von Schmugglern besetzt war, dann wollte sie wenigstens dieses hier erforschen. Bis sie eine Möglichkeit gefunden hatte, Jonathan Hendricks und seine Bande loszuwerden. Langsam glaubte sie, das seltsame Verhältnis zwischen Edward und dem Captain zu verstehen. Edward hatte nicht weiter erzählt, aber seine Bemerkung, dass Jonathan Hendricks ihm offenbar das Leben gerettet hatte, machte vieles klarer. Deshalb verhielt sich Edward nachsichtig, deshalb hatte er aber auch einen gewissen Einfluss auf Hendricks.

Als Mrs. Drarey gegangen war, kam kurz darauf eines der Mädchen, brachte einen großen Krug mit heißem Wasser und verschwand wieder. Sophie versperrte die Tür, riss die Bettdecke weg, tauchte ein Tuch ins Wasser und versuchte die dunklen Flecken, die Edwards erstes Eindringen in sie verursacht hatte, wegzureiben. Es ging nicht so recht, und außerdem war dann alles nass. Sie fluchte herzhaft auf Schottisch, zerrte das Laken herunter und tauchte es in die Waschschüssel, rubbelte, nahm die gut duftende Lavendelseife und rieb so lange, bis nur noch ein nasser Fleck übrig war. Dann drapierte sie das Laken so auf dem Fensterbrett, dass die Sonne die Nässe schnell trocknen würde.

Jetzt erst konnte sie sich aufatmend der eigenen Pflege widmen. Was wohl auch nötig war. Wenn sie an ihrer Schulter, ihren Armen und Händen schnupperte, so glaubte sie, noch Edwards Berührungen darauf wahrzunehmen. Als er sie geküsst, geleckt, liebkost hatte. Den herberen Geruch seiner Männlichkeit, die sie selbst umfasst und gestreichelt hatte. Nicht nur einmal, sondern oftmals, immer wagemutiger, je länger die Nacht andauerte, und je mehr sie ihre Scheu verloren hatte. Edward hatte es ihr auch leicht gemacht. Hatte mit ihr gescherzt, sie geküsst, bis alle Gedanken davonflogen, hatte sie zum Lachen gebracht, zum Kichern, zum Stöhnen und – Sophie war sich diesbezüglich nicht ganz sicher – aber vermutlich auch einige Male zum Schreien.

Nach dem Frühstück führte Sophie gemeinsam mit Mrs. Drarey den geplanten Rundgang durch. Das Haus hatte einige Schlafzimmer, von denen nur Edwards und ihres benutzt wurden, die anderen wurden als Gästezimmer bereitgehalten. Das tiefer liegende Erdgeschoss war den Haushaltsräumen und den Dienern vorbehalten. Wenn man von der Halle eine Treppe hinaufstieg, so hatte man auf der rechten Seite im Halbstock einen Empfangssalon, links von der Treppe ein Speisezimmer und in der Mitte Edwards Arbeitszimmer und die Bibliothek. Die Schlafzimmer lagen im Stockwerk darüber.

Sophie mochte das Haus. Es war geräumig, wenn auch nicht so groß wie Marian Manor. Dafür war es – wie Sophie insgeheim grimmig feststellte – frei von schmuggelndem Ungeziefer. Es war natürlich wesentlich kleiner als die Burg ihres Vaters – die wiederum weniger gemütlich, sondern reichlich zugig war. Im Grunde bewohnten sie auf der Burg ohnehin nur sechs Zimmer ständig. Sie hatten auch keinen eigenen Empfangssalon und kein Speisezimmer, sondern einen einzigen Raum, in dem man Gäste empfing, und in dem sich die Familie auch tagsüber aufhielt und aß. Bei größeren Festen benutzte man die riesige Halle.

Sophie sah keinen Grund, nicht das ganze Haus anzusehen, und so kam es, dass Manson, Edwards Butler, sie und Mrs. Drarey auf dem Dachboden fand, wo Sophie mit größter Begeisterung in alten Möbeln und im Staub stöberte.

„Mylady, Lord Edward sendet Ihnen seine Empfehlungen, aber leider haben es dringende Geschäfte nötig gemacht, dass er sofort nach London abreist."

„Oh." Die Freude am Kramen verflog durch diese Nachricht, und Sophie hatte Mühe, nicht enttäuscht das Gesicht zu verziehen, sondern gefasst zu wirken, wie es einer Lady geziemte. „Hat er gesagt, wie lange er fort bleiben wird?"

„Etwa drei Tage. Aber er wird Nachricht senden, falls seine Abwesenheit länger dauern wird. Er ist, falls Sie es wünschen ihm eine Nachricht zukommen zu lassen, in seinem Stadthaus erreichbar."

So. Ihr Mann hatte also ein Stadthaus. Sophie war dankbar, dass sie diese Nachricht nicht mit Staunen aufnahm, sondern nur nickte und so tat, als wäre ihr dies selbstverständlich bekannt. Aber da sah sie einmal mehr, wie wenig sie von ihm wusste. Was ihn wohl nach London gezogen hatte? Familie? Geschäfte? Vielleicht sprach er gar mit der Polizei? Sie tastete nach ihrem neuen Anhänger, Edwards Geschenk an sie. Hieß dies, er versuchte tatsächlich, die Schmuggler loszuwerden?

Am Nachmittag besuchte Sophie Rosalind in ihrem neuen Stall. Edward hatte noch vor Sophies Einzug in dieses Haus dafür gesorgt, dass auch Rosalind ein neues Heim fand, und sowohl Sophie als auch ihre Stute waren mit der Unterbringung zufrieden. Rosalind hatte eine doppelt so große Box wie in Tante Elisabeths Haus, und da Edwards Domizil etwas am Rande von Eastbourne lag, verfügte das Anwesen auch noch über eine umzäunte Wiese, die für die Pferde als Weide verwendet wurde. Edward hielt keinen großen Stall. Er besaß lediglich seinen hübschen Rappen, den Sophie nun ausgiebig und in Ruhe bewunderte, dann zwei Kutschpferde und das temperamentvolle Paar, das er zuletzt vor den Phaeton gespannt hatte, als er Sophie von Tante Elisabeths Obstgarten heimgebracht hatte.

Sophie hatte Rosalind sofort auf die Weide geführt, ließ sie nun – lediglich mit dem Halfter – frei herumlaufen, sah ihr bei ihren übermütigen Sprüngen zu und fütterte sie dazwischen mit Karotten und duftenden Äpfeln, die sie beim Rundgang aus dem Vorratskeller hatte mitgehen lassen.

Als Mrs. Drarey die Idylle mit der Mitteilung störte, dass Sophies Base Augusta und deren Busenfreundin Aurelia zu Besuch gekommen wären, verdrehte Sophie die Augen. Sie zog Rosalinds Kopf, die soeben begierig nach einer weiteren Karotte schnappte, zu sich und flüsterte: „Die beiden haben mir noch gefehlt. Soll ich sie überhaupt empfangen? Was meinst du?“

Mrs. Drarey hatte zwar kleinere Ohren als Rosalind, aber offenbar ebenso gute. „Ich möchte Mylady nicht vorgreifen, aber ich würde vorschlagen, den Damen von Manson Erfrischungen servieren zu lassen. Für den Tee ist es noch zu früh.“

Sophie seufzte. Sie musste es wohl hinter sich bringen. Sie fühlte sich äußerst unbehaglich bei der Vorstellung, ihrer Cousine entgegentreten zu müssen. Es war nicht einmal vierundzwanzig Stunden her, seit Edward ihr in der Kirche seinen Siegelring angesteckt hatte, und sie das unerfreuliche Diner über sich hatte ergehen lassen müssen. Sie hatte zu dieser Zeit gehofft, zumindest für ein bis zwei Wochen keinen aus der Familie sehen zu müssen. Henry vielleicht ausgenommen.

Sie schlenderte, gefolgt von Rosalind, die sie in den Rücken stupste, missmutig über die Weide, verabschiedete sich dann mit einem Kuss auf die weiche Pferdenase von ihrer Stute und betrat das Haus, um in ihr Zimmer zu eilen und sich ein wenig frisch zu machen, wie Susan, ihre Zofe, die schon am Fuß der Treppe auf sie wartete, vorschlug.

Nur wenig später betrat Sophie den Salon und zwang sich zu einem freundlichen Lächeln, als sie die beiden Frauen begrüßte. Beide schenkten ihre eine ausführliche Musterung von oben bis unten, als hätten nicht nur das elegante neue Kleid, sondern vierundzwanzig Stunden Ehestand eine neue Person aus Sophie gemacht. Das hatten sie zwar auch, dachte Sophie, aber sie glaubte nicht, dass man diese Unterschiede auf den ersten Blick erkennen konnte.

Manson trat ein, servierte die von Mrs. Drarey vorgeschlagenen Erfrischungen, und zog sich dann mit einer tiefen Verbeugung vor Sophie wieder zurück.

Zuerst ging alles gut. Sophie unterdrückte ihre Unsicherheit Augusta gegenüber, die sich so viel besser in den Gepflogenheiten der vornehmen Welt auskannte und zurechtfand, und dies immer wieder durchblicken ließ.

„Schade, dass Edward sich zur Zeit in London aufhält. Du musst ihn sicher sehr vermissen“, sagte Augusta endlich, nachdem sie Sophie mit einer ausführliche Schilderung über eine Hutmacherin gelangweilt hatte.

Sophie lächelte nichtssagend. Sie vermisste Edward tatsächlich, aber das ging diese beiden nichts an. Augusta hatte nach ihm gefragt, und sie hatte ihr gesagt, dass Geschäfte seine Anwesenheit in London nötig machten.

„Seltsam, dass er so unaufschiebbare Geschäfte hat. Also mein Ehemann dürfte sich das nicht erlauben. So unmittelbar nach der Hochzeit …“, sie lächelte maliziös. „Ich wundere mich – verzeih mir die Offenheit – immer noch, dass Lord Edward dich geheiratet hat.“ Sie sah sich achselzuckend um. „Verstehe mich bitte nicht falsch, ich neide dir diese Stellung nicht, aber man hätte doch erwartet, dass Lord Harrington in seiner Position eine distinguiertere Frau genommen hätte.“

Dasselbe hatte sich Sophie ebenfalls schon gefragt, aber es von Augusta zu hören tat weh und machte sie wütend. Tante Elisabeth hatte diese Meinung schon vor der Hochzeit regelmäßig verlauten lassen und sie war bei Sophie auf fruchtbaren Boden gefallen. Weshalb hatte Edward tatsächlich eine kaum zweiundzwanzig Jahre alte

Schottin geheiratet, die nie aus Schottland herausgekommen war, die sich in Männerhosen und auf einem Pferderücken wohler fühlte als im Mieder und in eleganten Kleidern? Brauchte er denn nicht wirklich eine repräsentable Frau? Eine, die sich in der feinen Gesellschaft wohl fühlte, und die vor allem nicht so gekränkt und beschränkt war, dass ihr auf eine so gemeine Bemerkung nicht einmal eine passende, hochmütige Antwort einfiel.

„Er wird schon wissen, was er tut", erwiderte sie deshalb lediglich kühl.

„Ja, vermutlich." Augusta und Aurelia wechselten einen Blick. „Ein Mann wie Edward liebt seine Freiheit. Und bei einer Frau von Stand hätte er sich wohl viel mehr anpassen müssen als bei dir, Sophie."

„Ich werde Edward bestimmt keine Vorschriften machen", entgegnete Sophie hitzig, obwohl sie sich dessen nicht so völlig sicher war.

„Nein, gewiss nicht. Und ganz bestimmt auch ein Auge oder zwei zudrücken, wenn er sich … nun … anderweitig amüsiert."

„Was willst du damit sagen?" Sophie wusste in dem Moment, in dem sie die Frage stellte, dass sie sich damit eine Blöße gab. Aber es war zu spät.

„Nun, ganz Eastbourne weiß doch um seine Eskapaden." Aurelia lächelte süßlich. „Er hatte schon in seiner Jugend einen Ruf als Draufgänger und Lebemann. Das ist auch der Grund, weshalb er sich für eine Zeit hierher zurückgezogen hat. Man munkelte etwas von einem Duell mit einem gehörnten Ehemann. Aber", sie legte den Finger auf die Lippen, „so etwas dürfen wir natürlich nicht hören. Das wäre nicht *bon ton*."

„Ich hörte auch etwas von …", fing Augusta an.

Sophie erhob sich. Sie war zuerst tief erblasst, und nun zeigten sich rote Flecken auf ihren Wangen. „Und ich hörte davon, dass ihr beide euch verabschieden solltet, bevor ich den Butler bitte, euch hinauszubegleiten." Sie ging mit energischen Schritten zur Tür, riss sie auf und deutete wenig elegant mit dem Kopf hinaus. Auf ähnliche Art hatte einmal ihr Vater einen streitsüchtigen Nachbarn hinauskomplimentiert.

Augusta und Aurelia waren sprachlos. Dann standen sie beide gleichzeitig auf und schritten mit erhobenen Nasen an Sophie vorbei. In der Tür blieb Augusta stehen. „Man hört", betonte sie giftig, „dass Lord Edward gar nicht nach London gefahren ist, sondern sich hier mit einer Dame der Londoner Gesellschaft trifft. Mit einer verheirateten Frau, mit der er schon des Öfteren die Festlichkeiten von Captain Hendricks besucht hat. Auch an diesen Abenden wieder, wie man *hört*." Damit war sie in der Halle.

Für Sophie kam diese Bemerkung wie ein Schlag. Allerdings keiner, der sie stumm gemacht hätte, sondern sie nur zur Weißglut brachte, und im nächsten Moment schrie sie Augusta an: „Ich werde Edward bitten, einen Wachhund zu kaufen, der in Zukunft Leute wie dich fernhält! Am Hof meines Vaters wäre eine bösartige Schlange wie du nicht einmal auf hundert Schritt nahe gekommen, ohne sofort verjagt zu werden!"

Augusta rauschte, höchste Töne der Empörung von sich gebend, weiter, gefolgt von Aurelia, die einen entsetzen Eindruck machte. Manson stand wie aus dem Boden gewachsen vor ihnen, verneigte sich, öffnete die Tür und schloss sie vernehmlich hinter ihnen wieder.

Sophie hielt sich die Hand vor den Mund, rannte die Treppe hinauf und in ihr Zimmer. Dort schloss sie sich ein, warf sich aufs Bett und weinte.

Sophie brauchte fast zwei Stunden, um sich zu beruhigen, aber dann raffte sie sich auf, kühlte ihre verweinten Augen und sandte Vetter Henry eine Nachricht. Ihn selbst bei Tante Elisabeth aufzusuchen und am Ende noch auf Augusta zu treffen, kam nicht in Frage.

Henry kam tatsächlich am selben Nachmittag, hatte jedoch für Sophies Sorgen und ihre Vorschläge nur Ablehnung übrig. „Kommt nicht in Frage, Sophie. Nie und nimmer."

„Aber Henry, ich muss mich selbst davon überzeugen! Du musst mich zu Jonathan Hendricks mitnehmen!"

„Nein!"

„Augusta hat behauptet, Edward sei nicht nach London abgereist, sondern treibt sich bei Hendricks herum!"

„Hat er dir nicht versprochen, sich um das Haus zu kümmern?"

„Warum belügt er mich dann?"

„Vielleicht will er dich nicht beunruhigen." Henry schüttelte den Kopf. „Sophie, wenn du mich fragst, dann lass die Sache auf sich beruhen. Du kennst ja Augustas bösartige Zunge."

„Und die Frau, mit der er gesehen wurde?"

„Das war bestimmt nur Lady Melinda."

Henrys Tonfall klang beruhigend, aber Sophie horchte auf. „Lady Melinda?"

„Na Harringtons Schwester. Seine Zwillingsschwester sogar. Sie sehen sich aber nur ganz normal ähnlich. Nicht so wie die beiden Miss Carlyles, die man verwechs …"

„Die ist jetzt hier?!", unterbrach ihn Sophie.

Henry druckste herum. Erst als Sophie ihn bei den Aufschlägen seiner kostbaren Jacke packte, gab er nach. „Ja, schon gut, aber lass los! Lass um Himmels willen los! Die ist von …"

„Weston, ich weiß." Sophie winkte ab. „Also? Du weißt doch sicher, wann das nächste … hm … Fest geplant ist, nicht wahr?"

„Heute Abend."

„Ich will sie kennenlernen!"

„Das kannst du doch. Bitte Edward, sie dir vorzustellen."

„Nein, ohne Edward! Bei Hendricks!"

„Das wirst du nicht!"

„Das werde ich doch, und du wirst mich dorthin begleiten! Das ist doch viel unauffälliger", redete Sophie ihm zu. „Und wenn Edwards Schwester dort ist, dann ist überhaupt nichts dabei!"

„Nicht einmal, wenn du meine Jacke noch mehr zerknautschst!", knurrte Henry aufsässig.

Sophie dachte anders darüber. Sie musste nach Marian Manor und feststellen, ob Edward sie belogen hatte und sich ebenfalls dort aufhielt, um fremde Frauen zu treffen. Und gar eine verheiratete Geliebte, die seine große Liebe war, während er eine dümmliche Schottin geheiratet hatte, um dieser Erbklausel Genüge zu tun. Es war besser, die Wahrheit zu wissen, und Edward mit einer Frau im Arm aufzustöbern, als in dieser Ungewissheit zu leben.

16. Kapitel

Als Sophie und Henry Marian Manor betraten, waren sie beide à la Marie-Antoinette und Louis gekleidet. Sophie fand es zwar etwas makaber, die Kleidung eines Königspaares nachzuahmen, das vor nicht allzu vielen Jahren unter der Guillotine gestorben war, aber sie musste sich anpassen, und so begleitete sie Henry am Abend mit Kniehosen, Seidenstrümpfen, einer bestickten Jacke und einem Mieder darunter, das ihre Brüste so weit wie möglich einengte und nicht gleich zeigte, dass unter der Verkleidung eines französischen Edelmanns eine Frau steckte. Die weiß gepuderte Perücke tat ein Übriges, ihre wahre Identität zu verschleiern. Henry hatte darauf bestanden, sie so zu verhüllen, um der Gefahr zu entgehen, Sophie abermals in eines von Jonathans Spielen hineingezogen zu sehen.

Henry selbst hatte sich ähnlich gekleidet und sich sogar wie Sophie geschminkt. Auch sein Gesicht war gepudert, sie hatten sich beide entsprechend der früheren Mode kleine runde Kreise aus Rouge auf die Wangen gemalt und Schönheitspflästerchen aufgelegt.

Wie schon beim letzten Mal ging es recht lose zu. Man sah Damen mit ausladenden Reifröcken, die bei der Länge ihrer Röcke sparten – die Unterröcke waren so kurz, dass man die Knie sehen konnte, und manche waren sogar aus nur ganz zartem Stoff, der die ganze Länge der Beine und das dunkle Vlies dazwischen den Blicken preisgab. Auch bei den Dekolletés waren sie mit dem Stoff knauserig gewesen. Einige endeten genau bei den Brustspitzen, einige knapp darunter und etliche unter den Brüsten, sodass diese darüberquollen, und je nach Ausstattung der Dame bei jedem Schritt leicht hüpften oder wogten.

Sophie stand mit offenem Mund in der Tür zum Ballsaal, bis Henry ihr einen Stoß gab. „Vergiss nicht“, zischte er ihr zu, „du gehörst dazu. Starr nicht so!“

Sophie schoss ihm einen scharfen Blick zu, dann ließ sie sich von ihm seitlich durch den Saal führen, bis sie in einer heimeligen Nische aus Palmen landeten, von der aus man den Saal gut übersehen konnte, ohne selbst sofort bemerkt zu werden.

„Du bleibst in jedem Fall hier!“, kam es befehlend von ihrem Vetter. „Sollten wir Lady Melinda nicht sofort entdecken, dann gehe ich allein auf die Suche nach ihr. Und wehe, ich sehe dich irgendwo da draußen!“

„Schon gut.“ Sophie war besorgter, als sie Henry gegenüber zeigte, und sie hatte nicht die Absicht, sich unter die Feiernden zu mengen. Vor allem, als sie sah, wie ein junger Dandy, der ähnlich gekleidet war wie sie, von drei busenfreien Damen in eine Ecke gedrängt wurde. Es schien ihm zwar zu gefallen, aber als die Frauen ihn langsam aus der Kleidung zu schälen begannen, erschrak Sophie. So etwas wäre für sie nicht nur peinlich, sondern katastrophal. Sie wandte sich von der kleinen Gruppe ab und musterte die anderen Gäste. Edward war groß, es konnte nicht schwer sein, ihn auszumachen, wenn er sich hier im Ballsaal befand. Falls nicht, so musste Sophie andere Mittel und Wege finden, ihn aufzustöbern. Vielleicht konnte ja wirklich seine Schwester dabei helfen.

So wie beim letzten Mal gingen Diener mit Getränken im Saal umher, und Sophie griff nach einem Glas und leerte es in einem Zug. Das prickelnde, gekühlte Getränk tat gut. Auch die Kapelle war wieder da. Sie spielte fröhliche Weisen, während Henry langsam durch den Saal schlenderte und beiläufig in die verschiedenen Nischen spähte. Als er wieder zurückkam, schüttelte er den Kopf. „Sie ist nicht hier im Saal.

Das heißt aber nicht, dass sie nicht schon anwesend ist. Vielleicht befindet sie sich in einem der anderen Salons. Oder in einem der Gästezimmer."

„Dann müssen wir dort suchen!"

„Nein, das werden wir nicht! Ich bin froh, dass du hier einigermaßen sicher bist!"

Sophie spähte über Henrys Schulter. „Wie sieht Lady Melinda denn aus?"

„Sie ist ziemlich groß. So groß wie ich."

„Du bist doch nicht groß."

„Ich bin …", begann Henry erbittert, unterbrach sich dann jedoch seufzend und suchte weiter.

Der schmale, gangförmige Raum, dessen Wand die ganze Länge des Ballsaals einnahm, war zu den Zeiten von Sophies Großeltern von Bediensteten benutzt worden, die bei Festen hier unauffällig und geschäftig hin und her eilen konnten, ohne die Halle oder den Saal zu betreten. Aber nun war dieser versteckte Durchgang schon seit vielen Jahren nicht mehr begangen worden, und keiner, der das Haus nicht wie Jonathan Hendricks von oben bis unten durchstöbert hatte, wusste überhaupt davon. Jonathan hatte damit den anderen Mitgliedern seiner Bande gegenüber einen Wissensvorsprung, den er auch weidlich ausnutzte. Dieser Raum hatte nämlich eine höchst nützliche Besonderheit, die darin bestand, dass er zwei von außen durch Wandfresken kaschierte Gucklöcher aufwies, durch die man den daneben liegenden Saal bequem beobachten konnte.

Diese Spionagelöcher hatten dem derzeitigen Mieter bereits gute Dienste geleistet, wenn es darum ging, gewisse Gäste zu bespitzeln. Und auch jetzt stand Jonathan bei einem der Gucklöcher und sah aufmerksam hindurch, während Edward an einem Tisch saß und seine Pistole prüfte. Sie hatten den Hinweis bekommen, dass der geheimnisvolle Schmuggleranführer, der Mann im Hintergrund, der die Fäden zog, heute zum Fest kommen wollte.

Da Melinda auf den ersten Brief keine Reaktion gezeigt hatte, war nun ein zweiter eingetroffen, der noch mehr Druck machte. Der Schreiber versuchte sie mit ihrem Verhältnis zu Jonathan und ihrer Teilnahme an dessen Festen zu erpressen. Edward hatte entschieden, dass Melinda zum Schein darauf eingehen sollte. Wenn der geheimnisvolle Bandenführer tatsächlich persönlich auftauchte, um im Schutz der Gäste mit Melinda zu sprechen, so war dies die Gelegenheit, auf die sie schon lange gewartet hatten. Smiley und seine Leute standen schon bereit, um ihn danach zu verfolgen. Jonathan war dagegen gewesen, Melinda als Lockvogel zu verwenden, aber Edward hielt die Gefahr, in der seine Schwester schwebte, für akzeptabel. Sie wurde gut bewacht, und der Schmuggler hatte kein Interesse daran, ihr etwas anzutun.

Edward legte die Pistole vor sich auf den Tisch und nahm eine zweite zur Hand. Er sah zu Jonathan hinüber. „Ist schon jemand gekommen, der verdächtig wirkt?"

Jonathan äugte angestrengt durch das Guckloch. Er hatte dieses Mal auf jegliche Verkleidung verzichtet. Das Thema des Abends hatte das vorrevolutionäre Frankreich zum Inhalt, und obwohl Jonathan es nicht zugab, war er abergläubisch wie alle Seemänner. Er würde sich niemals in die Tracht eines Mannes kleiden, dessen Kopf in einem Korb gelandet war.

„Smiley hat mir noch kein Zeichen gegeben. Es sind auch nur zwei weitere Gäste eingetroffen. Und das kann nicht unser geheimnisvoller Freund sein. Einer davon ist Henry und der zweite ein ganz junger Bursche." Er machte eine überraschte

Bewegung, dann stieß er einen leisen Pfiff aus. „Aber den Burschen solltest du dir vielleicht einmal ansehen, Ed.“

Jonathans breites Grinsen machte Edward misstrauisch. Er trat zum zweiten Guckloch, sah hindurch, konnte unter all den männlichen Gästen jedoch keinen entdecken, der sein Interesse und Jonathans Amüsement erwecken konnte.

„Hinter den Palmen. Der kleine Schlanke, der immer vorlugt und unruhig hin und her läuft. Der mit den hübschen Beinen. Der jetzt Henry winkt.“

Edward warf Jonathan einen scharfen Blick zu, aber der antwortete nur mit einem erwartungsvollen Gesicht. Edward besah sich den fraglichen Burschen näher. Sein Gesicht war im Schatten, man konnte nur die weiß gepuderte Perücke ausmachen, ein Halstuch, dann eine bestickte Jacke, Weste, Kniehosen, Seidenstrümpfe, tatsächlich sehr hübsche Waden. Ganz im Stil von Louis XVI gekleidet. Ein Freund von Henry? Edward überlegte, was an dem Bürschlein so interessant sein könnte.

Und dann wandte der Junge sich um und bot Edward einen Blick auf seine Kehrseite. Die Jackenschöße verdeckten zwar die wohlgeformte Fülle, aber Edward hätte den Hintern seiner Frau unter Tausenden und in schwärzester Nacht wiedererkannt. Zuerst blieb ihm die Luft weg, dann drehte er auf dem Absatz um und wollte hinaus, aber Jonathan hielt ihn fest.

Edward stieß ihn zur Seite. „Geh mir aus dem Weg! Sie hat hier nichts verloren!“

„Willst du denn nicht wissen, was sie hergeführt hat?“

„Doch, deshalb werde ich jetzt auch hinausgehen und ihr die Leviten lesen.“ Edward war schon fast an der Tür.

„Damit machst du unseren Freund, falls er schon unter den Gästen sein sollte, nur auf sie und uns aufmerksam.“

Edward blieb stehen.

„Lass besser Melinda hinausgehen. Dann sieht unser unbekannter Freund gleich, dass sie hier ist, und sie kann deine Sophie unauffällig zum Ausgang bringen. Du wartest dort und sorgst dann dafür, dass sie in die Kutsche steigt und heimfährt.“

Jonathan hatte recht. Es war weitaus unauffälliger, wenn Melinda sich seiner als Junge verkleideten Frau näherte. Niemand würde auf die Idee kommen, dass Sophie unter der Maskerade steckte – auch nicht dieser geheimnisvolle Anführer, dem Edward nicht auch noch seine Frau in die Hand spielen wollte. Wenn sie Druck auf Melinda machten, dann konnten sie auch Sophie gegen ihn benützen. Wenn Edward allerdings hinausstürmte, Sophie zurechtwies und sie dann unter ihrem zu erwarteten lautstarken Protest hinausschleppte, fiel es zweifellos jedem der Anwesenden auf.

In diesem Moment öffnete sich die zweite Tür, die über eine geheime Treppe zu den Schlafzimmern im ersten Stock führte, und Melinda kam herein. Sie hatte sich ein wenig frisch gemacht und sich dem Abend entsprechend umgekleidet.

Edward zog seine Schwester sofort zum Guckloch. „Siehst du den Jungen? Der hinter der Palme?“

Sie kniff ein Auge zusammen, lehnte sich anmutig vor und sah hinaus. „Ja. Ein hübscher kleiner Kerl. Was ist mit ihm?

„Du kennst ihn. Es ist der Bengel von den Klippen. Der dir unbedingt helfen wollte.“ Edwards Stimme klang etwas gepresst.

„Oh.“ Melinda war erschrocken. „Und was macht ein so lieber Junge hier?“

„Neugierig sein. Viel zu neugierig sein“, erwiderte er grimmig. „Und ich möchte, dass du ihm das abgewöhnst.“

Melinda lächelte. „Und wie soll ich das machen? Hinausgehen und ihn schelten, als wäre ich seine Mutter?"

„Du könntest dich bei ihm bedanken, dass er dir helfen wollte. Und dabei kommst du ihm ein wenig zu nahe."

„Was fällt dir ein?!"

Edwards Blick wurde durchdringend. „Du hast ihn damals auf den Klippen in die Sache reingezogen. Kein Wunder, dass er immer neugieriger wurde. Vielleicht ist er ja sogar auf der Suche nach dir. Also ist es deine Pflicht, den *lieben* Jungen vor Schaden zu bewahren."

„Ich bin doch nicht seine Gouvernante!"

„Er hat auch schon eine, und zwar eine sehr strenge, die ihm in Kürze den Hintern versohlen wird", brummte Edward. „Und jetzt gehe hinaus, küsse ihn oder was auch immer, und dann bringst du ihn unauffällig zur Hintertür. Jeder wird dann denken, dass ihr euch absetzt, um euch intimeren Vergnügungen hinzugeben."

„Und wenn er nicht mitgehen will? Soll ich ihn dann gleich an Ort und Stelle verführen?" Melindas Stimme klang eisig.

„Dann mach ihn betrunken." Er deutete mit dem Kopf zum Guckloch. „Das kann nicht so schwierig sein. Wie ich sehe, hat er schon das zweite Glas in der Hand." Er musterte seine Schwester unbarmherzig. „Ihr Frauen seid doch sonst nicht so einfallslos, wenn es um solche Tricks geht, oder?"

„Du bist unverschämt, Edward Harrington!"

„Und du bist mir und diesem Bengel da draußen eine Gefälligkeit schuldig! Er hat hier nichts zu suchen! Also geh hinaus!"

Melinda wandte sich mit knisternden Röcken zu ihrem Liebhaber um. „Und du findest diese Idee auch gut?!" Sie sah Jonathan flammend an.

„Ja … doch …", erwiderte er gedehnt.

„Du findest es gut, wenn ich halbe Kinder küsse?!"

Jonathan grinste. „Es könnte vielleicht recht anregend …"

Melindas Blick ließ ihn verstummen. „Das kannst du haben!" Sie wandte sich um, griff nach ihrer Maske, nach dem Schleier und schritt zur Tür.

„Melinda!", hielt die Stimme ihres Bruders sie auf. „Sage nicht, dass ich hier bin. Auf gar keinen Fall! Er darf es unter keinen Umständen wissen! Wenn er nach mir fragt, sagst du, ich wäre in London."

„Weshalb sollte er nach dir fragen?!"

Edward zuckte mit den Schultern. „Sag es einfach."

„Wie Mylord wünschen!" Melinda warf den Kopf zurück und rauschte hinaus. Draußen vor der Tür stand Smiley, der ihr auf Jonathans Wink hin unauffällig folgte.

Kaum hatte sich die Tür hinter ihr geschlossen, als sowohl Edward als auch Jonathan zu den Gucklöchern sprangen. Jonathan mit sichtlicher Vorfreude, Edward mit finsterer Entschlossenheit.

Sie sahen, wie Melinda von einem Mann in Maske angesprochen wurde. Sir Winston. Natürlich, der Friedensrichter hatte noch keines von Jonathans Festen ausgelassen. Melinda lächelte ihn charmant an, wimmelte ihn jedoch ab und ging dann direkt auf Sophie und Henry zu. Sir Winston machte einige Schritte hinter ihr her, beobachtete sie, drehte sich dann jedoch um und wandte sich einem anderen weiblichen Gast zu.

Jetzt hatte sie Sophie erreicht. Diese sah Melinda mit großen Augen an, dann wurde Henry offenbar weggeschickt, und Melinda und Sophie sprachen miteinander. Sie sahen, wie Sophies Gesichtsausdruck erstaunt und schließlich verlegen wurde, und dann ergriff Melinda Sophies Halstuch.

Jonathan kicherte regelrecht. „Sieh an, ich glaube, das Spiel gefällt Melinda."

Edward schüttelte den Kopf. Fragte sich nur, wie lange. Es war boshaft, aber er war neugierig, wie Sophie reagieren würde. Und noch neugieriger auf Melindas Gesicht, wenn sie erkannte, dass in der Hose ein Mädchen steckte.

„Du bist ein Satan", sagte Jonathan, der keinen Blick von der Szene ließ, anerkennend. „Die beiden Frauen werden dich dafür hängen. Aber es hat wirklich seinen Reiz. Die zwei sind ein hübscher Anblick, ich frage mich, wie weit sie gehen wür ..."

„Du sprichst das besser nicht aus", fuhr Edward ihn an. „Du denkst es besser nicht einmal zu Ende." Aber Jonathans Idee hatte etwas für sich. Allerdings anders als Hendricks es im Sinn hatte. „Hast du noch Kostüme hier?" Edward hielt sein Auge fest an das Guckloch gepresst, während er sprach.

Jonathan starrte ebenfalls unverwandt hinaus. „Ja, einige. Oben im Schrank." Er deutete mit der Hand vage nach der Tür, die zur Geheimtreppe führte. „Alles mögliche. Was schwebt dir vor?"

„Ich werde dafür sorgen, dass Sophie sicher heimbegleitet wird und nicht mehr auf dumme Ideen kommt. Das gewöhne ich ihr ein für alle Mal ab." Edward wandte sich entschlossen um und ging zur Tür.

Sophie deutete zu der breiten Doppelflügeltür, die von der Halle in den Saal führte. „Da ist soeben eine große Frau hereingekommen."

Henry wandte sich um. „Ah ja, das muss sie sein. Das ist sie sogar ganz bestimmt. Ich gehe hin und bitte sie her. Ich hoffe, deine Schwägerin hat Verstand genug, dich heimzuschicken, wenn du schon nicht auf mich hörst."

„Nein. Warte. Geh noch nicht hin. Ich möchte sie zuerst nur beobachten." Sophie war sich nicht so sicher, ob es eine gute Idee war, mit Melinda zu sprechen. Immerhin hatte sie ihr ja nur als Vorwand gedient, um hinter Edward her zu spionieren.

Henry brummte etwas, sah sich um, und Sophie beobachtete in der Zwischenzeit ihre Schwägerin. Sie war tatsächlich etwas größer als die anderen Frauen. Sophie betrachtete sie neugierig. Sie trug eine Halbmaske, die ihre obere Gesichtshälfte verdeckte, und darüber noch einen Schleier, der auch von ihrer Mund- und Kinnpartie nur die Konturen erkennen ließ.

Ein Diener kam abermals mit einem Tablett vorbei und hielt es Sophie auffordernd hin. Sie nahm ein Glas und trank davon, ohne Melinda aus den Augen zu lassen.

Ein Mann sprach sie an. Lady Melinda nickte ihm zu, lächelte, schenkte ihm jedoch kein Gehör. Er lief ihr nach. Sie wandte sich um, schüttelte den Kopf, hob sogar abwehrend die Hand und kam dann geradewegs auf Sophie zu. Sie hatte einen sehr eleganten Gang, bewegte sich anmutig, sehr graziös. Sophie betrachtete sie ebenso erstaunt wie auch neugierig, als sie vor ihr stand. Sie war hübsch, das Gesicht unter dem Schleier war ungepudert, mit einem Schönheitsfleck über dem Mundwinkel, die Augen waren zwar etwas weniger intensiv als jene von Edward, aber in fast der gleichen violetten Farbe. Sie trug die weiß gepuderte Perücke, wie man sie am französischen Königshof bevorzugt hatte. Im Gegensatz zu den anderen Frauen war sie nicht halbnackt, sondern ihr Dekolleté war relativ hochgeschlossen und ihr Unterrock dicht, sodass man die Beine nicht sehen konnte. Und darüber trug sie noch ein dunkelblaues Cape. Sie wirkte wie eine Dame.

Lady Melinda wandte sich Henry zu. „Sie dürfen sich zurückziehen, Sir. Wir bedürfen Ihrer Dienste nicht". Sie hatte eine angenehme, melodische Stimme.
„Äh … ich …", stotterte Henry.
„Geh nur, Henry", sagte Sophie tapfer. Es war ihr ein Rätsel, weshalb Melinda von allen Gästen im Saal ausgerechnet auf sie zugesteuert war, aber nun, da sie schon einmal hier war, wollte sie auch mit ihr sprechen. Henry stolperte davon, warf immer wieder besorgte Blicke über die Schulter und blieb dann auf der anderen Seite des Saals stehen, um unverwandt herüberzustarren.
„Das ist mein Vetter", erklärte Sophie.
„Wie reizend. Aber dennoch ist es mir lieber, Sie unter vier Augen zu sprechen, mein lieber Junge. Ich bin nämlich entzückt, Sie wieder zu treffen. Man hat mir gesagt, dass wir uns vor einiger Zeit unter sehr irritierenden Umständen auf den Klippen kennengelernt haben und …"
Sophie riss die Augen auf, als ihr der Sinn dieser Worte bewusst wurde. Die Nackte von den Klippen? „Das waren *Sie*?", stieß sie ungläubig hervor.
„Ja, leider." Melinda hob kurz Schleier und Maske. Und tatsächlich, Sophie erkannte sie wieder. Und obwohl der Champagner schon erste Auswirkungen zeigte, war sie noch nüchtern genug, um mit einem Schlag zu begreifen, was damals vor sich gegangen war. Melinda war Captain Hendricks Geliebte, hatte Henry behauptet. Aber Edward war ihr nachgeritten. Hatte es einen Streit gegeben? Hatte er sie retten wollen? Jetzt erst wurden ihr alle seine Bemerkungen klar! Und dann war sie mit Jonathan davongeritten! Sophie presste die Lippen zusammen. Edward hätte ihr irgendwann erzählen müssen, wer die Frau war. Spätestens am Hochzeitstag! Aber es gefiel ihm ja, sie ständig im Dunkeln tappen zu lassen wie ein dummes Kind.
„Und ich bitte Sie inständig, darüber zu schweigen." Lady Melinda kam so nahe, dass Sophie unwillkürlich einen Schritt zurücktrat. Ihre Hände lagen plötzlich auf Sophies Schultern, sie drängte sie tiefer in die Schatten der Palmen. Melinda war tatsächlich so groß, dass Sophie ein wenig hochsehen musste.
„Aber wie haben Sie mich denn erkannt?", fragte Sophie verwirrt. „Sie schienen zu wissen, dass ich hier bin."
„Captain Hendricks hat Sie gesehen. Deshalb wollte ich Ihre Bekanntschaft machen."
„Captain Hendricks? Aber wie konnte er mich denn erkennen? Das Zusammentreffen auf den Klippen war doch viel zu kurz dazu!"
„Sie haben damals einen sehr bleibenden Eindruck hinterlassen." Melinda lächelte.
„Oh …" Sophie sah sich misstrauisch um. Sie wurde also beobachtet. Und ein Wildfremder hatte sie erkannt. Das war nicht gut.
„Er weiß immer, was in seinem Haus vor sich geht." Melinda hielt einen der Diener auf, nahm zwei Gläser von seinem Tablett und reichte eines davon Sophie. Von dem anderen nippte sie selbst, bevor sie es in eine kleine Wandnische stellte.
Sophie trank in großen Zügen. Sie hatte zugesehen, wie Edwards Schwester nackt über die Wiesen gerannt war und beinahe von den Klippen gestürzt wäre, und Edward hatte ihr nichts gesagt. Dieser Mistkerl! Sie leerte das Glas. So. Jetzt fühlte sie sich besser. Sie stellte das Glas neben jenes von Melinda, verfehlte die Nische um einige Millimeter und sah erschrocken zu Boden, als es dort zerschellte.
„Sie sind wirklich ein ganz besonders reizender junger Mann." Die flüsternde Stimme lenkte Sophie von den Scherben ab. Melindas Hand glitt über Sophies Schultern, weiter hinab, über ihre Brust, ihre Finger spielten mit den Rüschen ihres Hemdes, mit der Halsschleife. Dann packten die schlanken Finger die Schleife und

zogen Sophie sanft, aber unwiderstehlich näher. „Ich denke, Sie haben sich einen Kuss verdient, mein lieber Junge."

„Ich bin kein ...", keuchte Sophie entsetzt. „Ich bin ..." Aber da lagen Melindas Lippen schon auf ihren. Ganz zart und weich. Ihr Parfüm hüllte Sophie ein. Sie hielt halb vor Schreck, halb vor Hilflosigkeit still.

Lady Melinda löste sich verwundert lächelnd von ihr. Ihre Zungenspitze fuhr genießerisch über ihre eigenen Lippen. „Wie süß du schmeckst." Ihr Finger glitt über Sophies volle Unterlippe, strich dann über die Oberlippe. „Rasierst du dich denn schon, mein Junge?"

„Nein!" Sophie wollte sich losmachen, aber da war Lady Melindas Hand auf ihrem Nacken und hielt sie fest. „Ich habe noch nie einen so jungen Mann geküsst", hauchte sie an Sophies Lippen.

„Jetzt aber genauso wenig", ächzte Sophie und versuchte den Kopf wegzudrehen. „Ich bin nämlich kein ..."

Melindas schöner Mund erstickte den Rest des Satzes. Dieses Mal mit mehr Druck. Weich und voll pressten sich die Lippen auf Sophies, schwelgten in deren Weichheit und Fülle, eine Zungenspitze berührte sie. Sophie murmelte einen hilflosen Widerspruch, der von den Lippen der anderen Frau abgefangen wurde. Melindas andere Hand streichelte über Sophies Arm, die Schulter, fuhr unter die Jacke und blieb auf Sophies Brust ruhen. Zuerst mit sicherem, verführerischem Druck, aber dann begannen die Finger ungläubig zu tasten, als wollten sie die ungewöhnliche Weichheit dieser Männerbrust erproben. Schließlich passierte zwei, drei Sekunden gar nichts, und endlich ließ Melinda Sophie mit einem kleinen Aufschrei los und trat zwei hastige Schritte zurück. Sie legte erschrocken die Hand auf den Mund und sah Sophie mit großen Augen an.

„Mein Gott! Ein Mädchen!"

„Nicht nur das!" Sophie rückte die Perücke zurecht, die unter Melindas leidenschaftlichem Kuss verrutscht war. „Ich bin außerdem auch Ihre Schwägerin."

„Meine ..." Melinda schloss die Augen. Sie rang nach Atem. „Dieser Schuft! Dieser elende Schuft! Dieser ..." Sie verstummte und presste die Lippen aufeinander.

„Er wusste es ja nicht", sagte Sophie, die annahm, dass Melinda von Jonathan Hendricks sprach.

Melinda lachte nur kurz und spöttisch auf. Ihre Augen funkelten zornig. „So ist das also. Meine Schwägerin. Und was macht Edwards Frau hier? Oder war das mit ihm ausgemacht? Hat er Sie hierher bestellt?"

„Selbstverständlich nicht", sagte Sophie. „Ich bin ja auch nur gekommen, um ..." Sie zögerte. Sie hatte es sich einfacher vorgestellt, mit Melinda zu sprechen. So von Frau zu Frau. Aber nun, da sie von dieser Frau geküsst worden war, war alles etwas peinlicher geworden. Sollte sie ihr jetzt wirklich von ihrer Vermutung erzählen, dass Edward sie betrog und hier Orgien feierte? Oder wusste Melinda ohnehin davon? Dann würde sie Sophie bestenfalls auslachen. Was hatte sie gesagt? Jetzt fiel es ihr erst auf! *Hat er Sie herbestellt?*

„Er ist also doch hier!" Jetzt funkelten Sophies Augen nicht weniger als die von Melinda.

„Es wäre besser, Sie gingen jetzt."

„Ich werde erst gehen, wenn ich mit ihm gesprochen habe!"

„Er ist nicht hier. Wie kommen Sie darauf?" Melindas Gesicht verschloss sich. „Er befindet sich zurzeit in London. Und jetzt gehen Sie, das ist kein Ort, an dem Sie etwas verloren hätten."

„Ach nein? Das ist aber zufällig mein Haus!", erwiderte Sophie gereizt, die diesen belehrenden Tonfall in den Tod hinein nicht ausstehen konnte.

„Ihr Haus?" Sekundenlang wurde Melindas Ausdruck unsicher.

„Ja, das meiner Großmutter, die es mir vererbt hat. Und Ihr Captain Hendricks hat sich widerrechtlich hier einquartiert!", sagte Sophie angriffslustig. Ein Diener kam vorbei. Sie griff nach einem vollen Glas und nahm einen weiteren Schluck. Dieses Getränk erinnerte sie an ihre Hochzeitsnacht. So etwas hatten Edward und sie getrunken, bevor Jonathan Hendricks hereingeplatzt war. Und nach nicht einmal vierundzwanzig Stunden hatte ihr Mann sie verlassen und trieb sich weiß Gott wo herum. Sophie trank die kühle, perlende Flüssigkeit in einem Zug aus. Sie brauchte für das, was sie nun tun wollte, jeden Mut und jede Unterstützung, die sie bekommen konnte.

Sie tupfte sich mit dem Jackenärmel einige Schweißperlen von der Oberlippe und der Stirn, atmete einige Male tief durch und sah Melinda herausfordernd an. Der Raum um sie herum veränderte sich zusehends. Die Geräusche, die Stimmen hallten in ihren Ohren nach, und Melinda und die Topfpalmen schwankten ein wenig im Takt der Musik. „Was meinen Sie, was diese Leute wohl dazu sagen würden, wenn ich mich mitten in den Saal stellte und das laut verkündete!"

Melinda wirkte verärgert. „Reden Sie nicht so laut, Sie naseweises Ding. Wie ich schon sagte, Sie haben hier nichts verloren. Und ich habe anderes zu tun, als für Sie Gouvernante zu spielen." Sie packte Sophie am Arm. „Kommen Sie jetzt. Wir nehmen den Hinterausgang, und dann werde ich Sie in eine Kutsche verfrachten, und Sie werden heimfahren."

„Einen Moment noch." Sophie machte sich los. „Wie viele der Anwesenden wissen eigentlich, dass Captain Hendricks vom Schmuggel lebt?"

„Sie sind eine ganz schreckliche Person." Melindas dunkle Augenbrauen zogen sich zusammen, während der violette Blick zornig über Sophie glitt.

Die Welt um Sophie herum hatte sich weiterhin verwandelt. Es war mit einem Mal viel mehr Bewegung im Raum. Alles glitzerte, wurde undeutlich, schwamm in Farben und Lichtern. Sophie rieb sich die Augen. „Ich glaube, mir ist es schwindlig."

„Das ist der Champagner. Kein Wunder. Sie haben ja auch genug davon getrunken." Melinda klang gereizt. „Sind Sie deshalb hier? Suchen Sie ein Abenteuer? Was glauben Sie, was die Männer hier mit Ihnen anstellen, wenn sie dahinterkommen würden, dass Sie eine Frau sind und kein Junge? Diese Leute dort", sie deutete mit einer anmutigen Bewegung in den Saal, „sind betrunken von Wein und Lust. Keiner würde Ihnen helfen. Sie würden noch lachen, wenn Sie einer der Schäfer in ein Schlafzimmer zerrt. So wie dieser Mann dort drüben es soeben tut."

Sophie wandte den Kopf. Tatsächlich verschwand soeben ein Pärchen durch eine Tür. Die Frau zierte sich etwas, aber es war offensichtlich, dass sie willig mitging. „Die beiden suchen jetzt eines der Gästezimmer auf", sprach Melinda weiter.

„Eines *meiner* Gästezimmer", murrte Sophie. Es war unfassbar, was dieser Verbrecher ihrem Haus antat; es nicht nur in ein Schmugglernest verwandelte, sondern sogar zu einem Bordell degradierte. Und sie konnte nichts dagegen unternehmen. „Edward hat mir versprochen, dass er diese Leute rauswirft", sagte sie trotzig. „Und jetzt amüsiert er sich auch noch hier." Oben, in einem der Zimmer. Oder in einer

Nische. Bittere Tränen saßen in Sophies Kehle und Augen, aber sie schluckte sie hinunter. Dieser Champagner zeigte die Eigenschaft, ihren Verstand wegzunebeln und sie als ein Häufchen gekränkter Gefühle zurückzulassen. Das konnte sie sich nicht leisten. Noch nicht. Zuerst musste sie Edward finden. Und was dann geschah, wusste sie noch nicht. Möglicherweise etwas sehr Schreckliches.

„Edward ist nicht hier, das sagte ich Ihnen schon."

„Ich glaube Ihnen nicht, dass Edward in London ist", sagte Sophie störrisch. „Er ist hier! Mit einer anderen Frau!"

„So ein Unsinn! Und nun kommen Sie endlich, ehe Sie zu betrunken sind, um alleine gehen zu können. Was meinen Sie, wird mein Bruder dazu sagen, wenn er davon erfährt, dass Sie hier bei Jonathans Fest sind?"

„Das ist mir egal!" Der Raum schwankte bedenklich. Wie in ihrer Hochzeitsnacht. Aber nun war kein Edward da, der sie auffing und hielt.

„Ich bringe Sie am besten selbst heim." Das war kein Vorschlag, das war eine Feststellung. Melinda war überraschend kräftig, als sie energisch ihren Arm um Sophies Taille legte und sie am Rand des Saals zu einer Tapetentür führte, die Sophie bisher nicht aufgefallen war.

Sophie ging mit, aber dann, als die Tür wieder hinter ihr geschlossen war, und sie sich in einer dunklen Ecke des Ganges befand, befreite sie sich aus dem Griff. Der Gedanke, Edward könnte so wie dieser Schäfer seine Geliebte ebenfalls in eines der Gästezimmer zerren, ließ sie nicht los und tat ihr so weh, dass sie am liebsten geschrien hätte. Sie musste unbedingt nachsehen und Gewissheit haben. Kein McIntosh würde jemals den Kopf in den Sand stecken, sondern den Tatsachen immer ins Auge blicken.

„Ich muss zuerst wissen, ob Edward hier ist." Sophie sprach ganz langsam, um das Lallen in den Griff zu bekommen. Sie blinzelte, bis der Raum um sie herum zu wanken aufhörte. „Lassen Sie mich los. Ich muss Edward finden! Edw ..."

Alles drehte sich. Sie schloss die Augen und lehnte sich an die Wand. Es war ihr, als befänden sich plötzlich mehrere Personen um sie herum, und sie vernahm, dass Melinda jemandem mit unterdrückter Heftigkeit Ohrfeigen androhte. Sie wollte sehen, mit wem ihre Schwägerin sprach, schüttelte den Kopf, um klar zu werden, und taumelte. Aber plötzlich war ein Arm da, der sie hielt. Ein Rascheln von Röcken. Ein fester Griff.

Lady Melinda hatte wieder den Arm um Sophies Taille gelegt und hielt sie fest, während Sophie neben ihr durch den Raum stolperte, einige Stufen hinunter, dann durch einen dunklen Gang bis zur Hintertür. Sophie kämpfte gegen den Schwindel an und war dankbar für den Halt, den ihre Schwägerin ihr gab. Lady Melindas Gegenwart war plötzlich nicht mehr belästigend, sondern vermittelte Sophie ein angenehmes Gefühl von Schutz. Melinda schien sich überhaupt verändert zu haben. Sie war zwar etwas größer als Sophie, aber nun schien sie noch ein wenig gewachsen zu sein. Oder hatte der Champagner Sophie schrumpfen lassen? Gab es so etwas? Lag es daran, dass ihre Knie so weich waren und einsanken? Sie runzelte die Stirn, um darüber nachzudenken, aber da war sie auch schon vor der Kutsche.

Melinda, die sich als überraschend kräftig entpuppte, drängte sie hinein, nahm neben ihr Platz, die Tür wurde zugeworfen, und die Pferde zogen an. Melindas Arm lag unverrückbar um Sophies Taille, sie zog sie an sich, um sie festzuhalten, als der Wagen über einige Löcher in der Straße rumpelte, und Sophie fast vom Sitz rutschte.

Sie waren einander so nahe, dass Sophie den Schleier der anderen auf ihrem Gesicht fühlen konnte.

„Du bist ein sehr eigensinniges Ding.“ Melinda flüsterte, ihre Stimme klang heiserer als zuvor. „Wie kommst du eigentlich auf die Idee, Edward könnte hier sein?“

„Augusta hat es behauptet …“ Das Schaukeln der Kutsche verstärkte offenbar noch die Wirkung des Champagners, und es war so dunkel, dass Sophie ihre Schwägerin nur als neben ihr aufragenden, verschwimmenden Schatten erkennen konnte.

„Augusta. So. Deine liebe Cousine.“ Melinda klang grimmig. „Das Weib ist doch die personifizierte Bosheit. Eine Hexe.“

Sophie begann zu schluchzen. Jetzt, da sie auf dem Heimweg war, und Melinda so passende Worte über Augusta gefunden hatte, brach ihr ganzes Elend über sie herein. „Sie war so gemein! Sie hat gesagt, er hätte eine Geliebte und wäre gar nicht in London.“

Melinda war still. Man hörte gut eine Meile lang nur Sophies herzzerreißendes Weinen, das von Schniefen begleitet wurde, gelegentliches Schnäuzen, wenn sie in das von Melinda hingehaltene Tüchlein blies, das Knarren des Leders, die Räder, wenn sie auf einen Stein stießen, das Schnauben der Pferde, und manchmal ächzten und quietschten die Wagenachsen und Federn auf dem unebenen Weg.

Endlich unterbrach Melinda das Schluchzen. „Soll ich dich küssen? Damit du zu weinen aufhörst?“

„W … was fällt Ihnen ein?!“ Diese Frage schockierte Sophie und brachte ihre Tränen tatsächlich kurzzeitig zum Versiegen. Als Melinda sie zuvor geküsst hatte, war dies aus Unwissenheit über Sophies tatsächliche Person geschehen, aber nun war es ungehörig, so einen Vorschlag zu machen.

Melinda schien das anders zu empfinden, ihr linker Arm hielt immer noch Sophies Taille fest umfasst, aber die dazugehörige Hand lag plötzlich wie von selbst auf Sophies Brust und die rechte Hand unter ihrem Kinn.

Sophie wand sich in der Umarmung. „L … lassen Sie das.“ Unter Schwägerinnen war das bestimmt nicht die übliche Art, einander zu trösten.

„Du bist ein sehr prüdes kleines Ding“, sagte Melinda tadelnd. „Die anderen Frauen hier sind weitaus offener.“

„Ich bin aber nicht wie die anderen hier“, zischte Sophie.

„Nein, du hast recht. Du bist nicht wie die anderen. Du bist viel hübscher. Überhaupt als Junge und in Hosen.“ Ein Lächeln klang in Melindas Stimme mit. Die Finger der linken Hand zogen langsame, sinnliche Kreise über Sophies Brust.

Sophie war, als hätte sie einen Stein verschluckt. Ihr Magen krampfte sich zusammen, ihre Hände zitterten, und zwischen ihren Beinen machte sich ein leises Ziehen bemerkbar. Auch ihre Brüste waren mit einem Mal fühlbar. Sie waren nicht nur einfach da, sie konnte sie spüren, merkte, wie sich die Haut ihres Körpers zusammenzog.

Melinda schien von den Berührungen ähnlich erregt zu sein, denn sie atmete schneller. „Ich wollte, ich hätte dich nackt in meinem Zimmer.“

Sophie war schockiert. „Nein! Das würde ich nicht wollen.“

Melindas Flüstern klang atemlos, fiebrig, ein heiserer, tiefer, fast männlicher Ton lag darin, als sie versuchte, Sophie wieder an sich zu ziehen. „Oh doch, glaube mir. Und wie du es woll …“

„Nein, ich bin vollkommen sicher, dass dies niemals der Fall wäre!“ Sophie versuchte ihre Ablehnung zu begründen, um die andere auch wirklich davon zu überzeugen – was in ihrem gegenwärtigen, verwirrten Zustand allerdings schwierig war. „Es ist so, dass Sie zwei Dinge zu viel haben …“, sagte sie, während sie in die Richtung von Melindas Brüsten zeigte, um kein Missverständnis aufkommen zu lassen, „und eines, ein sehr Wichtiges, zu wenig, um meine Leidenschaft zu erwecken. Ich spreche“, setzte sie tapfer hinzu, „vom männlichen Geschlechtsteil.“ Vor allem war es ein ganz bestimmter Mann, dem sie jedem anderen Menschen, gleichgültig ob Mann oder Frau, den Vorzug gegeben hätte. Wie sehr, wurde ihr in diesem Moment mit großer Schmerzhaftigkeit klar. Auch dass sie ihm gleichgültig war.

„Zu viel …?“, sagte Melinda gedehnt. Ein verträumter Ausdruck trat in ihre Stimme. „Ja, das könnte im Moment wohl hinkommen. Aber glaube mir eines, Sophie, ganz gewiss nicht zu wenig.“

Sophie hörte nicht hin. Sie war schon wieder mit Edward und ihrem Unglück beschäftigt. „Er liebt mich nicht“, platzte sie aufweinend heraus.

Melinda schien betroffen. „Aber, meine süße Kleine. So ein Unsinn. Wie kommst du denn darauf?“

„Er hat es gesagt.“

„Ganz bestimmt nicht.“

„Er hat gesagt, er will mich nur wegen der blöden Erbklausel heiraten!“

„Ach … und aus welchen Gründen hast du ihn geheiratet?“ Melinda klang gespannt.

„Na, weil ich doch so verliebt war!“, heulte Sophie verzweifelt auf. Im nächsten Moment lag sie erst recht in Melindas Armen. Sie zappelte, wehrte sich. „Das ist unrecht! Lassen Sie mich los!“

„Nein, mein Liebling, glaube mir, nichts von dem, was ich mit dir tue, ist unrecht.“

Und dann lagen Melindas Lippen auf ihren, nur durch den hauchdünnen Stoff des Schleiers getrennt. Ganz zart glitten sie über ihre, die Feuchtigkeit erreichte sie kaum. Eine Zunge drängte gegen Stoff und Lippen.

Sophie presste ihre Lippen zusammen, wollte den Kopf wegdrehen, aber Melindas Hand stieß die Perücke von ihrem Kopf, griff fest in ihr Haar und hielt ihren Kopf fest. „Ich tu dir nichts“, flüsterte sie heiser. „Gib einfach nach.“

„Nein!“

„Warum denn so zimperlich? Nur bei mir oder auch bei anderen?“

„Was? Wie können Sie …?“ Kaum hatte Sophie den Mund empört aufgerissen, als Melindas Zunge sich auch schon tiefer schob. Es kitzelte, als die fremde Zunge zwischen ihren Lippen kreiste.

Da war wieder dieses Rauschen in Sophies Ohren, und sie wusste nicht, ob es vom Champagner kam oder von diesen Berührungen. Sie war viel zu betrunken. Etwas in ihrem letzten Fünkchen von Bewusstsein sagte ihr, dass dies ein Fehler gewesen war. Sie musste Melinda wegstoßen! Sophie krallte ihre Finger in das Kleid der anderen, aber statt sie von sich wegzudrücken, hielt sie sich an ihr fest. Im Gegenteil, ihre eigene Zunge schob sich wie von selbst vor, betastete den Schleier, die Lippen der anderen. Melinda fasste sie fester, legte den anderen Arm um sie, zog sie eng an sich und stöhnte. Ein Laut, der Sophie erschreckte, weil er so tief und wollüstig klang.

Die Hand löste sich aus ihrem Haar, als Melinda erkannte, dass Sophie nichts mehr gegen den Kuss einzuwenden hatte, glitt an ihrem Hals entlang, über ihren Arm und lag plötzlich unter der Jacke auf ihrer Brust. Sophie wollte sie fortstoßen, aber die Berührung nahm ihr den Atem. Die geschickten Finger der anderen brauchten nicht lange, um das Hemd zu öffnen. Die Schnüre des Mieders waren ebenfalls schnell offen, und dann kreiste ein Zeigefinger um ihre nackte Brustwarze.

Eine Hand war auf Sophies Knie, gleich darauf auf ihrem Schenkel und öffnete mit kundigen Fingern den Verschluss der Hose. Und nun war nichts mehr zwischen Melindas Fingern und Sophies weicher Weiblichkeit, das ihrer Schwägerin Einhalt geboten hätte. Die Fingerspitzen glitten suchend unter den Stoff, zogen ihn entschlossen weiter zur Seite, und berührten Sophies dunkles Vlies. Dann waren die Finger auf ihren Schamlippen. Sophie bäumte sich auf. Die Hand der anderen hinderte sie daran, die Beine zu schließen. Sie war so verflixt kräftig.

„Nein, nicht, meine Süße. Wehr dich nicht", Melindas Flüstern klang verführerisch. „Vertrau mir. Ich werde dir nichts tun, nur ein bisschen streicheln."

„Oh Gott …" Es war nur ein Seufzen. Ein Zauber hatte sich Sophies bemächtigt, der ihr es nicht mehr erlaubte, an Gegenwehr zu denken. Melindas Gegenwart war so überwältigend. Ihre Nähe, ihr Körper, ihre Arme, die langen, kräftigen Finger, ihr Atem auf ihrer Haut. Sie vermeinte noch den Geschmack ihrer Zunge auf ihrer zu fühlen. Ganz anders als im Ballsaal, viel verführerischer.

Oh ja, genau so und genau dort hatte Edward sie gestreichelt, sogar geküsst und Gefühle von neuer Intensität erweckt. Sie keuchte auf, als Melinda einen Punkt erreichte, dessen erregtes Pochen sich durch die Berührung verstärkte.

Melinda tauchte in ihre Spalte ein, zog die Finger wieder heraus, und Sophie bemerkte trotz der Dunkelheit, dass sie den Finger unter den Schleier schob und in den Mund steckte.

„Köstlich." Eine leidenschaftliche Erregung schien sich Melindas bemächtigt zu haben. Wieder waren da die Lippen, lagen auf ihren, jetzt mit stärkerem Druck, der Schleier schob sich tief in ihren Mund, und Melindas Lippen saugten sich an ihren fest.

Sophies Schenkel wurden mit sicherer Hand weiter geöffnet, ein Bein lag bereits über Melindas Knien. Die verführerische, verspielte Hand glitt tiefer. Sophie ächzte, als ein Finger in sie eindrang. Tiefer. Sie wollte Melinda wegstoßen, aber gleichzeitig auch mehr davon. Zwei Finger.

Dann beugte sich ihre Schwägerin hinunter, öffnete das Hemd etwas mehr, küsste sie zart auf die Haut, auf die Brustspitze, den sich zusammenziehenden Hof. Ihre Hand blieb nicht untätig. Ihr Daumen legte sich auf Sophies Klitoris, ließ sie bei der Berührung leise aufschreien.

„Frauen haben so viele Stellen, an denen Berührungen große Lust entfachen", flüsterte die verführerische Stimme an ihrem Ohr. „Ich werde wohl nie müde werden, jeden einzelnen an dir zu suchen."

Sophie wusste nicht mehr, wie ihr geschah. Melindas Finger in ihrer Scham, der Daumen auf ihrer Klitoris, die Lippen auf ihrem Mund. Alles drehte sich, ihr Körper reagierte auf Melindas Atem, ihre Berührungen, auf ihren Geruch, der gar nicht mehr zart und parfümiert war, sondern herber wurde. Ihre Umarmung wurde fester, leidenschaftlicher, und dann bäumte sich Sophie in ihren Armen auf, fassungslos gegenüber ihrer Reaktion auf diese Frau und deren Hände. Sie vibrierte, ihr Inneres zog sich zusammen, bebte, und dann schien es sie zu zerreißen. Und endlich sank sie in sich zusammen und lag völlig still.

„Sophie?" Melinda erschrak, als Sophie wie leblos in die Polster rutschte und sich nicht mehr rührte. Ein leiser Fluch kam über ihre Lippen, aber in diesem Moment hielt die Kutsche, und Sophie kam wieder zu sich. Sie hob benommen den Kopf. Melinda atmete erleichtert auf. Schnell zog sie Sophies Kleidung zurecht, warf dann ihr eigenes Cape über sie und wickelte sie darin ein. Als der Diener die Tür aufriss, fasste sie

Sophie einfach unter den Armen und unter den Knien, hob sie hoch, kletterte mit ihr hinaus und trug sie zum Haus. Der Butler öffnete die Tür und riss bei dem sich ihm bietenden Anblick Augen und Mund zugleich auf.

„Mylady …?"

Melinda schob ihn mit der Schulter weg. „Machen Sie Platz, Manson, Lady Sophie ist unpässlich." Der Butler sprang beim Klang der dunklen, herrischen Stimme zur Seite.

„My … My…?!"

Lady Melinda sprach über ihre Schulter. „Sie vergessen sofort, was Sie hier gesehen und gehört haben, verstanden?"

„Sehr wohl … Mylord." Mason griff sich an die Stirn.

Edward war mit Sophie schon auf der Treppe. Sophie hatte in der Zwischenzeit beide Arme um seinen Hals gelegt und spielte mit dem Schleier. Sie schmiegte sich an ihn, kicherte ein wenig. „Oh, du bist so stark, Melinda, so wie Edward." Sie seufzte. „Ach ja, Edward. Habe ich dir schon erzählt, dass er mich betrügt?"

„Unsinn. Der denkt ja gar nicht daran." Edward stieß die Tür zu Sophies Zimmer auf und legte sie vorsichtig auf das Bett. Als er sich umdrehte, um eine Kerze anzuzünden, schien Sophie plötzlich wieder munter zu werden. Sie rappelte sich erstaunlich wendig hoch, wankte hinter den Paravent und kam zu seiner Verblüffung mit einer Flasche zurück.

Sophie entkorkte die Flasche und nahm einen Schluck. „A … aber weißt du w … as, wenn Edward mich betrügt, k … kann ich das auch." Sie taumelte Edward entgegen, der sie auffing. „Wer … immer du bist", lallte Sophie an seinem Hals. „Ich will, dass du mich ins Bett bringst und küsst."

„Schluss jetzt, Sophie." Edward nahm ihr die Flasche aus der Hand und stellte sie außerhalb von Sophies Reichweite. „Ich werde deine Zofe rufen lassen."

Sophie ließ jedoch nicht los. Sie rang kichernd mit Edward, verfing sich in den Röcken von Jonathans Kostüm, diese gaben nach, die Bänder rissen, und die Röcke rutschten hinab. Edward verhakte sich mit den Füßen in ihnen und stolperte mit Sophie in den Armen aufs Bett. Er fühlte mit schmerzhafter Begierde den weichen Körper, die Arme, die sich um ihn legten. Sein Schleier verrutschte ebenfalls und Sophies Lippen trafen seine. Er stöhnte auf, wollte sich frei machen, aber da umklammerte Sophie ihn mit Armen und Beinen, und ihre Scham rieb sich an einem sehr empfindlichen und bereits hoch erregten Punkt zwischen seinen Beinen.

Sekundenlang kämpfte Edward mit dem Wunsch, einfach liegen zu bleiben und weiterzumachen, aber dann löste er die beiden schlanken Arme von seinem Hals und stützte sich auf die Ellbogen. Er verfluchte Jonathan, die Schmuggler und sogar Melinda, die ihn in diese Situation gebracht hatten. Und vor allem die Idee, sich aus Jonathans Maskeradenfundus zu bedienen, um sich als seine Schwester zu verkleiden, und Sophie in dieser Maskierung eine Lektion zu erteilen. Leider war der Plan danebengegangen. Er hatte seine völlig betrunkene Frau als falsche Melinda in die Enge treiben und ihr das später vorhalten wollen. Aber als Sophie schon in Marian Manor begonnen hatte nach ihm zu rufen, und dann in der Kutsche in dieses Weinen, dieses jämmerliche Schluchzen ausgebrochen war, hatte er begriffen, weshalb sie gekommen war. Seinetwegen. Weil ihre Hexe von Cousine gelogen hatte.

Sie dachte doch tatsächlich, dass er sie nicht liebte! Dass er sie betrog! Als hätte er überhaupt noch einen einzigen Gedanken an andere Frauen verschwendet, seit er ihren Hintern vor dem Kellerfenster gesehen hatte.

Tja, die Lektion war schiefgegangen, Sophie hatte sich gekränkt, und jetzt musste er mit seiner wachsenden Erregung und mit Sophie fertig werden. Schweißperlen standen auf seiner Stirn. Sophies Beine umklammerten ihn, ihre Finger zerrten am Ausschnitt seines Kleides. Das Oberteil hatte bisher gehalten, aber von der Taille abwärts war er nackt, und sein Glied rieb sich an Sophies Schritt und Hose. Er ächzte. Sich jetzt auf Sophie zu stürzen, hieße ihre Trunkenheit auszunutzen. Er allein wusste, welch schier übermenschliche Kraft es ihn kostete, schließlich doch Sophies Arme und Beine zu lösen und von ihr hinunterzuklettern.

Endlich stand er schwer atmend neben dem Bett und sah die junge Frau an. *Umdrehen*, sagte er sich. *Umdrehen, ins Nebenzimmer gehen, etwas anziehen und kaltes Wasser über den Kopf gießen.* Ein probates Mittel, wenn es sich auch nicht immer bewährte. Vor allem nicht bei Sophie. Er blieb wie festgenagelt stehen und konnte seinen Blick nicht von ihr lösen.

Sophie hatte die Augen geschlossen. Ihre Hände glitten lustvoll über ihren Körper, sie riss an der Jacke, öffnete das Hemd, bis ihre vollen Hügel freilagen. Eine ihrer schlanken Hände umfasste ihre linke Brust, massierte sie, während die andere Hand zwischen ihre Beine wanderte – die Hose war bequemerweise noch geöffnet – und dort nach ihrer Scham suchte. Sie streichelte sich selbst, öffnete dabei weit die Beine, und ihr Körper und ihre Brüste wölbten sich Edward entgegen. Die Brustspitzen standen erregt empor und zogen Edward unwiderstehlich an. „Ich … liebe ihn so sehr … Und er lässt mich alleine ...“ Sie sprach undeutlich, flüsterte, aber Edward hatte es dennoch verstanden.

Er starrte auf sie herab, kämpfte noch einen schweren Atemzug lang mit sich, dann zog er mit einem Ruck Sophies Hosen fort, riss sich den Rest seiner eigenen Weiberkleidung herunter und warf sich auf seine Frau. „Tut er nicht“, keuchte er in ihr Ohr. „Er ist sogar verdammt nahe. Und er liebt dich ebenfalls.“

Sophie seufzte nur, schlang die Arme um seinen Hals und schmiegte sich an ihn. Sie hatte die Augen geschlossen, war schon nicht mehr ganz wach, reagierte aber trotzdem auf jede seiner Berührungen. Edward führte seinen sehnsüchtig pochenden Stab den richtigen Weg in die feuchte, pulsierende Enge und küsste Sophie leidenschaftlich, als er mit einem erleichterten Stöhnen tief in sie ein eindrang. Genau davon hatte er lange genug geträumt. Und dass seine Frau dabei kaum noch bei Bewusstsein war und nicht einmal wusste, dass er hier war, und was er tat, würde er erst später mit seinem Gewissen ausmachen.

17. Kapitel

Als Sophie am nächsten Morgen erwachte, dröhnte ihr Kopf. Zuerst wusste sie gar nichts. Nicht einmal, wo sie sich befand, aber dann, als ihre Augen sich an das blendende Sonnenlicht gewöhnt hatten, das durch einen winzigen Spalt im Vorhang ins Zimmer fiel, war sie zumindest in der Lage festzustellen, dass sie sich in Edwards Haus, in ihrem Zimmer und in ihrem Bett befand.

Nachdem der erste Anlauf, sich aufzusetzen, in einem Fiasko, das ihren Magen nach außen stülpen wollte, geendet hatte, blieb sie ruhig und mit halbgeschlossenen Augen liegen und versuchte sich zu erinnern. Was war nur geschehen? Was hatte sie in diesen jämmerlichen Zustand versetzt?

Sie war mit Henry zu Captain Hendricks unzüchtiger Veranstaltung gegangen. Dort hatte sie nach Edward Ausschau gehalten und Melinda getroffen.

Und danach?

Sophie kramte in ihrem schmerzenden Gehirn. Sie hatte ein oder zwei Gläschen Champagner getrunken. Henry hatte Melinda gesucht. Waren dann noch ein oder zwei Gläser hinzugekommen? Sophie erinnerte sich dunkel daran, dass sie daran gedacht hatte, alle Feiernden aus ihrem Haus zu werfen und dann die Gästezimmer nach Edward abzusuchen. Aber Melinda hatte das verhindert, indem sie Sophie in die Kutsche verfrachtet hatte.

Und danach ... Da hatte sie geweint. Weil Edward sie betrog. Wahrscheinlich betrog. Auf jeden Fall aber belog. Melinda hatte sie beruhigt. Hatte sie geküsst.

Sophie wurde rot. Nicht nur geküsst. Sie zog die Decke über den Kopf und stöhnte. Melinda hatte sie gestreichelt. Auf ihren Brüsten und zwischen ihren Beinen. Und sie hatte sie nicht weggestoßen, sondern es geschehen lassen. Es hatte sie tatsächlich getröstet, hatte das Weinen und kurzzeitig den Schmerz gestillt.

Und dann ... irgendwie war sie wohl in ihrem Zimmer gelandet. Melinda hatte sie hinaufgetragen. Es war doch Melinda gewesen, oder? Und hier hatte sie von Edward geträumt. Ein sehr intensiver, schöner Traum, in dem er sie besessen und ihr Zärtlichkeiten zugeflüstert hatte. In der er ihr mehrmals gesagt hatte, wie sehr er sie liebte. Sie liebte ... Sophie schloss für Sekunden die Augen. Sie hätte sonst etwas darum gegeben, wenn dieser Traum wahr gewesen wäre. Aber er hatte ihr in der Wirklichkeit nie etwas von Liebe gesagt. Nicht als er ihr den Heiratsantrag gemacht hatte, da hatte er nur vernünftige Gründe angeführt. Nicht in den Tagen der Verlobungszeit und nicht einmal in dieser einen Nacht, die sie miteinander verbracht, und in denen er sie auf sehr körperliche Art geliebt hatte.

Sie setzte sich vorsichtig auf. Die Laken waren zerwühlt und feucht. Sie tastete zwischen ihre Beine und zog ihre Hand klebrig zurück. Was ...? Sie roch nach ... Liebe. Ebenso wie nach den Erlebnissen mit Edward. Hatte der Traum sie so erregt? War Melinda dann eigentlich wieder gegangen?

Sophie griff mit zittrigen Händen nach dem Wasserkrug auf ihrem Nachttisch. Sie machte sich nicht erst die Mühe, ein Glas zu nehmen, sondern setzte gleich den Krug an die Lippen und trank. Die kühle Flüssigkeit tat gut und erfrischte, nahm den pelzigen Geschmack im Mund. Sie legte sich wieder zurück und schloss abermals die Augen.

Erst nach einer halben Stunde war sie so weit, dass sie aufstehen und zum Waschtisch taumeln konnte, um sich Wasser ins Gesicht zu spritzen. Dann zog sie mit zusammengekniffenen Augen den Vorhang zurück und öffnete das Fenster, um frische Luft hereinzulassen. Sie atmete tief durch. Langsam zirkulierte das Blut wieder in ihrem ganzen Körper und nicht nur in einer kleinen, pochenden Stelle im Kopf und in ihrem Nacken. Sie nahm noch einen Schluck Wasser, spülte sich den Mund aus und verwendete verschwenderisch die duftende Lavendelseife, um sich von oben bis unten kalt abzuschrubben.

Dabei dachte sie ununterbrochen nach. Was war geschehen, nachdem sie ins Zimmer gekommen war? Was nur? Und weshalb hatte sie so intensiv von Edward geträumt?

Am Nachmittag fühlte sich Sophie um einiges besser, und sie zog sich nach einem kleinen, leichten Imbiss in die Bibliothek zurück, um Briefe nach Hause zu schreiben. Sie war weder eine begnadete noch sehr motivierte Briefschreiberin, aber sie war besorgt, wie die Nachricht über ihre Heirat daheim in Schottland aufgenommen worden war. Sie wusste, dass Tante Elisabeth ihren Vater umgehend informiert hatte, und hatte selbst auch geschrieben, aber noch keine Antwort erhalten. Lediglich ein Brief ihrer Schwester war gekommen, die – in Unwissenheit von Sophies neuem Stand – nur von daheim erzählte und ihr eine heitere Schilderung von Patricks Genesungsfortschritten vergönnt hatte.

Und nun saß sie bei einem weiteren Schreiben an ihre Mutter, kaute abwechselnd an der Feder und an ihrem linken Daumennagel und versuchte die richtigen Worte zu finden, um ihre Eltern zu beruhigen. Sie wollte sich gar nicht vorstellen, welche Aufregung ihre Heirat daheim ausgelöst hatte. Ihren Vater würde sicherlich halb der Schlag treffen, wenn er hörte, dass seine Tochter Hals über Kopf und aus unbekannten Motiven einen Sassenach geehelicht hatte.

Er würde auf dem schnellsten Weg herkommen. Und genau das hatte Sophie mit jedem der fünf Briefe, die sie inzwischen geschrieben hatte, zu verhindern gesucht. Nicht auszudenken, wenn ihr Vater hier auftauchte und sie in diesem Chaos vorfand! Und Chaos war noch freundlich ausgedrückt, wenn man bedachte, womit Sophie es zu tun hatte:

Großmutters Haus war von Schmugglern besetzt.

Vetter Henry war ein Mitglied der Bande.

Sophies Ruf war durch die Teilnahme an einer Orgie ruiniert.

Sophies frischgebackener Ehemann war ein Wüstling mit dubioser Vergangenheit und mysteriösen Beziehungen zu dem Piraten Hendricks.

Sophie selbst war von Edwards leichtlebiger Schwester in einer Kutsche verführt worden.

Und über die nachfolgenden Ereignisse hatte Sophie nicht die leiseste Erinnerung.

Je länger Sophie darüber nachdachte, desto lebenswichtiger erschien es ihr, ihren Vater möglichst fern von Eastbourne zu wissen. Aber wenn sie harmlose, glückliche Briefe schrieb, die Stadt und deren Einwohner in den hellsten Farben schilderte, dann würde vielleicht Mutter zu überzeugen sein und auf ihren Gatten einwirken.

Sophie hatte gerade den Brief beendet, als Edwards Phaeton vor dem Haus hielt. Sie hörte ihn draußen mit dem Butler reden, dann wurde sein Gepäck hereingebracht, sein Groom schalt den Diener, der die Pferde erschreckt hatte, und endlich trat Edward in die Bibliothek. Er sah sich suchend um und lächelte, als er Sophie am Schreibtisch sitzen sah.

Als er auf sie zuging und sie umarmen wollte, hob sie die Hände und schob ihn weg.

Sein Gesicht verfinsterte sich. „Was ist denn? Gar kein Begrüßungskuss, nachdem dein lieber Gatte fort war?"

„Aber nicht allzu weit, nicht wahr?", erwiderte Sophie spitz.

Edwards Miene wurde sekundenlang unsicher. „Wie darf ich das verstehen?"

„Das darfst du so verstehen, dass ich alles weiß!", hielt ihm Sophie entgegen. „Du hast mich angelogen! Du warst nicht in London!"

Er zögerte. „Doch. Aber nicht nur. Ich hatte auch hier zu tun."

„Davon spricht allerdings die halbe Stadt", sagte Sophie anklagend. „Und auch davon, dass du dich in Jonathans Haus – das heißt in meinem Haus! – mit einer Geliebten getroffen hast!"

„Wer hat das behauptet?"

„Augusta!"

„Und du glaubst ihr das?"

Sophie wurde unter Edwards ruhigem Blick wankend. Sie hatte es Augusta geglaubt, weil es zu einem Wüstling passte, weil Edward sie nur dieser Klausel wegen geheiratet hatte, und weil sie es für logisch gefunden hatte, dass er eine verheiratete Geliebte hatte. Warum auch nicht? Ausgerechnet Edward, der so leidenschaftlich küssen und lieben konnte, würde doch kaum zölibatär leben. Und wäre er wirklich einer naiven, jungen Schottin treu, die nicht einmal eine Spur von Weltgewandtheit besaß?

Edward legte die Hand an ihre Wange und brachte sie dazu, ihm in die Augen zu sehen. Sophie wappnete sich gegen ihn, denn allein diese Berührung ließ sie schon erzittern.

„Wie du dich vielleicht erinnern wirst, haben wir eine Abmachung. Dein guter Ruf, Henrys Schuldscheine und Marian Manor gegen deine Hand. Die ersten beiden Punkte des Vertrages habe ich eingehalten. Und was den dritten betrifft, so arbeite ich daran." Sein Blick glitt mit einer Mischung aus Zärtlichkeit und Ärger über sie. „Aber wenn du mir vorhältst, in Marian Manor gewesen zu sein, so kann ich dasselbe auch umgekehrt machen: denn du warst auf jeden Fall dort."

„Hast du mich dort gesehen?!" Das war Wasser auf die Mühle ihrer Verdächtigungen.

Edward legte die Hände auf dem Rücken zusammen und wanderte in der Manier eines Lehrers, der seinem Schüler Lehren erteilt, vor Sophie hin und her. „Das habe ich von meiner Schwester erfahren. Sie hat dich dort getroffen und heimgebracht. Wofür ich ihr sehr dankbar bin. Nicht auszudenken, wenn man dich dort entdeckt hätte!"

Sophie hatte das Gefühl, dass Dankbarkeit nicht unbedingt jene vorherrschende Regung war, die sie für Melinda empfand. „Ich war dort, um Melinda kennenzulernen. Ich habe gehört, dass sie gelegentlich im Haus anzutreffen ist."

„Nur um Melinda kennenzulernen?"

„Natürlich! Weshalb sonst? Du hast mir nie von deiner Schwester erzählt! Weshalb musste ich erst von Henry von ihr erfahren?" Sie würde niemals zugeben, dass sie nur Edwards wegen hingegangen war, um ihn zu suchen und ihm eine Szene zu machen. Und vielleicht noch seiner Geliebten das Gesicht zu zerkratzen. Sie konnte sich dunkel erinnern, dass sie nach mehreren Gläsern Champagner daran gedacht hatte.

Edward blieb vor ihr stehen. „Jetzt hast du sie kennengelernt. Und fandest du sie sympathisch?"

„Sie ist wohl ein bisschen außergewöhnlich?"

Um Edwards Lippen zuckte es. „Das könnte man so sagen. Worüber habt ihr euch unterhalten?"

„Frauenangelegenheiten. Wie … ähem … Schwägerinnen das eben so tun."

Edward zog eine Augenbraue hoch. „Ist sonst noch etwas vorgefallen?"

„Vorgefallen?" So einiges. Aber das ging Edward nichts an. Sophie versuchte unschuldig dreinzusehen, während sie mit der Feder spielte und ihre Finger mit Tinte beschmierte.

„Ich habe gehört, dass es dir nicht gut ging und Melinda dich heim und sogar auf dein Zimmer gebracht hat. Es ist doch hoffentlich nichts passiert, von dem ich wissen müsste", fragte Edward in Sophies krampfhafte Versuche, sich zu erinnern. Als sie verbissen schwieg, setzte er nach: „Oder muss ich erst Melinda fragen?"

„Nein! Wozu? Was geht es dich an, was wir gesprochen haben, oder was passiert ist?" Ihr Gesicht glühte.

„Hör zu, Sophie", riss Edwards bestimmter Tonfall sie aus weiteren Überlegungen. „ Ich will, dass du das ernst nimmst. Wenn ich dich noch einmal dabei erwische, dass du Marian Manor oder den Schmugglern auch nur nahe kommst, lege ich dich übers Knie. Hast du mich verstanden?"

Sophie rang nach Atem. „Was fällt dir ein?!"

„Nur das Naheliegendste", lautete die kühle Antwort. „Hat dein Vater dich etwa nicht versohlt, als du in dieses Bergwerk gegangen bist und beinahe darin getötet worden wärst?"

„Natürlich nicht!" Sophie sprang empört auf. Er hatte es ihr angedroht, aber Vater McIntosh wäre niemals in der Lage gewesen, sein Mädchen zu schlagen.

Edward dagegen schien zu meinen, was er sagte. „Nein? Das war ein Versäumnis. Mir wird das nicht passieren. Hast du mich verstanden, Sophie? Diese Bande ist noch um einiges gefährlicher als ein altes Bergwerk. Dort hattest du die Chance, heil rauszukommen, aber wenn die Schmuggler dich erwischen, ist dein Leben nichts mehr wert." Seine Augenbrauen hatten sich zusammengezogen, und Sophie merkte an der Art, wie sich seine linke Hand zur Faust ballte, dass er wirklich zornig war. „Und ich werde bestimmt nicht den Rest meines Lebens als Witwer verbringen, nur weil meine Frau nicht auf mich hören will!"

Sophies Gefühle auf diese Rede hin waren zwiespältig. Zum einen wurde sie wütend, weil Edward sie maßregelte und bevormundete, ihr sogar Prügel androhte! Und zum anderen war sie über seine Sorge gerührt. Er wollte wirklich Witwer bleiben, wenn ihr etwas zustieß?

Ihre Gedanken mussten sich auf ihrem Gesicht widergespiegelt haben, denn Edwards Miene wurde weicher, er entspannte sich. „Ich habe Angst um dich, Sophie. Das ist alles. So. Und jetzt komm her. Du hast mir noch keinen Begrüßungskuss gegeben."

Sophies Ärger schwand ein wenig, aber sie trat dennoch einen Schritt zurück, als er sie umfassen wollte. Edward setzte jedoch sein langsames, erotisches Lächeln ein, das Sophie den Atem nahm, und als er sie abermals in die Arme ziehen wollte, blieb sie stehen und schmiegte sich sogar an ihn.

„Zehn auf den blanken Hintern, wenn du nicht auf mich hörst", brummte er an ihrem Ohr. Seine Stimme ließ Sophie erbeben, als er sie eng an sich zog. „Hast du mich verstanden?"

Sie sah hoch. „Das wirst du nicht …"

Sein Mund presste sich auf ihren, fing die letzten Worte ihres Satzes auf, ließen sie an seinen Lippen ersterben.

„Sollten wir nicht besser nach oben gehen?", fragte Sophie atemlos, als er nach geraumer Zeit ihren Mund freigab, seine Lippen aber über ihren Hals wanderten, mit der zarten Haut spielten, jedes freie Fleckchen küssten. Seine gespreizten Finger hatten mit festem Griff ihre beiden Pobacken umfasst und hielten Sophie so eng an ihn gepresst, dass sie seine wachsende Hitze und Erregung fühlen konnte. Und jeden Moment konnten der Butler oder die Haushälterin hereinkommen.

„Wir bleiben hier." Sein Atem kühlte die Feuchtigkeit, die seine Lippen und seine Zunge auf ihrer Haut hinterlassen hatten.

„Aber wenn jemand kommt …"

„Oh nein, du bleibst jetzt schön hier. Ich werde dir zeigen, was passiert, wenn du meinen Zorn herausforderst." Edwards Stimme klang dunkel und verlangend, und Sophie erschauerte unter dem Tonfall. Zwang war etwas, gegen das sie schon seit frühester Kindheit rebelliert hatte, aber aus Edwards Mund klangen Befehle wie eine Versprechung auf neue Erfahrungen und Freuden.

Edward schien tatsächlich fest entschlossen, sie jetzt hier, auf der Stelle zu verführen. Sophie ließ sich von ihm sanft durch den Raum drängen, bis sie mit dem Rücken zur Tür stand. Auf diese Weise konnte wenigstens niemand hereinkommen, ohne zuvor sie beide zur Seite schieben zu müssen. Edward presste sie dagegen, küsste sie, während seine Finger die Knöpfe ihres Kleides suchten, jeden einzelnen davon langsam und bedächtig öffneten. Er ging sehr zielbewusst vor, schob ihr das Oberteil und das darunter befindliche Mieder über die Schultern, sodass ihre Arme damit gefesselt waren. Er zog das Mieder jedoch nicht völlig auseinander, sondern verschob es nur so weit, dass ihre rechte Brust frei lag, die rosige Warze über den von zarten Spitzen besetzten Rand lugte. Sophie lehnte den Kopf an die Tür und beobachtete unter halbgeschlossenen Lidern Edwards Finger, seinen Daumen, der über die empfindsame Spitze rieb, bis sie härter wurde, sie umbog und zurückschnellen ließ, bis die Berührung durch ihren Körper hindurch abwärts wanderte.

Dann drängte er ihre Arme weiter zurück, bis ihr Rücken leicht nach hinten gebogen war, und sich ihm ihre Brüste, die eine noch verborgen unter dem Stoff des Mieders, entgegenstreckten. Ihre Brust hatte sich durch die Berührung, das Zusammenziehen des Hofes, verändert, wurde runder, schien sich zu heben. Er besah sich sein Werk genüsslich, zog mit den Fingerspitzen die Form nach, neckte die Haut durch die spielerische Berührung.

Sie hoffte, dass er jetzt auch die andere Brust befreien würde. Aber stattdessen glitten seine Hände an ihren Seiten abwärts, bis sie auf ihren Hüften lagen. Abermals drängte er sie gegen die Tür, küsste sie hart und verlangend, nahm von ihrem Mund Besitz, spielte mit ihrer Zunge, saugte sich an ihr fest, bis Sophie kaum noch Luft bekam.

Sie war verzaubert von der Art, wie er über sie verfügte, sich ihrer bediente, sie besitzen wollte. In ihrer Hochzeitsnacht war er zwar auch leidenschaftlich gewesen, aber doch sanfter, und das Gefühl, das in ihr hochstieg, war nicht das süßer Lust, sondern viel stärker. Hitze, gepaart mit Leidenschaft, mit dem Drängen nach mehr.

Sie wollte das Mieder wegschieben, die Arme heben, um sich an ihn zu schmiegen, aber er schüttelte nur den Kopf und drückte sie abermals gegen die Tür.

„Edward …“

„Sei still. Alles, was jetzt passiert, ist deine eigene Schuld. Man ärgert mich nicht ungestraft.“ Sein Mund verschloss den ihren.

Sie gab nach, aber das anfängliche Gefühl erwachender Begierde war einem ungeduldigen Zittern gewichen, das ihren ganzen Körper erfasste. Edwards Unterleib drängte sich an ihren Bauch, rieb sich leicht an ihr und ließ sie die Härte seiner Leidenschaft spüren. Sophie erbebte. Jetzt hob er ihre andere Brust ganz heraus, umschloss sie mit seinen langen Fingern und presste sie sachte, bis die noch weiche Warze hervorquoll, sich ihm handlich entgegenstreckte, sodass er sie, den rosigen Hof und dessen Umgebung tief in seinen weit geöffneten Mund stecken konnte. Sophie entrang ein zartes Stöhnen. Sofort ließ er von ihrer Brust ab, seine Lippen legten sich auf ihre. „Kein Stöhnen, kein Wort, kein Laut. Ist das klar?“

Sophie wollte widersprechen, aber ein Blick in seine Augen ließ sie schweigen. Es gab Zeiten, in denen selbst jemand wie sie den Mund halten und einfach nur genießen sollte. Es war ein neues Gefühl, ihm in dieser Hinsicht gehorsam zu sein. Und sie wollte es auskosten und lernen. Die Empfindung von Verlegenheit und Scham, die sie kurzzeitig überflutet hatte, war durch Edwards bestimmende Art verschwunden. Hätte er sie gefragt, ob sie sich von ihm in der Bibliothek entkleiden und in Besitz nehmen lassen wollte, so hätte sie vermutlich heftig den Kopf geschüttelt. So jedoch ließ er ihr keine Wahl, und sie konnte neugierig nachgeben und sich gehen lassen.

Er drehte sie herum, bis sie mit dem Gesicht zur Tür stand. Endlich zog er Kleid und Mieder hinunter, sodass ihre Arme befreit wurden. Dann nahm er ihre Hände, führte sie über ihren Kopf und legte sie an das warme Holz. Er hielt sie dort fest, während seine Lippen ihren Nacken liebkosten, über ihre Schultern fuhren. Unwillkürlich reckte sie ihm ihr Gesäß entgegen, um seinen Körper und sein hartes Glied, das sich ihr durch den Stoff seiner Hose entgegendrängte, zu spüren.

Seine Stimme war heiser und sein Atem heiß an ihrer Wange, als er flüsterte: „Bleib so stehen. Genau so. Und wage es nicht, dich auch nur einen Finger breit wegzurühren.“

Sie schüttelte den Kopf, zog jedoch die Schulterblätter zusammen, als seine Finger eine spielerische Spur von ihrem Nacken zum Bund des Rockes hinabzogen, weiter hinunter, bis sie die unter dem Stoff verborgene Spalte erreichten. Tiefer, mit festerem Druck. Noch tiefer. Seine Finger hoben den Stoff an, der Saum rutschte hinauf.

Sophie biss sich auf die Lippen, seufzte auf. Der Saum hob sich weiter, sie fühlte schon die Kühle an ihren nackten Schenkeln. Sein Knie drängte sich zwischen ihre Beine, schoben sie ein wenig auseinander, bis sie leicht gespreizt vor ihm stand, und seine Hand besser Zugang hatte. Durch den Stoff des Rockes war die Berührung wie ein sanftes Streicheln, ein Kitzeln, schien sich jedoch auf ihre Schenkel und bis zu ihrem Bauch zu übertragen. Sie reckte ihm ihr Hinterteil weiter entgegen, mit dem Wunsch, mehr davon zu spüren. Ein Blick zu Boden zeigte ihr, welch einen liederlichen Eindruck sie mit den aus dem Mieder gehobenen, erregten Brüsten machen musste, die jetzt leicht hinabhingen, weil er ihre Hüften nahm und sie einen Schritt zu sich heranzog, während ihre Handflächen immer noch auf der Tür ruhten.

Wenn sie das jemals gewusst hätte! Nichts hatte sie jemals auf solche Erlebnisse vorbereitet, aber sie war mehr als bereit, sich ihnen hinzugeben. Sich Edward hinzugeben. Am liebsten hätte sie ihre Lust und ihre Zuneigung zu ihm hinausgeschrien. Nie hatte sie sich gedacht, dass sie so viel für einen Mann empfinden könnte und noch mehr für das, was er mit ihr tat. Ein erregtes Kichern entrang sich ihr.

Sofort lag seine Hand auf ihrem Mund. „Hatte ich nicht jeden Laut verboten? Oder willst du, dass man dich bis vor die Tür und in die Halle hört?“

Sie schüttelte den Kopf, bemüht, die Berührung seiner Hand, die jetzt über ihren Hals abwärts wanderte, ihre Brüste massierte, schweigend zu ertragen.

Dann fiel auch der Rock.

Edwards Hände und sein Glied zitterten vor Ungeduld, als er seine Hose öffnete. Er war entzückt davon, wie willig Sophie dieses Spiel mitmachte. Er hätte nicht geglaubt, dass sie so schnell nachgeben würde, hätte mehr Scheu erwartet, aber offensichtlich hatte er wieder den richtigen Tonfall getroffen. Die Willigkeit und Neugier, mit der sie seinen Wünschen entsprach, erregte und rührte ihn zugleich.

Er packte sie mit festem Griff an den Hüften, zog sie ein wenig näher, sodass ihr köstlicher Hintern weggestreckt war, und schob sein Glied tief in ihre Spalte. Er biss sich auf die Lippen, um das erregte Stöhnen zu unterdrücken, das aus seiner Kehle wollte. Dies war genau eine jener Fantasien, die ihn plagten, seit er Sophies Kehrseite das erste Mal in seine Richtung gestreckt gesehen hatte. Er beugte sich ein wenig über sie und suchte den richtigen Eingang. Als er jedoch in dieser Stellung in sie eindringen wollte, fand er zu viel Widerstand. Als er heftiger dagegen presste, gab Sophie einen erschreckten Laut von sich.

So ging das nicht. Noch nicht. Sie war zwar feucht und heiß, jedoch noch nicht erfahren genug, um sich genügend zu entspannen und ihn aufzunehmen. Das musste er sich für eine spätere Gelegenheit aufheben. Die Vorstellung, diese Art von Stellung mit Sophie zu üben, bis sie bereit dazu war, ließ sein Blut schmerzhaft in seine ohnehin schon harte Erektion schießen. Er rieb sein Glied nachdenklich an Sophies Spalte und sah sich um. Da gab es nur eines, wenn er nicht an einem Zuviel an Begierde sterben wollte. Er machte einen Schritt zur Seite, griff nach einem Stuhl, zog ihn schwungvoll heran und schob ihn so unter den Türgriff, dass von außen niemand die Tür öffnen konnte. Er hatte Sophie gegenüber zwar großartig behauptet, dass es gleichgültig wäre, aber er war der Letzte, der sich beim Zusammensein mit seiner Frau von der Haushälterin gestört sehen wollte.

Dann hob er Sophie aus den sich um ihre Beine schlingenden Röcken und trug sie zu einem bequemen Stuhl.

Sophie hatte gedacht, Edward würde von hinten in sie zu stoßen versuchen, aber sein Vordringen war schmerzhaft gewesen, ihr Körper hatte sich gewehrt, ihre Enge nicht nachgeben wollen. Und nun war sie überrascht, sich plötzlich mit gespreizten Schenkeln auf Edwards Knien wiederzufinden. Edward hatte sie so gesetzt, dass sie einander ansahen, und sein Glied zwischen ihnen emporragte. Erst jetzt fiel ihr auf, dass sie völlig nackt war, während Edward immer noch seinen Anzug trug und lediglich seine Männlichkeit von störender Kleidung befreit hatte. Sophie atmete hastiger. Das war ja ebenso verworfen wie gewisse Szenen, die ihr in Marian Manor untergekommen waren! Nackte junge Frauen, die bekleideten Männern als Spielzeug dienten! Dort hatte sie vermutet, dass es sich bei diesen Frauen um leichte Mädchen, um Prostituierte, handelte. Aber dass es ihr jetzt ebenso erging, verwirrte sie etwas.

Als sie nur stumm da saß, sich nicht rührte, nahm Edward ihre Hände und legte sie um seinen Schaft. Er bewegte sie langsam auf und ab, dann, als Sophie begriffen hatte, ließ er los, fasste mit beiden Händen ihre Hinterbacken, und grub seine Finger tief hinein.

Sophie quietschte ein wenig auf. Edward schüttelte den Kopf, sie verstummte und rieb weiter. Kleine Tröpfchen hatten sich auf der schmalen Öffnung gebildet, die weiche, bewegliche Haut hatte sich zurückgezogen, und die glänzende Eichel kam zum Vorschein. Edward hatte den Kopf ein wenig zurückgelegt und beobachtete Sophie aus halbgeschlossenen Augen. Er atmete flach, zuckte oft, wenn Sophie stärker rieb, presste gelegentlich die Lippen zusammen und stieß dann wieder hörbar den Atem aus.

Schließlich ließ er seine Hände von ihrem Gesäß nach vorne zu ihren Hüften gleiten und hob sie ein wenig an. Sophie sah ihn fragend an.

„Du wirst dich jetzt auf mich setzen, Sophie."

Ein Beben ging durch Sophies Körper. Sie hatte Edward in ihrer Hochzeitsnacht mehr als einmal in sich gefühlt, aber da war sie immer mit weit geöffneten Beinen und entspanntem Becken vor ihm gelegen, während er sich in sie gedrängt und den Widerstand überwunden hatte. Wie sollte sie diesen geschwollenen Stab nun in sich pressen? Was Edward von ihr verlangte war unmöglich.

Edward hob sie hoch, bis sie über ihm stand, dann zog er sie an sich, bis ihr Kopf an seiner Wange ruhte. Sophie legte die Arme um seine Schultern, um sich festzuhalten.

„Entspann dich, mein Liebling", flüsterte er. „Halte dich an mir fest und gib einfach nach. Ich mache alles andere. Du wirst sehen, es ist ganz leicht."

Sophie klammerte sich an ihn, legte die Stirn auf seine Schulter und überließ es ihm, sie sachte höher zu heben, sein Glied an die richtige Stelle zu bringen, und sie dann auf sich zu senken. Sie gab so langsam nach, wie seine Hände sie führten, und spürte den Druck seiner Eichel an ihrer Scham. Er drängte nur langsam weiter. Zuerst dachte Sophie, er sei plötzlich zu groß, aber dann, als der Druck unerträglich war, gab ihre innere Enge nach. Er presste sich in sie hinein, sie spürte die Dehnung, fühlte ihn, wie er in sie glitt, sie ausfüllte. Und dann saß sie auf Edwards Schenkeln. Ihr Gesicht war in seiner Halsbeuge vergraben, ihre Arme umschlangen ihn, und Edwards Hände streichelten liebevoll über die ganze nackte Länge ihres Rückens. Von ganz oben bis ganz unten.

Sophie schielte zwischen ihre beiden Körper hinab. Er war wirklich völlig in ihr, alles, was sie sehen konnte, waren ihre Brüste, Edwards Hemd, seine geöffnete Hose und ihre Schamhaare, die sich trafen und vermengten.

Edward begann ihre Schulter zu küssen, ihren Hals, bis sie ihre Arme löste und er sie aufrichtete, um sie anzusehen. Er streichelte über ihre Arme, massierte mit der rechten Hand ihre Brust, während seine Linke auf ihrer Hüfte lag. Dann beugte er sich hinab und nahm die Brustspitze in den Mund. Sophie legte den Kopf in den Nacken. Tief in sich konnte sie fühlen, wie sie sich um Edwards Stab schloss, konnte sein Pulsieren spüren. Edwards Hand wanderte zwischen ihre Körper. Sein Daumen glitt sanft in die leicht geöffnete Spalte ihrer Scham und suchte ihre empfindsame Perle. Sophie bäumte sich auf seinen Knien auf, als er sie berührte und den Druck verstärkte. Dieses Aufbäumen bewirkte, dass sein Glied etwas aus ihr herausrutschte, und dann, als sie auf Edward zurücksank, wieder tiefer eindrang. Es war ein Gefühl, das Sophie in ihrem ganzen Körper spüren konnte. Sie versuchte sich auf Edward zu bewegen. Glitt ein wenig auf und ab, bewegte ihre Hüften im Kreis.

Edward stöhnte und rieb ihre Klitoris fester. Sophie wand sich auf seinen Schenkeln, bewegte sich in dem Rhythmus, den er durch seinen Druck vorgab, immer schneller, atemloser. Sie keuchte, als er ihre Hüften packte, und sie heftiger auf und ab bewegte, ihre Hüften immer wieder anhob. Ihre Brüste sprangen vor seinem Gesicht auf und ab, er schnappte mit seinen Lippen nach ihrer Brustwarze, und dann krampfte sich Sophies Inneres zusammen. Das nun schon vertraute, heftige Ziehen erfasste ihren Unterleib, steigerte sich zu einer unerträglichen Intensität, und endlich, als die Erlösung in Form eines Feuerstrahls durch Sophie brannte, der jegliches Denken auslöschte, fühlte sie wie Edwards Hüften hochzuckten, er sie mit beiden Händen fest an sich presste, und dann mit ihr gemeinsam erschöpft zurücksank.

18. Kapitel

Sophie hielt sich bei Rosalind auf der Weide auf. Sie streichelte die Stute, verwöhnte sie mit Leckerbissen und erzählte ihr ihre Freuden und Sorgen. Edward hatte keine Zeit für sie. Er saß mit seinem Sekretär zusammen und arbeitete an irgendwelchen Rechnungen und Dokumenten. Sophie hatte Mr. Brynes, Edwards Sekretär, bisher immer nur ganz kurz gesehen. Er arbeitete seit Jahren für Edward und kam zweimal in der Woche, um Rechnungen und die Haushaltsbücher durchzusehen. Sophie wusste, dass Letzteres vermutlich ihre Aufgabe gewesen wäre, aber noch hatte sie sich nicht dazu durchringen können, diese in Angriff zu nehmen. Da Edward auch nichts dergleichen von ihr zu erwarten schien, hatte sie ihr schlechtes Gewissen dahingehend beruhigen können.

„Weißt du, ich kann mich immer noch nicht erinnern, was nachher passiert ist", vertraute sie Rosalind an. „Und das macht mir Angst. Macht Melinda so etwas öfter? Hat sie Edward gegenüber Andeutungen fallen lassen? Und warum hat sie das überhaupt getan?" *Und warum habe ich es mir gefallen lassen,* dachte sie seufzend. „Ich glaube, ich werde nie wieder im Leben Champagner trinken", erklärte sie ihrer Stute. „Der war schuld daran. Und dabei hat Edward gar keine Geliebte. Zumindest hat er es mir geschworen, nachdem wir beide in der Bibliothek …" Sie unterbrach sich, Details konnte sie nicht einmal Rosalind enthüllen. Aber es war schön gewesen. Auch das, was nachher gekommen war, als Edward sie noch lange im Arm gehalten, sie zärtlich geküsst und gestreichelt hatte, bevor er sie von seinen Schenkeln gehoben und ihr geholfen hatte, sich wieder ordnungsgemäß zu bekleiden. „Er ist ganz sicher ein Wüstling, Rosalind", sagte sie nur. „Kein anständiger Mann hätte das gemacht. Am hellen Tag und in der Bibliothek." Sie drückte kichernd ihr Gesicht an den samtigen Hals des Pferdes.

Daheim hatte sie mit Rosalind ebenfalls ihre Sorgen und kleinen Geheimnisse geteilt. Sie hatte niemals eine Freundin gehabt wie Augusta und Aurelia einander hatten – obwohl sie natürlich mit keiner der beiden tauschen wollte. Daheim hatte es nur ihre Familie gegeben, und die einzigen Frauen waren ihre Mutter und ihre weitaus jüngere Schwester gewesen. Und natürlich die Töchter und Frauen der Bauern und Pächter. Aber obwohl Sophie als Kind mit ihnen gespielt hatte, waren sie später plötzlich scheu und höflich geworden. Patrick war zwar ihr bester Freund und Vertrauter bei vielen Abenteuern gewesen, aber es gab immer noch Dinge, die ein Mädchen einem jungen Mann nicht anvertrauen konnte. Und Dinge, die sie und Edward betrafen, wohl noch viel weniger.

Rosalind schnaubte, stupste sie mit der Nase an und suchte in ihren Taschen. Sophie trug wieder ihren geliebten schottischen Rock und dazu die bequeme, weite Herrenjacke. Sie hatte vorgehabt, auszureiten. Aber als Mrs. Drarey von dieser Absicht vernommen hatte, war sie bemüht gewesen, Sophie die Gesellschaft des Stallburschen aufzudrängen, da es unmöglich für eine Dame wäre, allein auszureiten. Sophie hatte daraufhin ganz auf den Ausritt verzichtet. Wenn, dann wollte sie ihre Freiheit genießen, reiten wohin es ihr gefiel und ihr Tempo dabei von Rosalinds Einfällen bestimmen lassen. Aber bestimmt nicht mit einem Aufpasser im Schlepptau. Sophie argwöhnte langsam, dass Mrs. Drarey, so nett sie auch war, für Edward Spitzeldienste verrichtete und die Anweisung hatte, dafür zu sorgen, dass Lady Sophie nicht ohne Aufsicht das Haus verließ.

Ein Tumult auf der anderen Seite des Hauses, von der Straße her, ließ sowohl Rosalind als auch Sophie den Kopf in diese Richtung drehen. Lautes Geschrei ertönte, klang über das Dach und die Stallungen hinweg bis zu ihnen herüber.

„Warte hier", sagte Sophie zu Rosalind. „Ich schau einmal nach, was da los ist." Sie lief über die Weide, schlüpfte zwischen den Latten des Gatters hindurch und betrat das Haus durch die Hintertür.

Als sie in die Halle kam, hörte sie eine Stimme. So dröhnend, durchdringend und tief, dass Sophie das Gefühl hatte, die Wände würden davon erzittern. Durch das

Fenster neben der Eingangstür sah sie eine Kutsche vor dem Haus stehen und dahinter eine weitere, bei der mehrere Männer warteten.
Sie sah den Butler, der soeben durch die Halle hastete, fragend an. Mason zog ein sorgenvolles Gesicht. „Admiral Mayfield ist zu Besuch, Mylady. Lady Melindas Gatte."
„Streitet er etwa mit Edward?"
„Das zu beurteilen steht mir nicht zu, Mylady."
Sophie verdrehte die Augen, aber zum Glück kam Mrs. Drarey, die weniger zurückhaltend war. „Es geht um Lady Melinda", flüsterte sie. „Admiral Mayfield ist soeben von einer Reise heimgekehrt und hat sie nicht in London vorgefunden. Man hat ihm gesagt, dass sie hier sei." Sie verstummte und warf Sophie einen sprechenden Blick zu.
„Niemand wird mich davon abhalten, meine Frau zu suchen und dem Kerl, bei dem sie sich aufhalten soll, das Genick zu brechen!", brüllte soeben Edwards Gast mit einer Lautstärke, die spielend die schwere Eichentür durchdrang, und noch die Fenster in der Halle klirren ließ.
„Was für eine Stimme", sagte Sophie, beeindruckt und besorgt zugleich.
„Typisch Seemann", entgegnete Mrs. Drarey. „Die schreien alle so."
„Ich weiß auch, wo sie sich aufhält! Bei diesem verfluchten Kerl, diesem Hendricks! Diese Schande lasse ich mir nicht bieten!"
Die Stimme kam näher, die Tür zum Arbeitszimmer im Halbstock wurde aufgerissen. Sophie und Mrs. Drarey drückten sich in schweigender Einigkeit in den Schatten der Treppe.
„Lass die Waffe hier!" Das war Edwards befehlender Tonfall.
„Der hat es gewagt, mir Hörner aufzusetzen! Ich knalle ihn ab! Wie einen räudigen Hund! Und dann werde ich gleich dieses Nest ausräuchern lassen! Verfluchter Kerl! Die Büttel werden ihm schon zeigen, wie man mit solchen Verbrechern umgeht! Pirat und Ehebrecher! Das ist er!"
Eine wuchtige Gestalt stampfte an Sophie vorbei, die Treppe hinunter, durch die Halle und riss die Tür auf. „Mr. Parson! Wir fahren zu dem Haus, in dem Sie ihn vermutet haben!"
„Marian Manor, Admiral."
„Ja! Dorthin!"
Sophie erschrak. Sie konnte doch nicht zulassen, dass Edwards Schwager einen Mord beging und noch dazu in ihrem eigenen Haus! Sie war sich ziemlich sicher, dass Melinda sich tatsächlich bei Jonathan Hendricks aufhielt. Sie musste sie warnen! Draußen hörte sie den Wagen anfahren und lief los, zurück zu Rosalind. Im Stall packte sie im Vorbeilaufen den Zügel; zum Aufsatteln war keine Zeit mehr, aber das machte nichts. Sowohl Rosalind als auch sie waren Ritte ohne Sattel gewöhnt.
Nur wenig später galoppierte sie auf ihrer leichtfüßigen Stute davon.

Rosalind war um einiges schneller als der Wagen, und daher schaffte es Sophie, wenige Minuten vor Admiral Mayfield anzukommen. Sophie band Rosalind hinter dem Haus an und lief hinein. Die Tür war nicht versperrt, aber das Haus schien leer zu sein. Sie warf die Tür hinter sich zu und schob den Riegel vor. „Melinda? Melinda! Captain Hendricks!"
Sie rannte die Treppe hinauf, klopfte an alle Türen. „Captain Hendricks?!"

Eine Tür wurde aufgerissen. Jonathan Hendricks stand darin, hielt sich nur ein Hemd vor seine Blöße. „Sie schon wieder! Was haben Sie denn hier verloren?!"

Sophie lief auf ihn zu. „Ist Melinda bei Ihnen?"

„Wie …?"

„Admiral Mayfield ist dicht hinter mir! Er sucht seine Frau! Und er hat Polizei dabei!"

Von draußen hörte man schon das Rollen eines Wagens, dessen Zugpferde im Galopp in die Einfahrt preschten.

„Verflucht." Jonathan sah sich gehetzt um. Jemand stürzte bereits die Haustreppe hinauf, rüttelte an der Tür. Die dröhnende Stimme des Admirals füllte durch die Ritzen hindurch die Halle. Jonathan lief die Treppe hinunter, sah durch ein kleines Fenster. Er fluchte.

„Er hat gesagt, er wolle das Haus ausräuchern lassen", rief Sophie mit unterdrückter Stimme.

„Es ist eine ganze Gruppe. Der Narr bringt mir Polizei ins Haus!" Jonathan stürmte wieder die Treppe hinauf, sein Blick fiel auf Sophie. Er packte sie am Arm. „Los, ich brauche Sie jetzt!"

„Mich?!"

„Ja." Er zerrte die Widerstrebende in einen Raum, der von einem großen Bett beherrscht wurde. Mitten darin saß ihre Schwägerin. Ihr zerwühltes Haar, das ihr lose über die Schultern fiel, zeugte ebenso von der Tätigkeit, der sie sich hingegeben hatte, wie die roten Wangen und die glänzenden, nun weit aufgerissenen Augen. Sie hielt sich das Bettlaken vor ihre nackten Brüste und griff erschrocken nach Jonathan, der zu ihr hinlief.

„Was ist passiert? Sophie! Was tun Sie hier?"

„Dein Mann ist vor der Tür. Mitsamt einigen Bütteln. Los, versteck dich!" Jonathan hob Melinda aus dem Bett, schlang einen Mantel um sie und küsste sie rasch auf den Mund, bevor er sie hinter die Fenstervorhänge schob. Dann warf er die Tür zu und legte auch hier den Riegel vor. „Das wird sie nur eine Zeit lang aufhalten, aber immerhin." Er griff nach Sophie. „Und Sie kommen ins Bett!"

„WAS?!"

„Wenn er eine Fremde im Bett findet, wird er nicht das Haus nach Melinda durchsuchen."

„Haben Sie den Verstand verloren?!", rief Sophie fassungslos. „Ich werde doch nicht zu Ihnen ins Bett steigen!"

„Jonathan! Das kannst du doch nicht machen! Das ist doch meine Schwägerin!"

„Ich weiß, aber das ist jetzt egal. Machen Sie schon", knurrte Jonathan. Zu Sophies Empörung und Verlegenheit sprang er – nackt und wenig zartfühlend wie er war – zu ihr hin, zerrte sie gegen ihren heftigen Widerstand zu sich hin und schubste sie auf die Matratze.

„Nein!" Sophie rang mit Jonathan, der sie festhalten wollte. Das fehlte ihr noch, dass ihr Schwager sie hier fand! Im Bett mit Jonathan!

„Machen Sie schon!"

„Lassen Sie mich sofort los! Hilfe!" Sophie biss und kratzte, aber Jonathan war kräftiger. Er stopfte Sophie regelrecht unter die Decke.

Von draußen hörte man stampfende Schritte.

„Sie kommen! Wenn das nur gut geht!" Melinda verschwand hinter dem Fenstervorhang, Jonathan warf sich halb neben und halb auf Sophie, zog die Decke über sie, und dann barst auch schon die Tür aus den Angeln, und ein Mann stürzte herein, gefolgt von einigen anderen.

Sophie lag vor Entsetzen still und Jonathan, eben noch heftig mit ihr kämpfend, sah übertrieben erstaunt auf. Er drehte sich auf die Seite, griff mit einer lässigen Bewegung nach der Decke, um sie über seine Blöße zu ziehen und stützte sich auf den Ellbogen. Die andere Hand legte er auf Sophies Bauch, um sie ruhig zu halten. „Welch unerfreuliche Überraschung", sagte er kühl.

„Wo ist sie? Wo ist meine Frau?! Wo ist Melinda?!" Das Gesicht des Admirals war hochrot vor Zorn.

Jonathans Stimme klang erstaunt. „Ihre Frau, Admiral? Lady Mayfield ist leider nicht anwesend. Wie kommen Sie darauf?"

Das Knacken eines Pistolenhahns ließ Sophie zusammenzucken. „Verfluchter Ehebrecher und Pirat!" Der Admiral kam heran. „Eine Schande sind Sie für die Navy!"

Sophie begann heftig unter der Decke zu schwitzen. Und dass Jonathan plötzlich einen unterdrückten Fluch ausstieß, als weitere rasche Schritte zu hören waren, beruhigte sie nicht im Geringsten.

„William, leg die Waffe weg. Sofort."

Edward?! Während Sophie soeben noch überlegt hatte einfach aus dem Bett zu springen, um dem gehörnten Ehemann, der offenbar mit einer Pistole auf sie zielte, keinen Grund zu geben, die Falsche zu erschießen, klammerte sie sich nun umso fester an die schützende Decke. Edward war hier! Natürlich war er seinem Schwager gefolgt! Daran hätte sie denken müssen! Er würde zwar bestimmt nicht zulassen, dass der Verrückte sie erschoss, aber er würde auch wenig Freude haben, anstatt seiner Schwester seine Frau in Jonathans Bett zu finden.

„Beruhige dich, William", erklang seine kühle Stimme. „Du kannst Hendricks nicht einfach erschießen, auch wenn ich persönlich das als Dienst an der Menschheit ansehen würde. Gib mir die Pistole."

„Ich muss schon bitten." Jonathans Hendricks Lachen klang gequält.

„Fassen Sie sich bitte, Admiral", ertönte nun eine weitere, beschwichtigende Stimme. „Wir sind hier, um Captain Hendricks festzunehmen. Er wird wegen Piraterie vor Gericht gestellt. Und nun werde ich überprüfen, wer im Bett liegt."

Einer der Männer trat näher, wollte nach der Bettdecke greifen, zerrte daran, aber Jonathan hielt sie von außen, und Sophie krallte sich von unten daran fest.

„Bedaure", sagte Jonathan eisern, „aber die Identität dieser Person wird nicht aufgedeckt werden. „Sie haben kein Recht hier einzudringen, Admiral, und mir Büttel auf den Hals zu hetzen, die mich als Pirat bezeichnen. Und das hier ist nicht Melinda. Ich streite nicht ab, eine Frau dieses Namens zu kennen. Aber ich versichere Ihnen, dass sie nicht hier neben mir liegt. Um der Wahrheit die Ehre zu geben, liegt hier überhaupt keine Frau, sondern ein junger Mann." Er lächelte zu Edward hinüber, dessen Augen gefährlich schmal wurden, als er den anzüglichen Blick des Captains verstand. „Ein gemeinsamer Bekannter, Mylord. Sie erinnern sich vielleicht? Sie werden meinen Gast doch nicht der Peinlichkeit aussetzen, von einigen Bütteln beim … äh … Tête-à-Tête erwischt zu werden?" Er spürte, wie die Gestalt neben ihm förmlich in sich selbst zu kriechen versuchte. Er tätschelte beruhigend jene Stelle unter der Bettdecke, wo er den Bauch vermutete, zog jedoch rasch die Hand weg, als er den Ausdruck in Edwards Gesicht sah.

Edward machte einige schnelle Schritte zum Bett hin, zerrte die Decke hoch, obwohl sich schlanke Finger von unten hineingekrallt hatten, und warf einen Blick darunter. Große, entsetzte Augen, die flehentlich auf ihn gerichtet waren, ein leises Kopfschütteln, eine von einem roten Mund stumm geformte Bitte.

Edward presste die Lippen aufeinander, ließ die Bettdecke wieder fallen und drehte sich so zu den Bütteln und dem eifersüchtigen Ehemann, dass er mit dem Rücken zu Jonathan und dessen Bettgefährtin stand. Wenn die Männer den *Jungen* sehen wollten, mussten sie erst an ihm vorbei – und das würde er verhindern.

„Er sagt die Wahrheit." Seine Stimme klang für die anderen ruhig, Sophie hörte jedoch das Zittern von unterdrückter Wut darin. „Es ist ein Junge. Ich kenne ihn. Es ist ganz bestimmt nicht Melinda, William."

„Wir müssen ihn verhören." Das musste der Anführer der Büttel sein. Sophie betete, dass Edward genügend Autorität besaß, um sie davon abzuhalten, sie aus dem Bett zu zerren und einem Verhör zu unterziehen. Lieber erstickte sie hier drunter!

„Keinesfalls!" Edward trat dem Polizeibeamten entgegen. „Er stammt aus einer angesehenen Familie, mit der Sie bestimmt keine Komplikationen wollen, Mr. Parson. Sein … Vormund ist sehr streng und wäre Ihnen bestimmt nicht dankbar, wenn Sie sein Mündel in einen Skandal zögen. Ich kenne ihn und verbürge mich dafür, dass er nichts mit den Leuten zu tun hat, die Sie suchen. Und", jetzt klang seine Stimme drohend, „ich verbürge mich ebenfalls dafür, dass dieser Bengel das bekommt, was er verdient. Nämlich eine ordentliche Tracht Prügel."

Sophie hörte den Admiral abfällig schnaufen. „Macht sich über kleine Jungen her. Was für ein Sodom und Gomorrha ist das hier eigentlich? Sie werden sich dafür vor Gericht verantworten müssen, Hendricks! Ich muss Ihnen nicht erst sagen, dass in der Navy darauf die Todesstrafe steht."

Sophie zuckte erschrocken zusammen, aber Jonathans Hand lag plötzlich auf ihrer Schulter und drückte sie beruhigend.

Der Anführer der Polizisten erhob wieder das Wort. „Jonathan Hendricks, Sie sind verhaftet. Wegen Piraterie, Schmuggel und dem Umgang mit Kindern männlichen Geschlechts."

„Das ist kein Kind mehr", widersprach Jonathan. „Und wir befinden uns nicht auf einem Kriegsschiff der Marine. Was immer ich hier tue, können Sie mir nicht anlasten."

„Stehen Sie auf. Sonst sehen sich meine Männer gezwungen, Sie nackt aus dem Bett und bis ins Gefängnis zu zerren. Und ihr, Leute, durchsucht das Haus."

„Einen Moment." Das war Edward. Er stand immer noch dicht neben ihr, und so peinlich es auch Sophie war, dass er sie erwischt hatte, so froh war sie, dass er sie vor diesen Männern beschützte. Nicht auszudenken, was ohne ihn geschehen wäre! „Darf ich vielleicht erfahren, mit welchem Recht Sie hier eindringen, Mr. Parson?"

Papier raschelte. „Hier habe ich die Erlaubnis des Friedensrichters, Sir Winston." Der Sprecher wirkte sehr selbstsicher. „Sie erinnern sich vielleicht an unser letztes Gespräch, Lord Edward? Als ich Sie um Hilfe bei dem Vorgehen gegen die Schmuggler bat?"

„Damals wie heute habe ich mich gewundert, inwiefern Sie das interessieren kann", erwiderte Edward kühl. „Und ich habe Kontakt mit gewissen anderen Stellen aufgenommen. Hier", er hielt Parson ein Dokument hin, „das ist ein Befehl Ihrer vorgesetzten Behörde. Allerdings ist der Inhalt streng vertraulich. Er ist nur für Ihre Augen bestimmt. Deshalb ersuche ich Sie, Ihre Männer hinauszuschicken."

Offenbar gab Parson seinen Leuten einen entsprechenden Wink, denn mehrere Füße trampelten zur Tür hinaus, über den Gang und polterten die Treppe hinab. Sophie lauschte angestrengt. Parson murmelte den Text beim Lesen mit, aber so leise, dass sie nichts verstehen konnte.

Dann sagte er: „Das hier ist eine Anweisung, Jonathan Hendricks Ihnen zu übergeben? Sie tragen die Verantwortung?“

„So ist es. Man hat mir in London eine spezielle Vollmacht erteilt, mit den Schmugglern nach Belieben zu verfahren. Wie Sie vielleicht nicht wissen, befindet sich dieses Haus im Besitz meiner Gattin. Die Schmuggler haben es sich in Abwesenheit ihrer Familie widerrechtlich angeeignet. Und Sie haben kein Recht, es zu durchsuchen, Mr. Parson. Ferner läuft gegen Jonathan Hendricks bereits eine Anklage, aber noch inoffiziell. Er ist nicht der Einzige, der in diese Verbrechen verwickelt ist. Nehmen Sie ihn jetzt fest, so gehen die anderen straffrei aus.“

„Das steht so aber nicht da“, widersprach der andere.

„Selbstverständlich nicht. Sonst wäre es auch nicht geheim“, entgegnete Edward ungeduldig.

„Sind Sie sicher, Mylord? Sir Winston …“

„Sir Winston hat in dieser Angelegenheit keinerlei Autorität“, unterbrach ihn Edward kalt. „Diese Entwicklung“, Sophie hörte an seiner Stimme, dass er jetzt in ihre Richtung sprach, „ist allerdings sehr bedauerlich. Aber es ist nichts, womit ich nicht umgehen könnte. Und nun muss ich Sie bitten, Mr. Parson, das Haus meiner Frau ebenfalls zu verlassen. Ich verlasse mich auf Ihre Diskretion und werde bei Ihren Vorgesetzten eine entsprechende Belobigung fallen lassen.“

„Moment, so geht das nicht!“, dröhnte die Stimme des Admirals, dem bisher offenbar vor Staunen die Luft weggeblieben war. „Das …“

„Das besprechen wir später, William.“ Edwards Stimme klang scharf, als er den Büttel zur Tür hinausbegleitete. Er überzeugte sich davon, dass Parson und seine Leute das Haus verließen, dann kehrte er zurück.

Als er das Zimmer wieder betrat, hatte sich nichts geändert, außer dass der Admiral fluchend versuchte, Sophie unter der Decke hervorzuzerren, um den *jungen Bengel, der seiner Familie da Schande machte, mal näher anzusehen*. Jonathan hatte genug Gewissen, um ihn daran zu hindern, aber Ruhe kehrte erst ein, als Edwards befehlende Stimme durch das Zimmer donnerte. „William! Lass das!“

„Ich will mir diesen Burschen ansehen!“

„Du wirst gar nichts. Das ist auch gar kein Mann, sondern eine mir bekannte junge Frau“, erwiderte Edward schroff.

„Also doch! Melinda!“ Sofort machte der Admiral Anstalten, sich wieder auf Sophie zu stürzen.

„Nein, nicht Melinda, ich gebe dir mein Wort darauf. Und jetzt bitte ich dich zu gehen.“

„Oh nein!“

„William, wenn du nicht gehst, muss ich dich hinauswerfen. Und mir wird dabei jedes Mittel recht sein. Deine Kutsche steht noch unten. Benutze sie bitte.“ Edward musste an der Tür stehen. Seine Stimme klang ruhig, aber es schwang so viel kalte Autorität und Entschlossenheit darin mit, dass Sophie in sich zusammenkroch. Diesen Ton würde sie von ihrem Mann niemals hören wollen. Das war ein Edward, der ihr Angst machte.

William fand noch Einwände, die von Edward mit eisigem Schweigen beantwortet wurden, und dann endlich trollte er sich. Man hörte ihn die Treppe hinunter poltern. Sophie atmete auf.

„Edward, alter Junge, das hast du großartig gemacht. Ich wusste ja, dass ich mich auf dich verlassen kann. Kann ich diesen Zettel mal sehen?“ Jonathan versuchte offenbar, die Situation zu entschärfen, aber es war ein schlechter Ansatz.

„Nein. Sophie, komm heraus. Und zwar sofort.“

Das war genau der Tonfall, den Sophie fürchtete. Sie schob ihre Nasenspitze unter der Decke hervor. Edward hatte seine linke Hand zur Faust geballt und ein Muskel in seiner Wange zuckte.

„Sophie, lass mich nicht erst hinüberkommen und dich herausholen, sonst kann ich für nichts garantieren.“

„Es ist nicht so, wie du denkst, sondern ...“ Jonathan hatte sich aufgesetzt.

„Ich weiß, dass es nicht so ist. Andernfalls wärst du jetzt schon längst tot.“ Edwards Stimme war so klirrend kalt, dass nicht einmal mehr Platz darin für den triefenden Sarkasmus war, den er sonst hören ließ. „Sophie? Wie lange muss ich noch warten?“

Sophie kroch schlotternd aus dem Bett. Sie war froh, es verlassen zu können. Der Geruch von Liebe und verschwitzten Leibern lag darin und ließ eine unangenehme Übelkeit in ihr aufsteigen. Sie hatte gemeint, Edward kennengelernt zu haben, hatte geglaubt, hinter der oft kühlen, überlegenen und ironischen Fassade einen zärtlichen, sanften Mann verborgen zu finden, aber der hier, der mit Todesdrohungen um sich warf, war einschüchternd.

„Edward, ich wollte doch nur ...“

„Sei still. Wir sprechen daheim darüber.“ Edward maß sie von oben bis unten – von ihrem zerstrubbelten Haar über die Männerjacke, den verdrückten Rock bis zu den Stiefeln. Dann winkte er ihr nur mit der Hand, ohne seine Position an der Tür aufzugeben oder auch nur einen Schritt weiter ins Zimmer zu machen. Sie stolperte zu ihm hinüber, er schob sie aus der Tür und wandte sich noch einmal nach Jonathan um. „Ich hatte dich gewarnt, Hendricks.“

Die Tür krachte hinter ihm zu. Dann hörte Jonathan noch seine scharfe Stimme, Sophies helles Aufbegehren, stürmische Schritte, und dann fiel auch die Haustür in Schloss.

Jonathan grinste. Er würde ihr nichts tun. Edward war nicht der Mann, der eine Frau misshandelte. Und schon gar nicht diese kleine Wilde aus Schottland, nach der er so verrückt war, dass er sie sogar geheiratet hatte. Er sah, immer noch feixend, zum Fenster hin, an dem das ängstliche Gesicht seiner Geliebten hinter dem Vorhang erschien.

Melinda war tiefblass. „Mein Gott. Auch das noch. Ich dachte, ich werde ohnmächtig, als zuerst William und dann Edward hier auftauchten.“

Jonathan sah sie sekundenlang ausdruckslos an, dann ließ er sich ins Bett zurückfallen und brüllte vor Lachen.

„Jonathan! Das ist nicht lustig! Oh du liebe Zeit! Wie kannst du nur lachen!“

„Du hättest“, keuchte Jonathan atemlos, „Edwards Gesicht sehen sollen, als er seine Frau unter der Decke fand!“

„Verdammt, Sophie! Was ist dir nur wieder dabei eingefallen!“ Edward hatte die ganze Fahrt in der Kutsche über geschwiegen, hatte sie nur von Zeit zu Zeit mit drohenden Blicken gemessen, aber kaum war er mit ihr im Haus und im Arbeitszimmer, als er ihr auch schon wütende Vorhaltungen machte.

„Hör auf, mich anzuschreien“, schrie sie zurück „Du weißt ja nicht einmal, weshalb ich überhaupt dort war!“

„Aus Dummheit, Hirnlosigkeit, Abenteuerlust, Rücksichtslosigkeit“, zählte er auf. „Habe ich noch etwas vergessen?“

„Um deine Schwester zu warnen!“, rief sie aufgebracht. „Als ich hörte, dass dieser brutale Mensch sie suchen wollte, bin ich hingeritten!“

„Ach ja? Und dann bist du vor Begeisterung gleich zu Jonathan Hendricks ins Bett gesprungen?“

Sophie versuchte seinem anmaßenden Ton mit Würde zu begegnen. „Selbstverständlich nicht. Captain Hendricks hat mich einfach ins Bett gestoßen und die Decke über mich gezogen, damit sie Melinda nicht erst suchen. Und dann wart ihr auch schon da!“

Edwards Lippen pressten sich zusammen. „Das heißt, Melinda war also da. War sie die ganze Zeit über im Raum?“, fragte er schließlich.

„Hinter dem Fenstervorhang.“

Edward atmete tief durch. „So. Hinter dem Vorhang also. Wenn ich das gewusst hätte … Die beiden hätten etwas erleben können. So wie du jetzt.“ Edward ging zur Tür, schloss ab, steckte den Schlüssel ein und nahm auf einem Stuhl Platz.

Sophie beäugte ihn misstrauisch. „Was soll das?“

„Was ich dir versprochen habe, falls Du wieder zu den Schmugglern und in dieses Haus gehst“, erwiderte Edward grimmig. „Zehn auf den blanken Hintern. Komm her.“ Er winkte sie zu sich.

Sophie konnte kaum glauben, was sie da hörte. „Hast du den Verstand verloren?!“

„Nein. Ich halte nur mein Versprechen. Ich hatte dir verboten, nach Marian Manor zu gehen. Und was tust du? Läufst hin und legst dich zu Hendricks ins Bett!“

„Er hat mich doch gezwungen, ins Bett zu steigen!

„Ich hatte dir verboten, überhaupt hinzugehen! Was wäre gewesen, wenn William in seinem Wahn auf dich geschossen hätte?! Komm her!“

Sophie rannte zur Tür, rüttelte daran. Sie lief zum Fenster, zerrte am Riegel.

„Sophie. Ich sage es nicht noch einmal. Wenn ich dich holen muss, werden es zwanzig!“

Sophie funkelte ihn an. „Das wirst du nicht wagen. Wenn du mich auch nur anrührst, verlasse ich dich und heirate Phaelas McGregor!“

Edwards Geduld war mit diesen Worten zu Ende. Er hatte es nicht so völlig ernst gemeint, hätte ihr, wenn sie sich einsichtig gezeigt hätte, vielleicht ein, zwei liebevolle und erregende Klapse auf ihren Hintern gegeben, sie dann auf seine Knie gezogen, sie mit ernsten Worten ermahnt und danach vermutlich geküsst. Und noch einiges mehr. Aber jetzt wurde er wahrhaftig zornig. Er sprang auf. „So. Es reicht jetzt!“

Bevor Sophie sich hinter dem Tisch in Sicherheit bringen konnte, hatte er sie auch schon gepackt, zerrte sie zu einem Lehnstuhl, beugte sie kopfüber nach vorne über die Lehne und hielt sie so fest, dass sie sich nicht befreien konnte. Einige Griffe, dann war der weite Rock über ihrem Kopf, und ihr hübscher Hintern lag frei. Er hob die Hand.

Sophie kreischte in den höchsten Tönen, warf ihm unter dem Rock erstickte schottische Flüche entgegen, als seine flache Hand genussvoll auf ihrem Hintern landete. „Halt den Mund, sonst werden es noch ein paar mehr.“

Edward konnte nicht sagen, dass ihm diese Szene missfiel. Er ließ Sophie erst los, bis ihre reizvolle Kehrseite genügend gerötet war. Es war keine kleine Anstrengung gewesen, denn Sophie war kräftig und hatte trotz seiner Drohungen, hundert draus zu machen, nicht stillgehalten. Als er sie dann endlich frei ließ, sprang sie auf, zog sich mit einem Ruck den Rock wieder herab, wirbelte herum und starrte ihn mit hochrotem Kopf und zornig blitzenden Augen an.

„Es reicht jetzt, Edward. Du hast mich von Anfang an belogen und betrogen, und es jetzt auch noch selbstherrlich gewagt, mich zu schlagen!! Aber mit der dummen Gans aus Schottland, dachtest du, kannst du das ja machen, was?! Du mieser, kleiner, verkommener Sassenach, du! Du bist nicht besser als alle anderen hier! Genauso gemein wie Tante Elisabeth und Augusta!"

Diese Anschuldigungen, insbesondere die letzte, trafen Edward. „Sophie, beruhige dich." Sein Zorn war verraucht, und ganz andere Gefühle waren beim Anblick von Sophies Kehrseite und der Berührung ihrer weichen Haut in ihm hochgestiegen. Es war ihm eingefallen, dass er gewisse Stellungen mit ihr hatte üben wollen.

„Ich soll mich beruhigen?! Du Schuft! Ich bin noch lange nicht mit dir fertig!"

„Das war alles deine eigene Schuld, Sophie." Edward wollte nicht streiten. Er wollte sie in den Armen halten, sich in ihr vergraben, sie küssen, sie aus Lust zum Schreien bringen und nicht aus Zorn. Und ihr dann sagen, wie sehr er sie liebte, sich um sie sorgte, und wie viel sie ihm bedeutete. „Sophie." Er machte einen Schritt auf sie zu.

Aber da tat Sophie etwas, das nicht einmal er ihr zugetraut hatte.

Als Lady Melinda Edwards Schlafzimmer betrat, fand sie ihn im Lehnsessel, neben sich eine Schüssel mit kaltem Wasser, und auf seinem linken Auge lag ein mehrfach gefaltetes, weißes Tuch. Soeben nahm er es wieder ab, tauchte es ins Wasser und wrang es aus. Seine Unterlippe war größer als sonst.

„Um Himmels Willen! Edward! Wie siehst du denn aus? Was ist denn geschehen?"

„Ich habe meine Frau verprügelt", knurrte Edward. „Und wenn du nicht einen sehr guten Grund hast, hierher zu kommen, kann dir gleich dasselbe passieren."

Melinda nahm ihm das Tuch aus der Hand und legte es vorsichtig auf sein Auge. „Das sieht schlimm aus. Was hast du denn mit Sophie gemacht?"

„Zwanzig auf den Hintern."

„Edward! Du Scheusal! Sie konnte doch nichts dafür."

„Sie hätte nicht hingehen sollen!", fuhr Edward auf. „Mir reicht es jetzt mit dir und deinem verdammten Galan! Wie oft habe ich dir gesagt, du sollst dich von Jonathan fernhalten! William war wie von Sinnen! Er hätte dich – oder noch schlimmer Sophie – erschießen können! Herrgott noch mal, ich hatte, als ich sie dort fand und dein gehörnter Idiot von Mann mit der Pistole herumfuchtelte, einen Todesschrecken, den ich nicht einmal in Worte fassen kann! Und dann droht sie mir auch noch, mich zu verlassen!" Er sank nach diesem Ausbruch erschöpft in seinen Lehnstuhl zurück. „Ich … würde es nicht ertragen, wenn jemand auf sie schießt und sie getötet wird." Wie in diesem Albtraum. Das war etwas, das nicht wahr werden durfte. Niemals.

Melinda musterte ihren mühsam nach Fassung ringenden Bruder voller Mitgefühl. Dann fragte sie: „Wo ist Sophie jetzt?"

Edwards heiles Auge funkelte wütend. „Was weiß ich? In ihrem Zimmer vermutlich. Oder eher im Stall. Schmollen und Rosalind erzählen, was für einen brutalen Ehemann sie hat."

„Wer ist Rosalind?"

„Ihr Pferd. Sie redet mit ihr.“

Melinda hob das Taschentuch etwas an und betrachtete das zugeschwollene, rötlich-blaue Auge, die Lippe. „Dabei ist sie eine so zarte Person. Sie scheint stärker zu sein als sie aussieht.“

„Das war Vaters Schreibkasten mit dem alten Tintenfass, den Federn und dem Siegelwachs. Sie hat ihn gepackt und mir darübergedonnert. Schneller, als ich mich bücken konnte.“

Melinda kicherte. „Deine Sophie ist unternehmungslustig, nicht wahr?“

„Sei bloß …“

„Schon gut, schon gut. Ich weiß, es ist meine Schuld. Und es tut mir wirklich leid. Ich bin gekommen, um dich und Sophie um Verzeihung zu bitten.“ Sie tätschelte ihrem Bruder liebevoll die Hand. „Weißt du, Edward, es gefällt mir, dich so verliebt zu sehen. Ich hätte dir das nicht zugetraut.“

„Halt den Mund.“

„Nein, es gefällt mir wirklich. So kenne ich dich gar nicht. Ich hätte überhaupt nicht gedacht, dass du jemals heiratest. Du warst früher ein schrecklicher Weiberheld, der sich nie festlegen konnte. Und später hätte ich nur eine dieser eleganten, kühlen Frauen erwartet, die sich gut in den Salons und im Ballsaal machen und sonst genau wissen, wo ihr Platz an der Seite ihres Mannes ist. So wie man das von mir erwartet hat“, fügte sie mit leichter Bitterkeit hinzu. „Aber plötzlich hast du eine Schottin, die als Junge herumläuft, und die meinen kühlen Bruder dazu bringt, sie vor Zorn übers Knie zu legen.“ Sie beugte sich vor und gab ihm einen Kuss auf die Wange. „Du bist viel zu kalt nach James’ Tod geworden.“

Edward wandte sich ab.

„Willst du mir nicht erzählen, was damals war?“, fragte Melinda sanft. „Es wird dich erleichtern, und James war auch mein Bruder. Ich trauere ebenso um ihn wie du.“

„Aber du hast nicht zugesehen, wie er starb.“

„Und ich bin auch nicht an deiner Stelle von den Franzosen gefangen genommen worden“, setzte Melinda ruhig hinzu.

„Nein“, sagte Edward, „ich will nicht darüber reden.“

„Dann erzähle es Sophie.“ Melinda streichelte über sein Haar. „Sag ihr, was geschehen ist. Es wird dir gut tun und sie mit dir versöhnen.“ Sie setzte sich auf das Bett und strich ihren Rock glatt. Sie sah so traurig aus, dass Edward weich wurde. Er wusste, was in ihr vorging. Wenn sie auch nur halb so verliebt in Jonathan war wie er in Sophie, dann musste sie verdammt leiden. Er hatte Sophie wenigstens in seinem Haus und seinem Besitz. Sie gehörte ihm, und wenn sich alles geklärt hatte, sie sich für diesen Angriff entschuldigte, dann konnte er sie jeden Tag seines Lebens sehen, sie besitzen, sie lieben. Und wenn nötig, dieses reizvolle Hinterteil abermals mit der flachen Hand bearbeiten. Melinda dagegen würde Jonathan, jetzt, wo William zurückgekehrt war, verlieren.

„Was wirst du tun, Melinda?“ Er war besorgt um sie. Wenn sie William verließ, dann hatte das nicht nur für sie gesellschaftliche Konsequenzen, sondern unter Umständen auch für Jonathan. William hatte damit gedroht, Jonathan zu ruinieren. Er konnte dies aufgrund seiner Kontakte spielend leicht tun, gleichgültig, wie verdient sich Jonathan auch in der Vergangenheit gemacht hatte.

„Ich werde William nicht verlassen.“ Melindas Stimme klang ruhig. Zu ruhig. Tonlos.

Edward blickte auf seine Hände. „Jonathan wird ohnehin wieder fortgehen.“

„Das tut William auch." Melinda zuckte mit den Schultern. „Sie werden mich alle verlassen."
„Aber mit William bist du verheiratet. Er kommt zu dir zurück, und er erhält dich."
Sie lachte spöttisch auf. „Ja, das ist es, was mich wirklich glücklich macht. Er kommt nach Monaten und Jahren zurück, und ich darf über seinen Sold verfügen! Was will eine Frau mehr?! Wenn wir Kinder hätten, sähe alles ganz anders aus. Dann hätte ich wenigstens eine Aufgabe. Jemanden, der bei mir ist und mich liebt, und den ich lieben kann."
„Melinda …" Edward klang gequält.
Sie lächelte ihn an. „Versöhne du dich mit Sophie. Ich komme schon zurecht. Und ich verspreche, keine Dummheiten zu machen." Sie erhob sich. „Und nun werde ich Sophie aufsuchen und sie bitten, mir zu verzeihen."

Edward war gerade dabei das Tuch erneut auszuwinden und auf sein malträtiertes Auge zu legen, als Melinda zurückkam. Sie sah besorgt aus.
„Edward, ich kann Sophie nirgendwo finden. Ich habe Mrs. Drarey gefragt. Seit Stunden hat sie niemand mehr im Haus gesehen."
Edward sprang auf und warf mit einer wütenden Geste das Tuch in die Schüssel, dass das Wasser hoch aufspritzte. So war das also. Entweder war seine unbotmäßige Frau in einen geheimen Schmollwinkel abgezogen, oder sie machte wieder Dummheiten. Und Edwards eher nüchterne Fantasie war nicht in der Lage, Sophies Einfallsreichtum in dieser Hinsicht überhaupt nachzuvollziehen. Wo konnte sie sein? Auf den Klippen? Im Obstgarten? Bei ihrer Tante – nein, dort gewiss nicht.
Mrs. Drarey kam mit dem Stallburschen herein. „Mylord! Jack sagt, dass Lady Sophie mit Rosalind ausgeritten ist. Er hat nichts bemerkt, weil er im Stall beschäftigt war. Erst als er Rosalind hereinholen wollte, sah er, dass das Pferd von der Weide verschwunden war. Auch der Sattel und das Zaumzeug sind weg. Und als er herumgefragt hat, hat ihm ein kleiner Bursche erzählt, dass er Lady Sophie auf der Straße nach Lewes gesehen hat. Mit einem Bündel hinter dem Sattel."
Melinda sah, wie Edward bleich wurde. „Jack, sattle sofort mein Pferd! Du und noch einer der Diener, ihr nehmt euch die Kutschenpferde und reitet los! Schnell! Fraser!", rief er nach seinem Kammerdiener. „Ich muss mich umziehen!"
Er rannte in Sophies Zimmer. „Fehlt etwas?", schrie er die verschüchtere Zofe an, die ihm händeringend entgegenkam.
Sie eilte zu der Kommode mit Sophies Wäsche, wühlte in Miedern, Strümpfen. „Ein wenig Leibwäsche. Diese Beinwäsche, die sie beim Reiten trägt, ist fort. Und …", sie eilte zum Waschtisch, „die Seife und das Handtuch …"
Edwards Blick fiel auf einen zusammengefalteten Bogen auf Sophies Bett. Er riss ihn an sich und las.
„Verflucht!"
Er stürmte in sein Zimmer, und als seine Schwester ihn erreichte, war er bereits dabei seine Reithosen zu verschließen. Sein Kammerdiener Fraser stand bereit und half ihm in die Jacke.
„Was willst du tun, Edward?"
„Sie suchen! Was sonst?! Schon gut, schon gut", herrschte er Fraser an, der dabei war, noch schnell über die Stiefel zu polieren und bei dem ungewohnt harschen Ton zusammenzuckte. „Lassen Sie den verdammten Dreck an den Stiefeln!"
„Kein Dreck, Mylord", empörte sich Fraser. „Lediglich ein Körnchen Staub."

Edward beachtete ihn nicht mehr. Er griff nach seiner Brieftasche, steckte sie in seine Jacke und rannte auch schon wieder an Melinda vorbei.
„Wo kann sie denn hin sein?“ Seine Schwester folgte ihm auf dem Fuß.
„Das weiß ich ziemlich genau!“ Edward deutete mit dem Kinn auf Sophies Brief, den er auf sein Bett geworfen hatte. „Auf dem Weg nach Schottland. Vielleicht auch noch zu diesem verdammten McGregor!“ Damit hatte sie ihm ja schließlich gedroht.
Melinda lief ihm die Treppe hinab nach und zum Stall. „McGregor?“
„Irgendein Kiltträger, den sie hätte heiraten sollen. Ich darf gar nicht daran denken, was ihr alles zustoßen könnte, wenn sie alleine reitet.“
Melinda sah, dass Edwards Hände zitterten, als er nach dem Zügel seines Hengstes griff. „Du glaubst doch nicht wirklich, dass sie den weiten Weg allein machen würde.“
„Oh ja! Die schon!“
„Nur wegen eurer Auseinandersetzung? Schließlich ist sie dir nichts schuldig geblieben.“
„Sag ihr das! Freddy! Frederick!“
Sein Groom kam gerannt. „M’lord?!“
„Du nimmst dir eines der Pferde und reitest ebenfalls los. Nimm die zweite Straße nach Lewes. Frage die Leute, die du siehst, ob eine Frau auf einer braunen Stute vorbeigekommen ist.“

19. Kapitel

Die Fahrt in dem Karren war alles andere als ein Honiglecken gewesen. Sophie hatte überall blaue Flecken und war unter der stinkenden Decke und der Plane halb erstickt. Am Ende hatte sogar ihr Magen alle Anzeichen einer Revolution gezeigt, und sie atmete erleichtert auf, als der Wagen endlich hielt, man die Plane wegriss, und sie wieder frische Luft atmen konnte. Gleich darauf zerrte man sie auch schon hoch und vom Wagen runter. Man hatte ihr die Hände vor dem Körper gefesselt und als man sie auf die Füße stellte, taumelte sie, da die Beine von der unbequemen Fahrt fast gefühllos waren.
Es dämmerte. Wolken waren aufgezogen, ein leichter Nieselregen hatte eingesetzt. Neben ihr stand der Karren, auf dem sie gereist war, um sie herum waren mehrere abenteuerlich anmutende Gestalten, und vor ihr erhob sich ein mit Gestrüpp überwucherter Hügel.
Nur wenige Meilen nach Lewes hatten sie sie erwischt. Sophie war schon misstrauisch geworden, als mehrere Männer neben ihr hergeritten waren. Zuerst hatte sie geargwöhnt, dass sie von Edward kamen, aber dann hatte sie in einem von ihnen einen der Schmuggler erkannt, den sie schon bei Marian Manor beobachtet hatte. Als sie Rosalind die Sporen geben wollte, hatten die Männer sie vom Weg abgedrängt und vom Pferd gerissen, obwohl sie sich mit Händen und Füßen gewehrt und lauthals geschrien hatte. Und dann hatten sie ihr ein Messer an den Hals gesetzt, sie gefesselt und auf eben diesen Wagen verfrachtet. Als sie Fragen gestellt und aufbegehrt hatte, hatte einer von ihnen eine Pistole an ihren Kopf gehalten.
Vermutlich steckte Jonathan Hendricks dahinter. Sophie war enttäuscht und wütend. Sie hatte ihm und Melinda den Hals gerettet, und er dankte es ihr auf diese Weise.
Einer der Männer gab ihr einen ungeduldigen Stoß, und sie wäre fast gefallen.

„Vorsichtig. Ihr habt hier eine Dame vor euch."

Sophie horchte beim Klang dieser Stimme auf, dann wirbelte sie herum. Denn wer knapp hinter ihr stand, war niemand anderer als Tante Elisabeths Whistpartner, angesehener Eastbourner Bürger und regelmäßiger Gast bei Jonathan Hendricks zweifelhaften Veranstaltungen. Nicht zu vergessen: Friedensrichter!

„Sir Winston? Sie sind hier? Aber weshalb haben Sie mich ...?" Sophie unterbrach sich verwirrt. Aber einen Augenblick später traf sie die Erkenntnis wie ein Schlag. Sir Winston – in Jonathan Hendricks Nähe und überall dort, wo sich auch die Schmuggler aufhielten. Im Obstgarten, in Marian Manor. „Sie arbeiten also für Captain Hendricks", sagte sie langsam. „Erpresst er Sie ebenfalls?" Es konnte nicht anders sein.

„Erpressen? Mich? Jonathan Hendricks arbeitet für mich. Er weiß es nur nicht." Ein unschönes Lachen folgte diesen Worten.

Sophies Verstand weigerte sich einige Minuten lang, das Offensichtliche zu glauben. Es konnte nicht sein. Es war absurd. Sir Winston konnte nicht jener geheimnisvolle, gefährliche Anführer sein, mit dem der Captain Henry bedroht hatte. Nicht derjenige, der Befehl geben würde, ihn zu töten. Oder sie ermorden zu lassen.

Der feiste Mann grinste. „Es war nicht ganz leicht, das alles einzufädeln, aber dieser Londoner Büttel hat mir besser in die Hände gespielt als zu hoffen gewesen war. Ich wollte mit ihm und dem anonymen Schreiben an Mayfield nur Druck auf Harrington machen, aber dass du mir so leicht in die Hände fällst, hätte ich nicht gedacht. Tja, und nun bist du also mein Gast. Ironie des Schicksals, nicht wahr? Vor gar nicht allzu langer Zeit hätte ich noch fünfzig Pfund für dich geboten. Und jetzt bekomme ich dich ganz umsonst. Und noch dazu so einfach." Er maß sie von oben bis unten. „Hat dir dein Mann nicht verboten, allein in der Gegend herumzureiten? Das hätte er tun sollen. Wir haben nur auf einen günstigen Moment gewartet, dich einzufangen."

„Was wollen Sie denn von mir? Was bezwecken Sie damit?" Sophies Herz klopfte hart, ihre Hände und Beine zitterten. Wenn Sir Winston wirklich jener skrupellose Anführer war, von dem Jonathan gesprochen hatte, dann konnte nicht einmal dieser ihr helfen. In ihrem Magen bildete sich ein Klumpen aus Angst. Mehr noch: Todesangst und das Gefühl, völlig schutzlos und ausgeliefert zu sein.

„Wenn du vernünftig bist und mitspielst? Gar nichts. Dann darfst du gehen und niemand wird dir auch nur ein Härchen krümmen. Aber sprechen wir drinnen weiter. Es gehört sich nicht, eine Dame im Freien stehen zu lassen." Winston winkte einem seiner Männer. „Verbindet ihr die Augen."

Ein heruntergekommenes Subjekt näherte sich Sophie. Sie trat einen Schritt zurück.

„Damit werden Sie nicht durchkommen." Nur nicht zeigen, wie sehr sie sich fürchtete.

„Damit bin ich schon durchgekommen. Und dir würde ich raten, dich zu benehmen. Ich bin nicht dein Mann. Ich lasse dir nichts durchgehen."

Man legte ihr ein Tuch um die Augen, wohl eher einen Lappen, dessen Gestank ihren ohnehin schon sensiblen Magen sofort in Aufruhr versetzte und sie würgen ließ. Sophie versuchte langsam durchzuatmen, möglichst wenig zu schnuppern, und nicht näher über diesen Fetzen nachzudenken.

Jemand fasste sie am Arm, und sie stolperte mit verbundenen Augen neben den Männern her. Gelegentlich hörte sie Winstons Stimme, der leise Befehle gab. Dumpfer Geruch und Kälte schlugen ihr entgegen. Erinnerungen an ähnliche Gerüche, Geräusche, das Hallen ihrer Schritte stiegen in Sophie hoch. Das war wie damals in dem Bergwerk. Hatte man sie ebenfalls in einen alten Stollen gebracht? Gab es welche in der Umgebung von Eastbourne? Sie versuchte sich zu erinnern, wie lang die Fahrt gedauert hatte. Ihr war sie endlos vorgekommen, aber in Wirklichkeit konnten sie nicht länger als zwei Stunden unterwegs gewesen sein. Oder sollte sie sich so irren?

Sie wandte den Kopf dorthin, wo sie Winston vermutete. „Wo sind wir hier? In einem Bergwerk?“

„Fast, mein kluges Kind. Es sind alte Schmugglerhöhlen.“ Winston war ganz dicht neben ihr. „Hier haben sich früher berühmte Banden herumgetrieben, aber seit die Höhlen einmal ausgeräuchert wurden, standen sie leer und wurden im Laufe der Jahre vergessen. Ein perfektes Versteck für uns.“

„Wurden diese Männer nicht alle gefangen und gehenkt? Haben Sie keine Angst, dass es Ihnen ebenso ergeht?“

„Dir wird dein freches Mundwerk noch vergehen“, sagte Winston ohne jeden Ärger.

Sophie verstummte. Ihr war eingefallen, dass sie die Schritte zählen könnte. Das hatten Patrick und sie in dem Bergwerk auch gemacht, weil sie die Länge der Gänge hatten feststellen wollen. Vielleicht half es ihr weiter, wenn sie ungefähr wusste, wie tief die Höhlen in den Berg hineinführten.

Sie bogen zweimal ab. Einmal wurde eine Tür vor ihnen geöffnet, deren Knarren Sophie durch Mark und Bein ging, dann fiel sie hinter ihnen zu. Sie lauschte angestrengt und hörte an den Schritten, dass einige Männer zurückgeblieben waren. Endlich hielten sie an.

Jemand griff nach dem ekligen Tuch, das man ihr um die Augen gebunden hatte, und Sophie blinzelte in das Licht zweier Lampen. Sie sah sich um. Vor der Höhle waren noch mindestens acht Männer um sie herumgestanden, und in einiger Entfernung hatte sie noch etliche bei einem Wagen gesehen. Nun befand sie sich mit Winston – Sophie hatte sich schon längst entschlossen, das unverdiente *Sir* wegzulassen – und zwei anderen Männern allein. Einer davon war ein groß gewachsener Mann mit einer Miene, als hätte er sein Leben lang nicht einmal gelächelt. Sie erinnerte sich, ihn schon bei Marian Manor gesehen zu haben. Wenn er hier war, war vielleicht auch Jonathan in der Nähe. Er würde doch wohl nicht zulassen, dass man sie tötet, oder?

Sie schienen sich am Ende eines Ganges zu befinden. Vor ihnen war in der Wand eine kleine Einbuchtung wie eine Nische, in die Winston eine Kerze stellte.

„So. Und nun zum geschäftlichen Teil.“

Sophie sah ihn abwartend an. Ihre kopflose Panik war etwas vergangen. Sie hatte immer noch Angst, so dass ihre Hände zitterten, aber sie konnte wieder besser denken. Es hatte ihr geholfen, die Schritte zu zählen, auf den Widerhall der Geräusche zu lauschen und sich die Richtung zu merken. Es hatte sie abgelenkt und ihr das Gefühl vermittelt, nicht vollkommen preisgegeben zu sein.

„Was haben Sie mit meinem Pferd gemacht?“

„Dein Pferd?“

„Als Sie mich überfallen haben, habe ich noch gesehen, wie einer Ihrer … Schergen nach Rosalind griff.“

„Rosalind?“ Winston lachte spöttisch. „Ein hübscher Name für ein hübsches Pferd. Wir haben Rosalind natürlich mitgenommen. Vielleicht lässt sich noch etwas mit ihr anfangen. Und wenn nicht, können wir sie immer noch zum Abdecker bringen.“

Sophie wurde blass. „Was immer Sie von mir wollen, Sie werden es nicht bekommen, wenn Sie Rosalind etwas antun!“ Rosalind war mehr als ihr Pferd. Sie war ihre Freundin.

„Das werden wir ja sehen. Hier“, Winston hielt ihr ein Stück Papier hin. „Du musst nur das unterschreiben und deinem Pferd passiert nichts. Und du darfst wieder gehen.“

Sie sah auf das Papier. „Was ist das?“

„Die Übertragung von Marian Manor an mich.“

Sophie spürte, wie die Angst einem rechtschaffenen Ärger wich. „Marian Manor! Mein Haus, in dem Sie und Ihre Verbrecher Unterschlupf gefunden haben!“

„Verbrecher? Welch ein unfreundlicher Ausdruck. Aber bitte, wohl nicht ganz unrichtig“, meinte Winston nachsichtig. „Du darfst mich nennen, wie du willst, Hauptsache, du unterschreibst das. Der Kaufpreis dürfte ja wohl angemessen sein, nicht wahr?“

Sophie sah auf das Blatt. „ Zweitausend Pfund? Es ist viel mehr wert!“ Sie hatte keine Ahnung, aber nicht einmal für zwei Millionen Pfund hätte sie sich von dem Haus getrennt. „Niemand wird glauben, dass ich das freiwillig unterschrieben habe!“

„Du hast es mir verkauft, bevor du mit einem Freier davongelaufen bist“, sagte Winston ungerührt. „Du hast das Geld gebraucht. Und niemand wird sich lange fragen, weshalb. Wie die Mutter, so die Tochter. Nur, dass wir durchblicken lassen werden, dass du mit einem Seemann davongelaufen bist - mit Jonathan Hendricks. Halb Eastbourne hat dich auf seiner Gesellschaft beobachtet. Alle haben gesehen, wie ihr euch unterhalten habt. Man wird die richtigen Schlüsse ziehen. Und wenn nicht, dann werde ich den Leuten eben den nötigen Anstoß dazu geben.“

„Sagten Sie nicht, Sie wollten mich wieder gehen lassen?“

„Das tue ich auch. Nur bestimme ich eben, wohin. Dass ich dich nicht nach Hause lassen kann, ist wohl klar.“ Er beugte sich vor und brachte sein Gesicht dicht an sie. Sein nach Alkohol riechender, säuerlicher Atem ließ Sophie zurückweichen. „Du darfst gehen, ohne dass wir dir ein Härchen krümmen. Auf den Westindischen Inseln gibt es immer noch Plantagenbesitzer, die einen guten Preis für englische Ladies bezahlen. Wenn ich dich an einen von ihnen verkaufe, wird er dich auf Händen tragen. Die Männer dort sind reich und ausgehungert nach europäischen Frauen, dir wird es an nichts fehlen. Alles nur für den Preis eines alten Hauses.“

„Sie sind krank!“, schleuderte Sophie ihm entgegen.

„Und wenn du nicht unterschreibst“, fuhr er, ohne sie zu beachten fort, „dann lasse ich meine Männer zu dir. Immer drei auf einmal. Zwei werden dich halten, während der dritte die Ehre hat, einer richtigen Lady die Beine zu spreizen. Dann kommen die beiden anderen. Die Männer sind den Umgang mit Damen allerdings nicht gewöhnt. Und manche haben recht derbe Vorlieben. Schon möglich, dass sie nicht sehr zartfühlend mit dir umgehen.“ Er richtete sich wieder auf. „Aber wie gesagt, die Wahl liegt ganz bei dir. Entweder du unterschreibst und darfst lebend und unbeschadet diese Höhle verlassen, oder ...“

„Man wird mich suchen und finden!“

„Aber bis dahin bist du entweder tot oder – wenn du vernünftig bist – schon auf dem Weg zu den Westindischen Inseln.“

„Jeder weiß, dass ich Edwards Frau bin!“

„Du hast ihn doch nur geheiratet, um einen Skandal zu vermeiden, und bist dann bei der ersten Gelegenheit davongelaufen.“

„Keiner wird das glauben! Am wenigsten Edward! Er wird die Polizei verständigen und nach mir suchen!“

„Aber natürlich wird er dir folgen. Das ist ja auch geplant. Wir haben extra einen Mann geschickt, der ihn über dein Schicksal aufklären soll. Er hätte sich raushalten und uns die Büttel vom Hals halten sollen. Aber stattdessen hat er auch noch mit irgendwelchen Stellen in London Kontakt aufgenommen und sich noch mehr eingemischt.“ Winston zuckte mit den Schultern. „Es ist alles geplant: Er ist euch gefolgt, es gab ein Duell, bei dem er von Hendricks erschossen wurde. Auch das wird jeder glauben. Harringtons Bruder ist auf ähnliche Weise ums Leben gekommen. Man munkelt, dass Hendricks auch dabei seine Hände im Spiel hatte. Und Hendricks schalte ich bei dieser Gelegenheit auch gleich aus. Der Mann ist nicht mehr vertrauenswürdig genug. Admiral Mayfield hätte ihn eigentlich töten sollen, deshalb hatte ich ihm den Brief geschickt und ihn über die Untreue seiner Gattin informiert. Aber irgendwie kam wieder Harrington dazwischen.“

Sophie versuchte alles zu begreifen. Langsam lösten sich die Rätsel um Jonathan, Melinda und Edward.

„Und wenn ihr dann alle drei, einschließlich Hendricks, verschwunden seid“, setzte Winston fort, „wird niemand mehr Fragen stellen.“

„Mein Vater wird es tun!“, platzte Sophie heraus. „Die McIntoshs werden euch verfolgen!“

Winston warf den Kopf in den Nacken und lachte schallend. „Jetzt hast du mir richtig Angst gemacht, kleine Lady! So richtig furchtbare Angst. Brrrrrr.“ Er schüttelte sich in höhnischem Entsetzen, dann hielt er ihr den Zettel nochmals hin.

Sophie schlug wütend mit ihren gefesselten Händen darauf.

Winston maß sie mit einem gefährlichen Lächeln. „An deiner Stelle wäre ich umgänglicher.“

Der Mürrische trat heran. „Soll ich sie ein bisschen überreden?“

Sophie wich bis an die Höhlenwand zurück.

Winston überlegte, dann schüttelte er den Kopf. „Nein, Smiley, noch nicht. Zuerst lassen wir sie ein bisschen nachdenken. Aber fessle ihr die Beine.“

Der Mann beugte sich nieder, und der andere hielt Sophie, als sie zu strampeln begann. Er verdrehte ihr das Handgelenk, und sie gab nach, als die Stricke um ihre Fußknöchel geschlungen wurden. Jetzt konnte sie nicht einmal mehr aufstehen und hinausschleichen, sobald Winston fort war.

Dieser hob die Lampe und wies um sich. „Du befindest dich im tiefsten Bereich dieser Höhlen. Diesen Ort nennt man die Kapelle. Weshalb, wirst du schon noch rausfinden. Man sagt, dass sich die Geister der ehemaligen Hawkhurst Gang hier aufhalten. Vielleicht schaffen sie es ja, dich zu überreden.“ Er nahm grinsend die Lampe und winkte den anderen, ihm zu folgen. „Die Kerze dort lasse ich dir. Damit du die Gespenster besser sehen kannst. Hahaha …“

Sophie starrte ihnen nach, bis ihre vom Licht der Laternen beleuchteten Gestalten im Dunkel des Ganges verschwunden waren. Dann sah sie zu der Kerze. Sie war schon halb heruntergebrannt. Wie lange würde sie noch Licht spenden? Eine Stunde? Eine halbe? Und wenn sie dann erlosch, bevor Winston zurückkam, saß Sophie in völliger Dunkelheit.

Scheu blickte sie sich um. Die zuckende Kerzenflamme warf unruhige Lichter auf die Wände. Fast war es, als würden sich tatsächlich Schatten bewegen und auf Sophie zukriechen. Sie schloss die Augen und schüttelte den Kopf. *Nicht der Angst nachgeben. Denk um Himmels willen nach! Lenk dich ab!*

Tante Elisabeth würde der Schlag treffen, wenn sie erfuhr, wer Henry bedrohte. Soviel sie wusste, hatte sie, nachdem sich Edward als so unzuverlässig herausgestellt und Sophie geheiratet hatte, Sir Winston sogar in die engere Auswahl für Augusta gezogen. Sophie versuchte die humorige Seite zu sehen, aber das verzweifelte Lächeln gefror, als die kleine Flamme stärker zuckte, und die Schatten sich wild bewegten. Sie wünschte fast, Winston hätte keine Kerze hiergelassen. In völliger Dunkelheit hätte Sophie wenigstens nicht ängstlich auf jeden Schemen starren müssen.

Es gibt keine Gespenster, Sophie. Hör auf damit.

Sie konzentrierte sich auf die Gefahr, in der sich Edward befand. Welch teuflischen Plan hatte sich Winston nur erdacht! Er wollte Edward hierher locken und dann erschießen lassen. Sophie biss sich auf die Lippen. Wäre sie nicht davongelaufen, hätten die Männer sie nicht gefangen nehmen und Edward keine Falle stellen können.

Aber würde Edward denn nach ihr suchen? Hendricks folgen? War er denn, wenn er ihren Brief fand, nicht viel zu zornig auf sie? Zornig ja, musste sie sich sagen. Aber er würde sie niemals im Stich lassen, wenn er herausfand, was geschehen war. Und wenn er sie suchte, würde er getötet werden.

Nein! Keine McIntosh würde so etwas zulassen! Und eine McIntosh zitterte auch nicht vor einigen Schatten. Sie zuckte nicht zurück. Sie verkroch sich nicht in sich selbst und … Sophie biss sich auf die Lippen und kroch in sich selbst zusammen. *Lieber Himmel hilf mir und gib mir Mut.*

Edward war auf dem halben Weg nach Lewes, als er von einem Reiter auf einem dampfenden Pferd eingeholt wurde. Er zügelte seinen Rappen, als er Jonathan erkannte.

„Was willst denn du? Dich an der Suche beteiligen? Dazu hast du auch allen Grund."

Jonathan pfiff bei seinem Anblick durch die Zähne. „Donnerwetter aber auch." Er deutete auf Edwards Auge. „Das hattest du vor Kurzem noch nicht."

Edward warf ihm einen wütenden Blick zu und trieb sein Pferd schon wieder an.

„He! Ed!", schrie Jonathan ihm nach. „Ich glaube nicht, dass wir sie in dieser Richtung suchen müssen."

Edward wandte sich scharf um. „Wie meinst du das?"

„Sie ist Winston in die Hände gefallen."

Edwards Gesicht wurde hart. „Winston? Wieso ist sie bei …?" Er verstummte und biss die Zähne zusammen, als er die Zusammenhänge begriff. „Ver …"

Jonathan nickte grimmig. „Unser geheimer Schmugglerkönig ist niemand anderer als der ehrenwerte Sir Winston, seines Zeichens auch noch Friedensrichter. Smiley war dabei, als sie Sophie geschnappt haben", fuhr Jonathan fort, „konnte aber nichts tun. Da die Sache nicht so verlaufen ist, wie Winston sich das vorstellte, haben sie sich offenbar zu einer anderen Strategie entschlossen. Sie haben einen der Männer zu mir geschickt, damit ich dich hinlocken soll. Sie hatten nur Pech, dass sie einen Mann ausgewählt haben, der für mich arbeitet. Er hat mich gewarnt. Das Ganze ist eine Falle für uns beide."

„Haben Sie etwas über dich herausgefunden?"

Jonathan zuckte mit den Schultern. „Möglich. Oder sie haben einen Verdacht. Vielleicht hat auch dein lieber Schwager William zu viel Wind gemacht."

„Wohin haben sie Sophie gebracht?!"

„Richtung Hastings, sie wollen zu den alten Schmugglerhöhlen. Wie wir ja schon herausgefunden hatten, ist dort ein weiterer Schlupfwinkel. Smiley bleibt in ihrer Nähe und wird alles für uns vorbereiten."

Edward hatte sein Pferd bereits gewendet. „Welchen Vorsprung haben sie?"

„Nur vier Stunden, nicht mehr. Sie haben sie in einen Karren verfrachtet." Als er sah, dass Edward noch mehr erbleichte, hob er beruhigend die Hand. „Sie ist unverletzt." Er grinste. „Mach dir nicht zu viele Sorgen um sie. Wenn ich mir dich so ansehe, sollte mich nicht wundern, wenn die Bande sie freiwillig wieder rausrückt, nur um sie loszuhaben."

Zu Jonathans Glück hörte Edward schon längst nicht mehr zu. Er überdachte seine Möglichkeiten. Mit dem Karren waren sie langsamer. Das bedeutete, dass er trotz des Vorsprungs spätestens zwei Stunden nach ihnen in Hastings ankommen konnte. Zu Pferd war er in der Lage, Abkürzungen zu reiten und die Karrenwege zu vermeiden.

„Ich habe schon meine Leute verständigt. Wir werden den geplanten Angriff vorziehen", sprach Jonathan weiter, während sie ihre Pferde antrieben. „Allerdings brauche ich ein neues Pferd, dieses hier wird es nicht mehr bis Hastings schaffen."

Es waren von hier etwa zwanzig Meilen nach Hastings. Edwards Rappe war ein besseres Tier als das von Jonathan, er würde durchhalten, wenn er ihm dazwischen Pausen vergönnte. „Wir werden bei einem Freund vorbeireiten, der gute Pferde im Stall hat", sagte Edward über die Schulter. „Knapp vier Meilen von hier. So lange müsst ihr durchhalten."

„Hast du schon einen Plan, wie du sie befreien kannst?", rief Jonathan ihm nach, als Edward sein Pferd schneller antrieb. „Oder willst du reinplatzen, alle niederschlagen und dann mit Sophie wegrennen?"

„Das werde ich mir überlegen, wenn wir unterwegs sind."

„Du kannst nicht einfach losreiten und sie retten." Jonathan stieß seinem Pferd die Fersen in die Weichen, um neben Edward zu bleiben. „Ich sagte ja schon, es ist eine Falle. Was sie allerdings mit Sophie vorhaben, weiß ich nicht. Aber hör zu. Ich habe einen Vorschlag."

„Mein Bruder hat deine Vorschläge nicht überlebt, soweit ich mich erinnern kann." Edwards Stimme klang kalt. Er sah nur auf den Weg vor sich, wich einer Kutsche aus, und preschte dann schneller weiter.

„Dein Bruder, Edward", schrie ihm Jonathan nach, „war mein bester Freund!"

Edward schloss sekundenlang die Augen, dann reduzierte er das Tempo, um Jonathan aufschließen zu lassen. Er sah kurz hinüber. „Schon gut, Jonathan. Ich weiß …"

„Nein! Nichts weißt du!" Jonathan schrie jetzt. Er hatte Edwards Arm gepackt und riss ihn halb aus dem Sattel. „Und du wirst mir zuhören, bevor wir dorthin reiten und unseren Hals riskieren! Du musst mir vertrauen! Andernfalls sind nicht nur wir beide so gut wie tot, sondern auch Sophie. Also reite langsamer. Wir müssen reden!"

Edward hielt sein Pferd an. Die Blicke der beiden Männer trafen sich. Edwards Blick war ernst, der von Jonathan aufgewühlt. Jonathan atmete schwer. Endlich sagte er: „Ich werde das nur ein einziges Mal sagen, um diese Sache zwischen uns klarzustellen. Ein einziges Mal, hörst du?"

Edward nickte.

„Glaubst du, ich habe keine Albträume davon? Glaubst du, mir war das gleichgültig? Und denkst du wirklich, verflucht nochmal, dass es nicht Stunden gegeben hat, in denen ich mir gewünscht hätte, an seiner Stelle zu sein, weil ich das Gefühl hatte, ihn im Stich gelassen zu haben?!" Er wandte den Blick ab, versuchte sich zu fassen. „Weißt du, wann ich das alles wirklich vergesse? Das Morden? Die Toten? Die Ertrunkenen, Erschlagenen, Verstümmelten des Krieges und am Ende noch der brutale

Mord an James? Dein Anblick, als ich dich gefunden habe, weil sie dachten, du gehörtest zu uns und hättest Informationen, und sie dich verhörten?“

Er atmete tief ein und sah auf seine Hände, die die Zügel so fest gepackt hatten, dass die Knöchel weiß hervortraten. „Die wenigen Momente, in denen ich wirklich alles vergesse, sind die mit Melinda. Mit einer Frau, die irgendeinem Kerl gehört, der sie nicht einmal zu schätzen weiß und nur Wutanfälle bekommt, weil er sein Eigentum und seinen Ruf gefährdet sieht. Und ich muss zurückstehen und zusehen, wie er sie mir wieder wegnimmt! Dabei würde ich ihm lieber in einem Duell den Schädel mit einer Kugel durchbohren. So sieht es aus! Und jetzt sage mir, ob du mir vertraust oder nicht.“

Es war einige Atemzüge lang still, dann trieb Edward sein Pferd an. „Erkläre mir deinen Plan, Jonathan. Ich bin schon gespannt darauf.“

20. Kapitel

Die Kerze war noch um ein weiteres Viertel heruntergebrannt, und Sophie hatte lange Zeit versucht sich selbst Mut zuzusprechen. Das wäre fast gut gegangen, hätte sie nicht eine Gestalt entdeckt, die in einer Nische saß, sich im Kerzenlicht bewegte und Sophie eine Todesangst einjagte. Erst als sie längere Zeit wie ein hypnotisiertes Kaninchen hinstarrte, erkannte sie, dass es sich lediglich um ein in den Fels gehauenes Bildnis handelte. Die Figur stand oder saß, die Hände waren vor dem Körper verschränkt und in den weiten Ärmeln verborgen. Sophie versuchte sich einzureden, dass sie eine Heiligenfigur darstellte, auch wenn das Gesicht eher an einen kahlen Totenkopf erinnerte, der im flackernden Licht das fleischlose Gesicht verzerrte, zu ihr herübernickte und sich schüttelte.

Sophie schloss die Augen, um nicht ständig hinüberstarren zu müssen, riss sie aber beim leisesten Geräusch wieder auf. Die Kälte in der Höhle kroch von allen Seiten in ihre Glieder und ließ sie zittern. Sie hatte mehrmals versucht auf die Beine zu kommen, aber die Stricke um ihre Knöchel waren zu eng, und sie war, schon halb im Stehen, wieder umgefallen und hatte sich schmerzhaft die Schulter gestoßen. Nun arbeitete sie daran, die Stricke um die Handgelenke zu lösen. Sie zerrte daran herum, verbog sich die Finger, um sie zu erreichen, aber jede Mühe war vergeblich. Diese Gauner verstanden ihr Handwerk.

Sie wusste nicht, wie viel Zeit vergangen war, in der sie ebenso sinnlos wie verzweifelt versucht hatte, sich loszumachen. Der Einfall, einfach auf der Seite liegend und wie eine Schlange den Gang entlangzurobben, war ihr ebenfalls gekommen. Auch auf dem Hintern loszurutschen, wäre eine Möglichkeit gewesen. Aber sie wusste nicht, welcher der Gänge dann tatsächlich ins Freie führte, und bis sie vielleicht den richtigen gefunden hätte, wäre nicht nur der Rock in Fetzen, sondern auch die Baumwollhose, die Sophie beim Reiten darunter trug. Und am Ende wäre sie wieder von den Gaunern geschnappt worden.

Erschöpft von unzähligen Versuchen blieb sie eine Zeit lang liegen und versuchte wieder zu Atem zu kommen. Ihre Finger waren kalt, ihre Füße eisig, die Nasenspitze halb abgefroren. Zum Glück hatte sie ihren festen, schottischen Reitrock an, dessen Wollstoff ein wenig schützte. Ein Schnupfen war jetzt allerdings ohnehin das Geringste ihrer Probleme.

Die Kerze wäre bei der Suche nach einem Ausgang dienlich gewesen, aber die stand so weit oben, dass sie nur mit der ausgestreckten Hand erreichbar gewesen wäre, und daran hinderten sie die Fesseln.

Die Idee aufzustehen, nach der Kerze zu springen und zu probieren, sie mit den Zähnen zu fassen, verwarf Sophie so schnell sie ihr gekommen war. Das Ergebnis wären wahrscheinlich lichterloh brennende Haare gewesen. Und auf so eine Fackel konnte sie wahrlich verzichten. Also blieb nur die Möglichkeit, weiter tapfer an den Handfesseln zu arbeiten. Links von ihr war ein scharfer Stein, an dem sie nun schon etliche Minuten und somit fast einen Kerzenzentimeter lang rieb. Der Stein schnitt zwar tiefer in die Hände als in die Stricke, aber mit der Zeit bemerkte Sophie doch einen gewissen Fortschritt.

Sie machte eifriger weiter, als plötzlich ein schwacher Luftzug aus dem Gang zu ihr herüberwehte, dem ein seltsam hohles Geräusch folgte. Ein Schleifen, Rascheln, Schritte. Sofort blieb sie stocksteif sitzen. Kamen die Schmuggler zurück, um nach ihr zu sehen und Winstons Drohung wahr zu machen? Was sollte sie dann tun? Nachgeben und als Sklavin in den Kolonien enden? Aber Winston würde sie nicht wirklich laufen lassen, sondern sie töten. Und sie vorher vermutlich trotzdem den Männern überlassen. Sophie starrte den Gang entlang. Die Kerze reichte gerade aus, um wenige Meter schwach zu beleuchten.

Waren es Ratten gewesen? Sie schüttelte sich unwillkürlich. Sie hasste diese Nager, aber sie waren die geringste Gefahr in diesen Höhlen und Gängen. Als sich nichts mehr rührte, arbeitete sie weiter, dabei immer wieder besorgte Blicke zur Kerze und dieser unheimlichen Figur in der Nische hinüberwerfend. Dieses Mal fletschte das Bildnis imaginäre Zähne zu einem bösartigen Grinsen, und Sophie sah schaudernd gleich wieder weg.

Wieder dieser Luftzug. Die Kerzenflamme begann zu tanzen. Sophie starrte ängstlich darauf. Wenn sie ausging, war sie jetzt schon im Finstern und nicht erst in einer Stunde.

Da waren wieder diese Geräusche. Schritte. Ganz deutlich. Es war, als würden sie aus der Wand hinter ihr kommen. Sophie legte das Ohr an den Fels. War dahinter etwa noch ein Gang? Oder gingen hier doch die Geister verstorbener und getöteter Schmuggler und ihrer Gefangenen umher? Endlos und für alle Zeiten auf der Suche nach Erlösung? Winston war nicht der erste, der von dieser Hawkhurst Gang gesprochen hatte. Auch eine Freundin von Tante Elisabeth hatte ihr einmal davon erzählt. Und Henry hatte sie ohnehin vor Gespenstern gewarnt. Allerdings waren diejenigen in Marian Manor sehr lebendig gewesen.

Ein stärkeres Frösteln ging durch Sophies Körper. Ihr Kopf ruckte herum, als das Geräusch direkt von der in den Stein gemeißelten Gestalt zu kommen schien. Ein hohles Lachen, ein Wimmern, das in ein lang gezogenes Stöhnen überging. Der Luftzug wurde stärker, das Kerzenlicht flackerte – und erlosch.

Sophie saß im Dunkeln. Sie atmete schnell und heftig, versuchte, während sie mit weit aufgerissenen Augen in die undurchdringliche Finsternis starrte, ihrer Panik Herr zu werden. War dort, am Ende des Ganges, nicht ein Licht? Jetzt wünschte sie fast, die Schmuggler kämen zurück. Ein schwacher Schein erschien, tanzte wie ein Irrlicht über die Wände, verschwand wieder. Sie wollte sich so drehen, dass sie dem Licht oder Gespenst oder was immer dort kam, entgegensehen konnte, aber dann hätte sie der Figur in der Nische den Rücken zukehren müssen, und das wagte sie nicht.

Sophie zitterte am ganzen Körper. Ein Rasseln wie mit Ketten wurde hörbar. Jemand keuchte so laut, dass ihre Ohren dröhnten. Sophie hielt den Atem an und erkannte, dass dieses Geräusch von ihr selbst gekommen war. Die Angst hatte sie hecheln lassen wie einen Hund. Sie schloss für einige Sekunden die Augen, rang um Beherrschung und atmete einige Male tief und langsam durch. Wichtig war immer noch, dass sie die Fesseln los wurde. Vielleicht war der Lichtschein nur von einem der Schmuggler gewesen, der durch die Höhlen ging. Das Wimmern konnte von einem weiteren Gefangen sein. Nicht sehr erbaulich dieser Gedanke, aber sich jetzt der Hysterie hinzugeben, war dumm und einer McIntosh nicht würdig.

Sie und Patrick hatten sich damals, als das Bergwerk über ihnen zusammenstürzte, in keiner viel besseren Lage befunden. Sie versuchte sich daran zu erinnern, um sich klarzumachen, dass sie jetzt – von den blutrünstigen Männern und Gespenstern abgesehen – noch besser dran war als damals. Sie steckte zwar in einem Labyrinth aus Gängen, aber wenn sie lange genug suchte, konnte sie den Ausgang finden. Auch ohne Kerze. Irgendwie. Patrick und sie waren damals eingeschlossen gewesen, ständig in Gefahr, von den nachrutschenden Gesteinsmassen erschlagen oder erstickt zu werden.

Aber sie waren gerettet worden. Und vielleicht kam auch dieses Mal jemand zu ihrer Hilfe. Edward würde sie suchen. Ganz bestimmt sogar. Sie dachte mit unbeschreiblicher Sehnsucht an ihn und wurde sich bewusst, dass der Gedanke an ihn die ganze Zeit schon in ihrem Hinterkopf gewesen war, sie ihn jedoch immer verdrängt hatte. Es tat weh, an ihn zu denken. Daran, dass sie vielleicht sterben und ihn nie wieder sehen würde. Sie hatte ihn zwar im Zorn verlassen, aber nun war sie geradezu versessen darauf, hier wieder herauszukommen und in seine Arme zu eilen. Ihn zu halten und sich von ihm halten lassen. Ein trockenes Schluchzen entrang sich ihr, aber dann hatte sie sich wieder in der Gewalt. Nur mutige Frauen kamen hier wieder heraus. Heulsusen verhungerten. Oder wurden von Gespenstern gefressen.

Wieder dieses Geräusch. Stimmen, von überall her, als würden die Felsen zu ihr sprechen. Sie schauderte, riss verzweifelt an den Fesseln. Der Stein hatte die Stricke zumindest schon ein wenig aufgeraut.

Ein lang gezogenes Stöhnen und kalte Luft drangen zu ihr, ließen sie noch mehr frieren. Und dann war das Licht am Ende des Ganges wieder da. Es flackerte, erlosch. Flackerte wieder auf. Schritte wurden lauter.

Das Licht kam näher. Sie starrte darauf, rückte davon weg, wusste jedoch nicht, wohin. Der Gang endete hier, und der einzige Weg hinaus führte vorbei an diesem Licht.

Ein Schmuggler würde sie schon angesprochen haben. Aber was war, wenn einer von ihnen zurückkam, um sich vorzeitig an ihr zu vergehen? Sophie atmete hastig, während sie wie verrückt an den Fesseln zerrte.

Die Schritte wurden schneller. Wer immer diese Lampe trug, begann zu laufen. Und dann war er hier, bei ihr. Sophie blinzelte in das Licht. Die Lampe wurde zur Seite gestellt und jemand griff nach ihr, riss sie an sich. Ihr Kopf wurde an eine wohlbekannte Brust gedrückt. Ein vertrauter Atem strich über ihr Haar, der Geruch nach verschwitztem Mann, Pferd, Leder erfüllte ihre Nase.

Die Stimme klang rau, gepresst und atemlos. „Verflixter, unmöglicher Bengel. Wenn du mir noch einmal solche Angst einjagst, kannst du etwas erleben.“

Sophie vergrub ihr Gesicht in Edwards Anzugjacke und schluchzte erleichtert auf.

Edward brauchte gerade nur zwei Schnitte mit seinem Messer, um Sophie von den Fesseln zu erlösen. Als er sah, welche Schürfwunden sie sich bei ihrem

Befreiungsversuch zugezogen hatte, zog er sein blütenweißes Taschentuch hervor, riss es in zwei Hälften und band es Sophie so gut wie möglich um die Handgelenke. Er hob sie sachte auf und hielt sie, bis er sicher war, dass sie von selbst stehen konnte. Sie machte, von seinem Arm umschlungen, einige unsichere Schritte und verbiss sich ein Jammern, als das Blut in ihren tauben Füßen zu fließen begann.

Edward führte sie den muffigen Gang entlang. Die Laterne war so abgedeckt, dass jemand, der ihnen entgegenkam, sie nicht schon von Weitem sehen konnte. Links und rechts zweigten weitere Gänge ab, bis der Tunnel sich zu mehreren kleinen Höhlungen erweiterte, in denen Fässer gestapelt waren. Dort sah Sophie eine Gestalt am Boden liegen. Sie spürte, wie sich ihre Körperhärchen zu einer Gänsehaut aufstellten. Edward führte sie um die dunkle Form herum.

„Was ist das?“, hauchte sie.

„Einer der Schmuggler. Er hatte etwas dagegen, dass ich mich auf die Suche nach dir mache.“ Er schob Sophie an die Wand, drückte ihr die Laterne in die Hand und packte den Mann an den Beinen und zerrte ihn in eine kleine Höhle hinein, damit die nächsten nicht gleich über ihn stolperten. Die Gestalt wirkte schwer, unförmig und tot.

„Ist er …“

„Das hoffe ich.“ Edwards Stimme war kalt.

Sophie erschauerte, musterte jedoch ihren Mann mit neu erwachtem Respekt. „War er es, den ich wimmern gehört habe?“

„Vermutlich. Vielleicht war aber auch ich es. Er hat mich verletzt, bevor ich sein Messer an ihm selbst ausprobieren konnte.“ Er klang grimmig, aber als Sophie erschrocken ihn abzutasten begann, schob er sie weg. „Schon gut, ist nicht schlimm. Komm jetzt.“ Sie hasteten weiter. Edward ging immer einen Schritt voran, Sophie folgte in seinem Schatten. Er hatte ihr das Messer gegeben, mit dem er ihre Fesseln durchschnitten hatte, und sie argwöhnte, dass die dunkle Farbe darauf vom Blut dieses Schmugglers – oder noch schlimmer von Edward – stammte. Sie hielt den Griff fest umkrampft, bereit, ihrer beider Freiheit und Leben damit zu verteidigen. Jetzt, wo Edward hier war, schien alles viel einfacher zu sein. Ihre Angst vor der Dunkelheit und diesen geheimnisvollen Gängen war völlig verflogen und sie merkte, dass ihre Hauptsorge jetzt viel mehr Edward galt. Sie wünschte sich selbst und ihn viele Meilen weit fort. Sie wünschte, sie wäre nie auf die Idee gekommen, den Schmugglern nachzuspionieren, sondern hätte Henry einfach seinen Problemen überlassen. Sie wünschte … nein, sie wünschte nicht, sie wäre nicht mit Patrick in das Bergwerk gegangen und von Vater hierher geschickt worden. Dass sie Edward getroffen und ihn lieben gelernt hatte, wog die Verbannung bei Weitem auf. Aber sie wünschte – wohl schon zum x-ten Mal, sie hätte Edward niemals verlassen.

Sie konnten nicht mehr weit vom Eingang der Höhlen entfernt sein, als Edward plötzlich stehen blieb. Sich nähernde Stimmen waren zu hören. Sophie sah sich um, ergriff ihren Mann am Ärmel und zog ihn hinter einige Fässer. Edward schob rasch die Laternenblende zu. Sie kauerten sich zu Boden und beobachteten, wie etliche Schmuggler mit Fackeln in der Hand hintereinander hereinkamen und in einem der Gänge verschwanden. Sophie wollte weiterhuschen, aber Edward hielt sie zurück. Und tatsächlich kehrten fünf der Männer mit kleinen Fässchen beladen schon wieder zurück.

„Das sind nur Einheimische“, flüsterte Edward in Sophies Ohr, als sie weg waren. „Sie helfen für einige Shilling pro Nacht die Fässer aus- und einzuladen oder zu anderen Verstecken zu tragen. Die anderen gehören zur Schmugglerbande. Ich habe sie vorhin beobachtet, bevor ich mich hereingeschlichen habe. Wir sollten machen, dass wir wegkommen. Sie gehen in die Richtung, in der ihr toter Genosse liegt.“ Er erhob sich, spähte zuerst den Gang entlang, dann zum Ausgang. „Komm. Jetzt!“

Er hielt noch einmal inne, um Sophie kurz, aber heftig zu küssen, fasste sie danach an der Hand und zog sie rasch hinter den Fässern hervor und zum Ausgang. Als sie vorsichtig ins Freie traten, sah Sophie, dass es bereits dunkel geworden war. Etwa hundert Schritte vom Eingang entfernt hatte sich eine Gruppe Schmuggler versammelt, die stritten oder laut diskutierten. Sophie erkannte unter ihnen Winston. Sie stieß Edward an und deutete hinüber.

„Winston ist der Oberschmuggler“, zischte sie.

Edward nickte, schien jedoch nicht überrascht, sondern eher besorgt, als er hinüberblickte. Er zog eine Pistole aus seinem Hosenbund und hastete mit Sophie im Schlepptau im Schatten einiger Bäume Richtung Westen, wo er sein Pferd stehen hatte. Als sie jedoch in Sichtweite kamen, musste er erkennen, dass sein Rappe entdeckt worden war. Drei finster aussehende Gestalten mit Pistolen in der Hand standen beim Pferd, und zwei weitere suchten die nähere Umgebung ab. Edward änderte sofort seinen Plan und zerrte Sophie weiter hinab, an einigen Hütten vorbei, zur See.

Edward und Jonathan hatten sich getrennt, nachdem sie auf halbem Weg zu den Höhlen auf Smiley getroffen waren, der Jonathan entgegen geritten war. Jonathan und Edward hatten sich gemeinsam in die Höhle schleichen wollen. Jonathan war jedoch auf eine Nachricht von Smiley umgedreht, um nach Eastbourne zurückzureiten. Seine Anwesenheit war nötig, um das dortige Schmugglernest auszuheben. An seiner Stelle hatte Smiley Edward weiter begleitet und ihm geholfen, ungesehen in die Höhlen zu kommen.

Als Sophie und Edward sich weit genug von der Höhle entfernt hatten, rannten sie beide los, zuerst etwas geduckt, dann aufrecht. Edward ließ Sophies Hand keinen Augenblick los, aber sie schien sich völlig erholt zu haben und lief selbst in dieser Dunkelheit, die nur von einigen Sternen erhellt wurde, sicher und leichtfüßig.

„Dort unten soll ein Schiff sein, auf das wir uns flüchten können“, keuchte Edward während des Laufens. Das hatte zumindest Jonathan ihm gesagt. Es war ein Schiff der Königlichen Marine und unterstand Jonathans Befehl. Der Captain würde sie an Bord nehmen und, wenn möglich, sogar in Sicherheit bringen.

Nach Luft schnappend und mit schmerzenden Lungen kamen sie am Strand an. Niemand war zu sehen. Man hörte nur das Schlagen der Wellen am Ufer. Edward blieb stehen, um sich umzusehen und ihnen beiden eine Atempause zu vergönnen. „Wir müssen uns westlicher halten.“ Er zog Sophie weiter, und sie lief hinter ihm her durch Sand und Schotter. Dazwischen waren scharfe Felsen, über die man, wenn man nicht aufpasste, stolpern und sich böse verletzen konnte. Etwa zwanzig Schritte vor ihnen war eine dunkle Masse. Edward deutete darauf. „Das sind Fischerhütten und dahinter ist eine kleine Bucht. Dort sollte ein Boot auf uns warten.“

Sie hatten die Hütten erreicht, als plötzlich wie aus dem Nichts eine Gestalt vor ihnen auftauchte. Sophie keuchte erschrocken auf, und Edward riss die Pistole hoch, senkte den Lauf jedoch, als er die Stimme erkannte. Es war Smiley.

„Dass Sie endlich da sind“, knurrte er. „Hab schon ne Ewigkeit gewartet. Fällt auf, wenn ich so lange wegbleibe.“

„Schneller war es nicht möglich“, sagte Edward gereizt. „Wo ist das Boot?“

Smiley deutete nach hinten. „Dort, hinter den Felsen. Hab schon gesehen, dass die Ihr Pferd geschnappt haben. Die Luft ist rein, Sie können ruhig weitergehen. Der Skipper weiß Bescheid. Er nimmt Sie beide in seiner Sloop mit und bringt Sie nach Eastbourne. Hier wird es in Kürze heiß hergehen.“ Zum ersten Mal hörte Edward so etwas wie freudige Lebhaftigkeit in Smileys Stimme.

„Edward?“ Sophie zupfte an seiner Jacke und brachte ihren Mund an sein Ohr. Ihr Atem kitzelte seine Haut und unwillkürlich zog er scharf die Luft ein. Gefahr oder nicht, Sophies Nähe blieb niemals ohne Auswirkungen auf ihn und seinen Körper. „Edward, der Mann gehört doch zu Captain Hendricks.“

„Ja, klar“, meinte Smiley, der offenbar Ohren wie ein Luchs hatte. „Bin sein Erster Maat. Und wenn mein Captain mir sagt, ich soll Ihnen und M'lord das Fell retten, dann tu ich's auch. Und jetzt würde ich an Ihrer Stelle machen, dass ich von hier verschwinde.“ Er wandte sich um und stapfte davon.

„Edward?“

„Ja, schon gut, mein Liebling.“ Er zog Sophie weiter. Und tatsächlich, hinter den Felsen wartete ein Landungsboot mit sechs Männern. Die Seeleute fragten nicht lange, hoben Sophie in das Boot, Edward kletterte hinterher, und dann schoben zwei das Boot ins Wasser, und bald darauf legten sich alle sechs in die Riemen, während Edward die Arme um seine Frau legte und das Gesicht in ihrem Haar vergrub.

Jonathan hatte Wort gehalten. Der Captain brachte Sophie und Edward nicht nur Richtung Eastbourne, sondern überließ ihnen für die Dauer der kurzen Reise sogar seine Kajüte. Sophie erhielt zur Stärkung kalten Braten und Schiffszwieback sowie eine Tasse Tee, und Edward ein Gebräu, das die Männer Grog nannten. Als Sophie neugierig davon kostete, verzog sie zuerst den Mund, nahm dann aber noch einen Schluck und noch einen, bis Edward ihr den Becher wegnahm.

„Sophie, du machst mir wirklich Sorgen. Trinken alle Schotten so viel wie du?“

„Nur, wenn sie kurz davor dem Totengräber von der Schippe gesprungen sind“, grinste Sophie und wischte sich mit dem Handrücken über den Mund. Sie hatte sich, gleich nachdem sie sich zurückgezogen hatten, um Edwards Verletzung gekümmert, hatte die relativ tiefe Wunde ausgewaschen, ihm sauberes Leinen darum gebunden, und sich erst dann dem Braten und zuletzt dem Grog hingegeben.

Das Schiff besaß am Heck mehrere Fenster, und Sophie nahm auf einer Kiste Platz und sah hinaus. Edward hatte ihr erzählt, dass Kriegsschiffe erwartet wurden, die den Piraten, die mit den Schmugglern zusammenarbeiteten, auflauerten. Und während seiner Erzählung hatte Sophie begriffen, dass Jonathan Hendricks kein echter Schmuggler, sondern im Geheimauftrag für die Königliche Marine tätig war. Das hatte Sophie zugleich beruhigt und verärgert. Verärgert deshalb, weil sie ihr alle etwas vorgemacht hatten. Aber damit würde sie sich später beschäftigen. Nun war sie zu müde und zu erleichtert, dass das Schlimmste vorbei und Edward und sie in Sicherheit waren.

Die Sterne verblassten, und am Horizont wurde der Himmel heller. Nicht mehr lange, und es würde dämmern. Sie lehnte sich gegen den Fensterrahmen, blickte auf die Wogen, und ließ sich von der ununterbrochenen Auf- und Abwärtsbewegung des Schiffes einlullen. Aber plötzlich leuchtete das Meer hinter ihnen auf. Es donnerte. Ein Feuerstrahl ging von den dunklen Wellen aus, und dann schlug dicht hinter dem Schiff etwas auf das Wasser. Eine Fontäne spritzte hoch und auf das Fenster, das zum Glück geschlossen war.

Im nächsten Moment war Edward auch schon zwischen Sophie und dem Fenster und drängte sie Richtung Gang. Die Kajüte war so niedrig, dass er leicht gebückt gehen musste.
Sophie sah zum Fenster zurück. „Was war das?!“
„Jemand hat auf uns geschossen.“ Er fluchte unterdrückt. „Nur wenige Meter näher und sie hätten das Fenster und dich getroffen.“ In der Tür kam ihnen ein Midshipman entgegen. Er war noch blutjung, ein halbes Kind, konnte gerade einmal dreizehn Jahre alt sein.
„Mit den Empfehlungen des Captains, Mylord. Die Lady sollte sich besser auf das Unterdeck, unter die Wasserlinie bemühen. Und falls Sie Lust haben, wieder einmal ein Gefecht zu sehen, so wäre es dem Captain eine Ehre, Sie auf dem Achterdeck begrüßen zu dürfen.“
„Es wird mir ebenfalls eine Ehre sein. Ich begleite nur meine Frau hinunter.“
Sophie stemmte sich gegen Edwards Körper, als er weiterging und sie vor sich herschieben wollte. „Das kommt nicht in Frage“, zischte sie. „Entweder gehe ich mit hinauf oder du gehst mit hinunter!“
„Sophie, benimm dich.“
„Edward, sei ein einziges Mal nur vernünftig!“
„Das bin ich. Was man von dir leider nicht sagen kann. Unterhalb der Wasserlinie bist du sicherer. Also geh schon!“
Der Midshipman machte große Augen. Edward packte Sophie und schleppte sie mit sich den Gang entlang, bis sie zu einer Falltür kamen, die von dem Midshipman offen gehalten wurde. Edward fasste Sophie um die Taille, um sie einfach hinabzulassen. Sie klammerte sich an ihm fest.
„Ich gehe da nicht allein hinunter!“
„Sophie!“
Der Zweite Maat kam die Leiter herunter. „Die Situation hat sich geändert, Mylord. Ein zweites Schiff ist auf unserer Backbordseite aufgetaucht, und wir sind der Bewaffnung nicht gewachsen. Da wir aber schneller als die anderen sind, schlägt der Captain vor, dass wir Sie mit einem Boot an Land setzen, bevor wir uns dem Kampf stellen. Wir können Eastbourne leider nicht mehr anlaufen, sonst haben sie uns. Aber nur einige Meilen westlich von hier gibt es eine kleine, aber tiefe Bucht, von der ein Steig durch die Kalkfelsen hinaufführt.“
„Ja, den kenne ich“, ächzte Sophie, die sich vehement gegen Edwards Griff wehrte.
Edward kannte diesen Weg ebenfalls, aber er hätte es vorgezogen, ihn nicht benutzen zu müssen. Er war zu nahe an der Golden Galeon, einem verrufenen Gasthaus, das als Schmugglerhöhle bekannt war. Und genau in dieser Gegend wollte Jonathan den zweiten Schlag gegen die Schmuggler ausführen.
Ein Stoß ging durch das Schiff, man hörte das Splittern von Holz, die Schreie von Männern. Sophie wankte und wäre fast durch die Falltür gestürzt, hätte Edward sie nicht gehalten. Der Zweite Maat war bereits wieder auf dem Weg zurück an Deck. „Bleiben Sie bitte hier, Mylord. Nur noch einige Meilen, dann wird der Captain beidrehen und den Piraten, die uns verfolgen, eine Breitseite vergönnen. Wir sorgen dann dafür, dass das Landungsboot auf der dem anderen Schiff abgewandten Seite zu Wasser gelassen wird. Halten Sie sich bitte bereit.“
Edward lehnte sich mit Sophie an die Wand, die die Kabine des Captains vom Gang trennte. Sophie hatte ihre Finger in seiner Jacke verkrallt, und er hatte einen Arm fest um sie geschlungen, mit dem anderen stützte er sich ab. Sie warteten. Die Minuten

waren endlos. Von oben ertönten die Rufe der Offiziere, Schreie, Flüche, das Donnern der Kanonen, als die Piraten abermals feuerten. Aber dieses Mal wurde ihr Schiff nicht getroffen. Der Zweite Maat hatte recht, das Schiff war schneller als die Verfolger. Und dann drehte die Sloop bei. Der Midshipman kam die Leiter heruntergehastet. „Jetzt, Mylord! Schnell!“

Edward stieß Sophie vor sich auf die Leiter, sorgte dafür, dass sie nicht abrutschte, und schob sie, oben angekommen, zur Reling auf der Steuerbordseite. Er kletterte zuerst die Strickleiter hinunter ins Boot, fing Sophie, die geschickt gefolgt war, auf und zog sie neben sich auf die Bank. Das Boot entfernte sich schnell unter den kräftigen Ruderschlägen der Männer. Als sie an dem Schiffskörper vorbei waren, konnten sie einen guten Blick auf die beiden sie verfolgenden Schiffe werfen. Sie waren schon viel zu nahe. Sie sahen das Aufblitzen der Kanonen, die Sloop antwortete, beißender Pulverrauch sank vom Schiff aufs Meer.

Sie hatten den Strand erreicht. Sophie und Edward sprangen heraus, aber kaum hatten ihre Füße festen Boden erreicht, machten die Männer auch schon kehrt, um so rasch wie möglich zum Schiff zurückzurudern.

Edward wollte Sophie zum Steig weiterziehen, aber sie blieb stehen. „Sie werden das Schiff versenken!“

„So schnell geht das nicht.“ Aber auch Edward klang besorgt.

Sophie hatte ihre Finger ineinander verschlungen. „Das ist nur unseretwegen.“

„Wir können hier nichts tun. Komm, Sophie. Lass uns hinaufklettern.“

Als sie sich jedoch dem Steig näherten, wurden sie von oben beschossen. Einer der Männer im Boot schrie auf und sank zur Seite. Edward fluchte. Er sah hinauf zu den Klippen, konnte jedoch nichts erkennen. „Wir müssen trotzdem da rauf.“ Auch von unten wurde geschossen. Die Männer im Boot hatten Musketen. Und auf dem Schiff hatte man ebenfalls den Angriff bemerkt. Schüsse gingen los.

Von oben ertönte ein Schrei. Ein Mann stürzte mit ausgestreckten Armen die Klippen herunter, schlug an den Kreidefelsen auf, riss Brocken mit sich und landete in der Brandung. Dann wurde es oben still.

Sophie starrte auf den Punkt, an dem er im Wasser aufgekommen war, bis Edward sie sachte an der Schulter nahm. „Komm, Sophie. Wir können nicht ewig hier bleiben. Die Flut steigt, bald steht hier alles unter Wasser.“

Sie sah zurück zum Landungsboot. Es erreichte das Schiff, die Männer kletterten an Bord, einer wurde getragen, und dann ließ der Captain mitten in das Krachen und Blitzen der Kanonen die Segel setzen. Eine feindliche Kugel ging mitten durch das Hauptsegel, eine weitere riss Splitter vom vorderen Mast weg, aber die Sloop bewegte sich, die Segel nahmen den vom Land her kommenden Wind auf.

Edward ließ Sophie vor sich hinaufklettern. Es gab zwar in den Felsen geschlagene Stufen, aber diese waren rutschig, da es in der Nacht geregnet hatte. Zum Glück wurde es zunehmend heller, so dass sie sehen konnten, wohin sie traten, und sich den Weg nicht mühsam ertasten mussten. Edward schob sie vor sich her. Als sie jedoch fast oben angekommen waren, hielt er sie zurück.

„Lass mich zuerst hinauf. Ich möchte mich davon überzeugen, dass es sicher ist.“

Sophie wollte widersprechen. Wenn es da oben nicht sicher war, dann wollte sie nicht gerade Edward gefährdet wissen. Die Vorstellung, jemand könnte auf ihn schießen, und er, so wie dieser Mann, fünfzig oder gar mehr Meter die Felsen hinunterstürzen und sie alleine lassen, ließ ihre Hände zittern. Als Edward jedoch nur den Kopf schüttelte, als sie ihren Mund aufmachte, gab sie nach. Inzwischen hatte sie

ihren Mann von einer Seite kennengelernt, die ihr sagte, dass er mit vielem, wenn nicht mit allem, was da oben auf sie wartete, fertig werden konnte.
„Du wartest, bis ich dir ein Zeichen gebe, verstanden?“
Sophie nickte.
Edward kletterte weiter. Er schob vorsichtig seinen Kopf über den Rand der Klippe. Es schien niemand dort oben auf ihn zu warten, denn er stieg weiter, kletterte über den leichten Vorsprung und war dann verschwunden.
Sophie wartete, lauschte angestrengt, um ja kein Geräusch zu versäumen. Aber es war ein sinnloses Unterfangen, denn die Kanonen auf den kämpfenden Schiffen machten solchen Lärm, dass Sophie nicht einmal ihren eigenen Atem hören konnte. Die Sloop hatte an Geschwindigkeit gewonnen, vielleicht konnte sie sich retten. Plötzlich – in einer kurzen Pause, in der keines der Schiffe feuerte – hörte sie von oben einen Schrei. Etwas fiel von oben herab. Sophie wich entsetzt aus. Aber der Körper, der neben ihr auf den Stufen aufkam, dabei etliches Gestein mitriss und dann weiterrutschte, gehörte nicht Edward. Darüber brach ein Stück Felsen ab und kam ebenfalls ins Rutschen. Sophie kletterte eilends seitwärts, klammerte sich an einigen Wurzeln und Grasbüscheln auf einem Vorsprung fest. Oben hörte sie jetzt Edward mit einem anderen Mann oder gar mehreren Männern kämpfen.
Sie musste sofort hinauf und Edward helfen! Aber die Stufen waren zerstört. Dort konnte sie nicht mehr hinauf, der weiche Kreidefelsen gab nach und bröckelte weiter. Sie musste versuchen, seitlich hochzuklettern.
Sophie machte jedoch die Feststellung, dass es weitaus schwieriger war, als sie gedacht hatte. Sie rutschte, trat auf der Stelle. Und dann brach der Block unter ihr zum Großteil weg, und alles andere um sie herum kam ins Rollen. Sie sah den weißen, ins Meer stürzenden Felsen nach. Wenn sie jetzt fiel, dann war höchstens eine halbe Armlänge zwischen der Wasseroberfläche und den darunterliegenden tödlichen Felsen. Sie würde mit zerschmetterten Gliedern im Wasser treiben. Sie musste hinauf. Und das schnell. Wieder gab etwas nach. Ein Brocken fiel, sich dabei überschlagend, hinab, dann schlug er im Wasser auf und wurde von der Brandung überspült.
Sophie keuchte, klammerte sich mit letzter Kraft an einige Grasbüschel mit Erde, die noch halbwegs beständig wirkten. Über ihr hatte sich ein Überhang gebildet. Einige längere Gräser hingen herab. Sie zog daran, sie gaben sofort nach, und Sophie kam abermals ins Gleiten. Sie schaffte es, wieder ein wenig hochzuklettern, und dann hing sie, nur einen halben Meter unter dem Rand der Klippe fest und konnte nicht weiter, während Edward oben um sein Leben kämpfte!
Eine heisere Stimme ertönte über ihr. „Halte dich an mir fest!“
Sie sah hoch, erblickte Edward, und im selben Moment gab das die Kalkklippen bedeckende Erdreich endgültig nach, und sie rutschte tiefer. Edward konnte gerade noch ihren Ärmel erwischen, packte ihre Hand und hielt sich mit der anderen irgendwo neben sich im Gras fest.
„Verdammt! Habe ich was von loslassen gesagt?!“
Sophie japste vor Schreck. „Ich habe nicht losgelassen! Der Fels hat nachgegeben. Halt mich bitte fest, ich finde hier keinen Halt.“ Ihre freie Hand irrte auf der Suche nach einem verlässlichen Stück Felsen herum, aber alles, woran sie sich klammern wollte, löste sich.
„Ich lasse dich bestimmt nicht los“, keuchte er. „Und wenn wir bis zum Tag des Jüngsten Gerichts so hängen.“

Seine Hand umschloss ihr Handgelenk so fest und sicher, dass Sophie seinen Worten gerne Glauben schenkte. „Ich habe keinen festen Stand unter den Füßen. Kannst du mich raufziehen?“

„Nein.“ Edward biss sich vor Schmerzen auf die Lippen. Er hielt sich mit dem gesunden Arm im Gras fest und mit dem verletzten Arm hielt er Sophie. In Gedanken tötete er den Mann, der ihm in der Höhle die Wunde verpasst hatte, ein weiteres Mal. „Du musst selbst heraufklettern.“

Sophie krallte die Finger in die Wand vor ihr. Das lockere Gestein gab nach, bröckelte ab. Sie hörte es überdeutlich an den Felsvorsprüngen aufschlagen und vermeinte dann sogar das Platschen zu hören, mit dem es in der Brandung aufschlug. Sie drehte wie magisch angezogen den Kopf und sah schaudernd hinunter.

„Nicht hinuntersehen!“, kam es in diesem Moment von Edward, obwohl er nicht beobachten konnte, was sie gerade tat. „Und jetzt halt dich mit der anderen Hand fest. Sophie! Bei allen Qualen der Hölle! Tu, was ich dir sage!“

„Tu ich doch! Wenn es so einfach wäre, würde ich dich nicht brauchen! Lass mich bloß nicht fallen …“

Edward fluchte. Sie konnte sicher sein, dass er sie niemals fallen lassen würde, aber er konnte nicht sicher sein, dass das Stück, auf dem er ausgestreckt lag, nicht abbrach und sie gemeinsam hinunterstürzten. Er hatte bisher nur einmal versucht, sich unter einen fallenden Körper zu werfen, um den Sturz abzufangen, und das war auf dem Sofa in seiner Bibliothek gewesen, als Sophie betrunken runtergerutscht war. Und verdammt noch mal, genau das würde er jetzt wieder tun, wenn sie beide stürzten. Die Brandung schlug heftig gegen die Kreidefelsen tief unter ihnen. Wenn sie dann noch in eine der höheren Wellen fielen, bremste das Wasser den Fall ebenfalls. Vielleicht gab ihr das eine Chance. Und wäre es auch nur eine kleine. Viele „Vielleichts“.

Sophie grub ihre Finger tiefer in das von Steinen durchsetzte Erdreich. Ihre Fingernägel brachen, als sie sich hineinkrallte, ein Brocken Erde ging ab. Plötzlich hatte sie das Gefühl, Edwards Arm gebe nach. Hastig strampelte sie mit den Beinen, suchte Halt.

„Zappel nicht so!“ Die Adern und Sehnen auf seiner Hand traten weit hervor. Er hatte zwar versprochen, sie sicher zu halten, aber Sophie wusste, dass – wenn sie jetzt nichts unternahm – der Tag ihres ganz persönlichen Jüngsten Gerichts näher war, als die Bibel vermuten ließ.

Der Wind zauste an ihrem Haar, als sie vorsichtig mit den Zehen nach Halt suchte. Endlich, hier schien ihr ein Kreidebrocken mehr Sicherheit zu gewähren als der andere. Sie versuchte ihr Gewicht sachte darauf zu verlagern, um Edward die Last zu erleichtern. Plötzlich tropfte etwas Nasses auf ihre Wange. Sie sah hoch und erkannte entsetzt das Blutrinnsal, das von Edwards Arm hinunterfloss und eine leuchtendrote Spur auf seiner bloßen Haut zog.

Und in diesem Moment fand sie Halt. Gottlob, der Stein unter ihrem Fuß hielt. Auch das Erdreich unter ihren Fingern gab nicht mehr nach, sie fühlte die Wurzeln des saftigen Grases, das den Rand der Klippen bewuchs, klammerte sich fester und zog sich hinauf.

Edwards Arm zog mit, die Blutspur verstärkte sich, Sophie hörte sein gepresstes Stöhnen, und mehr die Sorge um ihn als die Angst vor der Tiefe ließ sie sich festkrallen, sich ihre Knie aufschürfen, als sie auf dem Felsvorsprung Halt fand und – halb gezogen durch ihn – hinaufkletterte.

Es waren nur noch einige Zentimeter, die sie vom sicheren Boden trennten, als ihr Blick auf eine Gestalt fiel, die wenige Schritte hinter Edward entfernt auf dem Boden lag. Es war einer der Schmuggler. Er bewegte sich, hatte plötzlich eine Pistole in der Hand. Sophie wusste nicht, ob sie geladen war, sie dachte nicht lange nach, stieß einen warnenden Schrei aus, während sich ihre Finger gleichzeitig tief ins Gras gruben, ein Büschel samt dem Erdballen herauszogen, und sie es dem Mann ins Gesicht warf. Sie streifte nur seinen Kopf, er hob die Hand, zielte. Edward zerrte sie verzweifelt hoch, versuchte dabei zwischen ihr und die Waffe zu kommen, um sie zu decken. Er konnte Sophie nicht loslassen, sonst fiel sie, sondern musste versuchen, gleichzeitig die Kugel abzufangen und wenn möglich sogar zu überleben, und Sophie dabei hinauf und in Sicherheit zu zerren. Sie war gleich bei ihm. Nur noch wenige …

Der Schuss ging los. Sophie spürte, wie Edward sie mit beiden Händen gleichzeitig ergriff. Sie schrie auf, voller Angst, Edward könnte getroffen worden sein. Das letzte Stück schleuderte er sie mehr hinauf, als dass er sie zog, sprang auch schon auf und wollte sich auf den Schmuggler stürzen, als er stehen blieb.

Sophie war von seinem Schwung noch weitergerollt und auf dem Bauch liegen geblieben. Sie hob den Kopf und sah zwischen Edwards Beinen hindurch auf einen Mann, der nur einige Schritte vor ihnen stand, eine rauchende Pistole in der Hand, die er nun seelenruhig erneut lud. Jonathan Hendricks. Ihr Blick glitt weiter zu dem Schmuggler. Er lag leblos auf dem Boden, und auf seinem Rücken breitete sich ein dunkler Fleck aus.

Edward beachtete ihn nicht weiter, sondern wandte sich zu Sophie um und zog sie noch weiter vom Abgrund fort auf die sichere Ebene. Dann kniete er sich vor sie hin und packte sie an den Schultern.

„Du gottverlassener Bengel! Hatte ich gesagt ‚loslassen'? ‚Festhalten' hatte ich gesagt! F e s t h a l t e n ! Fast wärst du dort abgerutscht!"

Zu seiner größten Bestürzung verzog sie den Mund und Tränen traten in ihre Augen.

„Aber Sophie, ich habe es doch nicht böse gemeint." Er umfasste ihr Gesicht mit den Händen, wischte mit den Daumen die Tränen von den Wangen, und als ihm dies zu wenig war, küsste er sie fort. Schließlich nahm er sie in die Arme, presste sie an sich und streichelte beruhigend ihren Rücken. „Es ist alles gut, mein Bengelchen. Hab keine Sorge, ich schwöre dir, dass dies kein zweites Mal vorkommen wird. Von nun an bleibe ich bei dir, um auf dich aufzupassen. Und wenn du mir noch einmal davonläufst, gibt es nicht zwanzig, sondern fünfzig Hiebe."

„... bin kein Bengel ...", schluchzte sie an seiner Schulter. Weitaus schlimmer als dort über dem Abgrund zu hängen, Edwards Hand sicher um ihr Handgelenk, war die Angst um ihn gewesen, als der Mann auf ihn gezielt hatte. Er hätte ihn erschießen können! Oder ihn verletzen und dann über den Abgrund werfen. Sophie wäre ihm nachgesprungen, aber das hätte ihnen beiden wohl nicht viel genutzt.

„Nein, mein Liebling, bist du nicht." Edward lächelte leicht. Es tat unendlich wohl, sie im Arm zu halten, ihren weichen Körper zu spüren, das Gesicht in ihrem Haar zu vergraben.

„Rührend."

Sophie schniefte auf, wischte sich mit dem Ärmel über das Gesicht und warf Captain Hendricks einen bitteren Blick zu.

Der grinste nur zurück. „Scheint, als würde ich immer gerade rechtzeitig kommen, um dir das Fell zu retten, Edward."

Ein Wiehern ließ Sophie an ihm vorbeischauen. Hinter ihm standen zwei Männer mit Pferden, und einer davon hielt ein zweites Pferd am Zügel. Eine braune Stute, die nervös tänzelte.

Jonathan deutete mit dem Kopf auf das Tier. „Die ist uns auf dem Weg hierher entgegengelaufen. Sie muss sich losgerissen haben. Es war nicht leicht sie einzufangen, aber da sie mir bekannt vorkam, dachte ich, Sie würden sie vielleicht gerne wiederhaben."

Und da passierte etwas, das Sophie Harrington, geborene McIntosh, noch bis vor Kurzem als völlig absurd abgetan hätte: Sie entschied, Jonathan Hendricks von nun an in ihr Nachtgebet einzuschließen.

21. Kapitel

Edward befand sich in seinem Schlafzimmer. Er ruhte in einem Lehnsessel und hatte die Füße auf einem Hocker liegen, der ihm von Sophie fürsorglich hingeschoben worden war. Unter dem verletzten linken Arm lag ein Pölsterchen, und über seine Beine hatte sie eine Decke gebreitet, obwohl es draußen ziemlich warm war, und er zu schwitzen begann.

„Nein", sagte Sophie sanft, als sie eintrat und Edward die Hand nach ihr ausstreckte. „Das ist jetzt zu anstrengend."

„Ich habe lediglich einen Kratzer am Arm", widersprach Edward. Er fühlte sich tatsächlich schon viel frischer, und die Wunde schmerzte kaum noch. Die Verletzung war nicht schwer gewesen, hatte Edward jedoch viel Blut gekostet, ihn einige Tage geschwächt und ihn fiebrig und müde gemacht. Sie hatten beide, nachdem sie heil zurückgekehrt waren, viel geschlafen, ein bisschen gegessen und dann wieder geschlafen. Sophie war die ganze Zeit bei ihm gewesen, hatte ihn kaum aus den Augen gelassen und sich auch im Schlaf an seinen gesunden Arm gekuschelt.

„Tu, was ich dir sage. Bleibe sitzen und ruhe dich aus", ermahnte sie ihn. „Und versuche zu schlafen." Sie küsste ihn auf die Stirn, als wäre er ihr alter Großvater, und nahm ihren Platz auf einem anderen Stuhl ein. Zu Edwards Erheiterung schien seine Frau der Meinung zu sein, ein bedeutsamer Teil guter Krankenpflege bestünde darin, dass sich die Pflegerin mit einer Handarbeit zu dem Kranken setzte. Aus diesem Grund hatte sie irgendwo einen Handarbeitskorb hervorgezaubert, in dem sie eine Stickerei verwahrte, mit der sie sich abmühte. Edward gefiel es, wie sie so dort saß, den konzentrierten Blick auf das Teil gerichtet, an dem sie arbeitete, dabei die Lippen zusammenpresste und mit einer Entschlossenheit, als würde sie jemanden aufspießen wollen, die Nadel durch den Stoff trieb.

Edward war so munter wie ein Mann nur sein konnte, der seine Frau mehrere Tage lang nicht gehabt hatte. Er sah ihr eine Weile zu, unterhielt sich zuerst damit, sie einfach zu betrachten, und begann sich dann, als ihm langweilig wurde, mit erotischen Vorstellungen zu amüsieren. Bis er stöhnte.

Sophie sprang auf. „Was ist denn? Hast du Schmerzen?"

„Ja. Rasende. Hier." Er legte ihre Hand auf jene Stelle der Decke, unter der sich sein sehnsüchtiger Freund befand, der tatsächlich bald so hart sein würde, dass er schmerzte.

Sophie sah zuerst verständnislos darauf, dann begriff sie. „Oh …“ Eine animierte Röte stieg in ihre Wangen.
„Ich finde“, sagte Edward, „dass ich zu schwach bin, um hier zu sitzen. Die Schmerzen sind unerträglich. Ich würde mich gerne ins Bett zurückziehen.“
Sophie sah von der Decke in sein Gesicht. „Unerträglich, ja?“
Er nickte und stöhnte abermals.
„Dann werde ich sie dir nehmen“, erwiderte sie entgegenkommend. „Aber du musst ruhig liegen bleiben, verstanden?“
Edward schob triumphierend die Decke weg und streckte soeben die Arme nach Sophie aus, als es an der Tür klopfte und Mrs. Drarey eintrat. „Captain Hendricks ist gekommen, Mylord.“
„Natürlich“, brummte Edward und zog sich die schützende Decke über die verräterische Stelle seines Unterleibs. „Wer sonst würde jetzt stören.“
Das Gesicht seiner Haushälterin blieb neutral. „Soll ich ihn heraufbitten?“
„Selbstverständlich. Edward kann nicht hinuntergehen.“ Sophie eilte Jonathan entgegen, als er eintrat. Sie begrüßte ihn wie einen guten, alten Freund, vergönnte ihm sogar einen schwesterlichen Kuss auf die Wange, und ließ die beiden Männer dann allein.
Jonathan sah seinen Freund abschätzend an. „Du sitzt da wie ein zahnloser, von Gicht geplagter Tattergreis. Das kann nicht allein von der kleinen Verletzung sein. Hat deine Frau dich wieder geschlagen?“
Edward grinste nur träge. Er war viel zu erleichtert, dieses Abenteuer heil überstanden und Sophie wieder sicher in seinem Haus zu haben, um Spott übel zu nehmen. Er wies auf den Stuhl, in dem Sophie zuvor gesessen hatte. Jonathan griff nach der Stickerei, nickte beeindruckt und legte sie wieder in den Korb. Edward lachte.
Den Schmugglern hatte man das Handwerk gelegt – zumindest jenen, die als Anführer agiert hatten. Die kleinen Fische, die nur mitgemacht hatten, weil sie sonst nicht wussten, wie sie ihre Familien ernähren sollten, hatte Jonathan fast im wörtlichen Sinn wieder ins Wasser geworfen. Sollten sie sehen, wie sie durchkamen. Ihm und seinen Vorgesetzten bei der Navy war es hauptsächlich um die ehemaligen Marinemitglieder gegangen, die Piraterie betrieben und sich den Verkaufserlös der geraubten Güter mit den Schmugglern geteilt hatten. Mit Sir Winston, um es genau zu sagen. Diesem hatte man leider keinen Prozess mehr machen können - er war bei dem Angriff auf die Höhlen in Hastings erschossen worden. Edward hätte ihn, nachdem Sophie ihm von Winstons Plänen für sie erzählt hatte, gerne hängen sehen, fand dieses Ende jedoch trotzdem zufriedenstellend genug.
Als Jonathan seinen Bericht beendet hatte, erhob er sich und ging zum Fenster, um hinauszusehen. Er wandte sich nicht um, als er sprach. „Melinda ist wohl wieder in London.“
Edward musterte den ihm zugekehrten Rücken seines Freundes. Jonathan trug seine Navy Uniform, den blauen, langschößigen Rock mit goldenen Epauletten, die weißen Kniehosen und schwarze Stiefel. Den typischen Zweispitz hatte er beim Eintritt abgenommen und auf einen Tisch gelegt. Edward musste zugeben, dass Jonathan die Uniform gut stand, sogar Sophie hatte ihn bewundernd angesehen. Aber die Uniform war es wohl nicht, die seine Schwester an Jonathan anziehend fand. „Nach Williams Rückkehr ist ihr nicht viel anderes übrig geblieben“, sagte er ruhig. „Ich weiß nicht,

wie es ihr gelungen ist, ihn davon zu überzeugen, dass zwischen euch beiden nichts war, aber irgendwie dürfte sie es geschafft haben."

„Liebevolle Versöhnung, hm?" Jonathans Stimme klang bitter.

Edward war immer mehr der Überzeugung, dass seine Schwester besser zu Jonathan gepasst hätte als zu Mayfield. William war reicher, aber Jonathans Zuneigung zu Melinda schien doch über pures erotisches Vergnügen hinauszugehen. Was Jonathan nicht wissen durfte, war, dass Melinda sich hauptsächlich seinetwegen mit William versöhnt hatte. Der Admiral hatte gute Beziehungen; sein Hass auf einen Rivalen hätte Jonathan trotz all seiner Verdienste die Stellung, sein Offizierspatent, vielleicht sogar seine Freiheit gekostet. Edward hätte versuchen können, diese Folgen zu verhindern oder abzumindern, aber es wäre schwierig geworden. Und noch schwieriger für die beiden, danach glücklich zu werden.

„Und was hast du jetzt vor?", fragte er Jonathan, als das Schweigen bereits einige Minuten andauerte, und sein Freund immer noch aus dem Fenster starrte.

„Ich muss mich in London melden. Man hat einen neuen Auftrag für mich. Irgendetwas in der Karibik. Ich wollte mich nur noch verabschieden, dann reise ich ab." Er wandte sich achselzuckend um. „Im Grunde ist es ja auch egal." Er trat ironisch blinzelnd auf Edward zu und streckte ihm die Hand hin. „Leb wohl, Ed. Werde glücklich mit deiner reizenden Sophie und pass in Zukunft auf, dass sie dich nicht wieder in Abenteuer reinzieht."

Als Edward die Decke zur Seite werfen und aufstehen wollte, hielt er ihn fest. „Um Himmels willen! Bleib nur sitzen! Das würde Sophie mir niemals verzeihen! Und ich bin so froh, endlich ein wenig Gnade vor ihren Augen gefunden zu haben."

Jonathan verließ nach einem festen Händedruck den Raum, und kurz darauf vernahm Edward in der Halle Sophies helle Stimme. Erst geraume Zeit später fiel die Eingangstür zu und man hörte, wie eine Kutsche anrollte.

Nachdem sie Jonathan verabschiedet hatte, war Sophie noch einige Minuten still in der Halle stehengeblieben und hatte nachgedacht. Sie hatte Jonathan in den kleinen Salon neben der Halle gebeten, und Jonathan hatte ihr noch so einiges erklärt. Er war nicht derjenige gewesen, der Henry ursprünglich in die Sache hineingezogen hatte. Winston selbst war auf ihren Vetter aufmerksam geworden und hatte herausgefunden, dass er durch die Spielschulden Druck auf ihn machen konnte. Er hatte einen Mann geschickt, der Henry in die Bande einführen und ihm so Gelegenheit geben sollte, Geld zu verdienen, um die Schulden zu begleichen. Allerdings waren zu dieser Zeit die Schuldscheine schon längst im Besitz eines der Bandenmitglieder gewesen. Jonathan hatte sich dann die Schuldscheine beschafft und Henry eben in seine Dienste übernommen. Dadurch hatte er ein Auge auf ihn haben und ihn vor größerem Schaden bewahren können.

Marian Manor war jetzt – wie er ihr versichert hatte – bis auf einige Reste von leeren Champagnerflaschen frei von den Spuren der Schmuggler. Die Anführer saßen fest oder waren bei den Kämpfen getötet worden, und von den kleinen Mitläufern würde keiner jemals wieder auf die Idee kommen, das Haus aufzusuchen. Sophie beschloss, Mrs. Drarey zu bitten, in der Stadt einige verlässliche Mädchen und Burschen in den Dienst zu nehmen, die draußen alles saubermachten. Und dann konnte man mit dem Renovieren des Hauses beginnen. Sophies Großmutter hatte zwar kein Vermögen, aber ein bisschen Geld hinterlassen, das ausreichen sollte. Sophie mochte dieses Haus. Es war größer als Edwards Heim und vielleicht wollten sie später, wenn sich ihre

Familie vergrößert hatte – Sophie bedachte dies mit einem verlegenen Lächeln – hinausziehen.

Sophie wollte soeben die Treppe hinaufsteigen, um mit Edward über ihre Pläne, Marian Manor betreffend, zu sprechen, als auf der Straße vor dem Haus laute Stimmen zu vernehmen waren. Diesen Tonfall kannte sie doch! Und die Männer, die vor der Tür standen, hatten nicht Englisch gesprochen, sondern Schottisch!

Dann betätigte jemand sehr energisch den Türklopfer. Sophie wartete nicht darauf, dass der Butler öffnete, sondern eilte selbst hin. Sie riss die Tür auf und sah sich Aug in Aug ihrem Vater gegenüber.

Sein Blick umfasste sie als Ganzes, mit Besorgnis, Freude, Ärger, und dann breitete er auch schon die Arme aus, und Sophie flog aufjauchzend hinein.

„Mein Mädchen. Mein kleines Mädchen." Die Arme ihres Vaters waren stark und beschützend, und Sophie kuschelte sich hinein und genoss einige Atemzüge lang die vertraute Umarmung. Dann hob sie den Kopf und guckte über seine Schulter. Er war nicht alleine gekommen. Dicht hinter ihm stand Patrick! Und daneben: Phaelas.

Sophie ließ ihren Vater los. „Oh Gott", entschlüpfte es ihr.

Vater McIntosh fasste nach ihrem Kinn. „Oh Gott?"

„Ich freue mich so, dass du hier bist. Und auch Patrick und", fügte sie weniger enthusiastisch hinzu, „natürlich auch Phaelas."

„Es schien mir angebracht, ebenfalls zu kommen", erwiderte Phaelas in seiner gesammelten Art. „In Anbetracht der Nachrichten, die uns erreicht …"

„Vielleicht sollten wir hineingehen", sagte Robert McIntosh.

„Ja. Natürlich." Sophie nahm ihren Vater bei der Hand, zog ihn in die Halle, und begrüßte dann den breit grinsenden Patrick und sogar Phaelas mit einer Umarmung und einem Kuss auf die Wange. Danach führte sie die ganze Gruppe an dem gefassten Butler vorbei in die Bibliothek und bestellte Erfrischungen. Sie war stolz darauf, sich vor ihrem Vater und den anderen so damenhaft zu geben und zu zeigen, dass sie als Hausherrin wusste, was sich gehörte.

Robert McIntosh sah sich nur kurz in der Bibliothek um, dann fasste er Sophie an beiden Händen. „So, und nun raus mit der Sprache. Was ist hier eigentlich los? Sophie, Sophie, kaum lässt man dich auch nur ein wenig aus den Augen, schon geht alles drunter und drüber."

Sophie lächelte. „Da würde dir Edward recht geben."

„Edward, das ist dein Mann." McIntosh sprach dies mit einem Stirnrunzeln aus.

Sophie nickte lebhaft. „Wir haben vor Kurzem geheiratet." Und so vieles war seitdem geschehen!

„Diese Heirat war sehr überstürzt", sprach McIntosh weiter. „Und der Brief deiner Tante Elisabeth nicht gerade dazu angetan, mich zu beruhigen. Ich wäre schon früher gekommen, aber ich war unterwegs, als der Brief daheim ankam. Daher habe ich ihn erst einige Tage später von deiner schockierten Mutter vorgelegt bekommen."

„Ich weiß nicht, was darin steht", sagte Sophie vorsichtig, „aber Tante Elisabeth war zornig, weil Edward nicht Augusta geheiratet hat. Was immer sie über ihn oder mich oder diese Heirat geschrieben hat, ist ganz bestimmt eine Lüge!"

„Sie hat geschrieben, dass du dich unmöglich aufgeführt, dich in den Vordergrund gespielt hast, und sie keinen Einfluss auf dein entsetzliches Benehmen hatte. Und das alles hat sie, als ich sie bei meiner Ankunft hier aufsuchte, noch bestätigt."

„Das stimmt ja gar nicht!"

„Aber zumindest bei der Tatsache, dass du geheiratet hast, hat sie die Wahrheit gesagt", brummte ihr Vater.
„Ja." Sophie errötete etwas.
„Ich habe Ihnen immer schon gesagt, dass Sophie eine feste Hand braucht", sagte Phaelas ernsthaft zu McIntosh. „Sie haben sie verwöhnt. Und nun kommt so etwas heraus. Sie hätten sie niemals alleine hierher schicken dürfen, wo sie den Versuchungen durch diese Sassenachs ausgesetzt war. Ich bin sicher, dieser Kerl hatte leichtes Spiel, ein unschuldiges und weltfremdes Mädchen wie Sophie zur Ehe zu verführen. Ein alternder Wüstling vermutlich, der …"
„Erstens", schnaubte Sophie, ehe ihr Vater etwas antworten konnte, „ist mein Mann zwar ein Wüstling, aber kein alternder! Und zweitens geht dich das absolut nichts an! Vater hat mich vor die Wahl gestellt entweder dich zu heiraten oder hierher zu gehen. Und dass ich letzteres gewählt habe, kann man mir wohl nicht verübeln, wenn man dich so reden hört!"
„Wärst du meine Frau, würde ich dich für diese Worte übers Knie legen", sagte Phaelas streng.
Sophie trat dicht vor ihm hin und richtete sich kerzengerade auf. Phaelas war ein wenig kleiner als Edward, und wenn sie sich auf die Zehenspitzen stellte, dann waren ihre Augen fast auf gleicher Höhe. „Ach, ja? Und du meinst, du wärst der Richtige dazu?! Mich übers Knie zu legen! Ha! Das würde dir so passen! So etwas steht nur Edward zu!"
„Was steht nur mir zu?" Edward stand in der offenen Tür und sah verwundert von einem zum anderen.
Sophie wirbelte herum. „Mich über's Knie zu legen!" Sie zeigte entrüstet auf Phaelas. „Er hat mir Prügel angedroht!"
Edward fuhr sich nachdenklich mit dem Finger über das Auge. Die Geschwulst war schon zurückgegangen, aber der farbige Schimmer war noch deutlich zu sehen. „Hat er? Tatsächlich? Ein mutiger Mann."
Ein finster dreinblickender junger Mann mit wilder Mähne humpelte auf Edward zu und baute sich vor ihm auf. „So, Sie sind also der Sassenach, der Sophie geheiratet hat."
Edward besah sich den Sprecher amüsiert. „Und wer sind Sie? Nein, sagen Sie nichts, ich weiß es vermutlich schon. Dem Humpeln nach zu urteilen müssen Sie der junge McGregor sein, der mit Sophie im Bergwerk verschüttet wurde." Er musterte den Burschen. „Genauso hatte ich Sie mir vorgestellt. Der richtige Spießgeselle für Sophie."
„Was fällt …!"
„Schweig, Patrick. Das ist eine Sache unter Männern."
Patrick fuhr herum, sank auf dem heilenden Bein zusammen, stöhnte unterdrückt auf und schoss Phaelas einen wütenden Blick zu. „Ich bin ein Mann! Und ich bin Sophies bester Freund! Und", schnauzte er Edward an, „ich bin derjenige, der Sie fordern wird!"
„Fordern?" Edwards Mundwinkel zuckten.
„Und ich war ihr zukünftiger Ehemann", kam es in gesetztem Tonfall von Phaelas. Er trat vor und maß Edward mit einem Ausdruck größten Selbstbewusstseins. „Sie werden mir einiges zu erklären haben, Lord Edward."
„Dann sind Sie wohl der ältere McGregor", meinte Edward im Plauderton. „Derjenige, vor dem Sophie Reißaus genommen hat."

„Da hast du's!“ Sophies Lachen war boshaft und gesättigt von Genugtuung.

Eine leichte Röte trat in das derbe, aber sympathisch geschnittene Gesicht. „Sophie, dein loses Mundwerk hat hier offenbar nicht gelitten. Es ist aber nicht angebracht, die Unterhaltung zwischen mir und deinem Verführer zu unterbrechen.“

Er sah Edward an, aber der hatte sich schon dem dritten Besucher zugewandt. Es war ein Mann in typisch schottischer Alltagskleidung; breitschultrig, grauhaarig, mit grimmigem Gesichtsausdruck. Er war gut zwanzig Jahre älter als Edward.

Edward musste ein Grinsen unterdrücken. Die Situation machte ihm Spaß. Da waren tatsächlich drei der McGregors angereist, um Sophies englischen Ehemann zu begutachten. Edward vergönnte dem ältesten eine noch intensivere Musterung als den beiden anderen.

„Dann sind Sie vermutlich …?“

„Ich bin der alte McIntosh“, klärte ihn der Schotte in gutem Englisch, aber mit starkem Akzent auf, während er auf Edward zutrat und ihn von oben bis unten maß. Ganz langsam, mit kalter Ruhe und sogar so etwas wie Neugier. „Der gute, alte McIntosh. Und ich gebe Ihnen genau eine Minute Zeit, mir zu erklären, wie Sie dazu kommen, einfach meine Tochter zu heiraten, ohne zuvor bei mir um ihre Hand anzuhalten, bevor ich Ihnen meinen Hirschfänger hineinramme und Sie danach ausweide wie ein Wildschwein.“

„Aber Vater!“

„Still, Sophie! Du hast schon Verwirrung genug angerichtet!“ Robert McIntosh sah seine Tochter missbilligend an. „Wir haben dich hierher geschickt, damit du wenigstens ein wenig Erziehung bekommst! Und was machst du? Machst deine Drohung war! Du bist eigensinnig!“

„Drohung?“ Edwards inquisitorischer Blick traf Sophie.

Sie zuckte mit den Schultern. „Ich habe nur gesagt, dass ihnen recht geschehen würde, wenn ich hier bleibe und heirate. Mehr nicht. Aber das hatte ich nicht so gemeint!“

Edward begegnete dem durchbohrenden Blick seines Schwiegervaters mit Standhaftigkeit. Sophie hatte ihm, seit sie den Schmugglern entkommen waren, von ihrer Familie, ihrer Heimat und ihren Freunden erzählt. Und jener Name, der am häufigsten gefallen war, war jener von Robert McIntosh gewesen. Und es hätte dessen Drohung nicht bedurft, um Edward klarzumachen, dass er einen Vater vor sich hatte, der seine Tochter von klein an verzogen, verwöhnt und geliebt hatte.

„Ich hätte auch gewiss bei Ihnen um Sophies Hand angehalten, wenn dies möglich gewesen wäre, Sir“, sagte Edward höflich. Vor ihm stand ein Mann, der bestimmt keine leeren Drohungen aussprach. Edward vermutete zwar nicht, dass Sophies Vater ihn schlachten und hier auf seinem Teppich in der Bibliothek ausweiden würde, aber er machte durchaus den Eindruck eines Schotten, der sich eines unerwünschten Schwiegersohns auf wenig friedvollem Wege entledigte. „Es waren nur die Umstände etwas schwierig und die Zeit zu kurz. Aber tatsächlich hatten Sophie und ich geplant, in den nächsten Wochen nach Schottland zu reisen.“

„Das“, erwiderte Vater McIntosh in einem ruhigen Ton, „war keine Erklärung. Und außerdem ist Ihre Minute um. Vielleicht“, fuhr er fort, „sollte ich Ihnen sagen, dass Sophie noch unter meiner Vormundschaft steht, bis sie fünfundzwanzig ist. Die Ehe ist ohne mein Einverständnis also ungültig.“

„Das geht nicht, Vater“, rief Sophie entsetzt. „Edward hat mich geheiratet, um meinen Ruf zu retten. Wenn die Ehe jetzt ungültig ist, dann ist der gute Ruf futsch!“

„Ich habe ja gesagt, er hat sie verführt. Dieser verkommene Kerl!“ Phaelas war wütend einige Schritte näher gekommen, und Patrick humpelte ebenfalls drohend heran.

Als McIntosh sprach, klang seine Stimme gepresst vor unterdrücktem Zorn. „So. Sie haben sich also an meinem kleinen Mädchen vergriffen.“

„Sophie, du hast eine einzigartige Art, Dinge mit wenigen Worten zu verkomplizieren“, sagte Edward gequält.

Sophie hörte ihm nicht zu, sie hatte sich schützend mit ausgebreiteten Armen vor ihn gestellt. „Aber nein, Vater! Er hat mich mitten aus einer Orgie geholt und gerettet! Halb Eastbourne wollte sich auf mich stürzen, um mich irgendwo hinzuzerren! Und ich hatte diesen Sack über den Kopf und konnte ja nichts sehen! Und dann war plötzlich Edward da und hat gesagt, dass wir verlobt wären! Und dann“, sie wandte sich mit einem strahlenden Lächeln an ihren Mann, „hat er mich heimgebracht und fünf Tage später hat er mich geheiratet.“ Sie zuckte mit den Schultern. „Es ging nicht anders, weißt du, Vater. Es war nur vernünftig.“

„Orgie?“ Phaelas McGregors Stimme war durchdrungen von Missbilligung.

Patricks Kommentar war ganz anderer Art. „Verflixt, da habe ich einiges versäumt!“

„Das hast du wirklich“, stimmte Sophie eifrig zu. „Oh, ich hatte dich so sehr herbeigewünscht! Was hätten wir doch für Spaß gehabt! Zum Beispiel in Marian Manor, das voller Schmuggler war! Sie hatten dort ein Lager! Ich selbst habe in der Nacht gesehen, wie sie alles auf eine Karre luden. Und sie haben dort Feste abgehalten, bei denen die Hälfte der Leute nackt war! Und dann die Schmugglerhöhlen, in die sie mich geschleppt haben! Dort soll es sogar Gespenster geben! Und die Verfolgung! Und …“

„Sophie, ich glaube, du verwirrst unsere Gäste nur noch mehr“, ließ sich Edward mit wachsender Verzweiflung vernehmen. „Vielleicht sollten wir auch endlich Platz nehmen, und ich erzähle alles von Beginn an?“

Der Butler trat wie auf das Stichwort herein. Er trug ein Tablett mit Tee, und hinter ihm kam Mrs. Drarey mit Broten, Waffeln und ihren berühmten kleinen Törtchen, die auf der Zunge zergingen. Sowohl Patrick als auch Sophie sahen verlangend darauf.

Der Butler rollte auf einen Wink von Edward, der erkannte, dass Tee nicht gerade das Lieblingsgetränk der McGregors und McIntoshs war, das kleine Tischchen heran, auf dem sich angemessenere Erfrischungen befanden.

Edward schickte Mason und Mrs. Drarey hinaus und bediente seine Gäste selbst mit Getränken. Dann nahm er ihnen gegenüber Platz und begann seine Erzählung damit, wie er Sophie auf dem Ball von Mrs. Summers kennengelernt hatte – das erste Treffen bei Marion Manor ließ er klugerweise aus. Dann sprach er von Henry und dessen Schuldscheinen, von dem Fest bei Jonathan Hendricks. Wie Sophie sich tapfer hineingewagt, und wie er Sophie dort gesehen und herausgeholt hatte. McIntosh und die anderen hörten schweigend zu, unterbrachen nur mit wenigen Fragen und erst, als Edward mit der Niederlage der Schmuggler und Sophies Rettung endete, sprach Vater McIntosh wieder.

Er hatte schon das zweite Glas Whiskey in der Hand, leerte es und atmete tief ein. „So“, sagte er. „Und ich hatte gedacht, Sophie wäre hier besser aufgehoben und könnte nicht in Schwierigkeiten kommen. Meine Frau und ich glaubten, bei den Engländern würde sie ruhiger werden und lernen, sich wie eine Dame zu benehmen.“

„Na, das habe ich doch auch!“, widersprach Sophie.

Edward grinste, und ihr Vater warf ihr einen zweifelnden Blick zu. „Jetzt blicke ich langsam durch“, fuhr er fort. „Sophies Vetter Henry wurde also von den Schmugglern erpresst, und Sophie wollte ihm helfen.“

Edward nickte. „Allein das war der Grund, weshalb Sophie sich dort bei dieser zweifelhaften Veranstaltung aufgehalten hatte.“

„Und um ihren Ruf zu retten, hat sie dann Sie geheiratet.“ McIntosh schüttelte den Kopf. „Weshalb bist du nicht einfach heimgekommen, Sophie? Das hätte doch alles gelöst. Und sag mir jetzt nicht“, setzte er abwehrend hinzu, „du wolltest Lady Elisabeths Ruf nicht schaden. So wie sich mir diese alte … ähem Dame gezeigt hat, als ich sie bei meiner Ankunft aufsuchte, kann dir das gleichgültig gewesen sein.“ Lady Elisabeth hatte eine sehr unkluge Bemerkung darüber fallen lassen, dass Sophie eben ganz nach ihrer Mutter käme. Sie hatte allerdings vergessen, mit wem sie sprach, und nur Phaelas gesetzte Gegenwart hatte sie vor Robert McIntoshs Zorn gerettet. Die treffenden Worte, die er jedoch für sie gefunden hatte, würde sie lange nicht vergessen.

„Daran hatte ich auch gedacht“, gab Sophie zu. „Aber ich war davon überzeugt, dass du mich dann zwingen würdest, Phaelas zu heiraten.“

Ein Geräusch von der Seite, wo Phaelas saß, ließ alle den Kopf wenden. Sein Gesicht war gerötet. „Wenn du eine Ehe mit mir als so unangenehm empfindest, wäre ich der Letzte gewesen, der dir so etwas zugemutet hätte“, sagte er gepresst. „Ich hatte nur den Eindruck, dass du mich magst. Und dass …“

„Aber Phaelas, das tue ich auch!“ Sophie sprang auf und lief zu ihm hin, um nach seiner Hand zu greifen. „Ich schätze dich! Und respektiere dich. Aber kannst du dir wirklich vorstellen, mit mir verheiratet zu sein?“

Phaelas entzog ihr seine Hand. „Andernfalls hätte ich dir keinen Antrag gemacht. Ich bin durchaus nicht der Mann, der aus spontanen Einfällen heraus handelt wie dieser Sassenach dort.“ Er deutete abfällig mit dem Kopf zu Edward.

„Aber Edward hat sich doch auch überlegt, was er tat“, war Sophie sofort bereit, ihren Mann zu verteidigen. „Er hat mich aus einem sehr vernünftigen Grund geheiratet: weil es da eine Erbklausel gibt. Er muss bis zu seinem fünfunddreißigsten Lebensjahr verheiratet sein, andernfalls verfällt sein Erbe.“

„Er hat also deine Zwangslage ausgenutzt, um sich selbst Vorteile zu verschaffen“, knirschte ihr Freund Patrick, der bisher beeindruckt geschwiegen hatte. Schmuggler! Piraten! Orgien! Was hatte er nicht alles versäumt! „Ich hätte dich auch geheiratet, um deinen Ruf zu retten!“

„Das weiß ich doch.“ Sophie seufzte. „Aber seht, meine Lieben, ich wollte doch keinen anderen als Edward. Ich war doch schon so in ihn verliebt.“

Nach dieser Offenbarung herrschte Schweigen. Sophie starrte auf ihre Hände, um die anderen – und vor allem Edward – nicht ansehen zu müssen. Sie hatte ihm das nie gesagt, und sie wusste nicht, wie er darauf reagieren würde. Wäre er erheitert, gerührt? Würde er diese kleine Schottin belächeln? War er erfreut? Geschmeichelt? Sie konnte sich dunkel erinnern, dass sie seiner Schwester in der Kutsche von ihrer Liebe erzählt hatte. Und dass diese sie daraufhin geküsst hatte. Sie wurde bei der Erinnerung blutrot. Obwohl … irgendetwas kam Sophie schon die längste Zeit seltsam daran vor, sie hatte nur noch nicht Gelegenheit gehabt, gründlicher darüber nachzudenken. Sie sah nun doch zu Edward hinüber. Und traf auf einen Blick, dessen Intensität ihr für Sekunden den Atem nahm.

Robert McIntosh hatte Edwards Gesichtsausdruck ebenfalls bemerkt. „Und wie alt sind Sie, Mr. Harrington?“, fragte er mit schmalen Augen.

Edward räusperte sich. Er hätte es vorgezogen, Sophie diesen Teil der Wahrheit unter vier Augen zu sagen. Am besten, während er sie in den Armen hielt und sie küsste. „Zweiunddreißig, Sir.“

McIntosh nickte spöttisch. „Also hatten Sie wirklich jeden Grund, diese Heirat zu überstürzen. In drei Jahren hätten Sie vermutlich niemals eine passende Frau gefunden. Es laufen ja auch so wenige herum, die nach einer guten Partie Ausschau halten. Und Sie hatten natürlich auch keine Zeit, bei mir aufzutauchen, um Sophies Hand anzuhalten und dann noch eine angemessene Verlobungszeit einzuhalten. Sehr verständlich“, fügte er beißend hinzu, „wenn man nur drei Jahre Zeit hat, kann man natürlich nicht zwei oder drei Monate verschwenden.“

Edward räusperte sich wieder. „Diese Erbklausel, Sir, war nur ein Vorwand. Sie existiert gar nicht.“

„Was?!“ Sophie fuhr von dem Platz neben Phaelas hoch.

„Ich brauchte einen guten Grund, Sophie. Du wolltest ja unbedingt einen hören. Aber die Wahrheit, Sir ...“, er wandte sich wieder ihrem Vater zu und hielt dessen Blick stand. Er kam sich absolut lächerlich vor, noch nie hatte er sich in einer auch nur ähnlichen Situation befunden. „Die Wahrheit ist, dass ich Ihre Tochter von Herzen liebe, sie für den Rest meines Lebens ehren und beschützen will. Und die Wahrheit ist weiter, dass dies immer der einzige Grund war, weshalb ich sie heiraten wollte.“

22. Kapitel

Robert McIntosh hatte beschlossen, in Marian Manor zu wohnen und dort gleich nach dem Rechten zu sehen. Er und die Gebrüder McGregor wurden von einer Gruppe Mädchen und Burschen begleitet, die das Haus in Ordnung bringen sollten. Sophies Vater wollte einige Tage hierbleiben, bis Edward völlig genesen war, und Sophie sich von den Strapazen ihres Abenteuers ausgeruht hatte, und dann planten sie, gemeinsam nach Schottland zu reisen, damit seine Gattin ihren Schwiegersohn kennenlernen konnte und dieser wiederum den Rest der Familie McIntosh.

Phaelas wollte ebenfalls einige Tage in Eastbourne bleiben. Er war bisher nur selten in England gewesen und war bei allem schottischen Nationalstolz neugierig auf das Leben hier und vor allem auf Brighton, wo der Prinzregent an diesem angeblich märchenhaften Pavillon baute. Und Patrick war ohnehin von der Hoffnung getrieben, noch ähnliche Abenteuer wie Sophie zu erleben. Er hatte sich sogar einer Gruppe junger Männer angeschlossen, die nach Hastings reiten wollten, um dort die Höhlen der Schmuggler zu erforschen und Sophies „Gespenstern“ auf die Spur zu kommen.

Sowohl Sophie als auch Edward hatten den Entschluss von Sophies Vater, in Marian Manor zu wohnen, mit Erleichterung aufgenommen, obwohl sie sich Mühe gegeben hatten, höflich zu widersprechen. Aber sie wollten beide miteinander allein sein. Und sie hatten auch jeden Anlass dazu. Es gab so einiges zu bereden.

Vor allem für Sophie.

Edward hätte es vorgezogen, die Unterredung in den intimeren Gefilden seines Schlafzimmers stattfinden zu lassen, aber Sophie hatte auf die Bibliothek bestanden. Derart auf einen nüchternen Ort beschränkt und moralisch ohnehin im Hintertreffen, beschloss Edward, seine Verletzung auszuspielen. Er ließ sich mit einem unterdrückten Stöhnen in einen Lehnsessel sinken und legte betont vorsichtig seinen Arm auf die Lehne.

Sophie betrachtete ihn zwar stirnrunzelnd, war aber dann doch besorgt und liebevoll genug, um ihm noch einen Hocker für die Beine hinzuschieben und eine Decke darüberzulegen. Dann nahm sie ihm gegenüber auf dem Sofa Platz. Auf jenem, auf dem Edward ihr jenen ersten, denkwürdigen Gute-Nacht-Kuss gegeben hatte.

Edward erkannte, dass der Lehnsessel ein Fehler gewesen war. Hier war er zu weit von Sophie entfernt, und falls es ihm gelingen sollte, sie zu sich zu locken und an sich zu ziehen, war diese Sitzgelegenheit für zwei Personen zu unbequem. Er wollte sich erheben, aber Sophie hielt ihn mit einer Handbewegung auf.

„Ich weiß genau, was du im Schilde führst, Edward Harrington", sagte sie streng. „Aber ich weiß noch nicht, ob du es überhaupt jemals wieder bekommst." Sie beugte sich ein wenig vor und starrte ihm fest in die Augen, zum ersten Mal unempfänglich für die sinnlichen Versprechungen und das leichte Lächeln darin. „Du hast mich belogen, Lord Edward. Schamlos belogen. Und das vom ersten Moment an."

Edward rückte unruhig in dem Lehnsessel herum. „Ich glaube, meine Intentionen waren nicht unehrenhaft. Ich war in dich verliebt, Sophie. Ich wollte dich haben und wusste nicht, wie ich dir das klarmachen sollte. Ich hatte Angst, du würdest mir davonlaufen, wenn ich mit Liebe und Gefühlen komme."

Sophie schnaubte abfällig. „Ich kenne nicht viele Frauen, die das Hasenpanier ergreifen, wenn ein Mann ihnen vorschwärmt, wie anziehend er sie findet. Aber das ist ja nicht alles." Sie setzte sich sehr gerade hin und hob den Kopf. „Sprechen wir doch einmal davon, dass du mir nie gesagt hast, wie gut du Jonathan Hendricks kennst."

„Davon konnte ich nicht sprechen, weil es mich nichts anging. Ich wollte dich nicht in seine Angelegenheiten reinziehen."

„Und du fandest nicht, dass ich ohnehin schon ziemlich tief drinnen steckte?"

„Umso mehr Grund für mich, dich nicht noch tiefer hineinschnüffeln zu lassen", erwiderte Edward finster.

Sophie betrachtete ihn eine Weile sinnend, dann sagte sie: „Gut, dann sprechen wir doch einmal über den Überfall."

„Den Überfall? Du meinst unser erstes Treffen in Marian Manor?" Edward grinste genüsslich. „Sophie Harrington, du hast den süßesten Hintern, den je ein Mann zu Gesicht bekommen hat. Meinst du, ich hätte daran vorbeireiten können?"

Sophies Wangen röteten sich ein wenig vor Freude, sie erwiderte sein Lächeln, aber dann wurde sie ernst. „Ich spreche aber von dem Überfall in der Nacht. Von diesem Kerl, der mich überfallen und geküsst hat."

Edwards Gesicht wurde ausdruckslos. „Ein Kerl? In der Nacht? Hast du mir etwas verschwiegen?"

Sophie winkte vehement ab. „Nein, nein, Edward! Komme mir nicht so. Ich weiß schon lange, dass du das warst. Ziemlich unverschämt war das von dir! Du hast mir eine Heidenangst eingejagt."

„Das war auch der Sinn und Zweck des Ganzen", lautete die verärgerte Antwort. „Ich war beim Haus um nachzusehen, ob Melinda sich dort aufhält. Mich hätte fast der Schlag getroffen, als ich dich dort herumkriechen sah!"

„Und daraufhin hast du mich eingefangen, mich an einen Baum gebunden und … Edward! Das war kein harmloser Kuss mehr!"

„Nein.“ Edward hatte den Anstand, verlegen zu werden. „Ich war wie von Sinnen, als ich dich gefühlt habe.“ Er schüttelte langsam den Kopf. „Du hast ja keine Ahnung, wie du auf mich wirkst, Sophie. Wenn ich dir zu nahe komme, setzt mein Denken aus.“ Und dafür setzten andere Körperreaktionen ein. Aber das musste er ihr nicht erst sagen. Sie wusste genau, was er meinte. Er streckte die Hand nach ihr aus.

Sophie machte eine abwehrende Geste. „So weit sind wir noch lange nicht. Du hast nämlich Melinda erwähnt. Da gibt es auch einiges, was mich interessieren würde.“

„Melinda? Hm.“ Edward wurde vorsichtig. Diesbezüglich war sein Gewissen ebenfalls belastet. „Du weißt doch schon alles über Melinda. Sie ist jetzt wieder daheim bei ihrem Mann.“

Sophie nickte ernst. „Das tut mir leid für sie. Ich bin überzeugt davon, dass sie in Jonathan verliebt ist. Aber darum geht es nicht. Auch nicht darum, dass ich erst von Henry erfahren musste, dass du überhaupt eine Schwester hast.“

„Du hast nie gefragt …“

„Edward!“

„Schon gut“, brummte Edward. „Was willst du wissen?“

Sophies Blick wurde hart. „Ich will wissen, wer mich mit der Kutsche heimgebracht hat, Edward. Wer mich hinaufgetragen hat. Und wer sich dann zu mir ins Bett gelegt hat, während ich zu betrunken war, um überhaupt noch stehen oder denken zu können.“

„Gut, dass du davon sprichst“, sagte Edward. „Es war äußerst peinlich, als du vor deinem Vater nach meinem Whiskeyglas gegriffen hast. Keine wohlerzogene …“

„Edward!“

Edward verstummte. Er suchte nach Worten.

„Du warst es, der mich in Marian Manor erkannt hat, und nicht Jonathan“, fauchte sie. „Du hast deine Schwester dazu gebracht, dass sie mich küsst, mich betrunken macht und zur Kutsche bringt! Du warst es, dem sie die Ohrfeige angedroht hat! Aber du warst derjenige, der eingestiegen ist! Du hast mich in der Kutsche verführt! Und mich in dem Glauben lassen, deine Schwester wäre es gewesen!“

„Ich wollte dir abgewöhnen, auf Abenteuer zu gehen“, verteidigte Edward sich lasch. „Aber als du gesagt hast, dass du mich aus Liebe geheiratet hast, da … Sophie“, fügte er zärtlich hinzu, „wie sollte ich denn da noch in der Lage sein, meine Hände von dir zu lassen? Noch dazu, wo du geweint hast. Und oben im Zimmer – du erinnerst dich tatsächlich kaum mehr, nicht? – nun, jedenfalls im Zimmer hast du mich festgehalten, bis es mit meiner Beherrschung vorbei war.“

„Lügnerischer Sassenach“, grollte Sophie.

„Aber ein sehr verliebter!“, konterte Edward heftig.

Sophie erwiderte nichts darauf. Sie sah ihn nur lange Zeit stumm an, und Edward schwieg ebenfalls. Sie hatte ihm schon halb verziehen. Der Ausdruck in ihren Augen war vorwurfsvoll, aber nicht wütend. Edward lehnte sich im Lehnsessel zurück und schloss die Augen. Die Erleichterung, dass wirklich alles geklärt war, machte ihn müde. Die Anspannung war vorbei. Sophies Vater war mit der Ehe einverstanden, sogar die beiden McGregors hatten davon Abstand genommen, ihn als Feind zu betrachten, und Sophie liebte ihn.

„Edward?“

„Hm?“ Schläfrig öffnete er die Augen ein wenig.

„Du musst es mir nicht sagen, wenn du nicht willst. Aber falls doch, dann würde ich es gerne wissen.“

Er setzte sich ein wenig auf. Ihr Tonfall war sehr ernst. „Was denn, Sophie?“

„Was ist damals geschehen? Mit deinem Bruder und mit Jonathan Hendricks?“

Die Erleichterung und Ruhe, die Edward soeben gefühlt hatte, wichen dem nur zu bekannten Gefühl der Trauer und Beklemmung. Melinda hatte ihm geraten, mit Sophie darüber zu sprechen. Er hatte es nicht tun wollen, um sie nicht mit seinen Erinnerungen zu belasten, aber diese Sophie, die ihm gegenübersaß, war nicht mehr das kleine unschuldige schottische Mädchen, das er geheiratet hatte, um es aus Schwierigkeiten rauszuhalten und sich selbst eine Freude zu machen.

Sophie sah, wie sich Edwards Gesicht verschloss. Schon wollte sie aufstehen, zu ihm hinübergehen und ihm beteuern, dass sie nicht hatte neugierig sein wollen, da sagte er:

„James hat während des Krieges als Spion gegen die Franzosen gearbeitet. Er war mit einer Französin verlobt und hatte viel Zeit dort verbracht. Er sprach Französisch wie ein Einheimischer und war Navy Captain wie Jonathan. Er hat der englischen Admiralität viele Informationen über die Flottenbewegungen und Angriffsziele der Franzosen beschafft. Aber dann wurde er gefangen genommen.“ Edward atmete zitternd ein. „Ich lebte in London und hatte weder mit dem Krieg noch mit der Flotte etwas zu tun. Aber als ich hörte, was mit James geschehen war, suchte ich den Kontakt zu Jonathan Hendricks, von dem ich wusste, dass er mit James befreundet war. Jonathan und er hatten zusammengearbeitet. Wir fanden heraus, wo James gefangen gehalten wurde. Da ich ähnlich gut Französisch sprach wie er, versuchte ich, mich einzuschmuggeln. Mit dem Ergebnis, dass sie auch mich schnappten.“ Er lachte spöttisch auf. „Damit war James nicht geholfen. Im Gegenteil. Er hatte nicht geredet. Sie versuchten ihn zum Sprechen zu bringen, indem sie mich folterten.“

Er sah an Sophie vorbei auf einen fernen Punkt in der Vergangenheit. Sophie hatte die Finger ineinandergekrallt und atmete schwer. Sie wünschte, sie hätte nicht gefragt. Aber sie hatte noch mehr Narben an Edward entdeckt, als sie seine Armwunde verbunden und dazu das Hemd hinuntergezogen hatte. In ihrer Hochzeitsnacht war es ziemlich dunkel gewesen, und er hatte ihr niemals den Rücken zugekehrt. Aber nun hatte sie die tiefen Striemen gesehen und die schlecht verheilten Schnitte auf dem Rücken.

„Ich hätte niemals seine Kraft gehabt. Ich wäre zusammengebrochen und hätte ihnen alles erzählt, nur damit sie mich in Ruhe lassen oder schneller töten. Aber ich wusste ja nichts, also konnten sie aus mir nichts herausbringen. Und dann haben sie James erschossen. Vor meinen Augen. Und als sie mich ebenfalls töten wollten, ist Jonathan gekommen und hat mich rausgeholt. Das war so geplant gewesen, aber er war zu spät dran.“

Sophie stand auf, als er verstummte. Sie ging zu ihm, hockte sich vor ihm hin und sah zu ihm empor. Seine violetten Augen waren dunkel, trüb, zu viele Wolken waren darin. Sie strich über seine Wange, küsste seine Hand, die ihre umfasste.

„Ich hätte ihnen irgendetwas erzählen müssen“, sagte er gequält. „Irgendeine Lüge, die uns zumindest noch für einige Zeit wertvoll für sie gemacht hätte.“

„Vielleicht aber auch nicht“, sagte Sophie, nachdem sie darüber nachgedacht hatte. „Vielleicht hätten sie dich dann schon deshalb gequält, um noch mehr aus dir herauszubekommen. Und sie hätten euch dann trotzdem erschossen.“ Sie nahm sein Gesicht in beide Hände. „Ich bin froh, dass sie dich nicht getötet haben, sonst wärst du jetzt nicht bei mir. Sonst hätte ich dich niemals kennengelernt, und das wäre der größte Verlust in meinem Leben gewesen.“

Edwards starres Gesicht wurde weicher. Sie war noch so jung, aber sie sprach mit solcher Überzeugung, dass seine Trauer innerlich zerschmolz. Er beugte sich zu ihr, fühlte ihre Lippen an seinen. Ganz zart und beruhigend, bis er sie hoch und auf seine Knie zog.

Sophie schmiegte sich eng an ihn. „Ich liebe dich, Edward", flüsterte sie. „Und ich möchte nicht, dass du so traurig aussiehst. Ich möchte dich trösten, damit du das alles vergisst. Es tut mir leid, dass ich dich daran erinnert habe."

„Es war gut, darüber zu sprechen." Edwards Blick veränderte sich. „Aber wenn du mich wirklich trösten willst, fällt mir eine sehr gute Möglichkeit ein." Er küsste sie intensiver, tastete nach ihre Zunge, presste sie an sich und begann ihr Mieder zu öffnen.

„Nein, das ist zu anstrengend." Sophie befreite sich aus seinem Griff.

„Ist es bestimmt nicht!"

„Doch. Ich weiß etwas Besseres." Sophie hatte sich zwar nie allzulange in der verworfenen Gesellschaft von Jonathan Hendricks verlotterten Freunden befunden, aber sie hatte genügend Zeit dort verbracht, um einige Dinge zu sehen, an die sie zuvor nie gedacht hätte.

Dazu gehörte auch die Erinnerung an eine junge Frau, die in einer Ecke vor einem Mann gekniet war und sich mit ihrem Mund an seinem Schritt zu schaffen gemacht hatte. Sophie hatte einen guten Blick auf das Pärchen gehabt und so einiges mitbekommen. Und das wollte sie nun an Edward ausprobieren.

Ihr erster Weg führte sie zur Tür. Sie schob – so wie Edward es zuletzt getan hatte – die Stuhllehne unter den Knauf, versicherte sich, dass die Tür nicht aufgestoßen werden konnte, und kam dann zurück. Edward sah ihr mit diesem erwartungsvollen Blick entgegen, der sie schon halb auszuziehen schien und ihr die Hitze nicht nur in die Wangen trieb.

Sie zog den Hocker weg, stellte vorsichtig Edwards Füße auf den Boden und sah ihn nachdenklich an. Die Frau hatte es damals einfach so, in aller Öffentlichkeit getan. Aber Sophie war noch nicht so weit, es auch nur zu zweit in einem versperrten Raum zu tun. Sie ergriff die Decke, warf sie sich über den Kopf und kniete vor Edward nieder.

„Was wird das?"

„Wirst du gleich sehen. Sei still." Ihre Stimme klang gedämpft unter der Decke.

„Sophie …!" Edward war erfreut, als sie näherrutschte und mit den Händen seine Knie auseinanderbog, bis sie dazwischen Platz hatte. Sie legte die Decke so über seinen Unterleib und seine Beine, dass sie selbst versteckt war, und doch im darunter herrschenden Halbdunkel noch sehen konnte, was sie tat.

Edward seufzte auf, als sie den Verschluss seiner Hose öffnete. Sein Glied reckte sich ihr bereits ein wenig entgegen. Sophie tat zuerst, was sie schon gelernt hatte. Sie umfasste den Schaft mit beiden Händen, massierte, streichelte die ganze Länge auf und ab, verschob die schützende Haut und neckte mit den Fingerspitzen Edwards Hoden. Er öffnete seine Beine hilfreich noch etwas mehr.

Sophie küsste die weiche Haut, ließ ihre Lippen auf dem nach Moschus duftenden Stab auf und ab wandern. Sie presste ihren Mund darauf, streichelte ihn mit der Zunge. Die zufriedenen Geräusche, die Edward von sich gab, bewiesen Sophie, dass sie es richtig machte. Aber die Frau hatte noch mehr getan. Sophie legte beide Hände um Edwards Glied, hielt ihn fest und stülpte dann entschlossen ihren Mund über die Spitze. Edward stöhnte tief und wollüstig auf, wand sich sogar, als sie zu saugen begann. Seine Eichel wuchs in ihren Mund hinein, der ganze Schaft wurde fester. Sophies Zunge spielte mit seiner Vorhaut, presste sich gegen seine Öffnung. Bisher war es immer nur so gewesen, dass er über sie bestimmt, sie geliebt, gestreichelt, geleckt und genommen hatte. Nun war es umgekehrt. Sie saugte hingebungsvoll, leckte, küsste, streichelte, bis Edwards Schenkel unkontrolliert zitterten und er protestierte, wann immer sie ihre Lippen von ihm löste, um ein wenig zu Atem zu kommen. Es war sehr ungewohnt, was sie da tat. Die Frau in Marian Manor hatte wesentlich versierter gewirkt, aber Sophie war gerne bereit zu lernen und zu üben.

Edward hatte den Kopf zurückgelegt und atmete schwer. Er lockerte sein Halstuch und wischte sich mit dem Handrücken die Schweißperlen von der Stirn. Nicht nur sein Glied, sondern schon sein ganzer Körper pochte im Rhythmus seines Herzschlages.

Seine Sophie war unglaublich. Er beobachtete, wie sich unter der Decke ihr Kopf zwischen seinen Beinen bewegte. Das war sehr anregend. Noch nie war eine Frau auf die Idee gekommen, unter eine Decke zu kriechen, um ihn zu befriedigen. Seine Geliebten oder die Prostituieren, mit denen er sich gelegentlich, wenn auch sehr selten, abgegeben hatte, waren immer wesentlich offenherziger gewesen. Diese Version hatte einen zusätzlichen Reiz. Aber er war besorgt. Er musste wissen, wie sie dabei aussah. Ob sie vielleicht das Gesicht angeekelt verzogen hatte und am Ende schon längst bereute, was sie da tat. Es fühlte sich nicht so an, aber er brauchte Gewissheit. Er lüpfte ein wenig die Decke, um Sophie anzusehen.

Der Anblick nahm ihm den Atem. Sophies Mund war über die Spitze seines Gliedes gestülpt. Die Lippen waren fest darum geschlossen, und zugleich spürte er, wie sich ihre Zungenspitze heftig in ihn bohrte. Edward stellte fest, dass es außer Sophies Hintern, ihren Brüsten, ihrer Scham, nichts gab, das er so befriedigend fand wie den Anblick ihrer Lippen um sein Glied. Das Ziehen in seinem Unterleib verstärkte sich.

Es war eine Überwindung, die nächsten Worte auszusprechen, aber Sophie war noch zu unerfahren. Vielleicht war ihr nicht klar, wie knapp er vor einem Höhepunkt war. Nur wenige Frauen waren bereit, bis zur letzten Konsequenz zu saugen und … zu schlucken.

„Sophie, es dauert nicht mehr lange.“ Seine Stimme klang rau. „Du musst nicht weitermachen. Du kannst jetzt …“

Sophie hob die Lider, ihr Blick traf ihn. Ihre Augen lächelten und sie machte: „Hmmmm …“

Das war genau der Moment, in dem Edward mit einem lauten Stöhnen, fast schon einem heiseren Schrei, in Sophies Mund kam.

ENDE

Nachwort

Liebe Leser,

da Sie mit mir gemeinsam Sophie und Edward durch so schwere und abenteuerliche Zeiten begleitet haben, werden Sie vielleicht wissen wollen, wie es mit ihnen weiterging.

Das ist schnell erzählt: Sophie und Edward lebten lange und waren bis ihr Lebensende glücklich. Es kostete Edward nicht geringe Kraftanstrengungen, aber er schaffte es mit wenigen Ausnahmen, Sophie in Zukunft aus allen Problemen herauszuhalten und aus ihr eine – halbwegs – seriöse Ehefrau zu machen.

Sie zeugten viele kleine Harringtons, die – zu einem Viertel Schotten und zu drei Viertel Sassenachs – in der Lage waren, sich sowohl in den Highlands – wohin zwei davon zogen – als auch in England und dem Rest der Welt wohlzufühlen.

Der Frieden der Familie Harrington wurde lediglich zwei Wochen, nachdem die vorangegangene Erzählung endet, durch einen wahrhaft empörenden Skandal erschüttert, der Eastbourne bis in seine Grundfesten erbeben ließ: Augusta Bailey war mit Phaelas McGregor durchgebrannt.

Wie das?

Augusta hatte sich damit abgefunden, Edward an Sophie verloren zu haben, aber nicht damit, gar keinen Ehemann zu finden. Und als Phaelas McGregor, beeindruckt von ihrer gesellschaftlichen Überlegenheit, ihr zu Füßen lag, dauerte es nur zwei Wochen, bis sie mit ihm nach Schottland abreiste. Ohne den Segen ihrer halb ohnmächtigen Mutter, aber mit einer Sonderheiratserlaubnis. Es war Phaelas Ermessen gewesen, die „alte Schachtel", wie er sie bei sich nannte, zurückzulassen. Wie man hörte, war dies eine weise Entscheidung, und Augusta hätte nichts Besseres passieren können. Sobald sie aus dem Einflussbereich ihrer Mutter entfernt war und in Phaelas Haus lebte, veränderte sie sich. Und obwohl sie natürlich nie eine echte Schottin wurde, so lernte sie sich anzupassen und sogar mit Phaelas halberwachsenen Kindern und den Nachbarclans auszukommen. Die Ehe konnte insgesamt als gelungen bezeichnet werden.

Zwei Monate nach Augustas Abreise wurde jedoch London in Aufruhr versetzt. Zum Entsetzen und gleichzeitigen Genuss aller Klatschmäuler war Lady Melinda Mayfield nämlich eines Tages verschwunden. Und zwar exakt acht Stunden, nachdem die Londoner Geliebte von Admiral Mayfield vor der Tür seines Hauses gestanden und ein Kind im Arm gehalten hatte. Und das genau an jenem Abend, an dem der Admiral und Melinda zur Feier ihres neunten Hochzeitstages das Haus voller Gäste hatten.

Lady Melinda hatte die Frau – eine durchaus respektable, wenn auch sehr unglückliche Person – mit einer Höflichkeit und Zurückhaltung, von der ihre Freunde noch Jahre später voller Anerkennung sprechen sollten, empfangen, und ihr vor den weit aufgerissenen Augen und Ohren aller offiziell ihren Platz im Haus und an der Seite von Admiral Mayfield angeboten.

Dann war sie gefasst – und wie einige behaupteten – mit einem stillen Lächeln die Stiege hinaufgeschritten und hatte sich in ihr Zimmer eingeschlossen. Danach hatte man nichts mehr von ihr gehört.

Als Admiral Mayfield am nächsten Morgen die Tür hatte aufbrechen lassen, war das Zimmer leer gewesen. Lady Melinda hatte sich in der Nacht heimlich davongeschlichen. Sie hatte ihren gesamten Schmuck, Bargeld und etwas Kleidung mitgenommen. Der Abschiedsbrief, den der Admiral auf ihrem Bett vorfand, hatte angeblich einen kleineren Schlaganfall bei ihm ausgelöst.

Zwei Wochen später nahm ein Notar mit ihm Kontakt auf, der in Lady Melindas Namen die Scheidung einreichte. Admiral Mayfield ging nach einigem Zögern darauf ein. Eingeweihte wussten zu erzählen, dass sein Schwager, Lord Edward Harrington, maßgeblich an dieser klugen Entscheidung beteiligt gewesen sein soll.

Lady Melinda dagegen verschwand völlig aus den Augen ihres Mannes und Londons, aber die Gerüchte über ihr Schicksal wollten nicht verstummen. Einige meinten, sie hätte sich aus Gram das Leben genommen. Andere erzählten, sie lebte auf dem Kontinent in einem Kloster. Und etliche flüsterten, sie wäre mit einem Geliebten geflohen, einem Seemann, der sie dann verlassen und in die Gosse gestoßen hätte.

Admiral Mayfield nahm all diese Nachrichten mit Genugtuung auf. Eine Frau, die ihn verlassen hatte, verdiente nichts anderes. Und um der Welt und der Gesellschaft zu beweisen, dass er seiner Frau nicht nachtrauerte, heiratete er seine langjährige Geliebte, die bald zum zweiten Mal schwanger wurde.

Aber Sophie Harrington, Melindas Schwägerin, die in regelmäßigem Briefverkehr mit Edwards Schwester stand, wusste es besser.

Melinda war tatsächlich mit einem Seemann geflohen. Aber sie war letzten Endes nicht in der Gosse gelandet, sondern lebte in den ehemaligen englischen Kolonien, die sich die Vereinigten Staaten nannten, und hatte in der aufstrebenden Stadt New York ein stattliches Haus, viele Freunde sowie einen Ehemann, dem sie eine Tochter geschenkt hatte. Und wie Sophie ihrem letzten Brief entnehmen konnte, war sie schon wieder schwanger.

Ach ja – sie hieß jetzt übrigens Mrs. Jonathan Hendricks.

Mona Vara

Mona Vara ist eine der bekanntesten deutschsprachigen Autorinnen erotischer Liebesromane. Sie ist überzeugte Anhängerin von Romantik, Humor und Happy-Ends und setzt dieses Motto in ihren Romanen erfolgreich um.
Mona Vara lebt und arbeitet in Wien.

Website: www.mona-vara.cc

Ebenfalls von Mona Vara erhältlich (Auswahl)

Laura. Venezianisches Maskenspiel
Taschenbuch: 15,90 Euro (D); ISBN 9783938281154

Selina. Liebesnächte in Florenz
15,90 Euro (D); ISBN 9783938281017

Der Kuss des Vampirs / Im Harem des Prinzen
Zwei erotische Liebesromane in einem Band
18,90 Euro (D); ISBN 9783938281505

Im Harem des Prinzen - Hörbuch
Sprecher: Konstantin Graudus
2 CDs, gekürzte Lesung
Hoffmann & Campe Verlag; 14,95 Euro (D); ISBN 9783455305067

Romantische Erotikromane im Plaisir d'Amour Verlag:

Lena Morell
Die Sklavin des Höhlenmenschen
ISBN 978-3-93828147-5
13,90 Euro (D)

Siri wuchs unter Neandertalern auf, doch als Menschenfrau ist sie eine Außenseiterin in ihrer Sippe. Eines Tages bringen die Männer einen Gefangenen von der Jagd mit: Gandar, der wie Siri zur Menschenrasse gehört. Gandar gelingt die Flucht aus dem Lager der Neandertaler - aber er geht nicht allein! Er raubt Siri und verschleppt sie in sein Dorf, wo sie in Zukunft als seine Sklavin mit ihm leben soll …

WWW.PLAISIRDAMOURBOOKS.COM
